Karl Valentin:
Geschichten, Jugendstreiche, Monologe & Dialoge

Geschichten, Jugendstreiche, Monologe & Dialoge

MODERNEZEITEN

– Bibliografische Information der Deutschen Nationalbibliothek –
Die Deutsche Nationalbibliothek verzeichnet diese Publikation in
der Deutschen Nationalbibliografie; detaillierte bibliografische Daten
sind im Internet über http://dnb.d-nb.de abrufbar.

IMPRESSUM

ISBN: 978-1798994160
**KARL VALENTIN: GESCHICHTEN,
JUGENDSTREICHE, MONOLOGE & DIALOGE**
Originalausgabe 01/2019 (Print und eBook); © ModerneZeiten®
Lektorat: Richard Steinheimer.
Endlektorat und Umschlaggestaltung: textkompetenz.net
Herausgeber: ModerneZeiten | textkompetenz.net
modernezeiten@textkompetenz.net
Wichtige Hinweise zum Urheberrecht: Seite 10
Gesetzt aus der Garamond
Produziert und vertrieben von KDP
Dieses Buch gibt es auch als eBook,
z.B. im amazon Kindle Bookshop.

Inhalt

JUGENDSTREICHE. 89

DIALOGE. 163

Über den Autor

WER IN KARL VALENTIN (geboren am 4. Juni 1882 als Valentin Ludwig Fey in München) nur den ulkigen Mundart-Komödianten sieht, verkennt ihn. Er war ein vielseitig gebildeter Intellektueller, arbeitete etwa mit Berthold Brecht zusammen, wurde von Kurt Tucholsky, Samuel Beckett und vielen anderen Zeitgenossen hoch geschätzt. Alfred Kerr nannte ihn den ›bayrischen Nestroy‹.

Neben seiner Bühnenauftritte hatte Valentin zeitweise eine eigene Filmproduktionsfirma und war Darsteller in etwa 40 Kurzfilmen, die teilweise nach seinen Sketchen gedreht wurden. Er leitete ein skurriles Nonsens-Museum, betätigte sich als ›Event-Gastronom‹, wie man heute sagen würde, und war ein großer Bewahrer münchnerischer und bayerischer Kultur. Dabei war Valentin kein Ur-Münchner: Die Vorfahren seines Vaters, eines gutbürgerlichen Speditionskaufmanns, stammten aus Hessen, seine Mutter war Sächsin. Genau das, meinen einige Biographen, befähigte ihn, die Feinheiten der bayerischen Sprache analytischer zu durchleuchten, als die Alteingesessenen dies taten.

In seinem Werk gehört Valentin zu den originellsten Künstlern, die Deutschland je hervorbracht hat, als bayerischer Dadaist, Sprach-Anarchist mit geradezu philosophischer Wort-Akrobatik, wie es keinen zweiten gab. Nicht wenige seiner Wortschöpfungen sind in die Alltagssprache eingegangen.

Die Hochphase von Valentins Erfolg lag in den 1910er bis Anfang der 30er Jahre. Nach der Machtübernahme durch die Nationalsozialisten wurde es ruhiger um ihn. Den Nazis biederte er sich nicht an, wie es andere Künstler taten, er war aber auch nicht gerade ein engagierter Widerständler. Insgesamt scheint die schwierige politische Situation für Valentins provokante Sketche, in denen oft amtliche Institutionen und Behörden ins Lächerliche gezogen wurden, ein deutlicher Hemmschuh gewesen zu sein. Von 1941 bis 1947 hatte er keine öffentlichen Auftritte.

Durch hochfliegende und eigenwillige Pläne, etwa sein 1934 eröffnetes ›Panoptikum für Nonsens‹ kam Valentin öfters in Geldnot, was sich gerade in der Nachkriegszeit, als er langsam in Vergessenheit geriet, dramatisch auswirkte. Schlecht ernährt und körperlich anfällig wurde er 1948 nach der Vorstellung in einer kleinen Vorstadtbühne versehentlich dort eingeschlossen und musste die Nacht in dem ausgekühlten Raum verbringen. Von der

Lungenentzündung, die er sich infolgedessen zuzog, erholte er sich nicht und starb am 9. Februar 1948 mit 65 Jahren in seinem Wohnort Planegg bei München.

Von der Stadt München wurde Valentin leider allzu lange ignoriert; erst in den 1960er Jahren begann langsam die Wiederentdeckung des genialen Künstlers, und das Münchner Stadtmuseum erwarb einen Großteil des Nachlasses, darunter eine unschätzbare Foto-Sammlung Münchner Stadtansichten (etwa von den Münchner Fotografen Georg Pettenkofer, Franz Hanfstaengl und Franz Neumayer) – jetzt eine wichtige Quelle zum Verständnis der Münchner Baugeschichte. Seit 1959 gibt es das ›Valentin Musäum‹ im Isartor, heute eine beliebte Sehenswürdigkeit bei Touristen *und* Einheimischen.

Urheberrecht

AM 9. FEBRUAR 2018 jährte sich der Todestag Karl Valentins zum siebzigsten Mal. Zum 1. Januar 2019 ist damit die Urheberrechtsschutzfrist für seine originären Texte abgelaufen. Dies gilt für alle Werke Karl Valentins, mit Ausnahme von 25 Stücken und Dialogen, in denen vertraglich seine Bühnenpartnerin Liesl Karlstadt als Co-Autorin festgelegt wurde, und bei denen die Urheberschutzfrist erst zum 30. Dezember 2030 endet. Letztere Werke sind daher in unserer Buch- und eBook-Ausgabe nicht enthalten. Sollte jemand, insbesondere ein Verwalter des Nachlasses, dennoch eine partielle Urheberrechts-Verletzung in diesem Buch zu erkennen meinen, so möge er sich bitte bei uns melden (Kontaktdaten siehe Impressum) – wir werden die entsprechende Passage dann umgehend entfernen. Rechtliche Schritte sind dazu nicht nötig. Ungerechtfertigte Abmahnungen werden mit rechtlichen Schritten erwidert.

MONOLOGE UND GESCHICHTEN
Das Aquarium

WEIL WIR GRAD vom Aquarium redn, ich hab nämlich früher – nicht im Frühjahr – früher in der Sendlinger Straße gwohnt, nicht *in* der Sendlinger Straße, das wär ja lächerbar, *in* der Sendlinger Straße könnt man ja gar nicht wohnen, weil immer die Straßenbahn durchfährt, in den Häusern hab ich gwohnt in der Sendlinger Straße. Nicht in allen Häusern, in einem davon, in dem, das zwischen den andern so drin steckt, ich weiß net, ob Sie das Haus kennen. Und da wohn ich, aber nicht im ganzen Haus, sondern nur im ersten Stock, der ist unterm zweiten Stock und ober dem Parterre, so zwischendrin, und da geht in den zweiten Stock eine Stiege nauf, die geht schon wieder runter auch, die Stiege geht nicht nauf, wir gehn auf die Stiege nauf, man sagt halt so.

Und da hab ich, in dem Wohnzimmer, wo ich schlaf, ich hab ein extra Wohnzimmer, wo ich schlaf, und im Schlafzimmer wohn ich, und im Wohnzimmer hab ich zu meinem Privatvergnügen ein Aquarium, das steht so im Eck drin, das passt auch wunderschön in das Eck hinein. Ich hätt ja so ein rundes Aquarium auch haben können, dann wär das Eck halt nicht ausgefüllt. Das ganze Aquarium ist nicht größer als so *(zeigend),* sagn wir, das sind die zwei Glaswände – das sind meine Hände, ich erklär's Ihnen nur, dass Sie's besser verstehn –, und das sind auch zwei Wände, und unten is der Boden, der 's Wasser haltet, damit 's Wasser nicht unten wieder durchläuft, wenn man oben eines hineinschüttet. Wenn der Boden nicht wär, da dürfen Sie oben zehn, zwanzig, dreißig Liter neinschütten, das tät alles wieder unten durchrinnen. Bei einem Vogelhaus ist das ganz etwas anderes.

Bei einem Vogelhaus sind die Wände auch so ähnlich wie bei einem Aquarium, nur sind die beim Vogelhaus nicht aus Glas, sondern aus Draht. Das wär natürlich ein großer Unsinn, wenn das bei einem Aquarium auch so wär, weil dann das Aquarium 's Wasser nicht halten könnt, da rinnet 's Wasser immer neben dem Draht heraus. Drum is eben alles von der Natur so wunderbar eingrichtet. Ja, und ich hab eben in dem Aquarium Goldfisch drin, und im Vogelhaus hab ich einen Vogel; jetzt hat mich neulich einmal die Dummheit plagt, hab ich die Goldfisch ins Vogelhaus und den Kanarienvogel ins Aquarium getan.

Natürlich sind die Goldfisch im Vogelhaus immer wieder vom Stangl runtergrutscht, und der Kanarienvogel wär mir im Aquarium bald ersoffen, dann hab ich wieder die ganze Gschicht beim Alten lassen und hab den Vogel wieder ins Vogelhaus und die Goldfisch wieder ins Aquarium getan, wo s' hingehören.

Jetzt sind die Fisch wieder lustig im Aquarium umhergeschwommen, zuerst so nüber, dann so nunter, die schwimmen fast jeden Tag anders. Vorgestern ist mir nun ein Malheur passiert, ich hab gsehn, dass die Fisch mehr Wasser brauchen, und hab einen Wassereimer voll nachgfüllt, derweil war das zu viel, jetzt ist das Wasser so hoch (zeigend) über das Aquarium herausgstandn, das hab ich aber erst den andern Tag bemerkt, und ein Goldfisch ist über den Rand nausgschwommen und ist am Boden nuntergfallen, weil wir in dem Zimmer, wo das Aquarium steht, habn wir unten einen Boden, und da ist er dann dortglegn, aber erst, wie er 's Fallen aufghört hat.

Jetzt hat aber der Fisch am Boden kein Wasser ghabt, weil wir so außer im Aquarium habn wir weiter kein Wasser im Zimmer.

Dann hat meine Hausfrau gsagt: »Sie werden sehn, der Fisch wird am Boden drunt kaputt, es ist das Beste, Sie bringen den Fisch um.« Dass er nicht so lang leiden muss, hab ich mir gedacht, mit'n Hammer erschlagn? Schließlich haust dich aufn Finger, also erschieß ich ihn. Dann hab ich mir aber gedacht: Schließlich triffst ihn nicht recht, dann muss er erst recht leiden, da ist's schon gscheiter, hab ich gsagt, ich nehm den Fisch und trag ihn in die Isar und tu ihn ertränken.

Ich bin ein armer, magerer Mann

Ach, es ist doch schrecklich gwiss,
Wenn der Mensch recht mager ist;
Ich bin mager, welche Pein,
Mager wie ein Suppenbein.

WAS MUSS ICH DENN verbrochen haben, dass mich die Natur gar so grauslich z'sammgricht hat. – Ich versteh das nicht, in unserer Familie kann das unmöglich liegen, denn mein Vater wiegt über drei Zentner, meine Mutter über zwei Zentner, und meine Schwester hat einen Bahnexpeditor geheiratet, und gerade ich muss so mager sein. Ja, jetzt tut's es ja noch, aber früher solln S' mich gsehn habn, gleich nach der Geburt, da hab ich ausgschaut wie a Salami. – Darum hab ich auch als kleines Kind keine Wiege gebraucht, mich hat meine Mutter ganz einfach in einen Lampenzylinder neingstcckt und mich am Tisch umhergewalkerlt, so mager war ich. – Und trotzdem ist mein Vater stolz auf mich, der mag die fetten Kinder selber nicht, und grad deshalb, weil ich so mager bin, drum mager mich so gern. Er sagt, Vetter kann ich immer noch werdn, wenn amal mei Schwester heirat. Einmal bin ich in einem Kaffeehaus an einem Billard dortglehnt, und weil ich so mager bin und weil ich am Billard dortglehnt bin, jetzt hat einer glaubt, ich bin der Billardmager. –

Aber die größte Gaudi war das, wie ich zur Musterung gehen hab müssen, also habn die da drobn a Gaudi ghabt, wie s' mich gsehn haben. – Net, und ich hab doch, wenn ich auszogen bin, so Rippen da rüber, quer rüber, mich hat halt früher meine Mutter zum Meerrettichreiben hergnommen. – Kurz und gut, wie die mich gsehn habn, habn 's gsagt: Ja, Kerl, Sie kommen ja daher wie a Bahnwärterhäusl aus Wellblech. – Aber trotzdem, dass ich so gebaut war, habn s' mich nicht gnommen zu den Soldaten, nicht amal zum Militär habn s' mich brauchen können.

Natürlich bin ich auch furchtbar leicht; wenn ich zum Beispiel in einem Restaurant sitz, und da Wirt reibt an Ventilator auf, da muss ich mich immer am Tisch anbinden, dass's mich net ins Röhrl neizieht. – Dann hat amal einer zu mir gsagt: »Sie sind doch wirklich a gräuslicher Kerl, Sie können Ihnen jetzt schon in der Anatomie verkaufen; dann bin ich auch hingegangen zu dem Anatomieprofessor und hab mich offeriert, nun hat er gsagt: »Was verlangen S' denn für Ihnen?. – « »Ja«, sag ich, »unter achtzig Mark kann ich mich nicht hergeben, weil auf fünfzig Mark komm ich mich ja selbst.« – »Ja«, sagt der Herr Professor, »wie können Sie das behaupten, dass Sie fünfzig Mark wert sind?« – »Ja«, sag i, »ich hab mich kürzlich ausgezogen und hab meine Knochen so abgegriffen, und da hab ich rausgefunden, dass ich fünfzig Knochen hab, und weil ich in jedem Knochen a Mark hab, bin ich fünfzig Mark wert«. –

Dann hab ich amal was glesen von einem Leichenverbrennungsverein, denk ich mir, da gehst auch hin und lasst dich amal verbrennen, wennst gstorbn bist: dann bin ich auch hingegangen und hab den Leichenverbrennungsvorstand gfragt, ob das überhaupt geht bei mir. Dann hat er mich angschaut und hat gsagt: »Ja, Sie sind ja schon arg dürr, Ihnen muss ma immer zuerst mit zehn Pfund Schweinsfett einreibn, dass S' überhaupt brennen, und zweitens kommt's bei Ihnen bedeutend teurer.« – »Ja«, sag ich,

»warum denn grad bei mir?« – »Ja«, sagt er, »weil ma bei Ihnen im Verbrennungsofen drin an neuen Rost brauchen, weil Sie durch den jetzigen unbedingt durchrutschen würden«. –

Und trotzdem ist die Magerkeit mein Lebensretter, denn wie ich einmal in Afrika war bei den Kannibalen, da habn mich die Menschenfresser erwischt und habn mich braten wollen. Da habn s' a Feuer gmacht und habn mich auszogen – wie mich die auszogen gsehn habn, sind s' alle davonglaufen, weil's denen graust hat vor mir, und mein Leben war gerettet.

Der schneidige Landgendarm

Vortragender erscheint auf der Bühne als alter Landgendarm, angeheitert, mit einer großen Mappe und einer Hundekette mit daranhängendem Hundehalsband.

Gesang (Melodie: Üb immer Treu und Redlichkeit)

Ich bin ein schneidiger Landgendarm
Und habe einen scharfen Blick.
Und grad weil ich so dünn bin,
Habn mich diese Spitzbubn dick.

ICH BIN DER DÜNNSTE GENDARM, nicht der dümmste – der dünnste Gendarm von unserem ganzen Dorf, das heißt, mir sind ja nur zu zweit, ich und mein Wachtmeister, der ist gerade das Gegenteil von mir; der ist so dick, dass er gar nicht mehr gehen kann, viel weniger laufen. Drum erwischt auch der keinen Spitzbuben mehr, die muss alle ich fangen, und ich erwisch auch jeden; und da hab ich eine närrische Freude, wenn ich einem nachgelaufen bin und hab ihn erwischt – nur eins kann ich für den Teufel nicht leiden, wenn mir die gemeinen Kerle nachlaufen, da krieg ich einen Zorn, weil das gar nicht sein darf, dass der Spitzbub dem Gendarmen nachläuft, da hätte ich das Recht, dass ich sofort einen aufschreibe, aber unterm Laufen kann ich doch nicht schreiben.

Ich kann überhaupt nicht schreiben, das ist ja das Dumme bei mir, ich muss jeden Spitzbuben, den ich auf der Straße gefangen habe, abzeichnen. Sie, das ist eine Hundsarbeit, einen solchen Spitzbuben abzeichnen; meinen Sie, von diesen Spitzbuben tät sich einmal einer eine Stunde ruhig halten? Nicht ums Sterben. Unterm Bleistiftspitzen sind sie mir schon davon, da kann ich Ihnen gleich ein paar zeigen, die ich vorige Woche gefangen habe. Valentin holt aus der Mappe ein riesiges Zeichenheft – sein ›Verbrecheralbum‹ – hervor. Er zeigt nun dem Publikum die Bilder.

Das hier ist ein Schwerverbrecher, der hat bei einem Schlosser einen Amboss gestohlen mit acht Zentner.

Hier ein Taschendieb, der hat bei einem Bauern einen Heuwagen genommen.

Wegen Schnellfahrens auf der Lokalbahn habe ich den Lokomotivführer während der Fahrt verhaftet.

Das hier ist eine Falschmünzerbande, ein ganzes Kompott. Vier Brüder, die habn Goldfische gestohlen, habn den Goldfischen das Gold runtergeschabt und habn aus diesem Gold Goldstücke gemacht.

Hier sehn Sie eine Leiter, da hab ich ein paar Bauernburschen beim Fensterln ertappt, die sind mir aber auskommen, dann hab ich wenigstens die Leiter erwischt.

Hinter einer alten Kehrrichttonne hab ich einen Vatermörder entdeckt, hab ihn aufs Landgericht hinauf, und da habens mich recht ausglacht, weil es nur ein Kragen war, ein Vatermörderkragen.

Das ist die Käsfrau von unserm Dorf; stellt die freche Person mittn auf der Landstraß ihm Kässtand auf. Ich hab ihr das verboten, am nächsten Tag steht der Stand wieder da, dann hab ich sie verhaftet wegen Widerstand. Jetzt mit diesen Spitzbuben und den Verbrechern wär's nicht das gefährlichste, aber die Kinder – also, wir haben böse Kinder in unserem Dorf, direkt Angst hab ich, wenn um vier Uhr die Schule aus ist. Sehn wenn s' mich tun, ist es schon gfehlt – muss ich mit ihnen mitspielen; vorgestern haben wir auf der Sauwiesn hint ›Blindekuh‹ gspielt, muss ich da als königlicher Landgendarm die blinde Kuh machen, aber was will ich denn tun? Spiel ich nicht mit, dann haun sie mich recht, die Lausbuben, die bösen. Ja, lang mach ich den Spaß nicht mehr mit, wie mir etwas Passenderes unterkommt, geb ich die ganze Gendarmerie auf – ich hab es satt bis da rauf.

Wissen Sie, ich hab überhaupt kein Gendarm werden wollen, aber das war so: der Vater war Gendarm, der is pensioniert wordn; jetzt war die Uniform und alles schon da, dann bin ich eben auch einer gworden. Wie oft war ich schon in Lebensgfahr, wenn ich so in den Räuberhöhlen umeinander-kriechen hab müssen, da wär's mir schon oft knapp gestanden, wenn ich nicht meinen Polizeihund dabei ghabt hätt. Gell Wakki! – Schaut sich nach seinem Hund um. Ja gibt's denn eine solche Gemeinheit auch, jetzt haben mir die frechen Spitzbuben meinen Hund auch gestohln, drum denk ich mir schon, dass er seit acht Tag so brav ist und nicht mehr bellt – ja weit fort kann er nicht sein, weil das Halsband noch da ist – da darf ich mir sofort wieder einen neuen Hund kaufen – ob aber der neue Hund in das Halsband hineinpasst? – Jetzt darf ich gleich meinen Hund suchen und werd ihn auch erwischen.

Drum sag ich's, mit solche Lumpen soll man sich gar nicht abgeben, denn a Lump is a schlechter Mensch, und schlechte Menschen soll man meiden, aber no mei – als Schutzmann muaß i mi ja mit de schlechtn Menschen abgebn, des is doch mein Geschäft, des wär genauso, als wenn a Schuster koan Stiefel mehr anrühm sollt. Hund kaufn – Papagei kaufen – Halts'n auf –

Valentin klebt auf der Bühne ein Plakat an:

Wer hat mir mein Wackerl gstohln?

Der geb ihn wieder her, der geb ihn wieder her,

Sonst wird ihn der Gendarm holen

Mit dem Schießgewehr.

Auf dem Flugfeld

Vortragender erscheint mit einem kindischen Aeroplan auf der Bühne.
Gesang (Melodie: Behüt dich Gott)

Es ist im Leben herrlich eingerichtet,

Dass man jetzt wie ein Vogel fliegen kann,

Und wenn sich auch noch mancher dabei 's Gnick bricht,

Das hat er für die Wissenschaft getan;

Ich fliege auch und habe hier erfunden

'nen Aeroplan so winzig und so klein,

Und fliegt er nicht, denk ich wie mancher andere:

Mit'm Fliegn is nix – es hat nicht sollen sein.

DAS WAR HEUT eine Hetz auf dem Flugplatz drauß. Zum Fliegen bin ich ganga, wäre viel gscheiter gwesn, ich wär zum Fliegenfangen gangen, dann hätt ich wenigstens für meinen Laubfrosch Futter heimgebracht, so hab ich gar nix ghabt als Schand und Spott. Also die Leute habn glacht, den ganzen Nachmittag bin ich versuchsweise auf der Wiesen rum grannt. Meinen Sie, ich wär in d' Höh naufkommen, keinen Millimeter. Ich bin ja froh, dass es nicht geht, aber die Blamage. Drei Jahre arbeit ich jetzt an die Erfindung hin, und jetzt geht's nicht. Gehn braucht's eigentlich gar nicht, wenn's nur wenigstens fliegen tät. Ich trau mir gar nicht mehr heim, ich schäm mich so viel, z' Haus hab ich heut schon feierlich Abschied gnommen von Frau und

Kind, von den ganzen Hausinwohnem: mei Frau hat gsagt zu mir, wennst dich nur einmal dafalln tätst, mit deiner dummen Fliegerei. Ja, hab ich gsagt, da muss ich schon erst einmal hinaufkommen, herunten werd ich mich nicht gut dafalln könna. Sehr viel Leut warn heut auf dem Flugfeld, der Aviatiker, wenn Sie sich erinnern können, der sich vor zehn Jahr in Paris erstürzt hat, war heut auch drauß und hat sich meinen Flugapparat besichtigt. Er hat zu mir gsagt, mein lieber Herr ... mit dem kleinen Ding werden Sie niemals fliegen können. Ja, hab ich gsagt, ich bin ja froh, wenn ich net fliegen kann, meinen Sie, ich mag auch so jung sterben wie Sie? –

Talent ghört halt dazu zum Fliegen. Mein Freund fliegt alle Woche ein paarmal, der braucht aber keinen Aeroplan dazu, der fliegt nur in Stiegenhäusern herum – mein Freund ist nämlich Reisender. Wissen Sie, 's Fliegen ist nicht gefährlich, sehn Sie, ich setz den Fall, ich könnt mit dem Apparat wirklich fliegen, mir passiert nie was, weil ich da viel zu vorsichtig bin. Sehn S' das Kissen hier. Wär ich da wirklich so dreibis sechstausend Meter in der Luft, und ich hätte gemerkt, dass ich stürz, hätt ich sofort das Kissen auf die Erde runtergworfen und wär dann draufgfalln, so hart fällt man doch nicht wie am blanken Boden, außer man fällt neben das Kissen, dann ist man auch selbst schuld, das muss eben gelernt sein.

Das Sicherste wäre es freilich, wenn man das Kissen schon vorher dahin legen tät, wo man später runterfällt, aber das weiß man eben nicht. – Mein erster Plan, wenn ich fliegen hätt können, wäre nach H. gewesen zu meinem Onkel. Dem hab ich geschrieben, dass ich am Sonntagnachmittag um zwei Minuten über fünf Uhr oder um fünf Minuten über zwei Uhr bei ihm mit der Flugmaschine eintreffe, der hat schon die größte Freud ghabt, sein Haus hat er mit Fahnen und Girlanden dekorieren lassen, und aufs Hausdach hat er ein sinnreiches Plakat aufmachen lassen mit den sinnreichen Worten: ›Willkommen!‹

Freilich hätte ich kommen wollen, wenn ich gekonnt hätte. Dieses hier ist schon mein zweiter Apparat, den ich erfunden habe. Mein erster Apparat ist noch viel weniger geflogen als der, wo der schon nicht fliegt. Jetzt können S' Ihnen vorstellen, dass mein erster Apparat überhaupt nicht geflogen ist. Einen Fernflug hab ich auch einmal mitgemacht, das heißt, eigentlich hätt ich einen mitmachen können, der erste Preis fünfzigtausend Mark, aber ich hab nicht mögen, denn bei einem Fernflug muss man doch unbedingt in der Früh um vier Uhr wegfliegen, und ich steh doch wegen fünfzigtausend Mark nicht schon in der Früh um vier Uhr auf.

Ich will Sie jetzt nicht mehr länger stören mit der vielen Rederei, sondern will Ihnen zeigen, dass, wenn ich auch nicht fliegen kann, wenigstens die Courage besitze zum Fliegen. Ich werde mir jetzt erlauben, einen kleinen Rundflug durch den Saal zu machen. Aus diesem Grunde ersuche ich die werten Damen, die Hüte abzunehmen. Also los:

Gesang (Melodie: Jahrmarktsrummel von Paul Lincke)

So, nun werd ich mich verduften, jetzt mit meinem Aeroplan,
Stell die Steuer nach dem Winde, der Motor läuft langsam an,
Immer schneller, der Propeller wird wohl nicht explodiern,
Ja, mir steht vor lauter Angst der Todesschweiß schon
    auf der Stirn.
So, nun geht's los, das Fliegen, das ist duft, hoch oben
    in der Luft.
Wenn der Motor so pufft, so wie ich flieg, da ist
    doch nichts dabei,
Da brichst dir 's Gnick auf keinen Fall. –
Ein Hoch der Fliegerei!

Riesenblödsinn

GESTATTE MIR, Ihnen ein Lied mit Gesang zum Vortrag zu bringen, ich hab nämlich a wunderbare Stimm, ich habe das Singen gelernt auf einer Maschine, auf einer Singermaschine, ich hab bis neunzehn Jahre einen wunderbaren Tenor gehabt, mit zwanzig Jahren hab ich an Bass bekommen, einen Reisepass.

Vorspiel auf der Gitarre

Also ein Lied mit Gesang! Jetzt fällt mir der Anfang nicht ein von dem Lied, das ist mir aber peinlich, daheim hab ich's großartig können, aber ich kann doch jetzt nicht extra heimgehen, an Schluss weiß ich schon, aber wenn ich mit'n Schluss anfang, werd ich zu früh fertig – fällt mir nicht ein – dann erzähl ich Ihnen daweil was, bis mir das Lied einfällt. – Sehn Sie, die Gitarre da, das ist noch ein Andenken von meinem Großvater, denn diese Gitarre hab ich mir vor vierzehn Tagen gekauft, aber nicht auf einmal, sondern so stückweise, zuerst hab ich mir das billige Zeug dazu gekauft, das Loch hier!

Da hab ich eine Mordslauferei ghabt, bis ich das Loch bekommen hab; ich bin zu einem Instrumentenmacher gegangen und hab gsagt: »Bitte, habn

Sie ein Loch?« – »Ja«, sagt er, »zu was brauchen Sie denn ein Loch?« – Sag ich: »Für meine Gitarre.« – sagt er, »ein solches hab ich leider nicht!« – Dann hab ich mir ein Ofenrohr gekauft, hab das Loch von dem Ofenrohr weggerissen, und ich hab dadurch ein Loch bekommen, dann hab ich um das Loch Bretter machen lassen, dazu einen Saitenhals, hab Saiten drangspannt, und die Gitarre war fertig. Zum Aufziehen der sechs Saiten hab ich zwei Tag gebraucht, denn ich hab die Saiten in die Schraubwirbel neigsteckt – hab 's Drehen angefangen, aber ich hab vergessen, dass ich die Saiten unten nicht angefügt hab. Durch dieses Untennichtangefügtsein haben sich die Saiten immer auf den – na, das verstehn Sie ja doch nicht, wenn Sie noch nie im Leben eine Gitarre gsehn habn, für die Gitarre hab ich einen Sack machen lassen, aus Wachsleinwand – der Sack is immer größer und größer worn, weil er aus Wachsleinwand war ... Also ein Lied:

In einem kühlen Grunde, da geht ein Mühlenrad!
Mein Liebchen ist verschwunden, das dort gewohnet hat.

Sehn Sie, das ist ein schönes altes Lied, aber ich find das furchtbar blöd. Des müassn S' Ihnen amal genau überlegen, des kummt doch in dem Lied grad so raus, als wenn das Liebchen – also mir is ja ganz Wurscht, wo die gwohnt hat – vor mir aus kann ja das Liebchen wohnen, wo's mag – aber dem Lied nach hat die unbedingt in dem Mühlenrad gwohnt, wie gsagt, von mir aus kann die wohnen, wo's mag, aber wenn das Liebchen wirklich in dem Mühlenrad gwohnt hat, dann hat das Mädel noch koa ruhige Stund ghabt! Es gibt ja noch so Lieder – da hab ich amal einen singen hören, der is auf der Bühne gstanden und hat gsungen: »Ob du mich liebst, hab ich den Wind gefragt!« An Wind muaß er fragn, er soll s' doch glei selber fragn, der Gletzenkopf, der kann sich's do denken, dass er eine windige Antwort kriagt! Einen noch größeren Blödsinn hab ich in einem Theater singen hören, bei der Operette – ich weiß nicht mehr, wie es heißt, da kommt das schöne Lied vor: »Und der Himmel hängt voller Geigen«, also das tät ich mir noch gfalln lassn, dass der Himmel voller Geigen hängt – aber den möcht ich kennen, der wo die vielen Nägel in Himmel neigschlagn hat, wo die Geigen alle dran hängen!

Na, da sehn Sie doch ganz deutlich,
Hochverehrtes Publikum,
Nichts als Blödsinn, Blödsinn, Blödsinn,
Nehmen S' mir die Sach nicht krumm!

All Heil

Der Vortragende soll auffallend schlank gewachsen sein.

WENN MAN ES eigentlich richtig nimmt, ist das Radfahren eine große Dummheit. – Ich zum Beispiel würde überhaupt nicht radfahren, aber mir hat es der Doktor verordnet. »Sie müssen Bewegung haben, sonst werden Sie zu fett«, hat er gsagt. Fett bin ich eigentlich gar nicht, ich bin nur leichtsinnig. Wie oft bin ich schon auf d' Nacht ohne Glocke ausgfahrn, nicht amal a Licht hab ich dabei ghabt. Auf d' Nacht fahr ich nämlich nie ohne Licht aus – bei Tag weniger, außerdem es wird recht früh Nacht wie im Winter zum Beispiel. Und im Winter fahr ich überhaupt nicht. Malheur hab ich schon ghabt mit der Radlerei, und immer fahr i wieder. Erst kürzlich bin ich mit meim Radl unter ein Automobil neinkommen. Da hab ich ein Mordsglück ghabt: der Chauffeur war nämlich a guata Freund von mir – hat mich gleich erkannt, wia ich dahergfahrn bin, und hat deswegn natürlich sofort bremst, sonst wär ich sicher kaputt gwesn. Darum sage ich, ich gib die ganze Radfahrerei noch auf; aber bevor ich mei Radl einem andern verkauf, fahr ich doch lieber selber, und mir tut das Radfahren gut. Ein jeder kann's net vertragn – da muss man gut beinand sein, vor allem gsund auf der Brust. *(Hustet verdächtig.)*

Jetzt, ich halt was auf mei Gsundheit, ich leb auch danach. Bei mir heißt's in der Früh um vier Uhr raus aus'm Bett, a paar guate Zigarrn graucht, z' Mittag a paar Regensburger in Essig und Öl – recht sauer, des macht Blut. Nachmittags a kleine Radtour nach Holzkirchen, aber gemütlich 40 km. Wenn man dann so erhitzt am Ziel angelangt ist, net gleich in a warms Lokal neisetzen, nein, zuerst im Hausgang stehn bleibn, wo's recht zieht, und wenn's einem dann friert, dann a frische Maß Bier nunterstürzen und a Stückl Brot danach essen – da kann einem nix passieren. Nur auf diese Weise bekommt man ein kräftiges, blühendes Aussehen. Schaun S' mich an – ich treib das schon wochenlang. A paar Freund vor mir habn diesen Rat auch befolgt – denen fehlt jetzt nix mehr.

Verunglückt bin ich auch schon. Beim letzten Rennen hab ich einen Nabelbruch erlitten, an Gabelbruch wollt ich sagn; seit dieser Zeit hab ich die Rennerei satt. In meinem Leben mach ich kein Radrennen mehr mit. Zu meiner Schande muss ich gestehen, dass ich bei jedem Rennen der Letzte war; da war aber nicht ich schuld, da warn die andern schuld, weil mir die immer vorgfahrn sind. Schaun S', der wo den ersten Preis gmacht hat, der

Mann is krank – der leidet an Verfolgungswahn, der bildet sich bei jedem Rennen ein, der Zweite fährt ihm immer nach; natürlich fährt er dann wie wahnsinnig dahin, dann muss er doch der Erste werdn. Jeder kann ja auch nicht der Erste sein, das soll bei einem richtigen Rennen gar nicht vorkommen – das hätte auch gar keinen Sinn.

A paarmal hab ich einen Schrittmacher gmacht, aber da ham s' mich net brauchen können, weil ich zu wenig Luft verdrängt hab.

Was Interessantes muss ich Ihnen noch erzähln. Ich bin doch der Vorstand vom Radlerclub D' Windhund, und neulich ham wir von der Fabrik für unsern Club eine neue Standarte kriegt. Eine wunderschöne Standarte! Und in diese Standarte war mit goldenen Buchstaben der schöne Spruch hineingestickt: *Der Mensch denkt, und Gott lenkt.* Einige Sekunden besann ich mich grübelnd und nachdenklich über dieses Symbol der Velozipedistik. Stillschweigend nahm ich mein Rad, verließ den Club, setzte mich auf meine Maschine, verschränkte die Arme ineinander, die Nase stolz zum Himmel gerichtet, und fuhr eben dahin, ohne zu lenken. Nach fünf Meter Fahrt schleuderte es mich gegen ein Hauseck, und ich lag unschwer verwundet am Boden. Ich stand zerknirscht auf, setzte mich wieder auf mein Rad, und seit dieser Zeit lenke ich wieder selbst.

Die Radfahrerei betreib ich schon seit meiner Jugend. Als ich kaum ein Kind von 19 Jahren war, beschloss ich, mit meinem Dreirad nach Nürnberg zu fahren. Pro Stunde leistete dieses Veloziped 4 km, und ich dachte bei gutem Rückenwind in 9 Tagen in Nürnberg einzutreffen. Ich konnte damals erst übermorgen starten, denn der Abschied von meinen Eltern dauerte einen Tag, der von meiner Braut – eine Nacht. Keine Behörde, kein Bürgermeister, nur ich selbst hatte mich am Startplatz eingefunden. Das Wetter war herrlich – fast schön. Leise Winde durchhuschten die Speichen meiner Überlandmaschine. Ein kühner Sprung auf das Stahlross, noch ein Rückblick auf die Heimat, und mein Vehikel durchschnitt die Atmosphäre. Nach einer halben Stunde rasender Fahrt kehrte ich zum ersten Mal ein. Da ich mein Rad auf dieser langen Fahrt voraussichtlich beim Einkehren immer allein auf der Straße stehen lassen musste, habe ich vorsichtshalber ein großes Blechschild angebracht: *Bitte nicht stehlen!* Und so war ich wenigstens vor einem eventuellen Diebstahl sicher, und frisch gestärkt ging die Fahrt fortwährend hurtig weiter. – All Heil!

Der Feuerwehrtrompeter

KREUZ SAKRA, könnt ich da nervös werdn mit der saudummen Fragerei! Sooft wir Feuerwehrleut in Uniform auf der Straßn gehn, fragt jeder Mensch: »Wo brennt's denn?« Das ist doch zu dumm, dann müsste man doch einen Polizisten auch fragen: »Wer hat denn da was gstohln, Herr Polizist?« Überhaupt, was für dumme Leut es gibt, das ist nicht zu glauben.« – Es gibt tatsächlich Leut, die können keinen Trompeter von einem Feuerwehrmann unterscheiden. Ich bin doch ein Trompeter – das heißt, ich bin schon ein Feuerwehrmann, aber ich bin eigentlich kein direkter Feuerwehrmann, der wo es direkt mit dem Feuer zu tun hat, ich muss natürlich schon dabeisein beim Feuer – nur brauch ich nicht spritzen, sondern ich muss blasen, damit der andere spritzen kann; denn wenn ich nicht blas, dann kann der andere nicht spritzen, das heißt, können tut er ja schon, aber dürfen tut er nicht – ich darf ja auch nicht blasen, wenn ich will, ich häng wieder vom Kommandanten ab; der schafft mir an, wenn ich blasen muss; schafft mir der Kommandant nix an, dann darf ich auch nicht blasen, und wenn ich nicht blas, darf der andere nicht spritzen, und wenn der nicht spritzt, verbrennt das Haus.

Drum ist die Hauptsache von der ganzen Feuerwehr der Kommandant, und ich bin der Trompeter, und darum ärgert mich das so furchtbar, wenn mich die Leut immer für einen Feuerwehrmann anschaun. Bei dem letzten Brand bin ich auch wieder verwechselt worden. Wir stehn vor dem brennenden Haus am Brandplatz, auf einmal kommt eine Frau aus dem brennenden Haus herausgestürzt und rennt ausgerechnet auf mich zu und sagt: »Bittschön, Herr Feuerwehrmann, holen Sie mir mein kleines Kind herunter vom fünften Stock, das liegt in der Wiegn drinnen und muss sonst verbrennen.« – »Liebe Frau«, hab ich gesagt, »das geht mich nichts an, das müssen Sie dem Feuerwehrmann sagen, ich bin der Trompeter; aber dass Sie sehen, dass ich auch tue, was in meinen Kräften steht: blasen tu ich Ihrem Kind schon, dass es runterkommen soll.«

Ja, ja, die Sach ist nicht so einfach, wie Sie sich die Blaserei vorstellen, die vielen Signale, wo ich im Kopf haben muss! Viel Signale haben wir eigentlich nicht, nur zwei, aber von diesen zwei Signalen hängt alles ab. Sehn Sie, Sie werden das ja nicht begreifen, weil Sie ja selbst keine Feuerwehr sind. Das erste Signal, Nr. 1, heißt: ›Zum Angriff!‹ Signal Nr. 2 heißt: ›Gefahr vorüber – abrücken!‹ Stellen S' Ihnen vor, was das für eine Sauerei gibt, wenn ich die zwei Signale verwechsle und statt ›Zum Angriff!‹ – ›Gefahr vorüber!‹ blas!

Ja, das ist nicht so einfach, das muss alles gelernt sein. Mein Gott, wenn ich an meine Lehrzeit denk, wie ich die Feuerwehrerei glernt hab, da graust's mir heut noch. Wissen Sie, ich hab auch, offen gestanden, nichts lernen können, weil's grad ausgerechnet die drei Jahr, wo ich in die Lehr gangen bin, nirgends brennt hat, und selber haben wir nichts anzünden wolln, wegen dem Verdruss von den Leuten.

Ich wär überhaupt kein Feuerwehrmann geworden, aber das war so: Mein Vater, der war dreißig Jahr dabei, dann war die Uniform da, dann hab ich mir denkt, wirst halt auch einer. Passen tut mir alles bis auf den Helmriemen, der ist mir zu weit, weil mein Vater so einen großen Kropf ghabt hat. – Ich könnt ihn schon kürzer machen lassen, aber schließlich krieg ich auch einmal einen Kropf, dann hört die Abänderei nicht auf – lieber wart ich, bis ich auch einen Kropf krieg. Ja, mein Vater war bei der Berufsfeuerwehr, der hat immer die Leiter betreiben müssen, die wo so naufgeht, der war Betriebsleiter.

Wissen Sie, wir haben zweierlei Feuerwehr; es gibt eine freiwillige Feuerwehr und eine Berufsfeuerwehr. – Jetzt, wir in unserem Dorf, wir haben nur eine freiwillige Feuerwehr, zehn Mann und die Spritze. Den größten Brand, wo ich mitgmacht hab, das war damals, wie unser Dorf abbrennt ist. Heut sind es grad sechs Jahr, das war groß! Fünfzig Meter breit und sechzig Meter hoch, zweiundsechzig Meter darf man sagen, ganz genau habn wir's nicht abmessen können, weil's immer so hinaufgschwänzlt ist.

Ja, das Feuer wär nicht so groß geworden, wenn wir es gleich bemerkt hätten, aber erstens ist es bei der Nacht auskommen, und unser Dorf ist so schlecht beleuchtet gwesen, dass wir nicht einmal das Feuer gsehn habn. Zweitens hat der Turmwächter grad in dieser Nacht Ausgang ghabt. Am dritten Tag haben wir es erst gemerkt, dass das halbe Dorf lichterloh gebrannt hat.

Dann sind wir erst ausgrückt. Wie wir an das Spritzenhaus hinkommen, sehen wir zum größten Unglück, dass das Spritzenhaus selber schon abbrennt ist; jetzt hat der Kommandant sofort zum Baumeister hinübergschickt, er soll so schnell wie möglich ein neues Spritzenhaus bauen, dass wir wenigstens die Spritzn rausfahrn können. – Zu uns hat er gsagt, wir sollen einstweilen löschen, so gut als es geht. »Ja, mit was denn?« haben wir gsagt. »Im Winter, wo das ganze Wasser eingfroren ist!« Jetzt haben wir schnell ein paar Zentner Wasser gekocht, dass wir Wasser bekommen haben zum Löschen. Das gekochte Wasser war aber so heiß, dass wir uns die Finger verbrannt haben beim Spritzen. Nach zehn Minuten ist Wassernot eingetreten, da hat der Herr Apotheker in liebenswürdiger Weise zehn Flaschen Mineralwasser gespendet, das war natürlich gleich verspritzt. – Die Wassernot war so groß, dass zwei Feuerwehrmänner mit einer Kinderbadewanne zum Dorfschuster hinunter gangen sind, der wo schon sechs Jahre die Wassersucht hat; den haben s' ersucht, ob er nicht mit ein paar Maß Wasser aushelfen könnt, sonst ist das ganze Dorf beim Teufel. –

Auf einmal ist doch ein anderer Wind kommen, und das Feuer hat aufghört am Abend, und seit dieser Zeit haben wir zur Erinnerung an das große Feuer alle Abend – Feierabend.

Die Uhr von Loewe

GESTATTE MIR, Ihnen die Ballade ›Die Uhr von Loewe‹ vorzutragen mit Zitherbegleitung. Ich begleite mich selbst. Gott sei Dank kann ich mich selbst begleiten. Neulich hab ich mich selbst nach Hause begleitet, das hat furchtbar dumm ausgschaut, wie ich so allein neben mir gegangen bin. –

Die Uhr von Loewe. – aber die Hauptsache ist eben, dass man sich selbst begleiten kann, da bin ich meinem Vater noch dankbar, dass er mich so streng musikalisch erzogen hat. Ich hab als Kind zu Haus nur mit der Stimmgabel essen dürfen, gschlagen hat mich mein Vater nach Noten – 's Schönste war, wie mir mei Vater 's Zitherspielen lernen hat lassen, da hat er mir eine ganz alte Zither gekauft, bei einem Tändler um zwei Mark, auf dieser Zither war keine einzige Saitn mehr drauf, also nicht amal a einzige, aber mei Vater hat gsagt, zum Lernen tut's die auch. –

Die Uhr von Loewe. Ich schicke voraus, dass der Loewe kein Uhrmacher war, sondern Komponist.

Die Uhr von Loewe. Sehn Sie, weil wir grad von einer Uhr reden, mein Urgroßvater, der lebt nämlich noch, und dem habn 's vor vierzehn Tag d' Uhr gstohln, und durch den Diebstahl is er jetzt wieder jünger geworden, denn jetzt is er wieder Großvater. –

Die Uhr von Loewe. Ich hab auch amal was Dummes erlebt mit einer Uhr. Da hab ich mir bei einem Uhrmacher eine Taschenuhr gekauft, mit dieser Uhr bin ich drei Wochen rumgelaufen und hab nicht gewusst, wieviel Uhr dass is, weil kein Zifferblatt dran war und keine Zeiger, koane Zeiger, keine Zoager net, und das ist doch die Hauptsach von einer Uhr. Aus lauter Wut, weil ich mich mit dieser Uhr nicht ausgekannt hab, hab ich die Taschenuhr an d' Wand hingschmissen, hab ich mir gedacht, vielleicht wird dann wenigstens eine Wanduhr draus, daweil hab ich s' zu tausend Scherbn gschmissen, und unter die Scherben hab ich rausgefunden, dass ein Zifferblatt dabei war und Zeiger auch, aber jedenfalls war das innen drin. Dann bin ich aber sofort zu dem Uhrmacher hin und hab ihm alles gsagt. »Ja«, sagt der, »da hätten Sie doch bloß den Sprungdeckel aufmachen solln.« – »So«, sag ich, »das sagen Sie mir jetzt, weil ich die Uhr daworfen hab.« – *Die Uhr von Loewe.* Und über den Uhrmacher, sehn S', da hab ich heut noch eine Wut, weil er mir das nicht gsagt hat mit dem Sprungdeckel. Dann hab ich mir aus Rache bei ihm eine wirkliche Wanduhr gekauft, so a altmodische mit Ketten und Perpendikel, hab mir mit einem Hammer einen kleinen Nagel in die Brust geschlagen und die Uhr hingehängt. Ich sag Ihnen, da wäre ich bald wahnsinnig geworden. Wie ich das erste Mal mit dieser Wanduhr spazierengegangen bin, sind mir immer die Gewichte zwischen d' Fuß neinkommen – und der Nagel hat mir weh getan. – *Die Uhr von Loewe.* Ich trage, wo ich gehe, stets eine Uhr bei mir, wieviel ... Sehn S', wenn man's richtig nimmt, passt eigentlich diese Ballade gar nicht für Zitherbegleitung, weil es heißt, ich trage, wo ich gehe, stets eine Uhr bei mir, ich geh aber jetzt nicht, ich sitz ja, und zweitens hab ich gar keine Uhr, die hab ich versetzt.

Hochgeehrtes Auditorium – nachdem ich unterm Zitherspielen nicht gehen kann und außerdem meine Uhr versetzt hab, ist es mir leider nicht möglich, Ihnen die *Uhr von Loewe* zum Vortrag zu bringen.

Im Gärtnertheater

ICH WEISS NICHT MEHR GENAU, war es gestern, oder war's im vierten Stock oben, da bin ich mit meiner Mutter ins Gärtnertheater gegangen. Wir haben zwei Billetten ghabt, eins hab ich ghabt und 's andere sie, und die zwei Billetten haben wir zusammengetan, und mit diesen zwei Billetten sind wir zu einer Vorstellung gangen.

Wir hätten uns zuerst bald nicht hineintraut, weil wir glaubt habn, ins Gärtnertheater dürfen nur die Gärtner hinein, wir haben aber vorsichtshalber in einem Auskunftsbüro telefonisch angfragt, und da hat's dann g'heißn »Ja«, dann waren wir wenigstens sicher, dass wir uns nicht umsonst anzogen habn – weil wir unanzogn nicht ins Theater hineingangen wären.

Kaum sind wir drin gsessen – is's noch lang net angangen, da habn wir uns gedacht, jetzt wartn wir schon, bis es angeht, wenn wir schon positiv das Theaterstück sehen wollen, denn wegen dem Theaterstück sind wir hauptsächlich hineingegangen. Na, wie wir so a halbe Stund drinsitzen, auf einmal – geht's noch nicht an. Ja, habn wir uns gedacht, wir zahln doch nicht fürs »noch net angehn«.

Auf einmal sind die Musiker hereinkommen, die habn sich gleich vorn an die Bühne hingsetzt, dass sie ja alles recht gut sehn und hörn, die andern Leut, wo zahln und 's Jahr vielleicht einmal ins Theater neikommen, die dürfen sich hint hinsetzen.

Endlich is dann 's Theaterstück selbst angangen, jetzt das hat uns eigentlich weniger interessiert, weil's uns der Vater zu Haus schon erzählt hat, gehn habn wir aber auch nicht gleich wieder wolln, wenn wir schon extra deswegen hergangen sind.

Nach dem ersten Akt ist eine Pause gekommen, während der Pause haben sie überhaupt nicht gspielt, da is der Vorhang runtergangen, dann habn wir nicht mehr gsehn, wie's droben weiterspieln. Jetzt habn uns ich und meine Mutter gedacht, jetzt könnten wir eigentlich in den Erfrischungsraum naufgehn, weil's uns so heiß war; no, wir sind naufgangen, da habn wir uns gar nicht auskennt droben, da hat's Flaschenbier geben, Schokoladenbonbons, belegte Brötchen und lauter so Zeugs, und ich und meine Mutter, wir haben uns den Erfrischungsraum so wie ein Brausebad vorgestellt.

No, dann sind wir wieder nuntergangen auf unsere Plätz, ins Parkett, da is uns beim nächsten Akt was Dumms passiert, da habn wir sehn wolln, ob auf der Bühne ein Teppich liegt, drum sind wir aufgstanden von unsere Sitz, derweil schrein s' hinter uns »setzen«; wie wir uns niedersetzen wolln, haben wir keine Sessel mehr, habn s' uns in diesem Moment d' Sessel gstohln.

Jetzt habn uns ich und meine Mutter, bis der Akt aus war, in der Kniebeuge so hinbuckln müssen, wissen S', wie uns d' Haxn weh getan habn; erst wie der Akt gar gewesen ist und wie das Theater heller wurde, sind wir auch heller worn, da sind wir draufgekommen, dass die Sitz bloß so naufgschnappt sind.

Nach dem vierten Akt war's dann beim Schluss gar, jetzt hat's uns erst intressiert, wie das Theaterstück heißt, wo wir grad gsehen habn. Wir habn schon einen Theaterzettel dabeighabt, aber den alten, vom Hoftheater einen, aus »Lohengrün«, den habn wir uns nur mitgnommen, dass wir uns im Gärtnertheater nicht extra einen kaufen müssen, drum hat nix gstimmt drauf, weil das Stück, wo wir grad gsehen habn, hat der Herr neben uns gsagt, heißt ›Bruder Straubinger‹. Drum ist auch kein Schwan dahergekommen, anstatt dem Schwan is eben dann der Bruder kommen, der Straubinger. – Wir wärn dann schon noch sitzen blieben, aber die andern

Leut sind schon alle drauß gwesen, haben wir uns denkt, gehn wir auch, und weil wir so müd warn, wärn wir gleich gefahren, weil grad, wie wir zum Theater naus sind, is a Auto drauß gstanden – drauß gstanden sind ja mehr, aber wir wärn bloß mit einem gefahrn, weil wir nicht mehr Geld dabeighabt haben.

Wie wir an das Auto hinkommen, fragt der Chauffeur, wo wir hinfahren wolln – da sind wir nicht gfahren, grad weil er so neugierig gewesen ist, und zweitens hätt sich 's Fahren bei uns so nicht recht rentiert, weil wir gleich vis-à-vis vom Theater wohnen.

No, dann sind wir heim und ins Bett gegangen, d. h. nicht gegangen, sondern hineingestiegen, weil wir vom Zimmer bis zum Bett nicht gar so weit zum Gehen haben.

Wir haben die ganze Nacht geschlafen, wie wir in der Früh aufwachen, hat uns die ganze Nacht vom Theaterstück geträumt, habn wir das ganze Theaterstück im Bett gsehn, wissen S', wie uns das Geld gereut hat für die zwei Billetten, wir haben uns aber verschworen, dass wir nie mehr ins Gärtnertheater gehen, außer wir sind den Tag vorher im Bett gelegen.

Der Liebesbrief

Januar den 33. München, 1925½

Lieber Geliebter!

Mit weinenden Händen nehme ich den Federhalter in meine Hände und schreibe Dir. –

Warum hast Du so lange nicht geschrieben, wo Du doch neulich geschrieben hast, dass Du mir schreibst, wenn ich Dir nicht schreibe. – Mein Vater hat mir gestern auch geschrieben. Er schreibt, dass er Dir geschrieben hätte. Du hast mir aber kein Wort davon geschrieben, dass er Dir geschrieben hat.

Hättest Du mir ein Wort davon geschrieben, dass Dir mein Vater geschrieben hat, so hätte ich meinem Vater geschrieben, dass Du ihm schon schreiben hättest wollen, hättest aber leider keine Zeit gehabt zum Schreiben, sonst hättest Du ihm schon geschrieben.

Mit unserer Schreiberei ist es sehr traurig, weil Du mir auf kein einziges Schreiben, welches ich Dir geschrieben habe, geschrieben hast.

Wenn Du nicht schreiben könntest, wäre es was anderes, dann tät ich Dir überhaupt nicht schreiben, so kannst Du aber schreiben und schreibst doch nicht, wenn ich Dir schreibe.

Ich schließe mein Schreiben und hoffe, dass Du mir nun endlich einmal schreibst, sonst ist dies mein letztes Schreiben, welches ich Dir geschrieben habe. Solltest Du aber diesmal wieder nicht schreiben, so schreibe mir wenigstens, dass Du mir überhaupt nicht schreiben willst, dann weiß ich wenigstens, warum Du mir nie geschrieben hast.

Verzeihe mir die schlechte Schrift, ich bekomme immer den Schreibkrampf unterm Schreiben, Du bekommst natürlich nie den Schreibkrampf, weil Du nie schreibst.

Gruß und Kuss
Deine N. N.

Wie Karl Valentin das Schützenfest 1927 erlebte

KAUM WAR DER KANONENDONNER des 30-jährigen Krieges verhallt, begann die Schießerei von Neuem. Diesmal auf der Theresienwiese. Die Nachbarschaft der Theresienwiese, also des Bavariarings, hatte sich schon sehr oft beschwert über den furchtbaren Lärm des Oktoberfestes. Nun kam gleich gar das Schützenfest mit der unaufhörlichen Knallerei. Unser Magistrat hatte aber vorgesorgt und hatte um das ganze Schützenfest eine endlose Bretterwand geschlungen. Aber das Krachen der Büchsen klang trotzdem nach außen. Die Bretterwand war mindestens 35 Zentimeter zu nieder, oder die Schützen hätten leiser schießen müssen, eventuell mit Gummikügerl und Brausepulver.

Das heurige Schützenfest wollte man eigentlich auf 1928 verschieben, wurde aber auf allgemeinen Wunsch in diesem Jahre abgehalten. Manche Tage wurde miserabel geschossen, was bei dem föhnartigen Wetter nicht überraschte, da jede abgeschossene Kugel vom Winde, wenn auch ganz minimal, doch etwas verweht wurde. Insgesamt wurde den Schützen der bittere Vorwurf gemacht, dass sich dieselben bei ihrer Ankunft in München, wie immer, zuerst nach dem Bierpreis, dann erst nach dem Pulverpreis erkundigten. – Ein Probeschießen wurde von der Festleitung unbedingt vorgeschlagen, ein Probesaufen dagegen fand man für vollständig überflüssig. Die Schützerei ist eine uralte Erfindung und stammt aus dem grauen Alterdumm. 89.000 Jahre vor Christi muss es schon Schützen gegeben haben, besonders in München, denn der Name Schützenstraße lässt unbedingt darauf schließen.

Von dem letzten Schützenzug im Jahr 18hundertweißichnichtmehrgenau ist mir Folgendes noch in Erinnerung. Ich und wir standen auf dem Marienplatz, ich war ein damaliger Knabe von ungefähr 15 Jahren, und da mein Vater ein kleiner, dicker Mann war und nicht über die Menschenmauer hinübersah, nahm ich ihn auf meine Schulter, und er sah nun bequem den fast dreistündigen Schützenfestzug an uns vorbeiziehen. Am Anfange des Zuges kamen zwei berittene Schutzengel zu Pferde (oder Schutzmänner, was man durch den lauten Lärm nicht gut sehen konnte), dann kam der Tölzer Schützenmarsch ebenfalls zu Pferde, dann Tausende von Schützen und zuletzt der Schützenkönig; dieser hatte einen großen Schnurrbart und ebenso viele Orden, aus Gold und Silber, die alle an einer Schützenkönigskette hingen und im Winde lustig umherflattern wollten. Alle Menschen und Frauen schrien aus Leibeskräften »Glück auf«. Plötzlich verdunkelte sich das Firmament und der Himmel, und ein strömender Regen plätscherte hernieder. Die Schützen, die leider statt Regenschirmen ihre Gewehre bei sich hatten, flüchteten, bis auf die Haut durchnässt, in die Häuser der Stadt, und vom ganzen Schützenzug war in einigen Minuten nichts mehr zu sehen als die leere Straße. Die ganzen Menschenmassen stuben auseinander und gingen nach Hause. Auch ich.

Als ich heimkam, erschrak meine Mutter furchtbar, sie glaubte, ich sei übergeschnappt, denn in der Panik hatte ich ganz darauf vergessen, dass mein Vater noch immer auf meinen Schultern saß. Ich hub ihn herunter, und alles war wieder gut. Genau dasselbe passierte mir bei dem heurigen Schützenfest – nicht mehr. Nach Aussagen blödsinniger Schützenfestzuschauer soll der heurige Schützenzug mit dem heurigen deutschen Bundesschießen wenig Ähnlichkeit gehabt haben, denn die Dekoration des Festplatzes soll fast 300 Goldmark betragen haben, eventuell auch mehr. Vielen Münchnern ist es ein Rätsel, dass man das Schützenfest und die Ausstellung zugleich und direkt nebeneinander abgehalten hat. – Auf Anfrage wurde uns von dem Komitee darüber mitgeteilt, dass das von vornherein so beabsichtigt war, weil nach Beendigung des Schützenfestes das Defizit in der Ausstellung ausgestellt wird.

Und wer war an dem Defizit schuld? Nur das nasse Regenwetter und die schlechte Witterung. – Nun ist das Schützenfest vorüber, – vorbei, – es gewesen, – es ist nicht mehr, – es war erst kürzlich, – oder wie man sich hierüber ausdrücken mag. Die Vorbereitungen für das nächste Schützenfest sind bereits schon wieder in vollem Gange. Nach den jetzigen Voraussagen des amtlichen Wetterberichtes werden wir zum nächsten Schützenfest in München 1940 besseres Wetter bekommen, wenigstens für die ersten Tage, die letzten acht Tage sollen wieder teilweise bewölkt und mit gewitterartigen Niederschlägen umsäumt sein.

Der verlorene Brillantring

TROTZDEM ICH ZWEI JAHRE beim Militär gedient habe, hab ich vor acht Tag meinen Brillantring verlorn. Den Ring kann ich halt gar nicht vergessen, denn jedes Mal, wenn ich da herschau, wo ich immer hingschaut hab, muss ich gleich wegschaun. Also der Ring war einzig – erstens schon aus dem Grund, weil ich bloß den einzigen ghabt hab ... Ein Feuer hat der Ring ghabt – wegen dem Ring is scho amal d' Feuerwehr ausgruckt. Blitzt hat der Ring wie der Blitz. Dem Ring hat nur mehr das Donnern gfehlt, dann wär's direkt ein Donnerwetterring gwesen. – Einer hat sogar einmal zu mir gsagt: »Donnerwetter, ham Sie an schönen Ring.' – Wie das gegangen is, dass ich den Ring verloren hab, is mir heut noch ein Rätsel, denn acht Tag vorher hab ich ihn doch noch ghabt; also hat der Ring neun Tag gebraucht, bis er verlorengegangen is. Mir liegt ja weniger an dem Ring, aber was tu ich jetzt mit dem blausamtenen Etui, da hat der Ring so schön neipasst. Wer weiß, ob ich wieder so einen Ring krieg, der wo so schön da neipasst wie der. Aber mei, jetzt is er schon fort, jetzt kann ma nix mehr ändern. Ja freilich, einmal hab ich ihn schon ändern lassen beim Goldarbeiter, da hab ich den Ring weiter machen lassen, weil er mir immer vom Finger runtergfallen is. Der Goldarbeiter bat ihn aber gleich wieder so weit gmacht, dass'n mei Frau als Armreif tragn hat könna. Durch das is er wieder verlorngegangen. – Wissen Sie, ich hätt den Ring schon wiederbekommen, wenn ich gleich eine Annonce aufgegeben hätt in der Zeitung, aber jetzt is auch schon wieder acht Tag her, jetzt weiß ich nicht mehr genau, wie der Ring ausgschaut hat; ich weiß bloß noch, dass er in der Mittn a Loch ghabt hat, wo man den Finger durchsteckt, und dass er 50 Mark kost hat.

Aber mein Gott, solche Ring gibt's halt mehr auf der Welt.

Eigentlich bin ich froh, dass ich den Ring verlorn hab, wie leicht hätt's sein können, dass er mir amal gstohln wordn wär.

Der Menter Xaver hat Zahnweh

VON GESTERN BIS HEUT, hat er gsagt, der Menter Xaver, hat er drei Nächt net gschlafa vor lauter Zahnweh.

Ganz hint in der Eck hat er an Stockzahn, a Mordstrumm, aba hohl wia a alter Trankhafa. Da Xaver sagt, des kann er net versteh, wenn do a Zahn hohl is, dann is doch im Zahn nix drin, und wia des ›nix‹ weh doa ko, des konn er net versteh, des wui eahm gar net eigeh. Denn dann müassat da der Burgermoaster allawei Kopfweh ham, sagt er.

Es is aba aa zwida für'n Xaver, weil er an ganzen Tag mit'n rotdipfedn Zahnbund rumlaffa muass – ja jeda fragt'n scho aa: »Hast Zahnweh, Xaver?«

»Naa«, brüllt er, »an Fuaß hab i mir verstaucht, drum bind i mir an Kopf ein.« Er hat scho recht, der Xaver, des muass do jeder am ersten Blick glei sehng, dass er Zahnweh hat, sunst tat er do koan Zahnbund umabinden. Soweit i an Xaver kenn, konn er ja gar nix dafür, sei Muatter, ham s' erzählt, soll aa am selben Platz an hohln Zahn ghabt ham, und da hat'n halt der Xaver geerbt, da konn ma eahm wirkli koan Vorwurf macha.

Gestern soll's aba ganz gfehlt gwesn sei. Gestern hat er gwimmert wia 's Sturmglöckerl, wann's brennt, vor lauter Zähntweh, dann is eahm z' dumm worn. Er hat sei schöne Joppn ozogn, hat sei Plüschhüatl mit'n Adlerflaum aufgsetzt, dessell war eahm aba um fünf Nummern z' kloa, wegn am Zahnbund, aba er hat's mit an Spagatschnürl obundn, sein Stecka packt, und dahi is ganga.

Und wia's halt scho oft vorkemma is, wia da Xaver in der Stadt vorm Zahnarzt seiner Tür steht, war's eahm grad, als wia wenn der Zahn auf oamal gar nimma so weh tat. Halt, hat si da Xaver denkt, des hast schö daratn, a Viertelstund später, wenn er aufghört hätt, war er scho herausgwesn, da hab i aba a Glück ghabt. Und glacht hat er, wei er sich das Markl erspart hat. Auf de Zehaspitzl is er runtaganga vom drittn Stock, und heruntn hat er sich glei a Maß Bier kaft und a Laugnbrezen. Seine andern Zähn hat des eiskalte Bier und de stoaharte Laugnbrezen net gschadt, bloß der oane Zahn, der wehe, war mit dera Behandlung net zfriedn, und er hat halt wieda zum Tobn und zum Ziagn ogfangt, sodass da Xaver vor lauter Schmerz as Zahln vergessn hat. Und de Kellnerin hat gschrian: »Halt, z'erst zahln!« – und bald hätt er des aa net ghört wegn dem dicken Zahnbund.

Und wia a alter Leimsieda is da Xaver wieda zum Zahndokta auffe mit dem oan Gedanken – jetzt muass er aussi, der Knocha! – Narrisch hat er oglitten, und a paar Minutn drauf is er scho auf dem gspaßigen Stuhl drom ghockt. Zittert, sagt er, hat er wia a Schweinssulz. Aba wia da Zahndokta zu eahm gsagt hat: »No, mei Liaba, wo fehlt's denn?« – Da hat der Xaver 's ganze Vertrauen verloren. Mei, hat er si denkt, wenn der aa no so dumm fragt und als Zahndokta net selba kennt, dass i Zahnweh hab, na werd's grad recht. »Ja, Zahnweh hab i«, hat der Xaver gsagt.

»Ja, ja«, moant da Dokter, »des glaub i schon, dass du mir koan Stiefe zum Doppeln bringst, aber i muass do wissn, wo du Zahnweh hast?«

»In mein Mai drinna«, sagt der Xaver.

»Ja«, sagt der Dokter, »na muasst aber dei Mai aufmacha, dass i den wehen Zahn siehg.« – Mei, hat da Xaver denkt, is der neugieri, der werd do als Zahndokter scho öfters an wehen Zahn gsehng ham. Dann hat er sei Mai aufgrissn, und da Dokter hat einegschaut, hat sei Zangerl gholt, und da Xaver hat si denkt »Jetzt hoaßt's aushalten« und hat sich im Stillen gwunschen: Liaba lassat i mir jetzt den größten Holzschiefer aus'n großn Zeha rausziagn, des tuat zwar aa narrisch weh, aba i kannt wenigstens vor Schmerzen de Zähn zsammbeißn, weil da Dokter sagt: »So, jetzt macha S' an Mund recht schö weit auf!« Aba desmal hat da Dokter zum Xaver gsagt: »Gar so notwendig is eigentli de Rausreißerei net mit dem wehen Zahn, weil man den vielleicht no plombiern kannt. Ich moan, der halt's no aus.« Na is er auf sei Schranken zuweganga, hat 's Zangen neiglegt und is mit so a neumodischen Bohrmaschin daherkemma. Des war a langa Schlauch, und vom dro is a Bohrer gwesn, der hat si draht wia da Teufe. – »Halt«, hat da Xaver gsagt zum Dokter– »gehst glei weg mit dera Maschin, mir waar's ja schön gnua, was möchst ma denn mit dem Teifelsglump otoa?«

Aber da Dokter hat's eahm ganz vernünfti erklärt, an Xaver, dass er den hohlen Zahn vorm Plombieren ausbohren muass. »Den braucha S' nimmer ausbohrn«, hat da Xaver gsagt, »der is ja so scho hohl.« Da Dokter hat aba mit'n Xaver a rechte Geduld ghabt und hat gmoant, da Xaver soll sich halt dann doch den bösen Zahn reißen lassen. Er hat eahm aa versprocha, dass er gar nix gspürat, weil er ihn mit Lachgas behandeln tät.

Jetzt hat da Xaver d' Lippen übereinandergschobn, hat oa Aug zuzwickt und hat gmoant: »Nix gspüm, des waar scho mei seligster Wunsch beim Zahnreißen, aba mit Lachgas, dessell trau i mir net, wei mei Basn vor vier Wocha gstorbn is, und da hab i no Trauer.«

»Ja mei«, hat der Dokter wieda an Xaver vertröst, »woal. Sach mit euch Bauern, jetzt bleibt mir nix mehr übrig als an a Goldkrone aufsetzen.« – Wia des da Xaver ghört hat, is aufgrumpelt, hat sein Huat packt und sei Packl, denn vom Tö nie was wissen wolln, und jetzt in da Republik a Goldkrone aufse »Naa, naa!!! – Pfüat Gott, Herr Dokta – nix für unguat!!!«

Auf dem Marienplatz

Die neue Verkehrsordnung

DER GROßE DICHTER JOSEF DING (i. J. 1520) sagte einmal: »– Es geschieht nichts Neues unter der Sonne!« – Dieser Mann hatte nicht recht oder vielmehr, er hatte nicht Gelegenheit, heute über den Marienplatz in München zu gehen. Der Marienplatz vor hundert Jahren (siehe Maillingersammlung) – der Marienplatz von heute (siehe Marienplatz).

Schutzleute zu Podium (früher zu Pferd) und Schutzleute zu Fuß tuen ihre Pflicht. Der Marienplatz ist voll von Menschen – Kindern – Automobilen – Radfahrern – Hunden – Tauben – Glockenspiel – Straßenbahnen – Pflaster – Inseln – Wasserpfützen – Bogenlampen – Zigarrenstumpeln – verfallenen Straßenbahnbilletten – Kontaktdrähten – Benzingestank usw. – Das sind die gegenwärtigen Requisiten des Marienplatzes. Was treiben diese Requisiten? – Die Schutzleute dirigieren – die Menschen folgen nicht – die Gaffer gaffen – staunen, betrachten, grinsen, spotten, sind noch biedermeierisch veranlagt, wollen sich nicht an den Großstadtbetrieb gewöhnen. – Die Automobile hupen – die Radfahrer warten – die Hunde stören – die Tauben fliegen – das Glockenspiel klingt hell und ›rein‹ – die Straßenbahnen kommen daher und fahren dahin – das Pflaster wird betreten, die Inseln ebenfalls – die Wasserpfützen auch ebenfalls – die Bogenlampen brennen (nachts) – die Zigarrenstumpel liegen – die weggeworfenen Straßenbahnfahrscheine flattern – die Kontaktdrähte schwingen wie Spinnennetze – der Benzingestank ist tagtäglich – und somit der ganze Zustand unerträglich.

Die Verkehrspolizei will nur das Beste. – Aber wir Städter sind immer noch Dörfler. – Macht es der Schutzmann so – gehn wir so. – Macht es der Schutzmann aber so – gehen wir gewiss so. – Es soll klappen, aber es klappt nicht. Vielleicht in zehn Jahren, dann ist es aber zu spät, bis dahin fliegen

. – Für die ganze Verkehrsordnung hätte ich eine neue Idee. Und _er Irrsinnige wird mir voll und ganz beistimmen.

Mein Prinzip wäre Folgendes:

Am Montag dürfen in ganz München nur Radfahrer fahren, am Dienstag nur Automobile, am Mittwoch nur Droschken, am Donnerstag nur Lastautos, am Freitag nur Straßenbahnen, am Samstag nur Bierfuhrwerke. Die Sonn- und Feiertage sind nur für Fußgänger. Auf diese Weise könnte nie mehr ein Mensch überfahren werden.

Ein zweiter Vorschlag wäre auch dieser:

Von 6 bis 7 Uhr morgens sind die Straßen Münchens nur für Radfahrer, von 7 bis 8 Uhr für Automobile, von 8 bis 9 Uhr für Droschken, von 9 bis 10 Uhr für Lastautos, von 10 bis 11 Uhr für elektrische Straßenbahnen, von 11 bis 11¼ Uhr für das Glockenspiel, von 11¼ bis 12 Uhr für Bierfuhrwerke bestimmt.

Der Regen
Eine wissenschaftliche Plauderei

DER REGEN ist eine primöse Zersetzung luftähnlicher Mibrollen und Vibromen, deren Ursache bis heute noch nicht stixiert wurde. Schon in früheren Jahrhunderten wurden Versuche gemacht, Regenwasser durch Glydensäure zu zersetzen, um binocke Minilien zu erzeugen. Doch nur an der Nublition scheiterte der Versuch. Es ist interessant zu wissen, dass man noch nicht weiß, dass der große Regenwasserforscher Rembremerdeng das nicht gewusst hat. Siedendes Regenwasser gehört zu den heißesten Flüssigkeiten der Gegenwart. Dem Regen am nächsten liegend ist der Regenwurm – er lebt vom Regen, genau wie der Regenschirmfabrikant. Regenschirm und Sonnenschirm sind zwei gleiche Begriffe, und doch würde ihre Verwechslung zu einer nicht vorausgeahnten Katastrophe führen, denn einen Regenschirm kann man im Notfalle als Sonnenschirm benützen, dagegen kann man einen Sonnenschirm im Notfalle kaum als Regenschirm benützen.

Die Regentropfen gleichen in der Form den Hoffmannstropfen, die, an der Medizinflasche hängend, eine ovale, frei in der Luft schwebend, eine runde, und auf einer Tischplatte liegend, eine platte Form besitzen. Regenwasser benützt man häufig zum Gießen von Wiesen, Gräsern, Blumen, Unkraut und Gärten. Kinder benötigen den bekannten Mairegen zum Wachstum, und es ist statistisch nachgewiesen, dass die Kinder wirklich wachsen, auch wenn sie nicht mit Mairegen begossen wurden. Der allerschönste Regen ist der Regenbogen – gar kein Vergleich mit dem Münchner Maffeibogen, jener ist ein Wunder des Himmels, letzterer ein Gräuel der Stadt München. Nur an Farbenschönheit überragt Ersterer den Letzteren.

Das Regenwetter wird oft mit Sauwetter, Hundswetter betitelt. Die Theater-, Kino- und Kaffeehausbesitzer haben derlei Ausdrücke noch nie über ihre Lippen gebracht. Heftige Regengüsse nennt man Wolkenbrüche; damit ist gemeint, dass irgendeine Wolke so schwer mit Wasser gefüllt ist, dass sie bricht, welchen Vorgang man beim menschlichen Biermagen mit Katzenjammer bezeichnet. Gegenmaßnahmen zur Heilung von Wolkenbrüchen sind zurzeit noch nicht gemacht worden, da Wolkenbruchbänder der großen Dimension halber noch nicht hergestellt werden können, und zwar aus technischen Gründen.

Künstlicher Regen wird durch Gießkannen erzeugt. Unglaubliche Sitten und Bräuche werden aus dem Mittelalter erzählt. Ich zähle hier schon einige mehr an Aberglauben grenzende Tatsachen auf: Bei den alten Germanen wurden schnell alternde Kinder mit frisch gefallenen Regentropfen geimpft. Während dieser Injektion musste der Urgroßvater des betreffenden Kindes einen vierstimmigen Choral singen. Ein weiterer Aberglaube bestand darin, Ehesünder auf folgende Art zu entlarven: Bei strömendem Regen musste der Ehemann 100 Meter weit laufen, unmittelbar nach seiner Ankunft am Ziel wurden die auf seinen Körper gefallenen Regentropfen schnell gezählt, waren es über 1000 Tropfen, war er ein Ehesünder.

Weitere wissenschaftliche Fortschritte über Regenwasser sind bis heute noch nicht gemacht worden. – Die Feuchtigkeit des Regens soll auch im Mittelalter nicht so stark gewesen sein wie heutzutage, was ja auch der jüngstvergangene langanhaltende Regen beweist. Denn die verflossene Feuchtigkeit konnte nicht mehr mit Bodenfeuchtigkeit, sondern mit Hochwasser angedeutet werden. Und was Hochwasser bedeutet, wissen wir alle noch von der Sündflut her, die vielen unvergesslich bleiben wird. Aber dennoch denken wir dabei an die Worte des Dichters:

Sich regen – bringt Segen.

Neues vom Starnberger See

FÜNF METER VON STARNBERG abwärts liegt der Starnberger See. Am linken Ufer des Sees liegt eine Leoni, kurz genannt Leoni. Wie in Neuyork, so landen auch hier stündlich Dampfschiffe. Mit den Dampfschiffen nehmen alltäglich die Starnberger Dampfschiffseerundfahrten ihren werten Anfang. Die Rundreisebilletten auf den Dampfern sind aus Pappkarton, und wenn es regnet, ist meistens während der Fahrt die Aussicht auf das bayerische Gebirge wegen schlechter Aussicht nicht zu sehen. Der Starnberger See selbst ist melancholisch, was bei anderen Seen stets meistens auch immer hie und da sehr oft der Fall ist. Einer alten Sage nach aus dem Jahre 1925 sollen sich vom Undosabad aus vorigen Sommer aus unbekannten Ursachen Tausende von Menschen in den See gestürzt haben; dieselben konnten sich aber dank ihrer guten Schwimmkenntnisse alle selbst aus den Wellen befreien.

Im selben Jahre ereignete sich auch noch ein anderer bedauernswerter Unfall. Ein Mann stieß mit dem Ruderboot, ungefähr 50 Meter vom Ufer entfernt, an eine grüne Schlingpflanze, sogenannte Wasserrose, an, das Schiff kippte um, und im Handumdrehen fiel der Mann in das in der Nähe befindliche Wasser. Breit und weit kein Mensch, der dem Ärmsten Hilfe bringen konnte, trotzdem er fortwährend um Hilfe schrie. Zufälligerweise kam ein Briefbote daher und bemerkte die Hilferufe des um Hilfe Schreienden. Statt nun wacker (nicht identisch mit Fußballklub Wacker) ans Rettungswerk zu schreiten, rief der hartherzige Briefträger dem Ertrinkenden die nicht minder harten Worte zu: »Ich kann Ihnen leider nicht helfen, da ich selbst nicht schwimmen kann, aber ich kann Ihnen die Adresse eines guten Schwimmlehrers mitteilen.«

Jeder Mensch ohne Ausnahme soll also in der heutigen Zeit schwimmen lernen, das finde ich unbedingt notwendig, damit er einen nicht Schwimmenkönnenden jederzeit aus dem Wasser retten kann. Aber eigentlich ist es auch wieder zwecklos, denn wenn jeder Mensch einmal schwimmen kann, braucht man ja keinen mehr retten. Also wäre es angebracht, dass jeder, der schwimmen kann, dasselbe sofort wieder verlernen soll.

Ein weiterer Sport außer dem Ertrinken ist das sogenannte Fischen von lebenden Fischen. Dass die Fische gefangen werden müssen, leuchtet jedem ein, und das ist auch klar. Wäre im Starnberger See zum Beispiel seit Gründung, oder besser gesagt seit dem vieltausendjährigen Bestehen desselben noch nie ein Fisch gefangen worden, so hätten sich diese Fische seit diesen Jahrtausenden so vermehrt, dass vielleicht mehr Fische im See wären als Wasser. Die Folge davon wäre, dass die Fische vor lauter Fischen nicht mehr schwimmen könnten, zuwenig Wasser hätten und daher nicht mehr existieren könnten. Nachdem aber im Starnberger See viel Wasser ist, bleibt die Frage offen, ob tatsächlich schon so viele Fische gefangen worden sind.

Eine Kontrolle hierüber käme jetzt natürlich zu nachträglich. Das Fischen mit der Angel ist von vielen Seiten als Tierquälerei empfunden worden, hauptsächlich vom Fisch selbst. Einen Dieb fängt man ja auch nicht mit der Angel, sondern eben aus Humanität mit List und Schlauheit. Stellen wir uns einmal einen Schutzmann vor, der mit der Angel einen Dieb fangen will; der Schutzmann geht mit der Angel in eine Wirtschaft, in der er den Dieb vermutet, befestigt an dem spitzen Angelhaken ein Stück Schweinsbraten, hält diesen dem Dieb vor die Nase, der Dieb beißt an, und schon hat der den Haken in der Oberlippe. Das wäre eine Grausamkeit. Ist es bei einem Fischlein keine Grausamkeit? Eigentlich noch mehr, denn der Fisch ist ja unschuldig, weil er nichts gestohlen hat.

Über die Tiefe des Starnberger Sees gehen die Ansichten weit auseinander. Einige behaupten, er sei tiefer als lang, andere sagen, er sei länger als tief. Fachmännisch wurde genau berechnet, dass er tief, seicht, lang, kurz, schmal und breit zu gleicher Zeit ist. Die Tragkraft des Wassers wurde erst kürzlich von Ingenieuren geprüft und dabei die erfreuliche Tatsache festgestellt, dass die irrige bisherige Meinung »je tiefer das Wasser, desto mehr Tragkraft« nicht richtig ist. Eine Probe brachte den sicheren Beweis. Während ein faustgroßer Stein in der Mitte des Sees, also an der tiefsten Stelle, rapid unterging, blieb ein ebenso großer Gummiball an der seichtesten Stelle auf der Wasserfläche liegen. Ob dieses Experiment eine Tragweite für die Zukunft bedeutet, wird uns die Zukunft beweisen. Jedenfalls ersieht man daraus das fortwährende wissenschaftliche Tasten nach Problemen. Auf alle Fälle steht fest, dass, je weiter sämtliche Ufer eines Sees voneinander entfernt sind, desto größer sich also die Wasserfläche gestaltet. Ein See ohne Ufer wäre daher kein See mehr, denn einen uferlosen See hat es bis heute noch nicht gegeben. Dasselbe gilt auch für den Ammersee.

Geschichtliches ist vom Stamberger See nur noch zu berichten, dass der damalige bayerische Herzog der Pfiffige einen Antrag des Starnberger Bürgermeisters: Errichtung einer Handelsflotte auf dem Starnberger See, schnöde abwies. Die heutigen noch existierenden Starnberger-See-Salondampfer können nur noch in den Augen der Firmlinge Gewaltiges auslösen, denn für Weltreisende bedeuten dieselben nur mehr ein Lustspiel auf offener See. »Bei schönem Wetter«, sagt der kleine Maxl, »ist es auf dem Starnberger See herrlich, regnet es aber, so wird der See nass. – Über Starnberg selbst ist wenig zu berichten. Starnberg hat seinen eigenen Reiz und seinen eigenen Bahnhof, in welchem unsere neuen elektrischen Schnellzüge stehen. Bei den elektrischen Schnellzügen, die einen Gipfel der deutschen modernen Technik darstellen, haben sich die alten Gasfunzeln (aus dem Jahre 1880 ungefähr) so gut bewährt, dass dieselben jetzt in den modernen Münchner Straßenbahnwagen statt der elektrischen Glühlampen eingeführt werden sollen. In Starnberg sind jetzt schon viele Fremde zu sehen, die aus München geflüchtet sind, wegen den unaufhörlichen chronischen Straßenbauarbeiten.

Soweit wäre über Starnberg alles berichtet. Nächsten Sonntag Nachmittag um halb 21 Uhr findet im Starnberger See ein Karpfenrennen statt, mit darauffolgendem Brillantfeuerwerk. Zwölf zehnpfündige dressierte Karpfen schwimmen mit Motorboot und Musikbegleitung von Starnberg nach Seeshaupt; während dem Rennen ist der See für Fußgänger gesperrt.

Fußball-Länderkampf

Ich bin erst kurz beim Fußballkampf gewesen,
Dort war es schön und intressant,
Den Platz hab ich schon irgendwo gesehen,
Die Fußball-Mannschaft hab ich nicht gekannt.
Und als sie Abschied nahmen von den Toren,
Das Spiel war aus, sie reichten sich die Hand,
Ich hab mein Herz in Heidelberg verloren,
Mein Herz, das wohnt am Isarstrand.

GROßE TAGESPLAKATE kündigten einen großen Fußballkampf an. Ich hab noch nie einen solchen gesehen. Flugs eilte ich an eine Autowartestelle und frug den Führer, ob er gewillt wäre, mich zu dem heutigen Fußball-Rennen zu bringen. Nachdem mich der Autoführer aufgeklärt hatte, dass heute kein Fußball-Rennen, sondern ein Fußball-Kampf stattfindet, stieg ich in das Auto und fuhr los. So was von Menschen habe ich noch nie gesehen, eine direkte Völkerwanderung von der Stadt bis zum Fußballplatz. Ich zählte mindestens 5.000 Autos. Wenn man bedenkt: wegen einem Fußball 5.000 Autos, das ist kolossal. Am Sportplatz selbst eine Menschenmasse von 50.000 Menschen, dazu 5.000 Autos gerechnet, also zusammen 55.000. Am Fußballplatz angelangt, frug ich sofort einen Platzanweiser: »Wo ist die Drehbühne?« – »Drehbühne?« sagte er, »gibt es hier nicht.« – »Was?« sag ich, »50.000 Menschen und keine Drehbühne? Sind Sie verrückt? Ich habe doch im Kartenvorverkauf eine Drehbühnenkarte gekauft!« Ich wies meine Karte vor, der Irrtum wurde mir klar – es war keine Drehbühnen-, sondern eine Tribünenkarte. Ich wälzte mich also zur Tribüne hinauf. Schlängelte mich amphibisch zu Platz Nr. 4376 hinauf. Ich saß. Ich saß kaum – wer stand vor mir? Ein Mann mit einem heißen Blechkessel. »Wollen Sie heiße Würstchen?« sprach er. – sagte ich, »das Gegenteil – ich will das Fußballwettspiel sehen.« Ich zog meine Uhr aus der Tasche und sah – 4 Uhr 10. Beginn 4 Uhr.

»Wann geht es endlich los?« – Ich wurde ungeduldig und schrie aus Leibeskräften!! – Schon wieder war einer da – »Wer wünscht hier Los? Ziehung unwiderruflich Freitag, den 1. April.« Nun begann die Musikkapelle drei Musikpiecen zu spielen. Vom Fußballspiel war noch keine einzige Spur zu sehen. Die Musikkapelle spielte hierauf ein Dacapo. Währenddessen nahte ein Flieger samt Flugapparat surrend zum Flugplatz heran. – Der Flieger war hoch oben, der Platz tief unten, das Publikum ebenfalls. Es war ein ergreifendes Schauspiel. Besser hätte man es in einem Schauspielhaus auch nicht gesehen. Ich habe schon in meinem Leben viel Flieger gesehen, aber diesmal nur einen, oder besser gesagt, damals nur diesen. Als das Flugzeug sich dieses Fußballs entledigt hatte, flog es hurtig von dannen.

Nachdem uns die Musik wiederum etwas geblasen hatte und das Fußballspiel noch immer nicht begann, rief ich zum zweiten Mal aus Leibeskräften: »Los!!!« Wer kam wieder daher? Der Mann mit den Losen! »Ziehung unwiderruflich am Freitag, den 1. April.« – Nun wurde es mir fast zu dumm, wir wollten gehen ... Sie staunen, weil ich *wir* sagte – wir waren zu zweit, ich und mein Regenschirm. Um wieder auf den Fußball zu kommen, ich vergesse nie den Anblick, wie auf dem riesigen Festplatz dieser kleine Fußball lag – einsam und verlassen. Hätte ich Tränen dabei gehabt, ich hätte dieselben geweint. Auf einmal – wir konnten es kaum erwarten – fing es endlich an ... zu regnen.

Von diesem Augenblick an war ich überzeugt, dass die Menschen vom Affen abstammen. Denn wie bekannt, machen doch die Affen alles nach.

Beim ersten Regentropfen öffnete ich meinen Regenschirm, und siehe da – alle 45.000 Menschen machten mir es nach. – Was sagen Sie dazu?

Hätte ich vielleicht meinen Regenschirm nicht aufgespannt, hättens alle anderen auch nicht getan. Und alle 45.000 Menschen wären nass geworden bis auf die Haut, die sich ja bei jedem Menschen unter den Kleidern befindet. Plötzlich ein Fahnenschwenken, die Musikkapelle spielte dazu, und das erste Fußballbataillon marschierte mit klingendem Spiel auf das Spielfeld. Ich sprach zu meinem neben uns stehenden Freund: »Nun geht's los.« Wer stand wieder da? Der Mann mit dem Los: »Ziehung unwiderruflich Freitag, den 1. April.« … Es war zum Kotzen. Ich werde dieses Datum nie mehr vergessen. – Und nun begann der Anfang. Es erschienen nun die Fußballieblinge, die vom Publikum vergötterten Fußballisten. Da begannen die 45.000 Menschen ein 90.000-händiges Applaudieren.

Der Torwärter stand schon vor den Toren, und die Musik spielte dazu ›Am Brunnen vor dem Tore‹. Alles stand kampfbereit, aber der Fußball stand noch immer allein und einsam in der Mitte. Es war bereits 4 Uhr 30 alte und 16 einhalb Uhr neue Zeit zugleich. Da ging wie ein Lauffeuer ein unleises Raunen durch die Menschenmassen … »Die Fotografen kommen.« Mindestens ein halbes Dutzend Fotografen ohne Ateliers bevölkerten jetzt das Spielfeld. Das Spiel begann nun immer noch nicht und die Kapelle spielte dazu das alte Volkslied ›Es kann doch nicht immer so bleiben‹. Das war denn auch meine Meinung, und nach einigen kürzeren Minuten erschienen endlich drei Kinooperateure. Nun trat eine Pause ein, nach deren Ende plötzlich die Sanitätsmannschaft auf dem Platze Platz nahm. Anschließend daran kam der Herr Amtsrichter – Verzeihung – Schiedsrichter, um seines Amtes zu walten. Er ging in die Mitte, pfiff und das Spiel begann. Enden tat das Spiel mit dem Sieg der einen Partei – die andere Partei hatte den Sieg verloren. Es war vorauszusehen, dass es so kam.

Karl Valentins Olympiabesuch

Hier sitz ich alleine und spähe umher / und lausche hinauf und hernieder,

… so heißt es in dem alten Lied »An der Weser«.

SO ÄHNLICH ERGING ES MIR, als ich allein im Olympiastadion saß. – Wie kam es, fragte ich mich selbst, dass ich zur Olympiade zu spät kam? – Ich blieb mir die Antwort nicht schuldig, Ihr Leichtsinn ist daran schuld! erscholl es von meinen Lippen. (Ihr bedeutet ich selbst). Denn aus

Eigentrotz sage ich selbst zu mir nicht du, sondern Sie, weil man da vor sich selber viel mehr Respekt hat als mit der Duzerei. – Nur einen Tag zu spät und dennoch zu spät! – O Herr, bewahre mich bei der nächsten Olympiade 1940 vor solchen Etwaigitäten! – Trotzdem ich mich setzte, war es doch entsetzlich, als ich allein dasaß, in einer Hand die verfallene Eintrittskarte, die andere Hand in meiner eigenen Hosentasche. – Um mich herum saß nirgends niemand – das große Schweigen ringsumher war still und lautlos. –

Meine einzige Unterhaltung war das Warten. Zuerst wartete ich langsam, dann immer schneller und schneller, kein Anfang der Olympischen Spiele ließ sich erblicken – da endlich von mir ein schriller Blick, und meine Augen starrten hinunter zu dem Eingang bei der Kampffläche. – Ich sahte einen kleinen Jemand, der Jemand scheinte mich zu suchen, was diesem auf den ersten Blick gelang. Unsere Pupillen kreuzten sich in der Mitte unserer Entfernung. Ich saß – sie kam – nur sie allein, die kleine Liesl Karlstadt, klärte mich darüber auf, dass gestern der letzte olympische Tag gewesen ist. – »Ist das schade!« schrie ich teilnahmserregt in den blauen Äther hinaus – ich schnellte langsam von meinem Sitz empor, flugs verließen wir die Stätte des großen Gewesenseins. Freudezerknittert traten wir per Verkehrsmittel die Heimfahrt an in die Stammkneipe am Kurfürstendamm. – Wir Sachsen haben in Berlin einen eigenen Stammtisch, dort kommen täglich alle Münchner zusammen, und da wird erzählt, von diesem und jenem, von jenem weniger, dafür öfter von diesem. Ich konnte leider heute zu meinem Bedauern nichts von den Olympischen Spielen erzählen, da ich ja nichts gesehen hatte – und alle lauschten umsonst.

Erste Narrenrede

DAS WAR SO! – Wie der moderne Maler malt, so kann der moderne Schriftsteller schreiben.

In Magdeburg am Rhein wohnte eine Verwandte, nämlich meiner Mutter ihre Braut, die gegenwärtig von Mexiko vorübergehend nach Rom reiste. Dadurch ist das Privatvermögen der Sauerkrautverleihanstalt ›Eldorado‹ in Konkurs geraten, weil die Pläne zur Grundsteinlegung des neuen Kreisrealschul-Projektes durch Prolongation des Innern nicht genehmigt worden sind.

Ich finde es übertrieben, deshalb meine Zimmer tapezieren zu lassen, denn in kurzer Zeit kommt die Sache ans Tageslicht, und wenn sich drei Schwestern heiraten, kann von einem Quartett keine Rede sein.

Mir ist die Sache furchtbar peinlich, denn wenn ich die Gummischuhe einmal getragen habe, fasst der Kanzleisekretär die Sache falsch auf, und statt, dass ich für das Segelflugzeug zweihundert Mark Einsatz bekomme, muss ich von Frankfurt bis Köln zu Fuß heimfahren.

Mein Rechtsanwalt gab sich alle Mühe, in 3.000 Meter Höhe ein Zündholz aufzutreiben, aber deshalb ist nicht gesagt, ob das Filmdrama einem Lustspiel gleichkommt, denn mit einem bloßen Händedruck kann man heutzutage kein Stiegengeländer lackieren – und warum? Weil das Zutrauen fehlt! Obwohl kein Zeuge beweisen kann, dass man mit einem Freibillett eine Telefonstörung vermeiden kann. Die Hauptsache ist schließlich doch, dass der Schönschreibunterricht in den Volksschulen nicht mit dem Walchenseekraftwerk in Fühlung kommt, denn der städtische Knabenhort hat alle Hebel in Bewegung gesetzt, dass eine abermalige Erweiterung des Potsdamer Platzes nur dann zustande kommen darf, wenn sämtliche Kinos in Berlin in Freudenhäuser verwandelt werden. Was natürlich mit einer Verlängerung der Polizeistunde vor Mitternacht nichts zu tun hat. Im gegebenen Falle würde natürlich hygienischen Rücksichten entsprechend ein öffentliches Hausieren mit elektrischen Klavieren nur dann in Betracht kommen, wenn die Lederindustrie zur Erzeugung von Tabakprodukten die Grenze zwischen Ostern und Pfingsten nicht überschreitet. –

Hinsichtlich Paragraph Nummer Null könnte also die Erlaubnis, auf dem Plötzensee ein Trabrennen abzuhalten, nicht erteilt werden, was durch das Entgegenkommen der Kleinwohnungsgenossenschaft sehr in Frage gestellt ist. –

Ob die vier Könige unter den Tarockkarten dieses Jahr noch abdanken, ist ebenfalls fraglich, denn zehn Pfennig für eine Straßenbahnfahrkarte ohne Speisewagenbenützung ist eher zu teuer als notwendig. Infolge dieser Preistreiberei können also Hypotheken auf Starund Maikäferhäuser vor dem 0. Dezember 1702 nicht gekündigt werden, ebenso wird Zusendung von Neujahrsenthebungskarten an den beiden Osterfeiertagen gerichtlich verfolgt. Halbamtlich, eigentlich viertelamtlich, sei noch mitgeteilt, dass farbiges Konfetti in den verehrlichen Apotheken nicht mehr als Kopfwehpulver verkauft werden darf, und deshalb rufe ich unter Tränen aus:

Nieder mit dem Aschermittwoch – nieder mit dem Karneval

Es lebe der 1. April!

Volkus plumentus – ex!? –

Hochwasser

HEUTE NACHMITTAG drei Uhr dreißig sind genau achthundert Jahre verflossen seit Bestehen unserer Isar. Das Isarbett selbst wurde erbaut von Herzog Jakob dem Wässrigen. Seine Gemahlin, die spätere Kronprinzessin Cenzi von Harlaching, der frühere Kurprinz Maximilian der Wamperte, Großherzog von Kleinhesselohe waren bei der Isarenthüllung zugegen. Es war ein feierlicher Akt, ein historisches Jubiläum, als die ganze Münchner Bürgerschaft, der Stadtmagistrat samt den Stadtvätern auf der Fraunhoferbrücke standen und jeden Moment auf die ersten Isarwellen warteten. – Auf der damaligen Praterinsel standen schon Böller salutbereit, die kleinen Häuser und Herbergen waren schon den ganzen Tag illuminiert in den Münchner Stadtfarben, und Tausende gelbe und schwarze Flämmchen leuchteten in den sonnigen Tag hinein.

Punkt vier Uhr sollte der grüne Fluß eintreffen, aber es wurde später und später, und kein Tropfen Isar war zu sehen. Es wurden sofort Extrablätter verteilt mit der Inschrift: »Isar noch nicht eingetroffen, eine Stunde Verspätung!«

Große Bestürzung unter der Bevölkerung, aber das Volksgemurmel wurde durch ein eigenartiges, unleises Rauschen unterbrochen – ein kurzes Horchen der Menge, und aus tausend Kehlen schallt es durch die Auen: Die Isar kommt, die Isar kommt, die Isar kommt, die Isar ist schon da. Vom Frauenturm herab (der allerdings erst später erbaut wurde) hielt Bürgermeister A. Bcdef eine Ansprache, welche durch das damalige trübe Wetter für die Allgemeinheit sehr schwer verständlich war; nur der Turmwächter, welcher die Rede mitstenografierte, konnte dieselbe der Nachwelt überliefern. Die Ansprache lautete:

»Willkommen, edler Gebirgsfluss, willkommen in deiner Heimat, in der Haupt- und Residenzstadt München. Endlich haben deine Wogen unsere Stadt berührt, und wir alle freuen uns, des großen Nutzens und Schadens wegen, den wir durch dich bekommen. Du wirst in Zukunft unsere Windmühlen treiben, du gibst uns einen großartigen Aufenthaltsort für unsere armen Fische, wir können in dir baden. Geheimrat Pettenkofer wird dir etwas Gruseliges (nämlich die Fortschwemmung der Fäkalien) anvertrauen. – Liebe Mitbürger, wir können nicht umhin, uns selbst den herzlichsten Dank auszusprechen, denn gerade ich und wir waren es, welche uns am meisten ins Zeug gelegt hatten zur Errichtung einer Isar in der Stadt München. – Aber noch wer ist uns beigestanden bei unserer harten Arbeit; nämlich der da oben deutet vom Frauenturm noch höher hinauf, er hatte uns das nasse Element, allerdings in etwas knapper Anzahl, zur Verfügung gestellt; alles in allem, ich ersuche, sämtliche Anwesende möchten sich von ihren Sitzen erheben und möchten mit mir in den Ruf einstimmen: »Die schöne grüne Isar, sie lebe hoch!« *Böller* »Hoch!«, *Böller* »Hoch!«

Aber Gott lässt seiner nicht spotten, nach dem letzten »Hoch!« stieg der Pegel auf ein–zwei–drei–vier–fünf und gar sechs Meter, die gutmütige Isar schäumte gelb vor Wut, die haushohen Wellen waren mindestens ein bis zwei Meter hoch, die am Ufer stehenden Menschen flohen in die Stadt – ins Hofbräuhaus, welches bald überfüllt war, der Rest zog traurig von dannen – in die Kirche.

Mittlerweile wimmerte auf den Kirchtürmen der Stadt die Sturmglocke und verkündete Unheil – die Hunde heulten, der Wind ebenfalls, die furchtsamen Weiber auch ebenfalls, die Kinder gingen nicht in die Schule, der Bäcker backte, die Kinos wurden geschlossen, und die Schweine grunzten, aber das Hochwasser stieg trotzdem immer tiefer. Eine allgemeine Angst überfiel jeden, die Stadtväter traten mit gerunzelter Stirn zusammen, um Sicherheitsmaßregeln auszudenken, aber bei ihnen war alles Denken umsonst. Man beschloss, hundert Silbertaler demjenigen als Belohnung zu geben, der das Hochwasser zum Sinken brächte. Verschiedene Vorschläge von Mitbürgern sind gemacht worden:

1. Sofortige Tiefergrabung des Flussbettes. / 2. Der Vorschlag, eine Arche Noah zu bauen, wurde des alten Systems wegen verworfen. / 3. Ein Bittgang zum hl. Nepomuk war zu spät, da das Hochwasser bereits zu groß geworden war. / 4. Ein Spaßvogel meinte, das Oberwasser abzuschöpfen, aber wohin? Aber dem einen Vorschlag: Abzuwarten, bis das Hochwasser selbst aufhört, wurde allgemein zugestimmt, da das auch kostenlos wäre. Und einige Tage später war aus dem Hochwasser ein Niederwasser und wurde noch öfters Hochwasser, und 1899 wurde es gleich so hoch, trat wieder aus den Ufern heraus, riss alle modernen Eisenbetonbauten um, die unmodernen alten Holzbrücken blieben stehen. Da wurde es den technischen Wasserbaumenschen einmal zu dumm, und sie sprachen: »Schluss mit den Überschwemmungen!«

Sie bauten Kaimauern in München, und zwar so hoch, dass die Isar niemals mehr über die Ufer fließen kann, und die Geschichte war für immer erledigt.

Und die Herren Ingenieure und Architekten machten sich lustig über Schillers Worte: »Denn die Elemente hassen das Gebild von Menschenhand!«, und auch mit Recht, denn sie allein wissen es ja bestimmt, wie hoch die Isar in Zukunft werden kann!

Brief aus Bad Aibling

Hochwohlgeborne Anni,
liebe Ehefrau und Zuckerschneckerl!

Liebe Frau, teile Dir mit, dass ich in Bad Aibling gut angekommen bin. Bei Ankunft stiegte ich aus demselben Zug aus, in dem ich am Bahnhof zu München einstug. Ich wollte absichtlich nicht weiterfahren, da mein Billet nur bis Aibling giltig war und hätte eine Weiterfahrt keinen Wert gehabt, da ich sonst über Bad Aibling hinausgefahren wäre. Die Eisenbahnfahrt ging sehr schnell, da es ein Schnellzug war; wäre es ein Güterzug gewesen, wäre die Fahrt natürlich nur Güter gewesen. Während der Fahrt aßte ich mein Butterbrot und tankte meinen roten Wein. Vis a vis von meinem Schnellzug sauste auf einmal ein anderer Schnellzug vorbei, und zwar so schnell, dass man die Leute, die in dem anderen Schnellzug saßten, kaum grüßen konnte, obwohl vielleicht ein guter Bekannter hätte drin' sitzen können, der dann am andern Tag zu mir gesagt hätte: Gestern waren Sie aber protzig, weil Sie mich nicht einmal gegrüßt haben.

Die Fahrt ging dann weiter; auf einmal wurde es mir not, die Notkabine war aber besetzt; deshalb zogte ich die Notbremse und der Zug stund. Der Eisenbahnbesitzer stiegte zu mir in das Kouplet und schrub mich auf wegen Notzug. Die Gesellschaft im Eisenbahnwagen war sehr gemischt; es waren fast lauter Reisende, nur der eine Herr, der in München den Zug versäumte, fuhr nicht mit, da er wahrscheinlich mit dem nächsten Zug hinter uns nachkommt, in welchem wir auch gefahren wären, wenn wir den Zug auch versäumt hätten. –

In Aibling selbst ist es sehr schön, obwohl es, glaube ich, sehr wenig Weinkneipen dort gibt. Gestern hat mich der Kurarzt untersucht, er meint, ich müsste nicht im Bett liegen bleiben, nur bei Nacht müsse ich im Bett bleiben, was ich ja so wie so getan hätte. Sonst geht es mir gut; ich habe mein eigenes Zimmer, in welchem sechs Betten stehen, wovon aber nur vier besetzt sind von vier Patientinnen. –

Ich schließe nun meinen Brief und hoffe, dass Du mir in München treu bleibst, wenigstens halbe treu, zum mindesten viertel über zwei. Meine Uhr habe ich vergessen, wir haben auch in unserem Schlafsaal keine Uhr. Wenn

Du mir wieder schreibst, schreibe bitte in den Brief hinein, wieviel Uhr es ist. Ich weiß gar nicht, wie ich an der Zeit bin.

Es grüßt und küsst Dich
hochachtungsvollst
ergebenst

Nepermuk S e m m e l m e i e r, Patient,
z. Zt. Bad Aibling

Der Weltuntergang

GESTERN NACHMITTAGS um neun Uhr Sitz ich im Restaurant ›Zur der-faulten Blutorange‹, und weil ich am Tag vorher meine goldene Uhr zum Konditor tragn hab, zum Reparieren, hab ich einen solchen Heißhunger kriegt, dass ich mir zwei Portionen Senftgefrorenes und an gsottnen Radi als Abendessen zum Frühstück bestellt hab. Nachdem ich aber Hausbesitzer bin und in jeder Wohnung eine wanzenreiche Familie hab, hab ich trotz meines siebenundachtzigjährigen Halsleidens mit den Kindern von mein Nachbarn ›Fürchtet ihr den weißen Mann‹ gespielt. Im selben Moment haute der Fotograf im Rückgebäude 's Fenster ein. I lass in der Angst an Zitherlehrer komma, und der gemeine Kerl von einer Kellnerin behauptet, sie hätt im Eiskasten scho Feuer gmacht; währenddem mein jüngster Sohn sich mit dem Magneteisen d' Hühneraugen aus'm Ellbogen herauszieht, habn s' in der Volksküche zu Leipzig an der Ruhr a Staudn Nisslsalat mit dem neuen Trambahntarif verwechselt, der Bürgermeister will im hintern Anhängewagen vom Telefonautomat einsteign, kann aber leider nicht schwimmen und stößt mit seiner Batikkrawatte a Loch in a neugebackene Schlagrahmtorte.

In der Verwirrung führt der Turmwächter von St. Emeran einen Bis-marckhering ins Hundebad, der Nürnberger Schnellzug is ins Nymphen-burger Trambahngleis neigfahn; sämtliche Droschkenkutscher von München sind zum Beichten gangen, und wenn nicht zufälligerweis auf dem Wendelstein drobn ein Schutzmann seinen Wecker ablaufen lässt, verlangt die Obsthausiererin für zwei Pfund Kinderhemden einen Freundschaftskuss. Trotz allen Bemühungen, auf der rechten Kuppel des Frauenturms ein Männerfreibad für Damen zu errichten, bleibt die Kanzlei vom Brunnenbuaberl vorläufig geschlossen, und auf allgemeinen Wunsch wird unter Kindern mit zehn Jahren die Zuchthausstrafe auf lebenslänglich abgeschafft. Sollten dagegen die Münchner Schlittschuhläufer wegen dem eingetretenen Weißbrotmangel vor Ablauf vorigen Jahres ihre Schlittschuhe nicht doppeln lassen, so sind auf Kosten des Fremdenverkehrs starke, gewitterartige Niederschläge zu erwarten.

Leider aber hat sich der Bürgermeister im Finstern verlaufen, weil am Zeppelin-Luftschiff keine Hausnummer dort war; er lässt unglücklicherweise die Türe auf, und im Zeitraum von fünf Minuten san ihm vierzig Mitesser auskemma. Er läuft ihnen nach, stolpert mit die Gummischuh über der Frau ihre Giselafransen, tritt seim dreijährigen Buam in d' Sandtorten nei und schreit: »Wer will unter die Soldaten?« Alles war vergeben und vergessen, sei Frau hat ihre Krampfadern als Ringelnattern verkauft, die Köchin hat sich verlobt mit'm Papagei, der Hausherr hat sich mit de Hypotheken gurgelt, und in der Maikäferschachtel is die Maul- und Klauenseuche ausbrocha.

»Wehe, wehe«, sprach der Oberlehrer von der Gasanstalt: »Richtet nicht, sonst werdet ihr gerichtet«, da öffnen sich die Wolken, und mit blinzelnden Augen treten achtzehn Packträger hervor und verkünden das Ende der Welt. Links und rechts stehen je vier goldene Jungfrauen mit Semmelbrösel bepappt und halten ein vernickeltes Butterbrot in der Hand. Die Luft zitterte wie Schweinssulz, die Erde wühlte sich auf, die Vesuve speiten Honig und Sauerkraut. Nacht- und Tageulen, Junikäferin und Lämmergeier schwirrten gespensterhaft auf dem Fußboden umher, panikartig zerplatzte ein alter Leberkäs, und am Ende des Vortrags trat plötzlich der Schluss ein.

Zwangsvorstellungen

WOHER DIESE LEEREN THEATER? Nur durch das Ausbleiben des Publikums. Schuld daran – nur der Staat. Warum wird kein Theaterzwang eingeführt? Wenn jeder Mensch in das Theater gehen muss, wird die Sache gleich anders. Warum ist der Schulzwang eingeführt? Kein Schüler würde die Schule besuchen, wenn er nicht müsste. Beim Theater, wenn es auch nicht leicht ist, würde sich das unschwer ebenfalls doch vielleicht einführen lassen. Der gute Wille und die Pflicht bringen alles zustande. Ist das Theater nicht auch Schule, Fragezeichen!

Schon bei den Kindern könnte man beginnen mit dem Theaterzwang. Das Repertoire eines Kindertheaters wäre sicherlich nur auf Märchen aufgebaut, wie ›Hänsel und Gretel‹, ›Der Wolf und die sieben Schneewittchen‹.

In der Großstadt sind hundert Schulen, jede Schule hat tausend Kinder pro Tag, das sind hunderttausend Kinder. Diese hunderttausend Kinder jeden Tag vormittags in die Schule, jeden Nachmittag ins Theater – Eintritt pro Kinderperson fünfzig Pfennig, natürlich auf Staatskosten, das sind hundert Theater je tausend Sitzplätze. Also per Theater 500 RM – sind 50.000 RM bei hundert Theatern.

Wieviel Schauspielern wäre hier Arbeitsgelegenheit geboten! Der Theaterzwang bezirksweise eingeführt, würde das ganze Wirtschaftsleben neu beleben. Es ist absolut nicht einerlei, wenn ich sage: Soll ich heute ins Theater gehen, oder wenn es heißt: Ich muss heute ins Theater gehen. Durch diese Theaterpflicht lässt der betreffende Staatsbürger freiwillig alle anderen stupiden Abendunterhaltungen fahren, wie Kegelschieben, Tarokken, Biertischpolitik, Rendezvous, ferner die zeitraubenden blöden Gesellschaftsspiele: ›Fürchtet ihr den schwarzen Mann‹, ›Schneider, leih mir deine Frau‹ usw.

Der Staatsbürger weiß, dass er ins Theater muss – er braucht sich kein Stück mehr herauszusuchen, er hat keinen Zweifel darüber, soll ich mir heute ›Tristan und Isolde‹ anschauen – nein, er muss sich's anschauen – denn es ist seine Pflicht.

Er ist gezwungen, dreihundertfünfundsechzigmal im Jahr ins Theater zu gehen, ob es ihm nun vor dem Theater graust oder nicht. Einem Schüler graust es auch, in die Schule zu gehen, aber er geht gern hinein, weil er muss. – Zwang! – Nur durch Zwang ist heute unser Theaterpublikum zum Theaterbesuch zu zwingen. Mit guten Worten haben wir jetzt Jahrzehnte hindurch wenig Erfolg gehabt. Die verlockendsten Anpreisungen wie geheizter Zuschauerraum oder während der Pause Rauchen im Freien gestattet oder Studenten und Militär vom General abwärts halbe Preise; alle diese Begünstigungen haben die Theater nicht füllen können. – Die Reklame, die bei einem großen Theater jährlich Hunderte von Mark verschlingt, fällt bei dem Theaterzwang gänzlich weg. Ebenfalls auch die Preise der Plätze; denn die Plätze werden nicht mehr nach Standesunterschieden, sondern nach den Schwächen und Gebrechen der Theaterbesucher eingeteilt:

1. – 5. Parkettreihe: Die Schwerhörigen und Kurzsichtigen.

6. – 10. Parkettreihe: Die Hypochonder und Neurastheniker.

11. – 15. Parkettreihe: Die Haut- und Gemütskranken.

Sämtliche Rang- und Galerieplätze stehen den Asthmatikern und Gichtleidenden zur Verfügung.

Auf eine Stadt wie Berlin kämen also – ausgenommen die Säuglinge und Kinder unter acht Jahren, Bettlägerige und Greise – täglich rund zwei Millionen Theaterbesuchspflichtige, eine Zahl, die die jetzige Theaterbesucherzahl der Freiwilligen weit überschreitet.

Man hat ja mit der freiwilligen Feuerwehr ebenfalls bittere Erfahrungen gemacht – und nach langer Zeit nun eingesehen, dass es heute ohne Pflichtfeuerwehr nicht geht.

Warum geht es also bei der Feuerwehr und nicht beim Theater? Gerade Feuerwehr und Theater sind heute so innig verbunden – ich habe in meiner langjährigen Bühnenpraxis hinter den Kulissen noch nie ein Theaterstück ohne Feuerwehrmann gesehen.

Sollte die vorgeschlagene ›Allgemeine Theaterbesuchspflicht‹, genannt ›ATBPF‹, zur Einführung kommen und, wie oben erwähnt, täglich zwei Millionen Menschen in das Theater zwingen, so müssen in einer Stadt wie Berlin zwanzig Theater mit je hunderttausend Plätzen zur Verfügung stehen. Oder vierzig Theater mit je fünfzigtausend Plätzen – oder hundertsechzig Theater mit je zwölftausendfünfhundert Plätzen – oder dreihundertzwanzig Theater mit je sechstausendzweihundertfünfzig Plätzen – oder sechshundertvierzig Theater mit dreitausendeinhundertfünfundzwanzig Plätzen – oder zwei Millionen Theater mit je einem Platz. Was aber dann für eine famose Stimmung in einem vollbesetzten Hause mit, sagen wir, fünfzigtausend Besuchern herrscht, weiß nur jeder Darsteller selbst. Nur durch solche eminenten Machtmittel kann man den leeren Häusern auf die Füße helfen, nicht durch Freikarten – nein – nur durch Zwang – und zwingen kann den Staatsbürger nur der Staat.

Die Schlacht bei Ringelberg

IM ZEICHEN DES KRIEGES stand ein Flammenschwert, gebildet aus schneeweißen Wolken am Abendhimmel. Gegen sechs Uhr am Morgen rückte ein Kriegsheer, bestehend aus vier Mann und siebenhundert Pferden, bis an die Zähne bewaffnet gegen Ringelberg vor. Und es sei denn, dass es so kam. Da befahl König Pharao seinem Chauffeur: »Gehe hin und streue Rotzglocken unter das Volk.« – Und er tat es. Kriegsgeheul und Krankheiten verpesteten die Luft – die Glocken läuteten und verkündeten die nahe Mittagsstunde, und das Unheil war nicht mehr aufzuhalten. War es die Wachsamkeit oder die Liebe zum Vaterlande, oder war es nur stolze

Eitelkeit, die Ringelberger sahen die Zeit gekommen, denn sie sprachen gemeinsam: »Entweder – Oder.«

Die anderen behaupteten Frankfurt an der Oder. – Kurzum, in drei darauffolgenden Nächten stiftete man überall Brand, Ringelberg war nicht mehr die verhasste Fremdenstadt, sondern ein Flammenmeer – Frauen und Fräuleins, Schwestern, Mädchen und Eltern flüchteten ins Unendliche und brachten den Hilfesuchenden Bier und Zigaretten. –

Kanonen, Sportwagen, Fallschirme und dergleichen Kriegsgeräte rasselten Tag und Nacht durch die Straßen Ringelbergs, und ehe man sich umsah, war die Stadtmauer umstellt. Aber leider waren die Stadttore mit einem Vexierschloss versperrt, und guter Rat war nicht billig. –

Die Wut des bösen Feindes wuchs ins Aschlochgraue, und zugleich stand durch die Belagerung ein zweiter böser Feind vor Ringelberg – das Hungergespenst. Ganz Ringelberg sollte nun spätestens in einigen Stunden ausgehungert werden, samt Hab und Gut – die Ringelberger trotzten aber dem Hunger, waren froh und heiter und aßen und tranken mehr als zuvor.

Der Feind hatte hier wieder einmal die Rechnung ohne den Wirt gemacht. – Die Stadt war verraten – ein fünfundsechzigjähriger Bursche namens Hopfenzupfer, von Beruf Huber, hatte sich nächtlicherweile in einem Grammophontrichter versteckt, somit das ganze Gespräch des Feindes belauscht und demselben wieder alles verheimlicht und erzählt.

Als am andern Morgen der warme Westwind föhnartig über die Dächer der alten Residenzstadt wehte, verkündete ein Husarenbläser die Übergabe der Stadt, und zwar in schwäbischem Dialekt. Stolz und voll Ingrimm liefen die Bürger wirr durcheinander, und am Vormittag des 15. Mai veranstaltete man zugunsten des Überfalles eine polizeiliche Razzia, bei der nicht weniger als eineinhalb Gefangene (Vater und Sohn) in unsere Hände fielen. – Der Jubel wollte keinen Anfang nehmen, als zehn Volksschulklassen (zusammen fünfzig Kinder) aus voller Kehle sangen: »Nun sei bedankt, mein lieber Schwan.« – Als dieses Lied verklungen war, kam wieder Leben in die Bude, vielmehr in die Stadt. Vielhundert Jahre später hatte die lange Zeit die Kriegswunden zugeheilt, und kein Mensch in ganz Ringelberg spricht heute mehr von diesen Tagen zu jener Zeit.

Der Naturprofessor

Putzt die Augengläser, streift seinen Spitzbart, nimmt das Sacktuch und schnäuzt sich – verbeugt sich mehrmals.

SEHR GEEHRTER ZUSCHAUERRAUM, es freut mich hundsgemein, dass Sie sich heute zu meinem wissenschaftlichen Vortrag über den Nutzen und Schaden der Haustiere hier eingefunden haben. Wenn man von Haustieren spricht, so ist jeder darüber im Zweifel, handelt es sich hier um die Haustiere am Haus oder im Haus. – Mein heutiger Vortrag behandelt die Haustiere im Haus. Unter einer Haustüre und einem Haustier ist ein himmelweiter Unterschied, denn erstere ist aus Holz, letzteres aus Fleisch und Blut.

1. Eines unserer bekanntesten Haustiere ist der populäre schwarzbläuliche Küchenschwabe. Er wird in vielen Fällen über sechs bis vier Wochen alt und findet meist einen unnatürlichen, jedoch schnellen Tod durch die menschliche Schuhsohle. Der bekannte Knall beim Zertreten eines Küchenschwaben wird durch Eindrücken des Brustkorbes hervorgerufen. Der Küchenschwabe läuft sehr schnell, was darauf schließen lässt, dass es ihm die meiste Zeit pressiert. Sind mehrere Schwaben beisammen, so nennt man das einen Schwabenschwarm, sind es ausgerechnet sieben Stück, so sind das die sieben Schwaben, welche aber mit den Sieben Schwaben nicht identisch sind. Erstere haben ihre Heimat in der Küche, letztere in Ulm.

2. In meiner zweiten Abteilung stehe ich im Zeichen der Wanze. – Liebe Zuhörer und Zuhörerinnen! Von der Wanze glaube ich Ihnen nicht viel sagen zu brauchen, denn Sie alle kennen ja das Leben und Treiben dieses scheußlichen Blutsaugers von der Schule her, wo Ihnen das Tier schon näher erklärt worden ist.

3. Ich komme nun zum dritten Haustier, zum Floh. Hier ist es mir möglich gewesen, eine fotografische Abbildung zu gewinnen. Eine geradezu wahnsinnige Arbeit war es, dieses flinke Tierchen zu fotografieren. Über dreitausendmal hüpfte es dem Fotografen aus der Stellung, und nur durch gutes Zureden ist es ihm gelungen, das Tier zu einer Momentaufnahme zu bewegen. – Der Floh nährt sich vom Blut des Menschen oder, besser ausgedrückt, vom menschlichen Blut; nach eigener Erfahrung und Ansicht ist ein Floh trotz seiner winzigen Körpereigenschaft imstande, sechzig Liter Menschenblut in sich aufzunehmen.

4. Wir kommen nun zu der Laus. Die Laus bewohnt den Haarboden des menschlichen Kopfes. Nicht jeder Mensch ist mit Läusen geplagt. Am meisten werden davon die Buben heimgesucht. Ist ein Bube mit Läusen bedacht, so entsteht daraus der sogenannte Lausbub. Bei älteren Personen, Glatzköpfe oder Plattenberger genannt, finden diese Liliputschildkröten keine Wohnstätten. Die zweite Abart sind die Gewandläuse, welche sich im Gewande der Menschen aufhalten. Adam und Eva im Paradies kannten diese Sorte Läuse nicht, da dieselben kein Gewand besaßen, sondern nur Blätter. Es gibt auch Blattläuse, welche aber nicht zu den Haustieren gehören. Eine vierte Art von Läusen ist mir noch bekannt, die sich aber nur in Bierfilzln und Filzschuhen aufhalten. – Eine Laus tritt nur einen Tag auf, ist von den Kindern gefürchtet und heißt Nikolaus. – Auch die Bühnen-künstler, Sänger, Schauspieler und Komiker haben die Läuse gern, jedoch nicht Kopfläuse, sondern Appläuse.

5. Nach Erklärung der kleineren Haustiere folgen nun die Haustiere größerer Körpereigenschaften. Da steht in erster Linie die Maushaus. Die Maus besteht nach zoologischer Feststellung aus *Mau* und *Ringl-s* und ist mit einem mausgrauen Fell überzogen. Die Maus läuft auf vier Füßen oder in die Mausfalle. Sind zwei Mäuse beisammen, so vermehren sie sich sehr schnell. Die jungen Mäuse dagegen sind um ein großes Stück kleiner als die älteren. Die Maus verwandelt sich oft sehr schnell. Fällt eine Maus in einen Honigtopf, so entsteht daraus eine zuckersüße Maus. Am wohlsten fühlt sich die Maus im Loch, im Mausloch, auch ich – bin der Überzeugung. Die nächsten Verwandten der Maus sind die Ratten, im Volksmund der Ratz genannt. Die Ratzen sind hässliche Tiere, und man nennt einen Ratzen im allgemeinen schialiga Ratz.

Sechstes Haustier: Die Fliege. Die Fliege gehört zum Geflügel. Die Fliege ist eines der reinlichsten Haustiere. Es ist festgestellt, dass die Fliegen sehr oft heiße Bäder nehmen. Zum Ärgernis der Hausfrau nehmen sie diese Bäder im Suppenhafen. Die Fliege dient auch als Nahrungsmittel, jedoch nicht für den Menschen, aber für den Laubfrosch. Die Fliege wird von den Menschen sehr lästig befunden, weshalb man ihr todbringende Fallen stellt, in Form von Fliegenhüten.

Ein Fliegenhut ist ein Apparat aus Packpapier, welcher im fünfund-siebzigsten Gradwinkel zu einem komischen Zylinderkegel geformt und mit einem zähen Leim, sogenannten Fliegenleim, bestrichen ist. Stellt man die auf lateinisch mit Papp bestrichene ›Stranitze‹ auf eine flache Ebene, Kü-chentisch usw., und die Fliege bemerkt diesen Vorgang, nähert sich die

Fliege diesem Apparat, umkreist ihn summend, bei der Fliege treten sodann indirekt Halluzinationen ein, sie ist der sicheren Meinung, der auf dem Papierkegel befindliche Leim ist kein Leim, fliegt auf den Leim, und siehe da, sie pappt.

Der lächelnde Blick der Fliege verschwimmt, in ihrem Gesichtskreis tritt ein leichtes Erröten ein, die Flügel werden schlapp, weil sie voll Papp, und mit stierem Blick erwartet sie das langsame Sterben. Mit Aufgebot aller Kräfte entreißt sie einen Flügel aus der klebrigen Masse, um mit demselben Schwingungen zu erzeugen, der durch Vibration summende Schallwellen hervorruft. Durch dieses Gesumm werden die anderen Fliegen auf die traurige Situation ihrer Kollegin aufmerksam, fliegen hilfebringend herbei, und auch sie pappen. Sakra, jetzt papp i aa.

Zum Schluss das letzte Haustier, die Kuh. Leider ist es mir wegen Mangel an Platz unmöglich, ein lebendes Exemplar einer Kuh mitzubringen. Ich finde es auch nicht durchaus nötig, denn ich setze voraus und bin überzeugt, dass die meisten der Anwesenden schon eine Kuh gesehen haben. Ich bediene mich deshalb einer Kripperlfigur zur näheren Erklärung. Der Hauptbestandteil der Kuh ist die Milli, kurz gesagt die Milch. Die Milch ist das flüssigste Nahrungsmittel außer dem Wasser. Die Milch ist an ihrer weißen Farbe erkenntlich. Die Milch kann in Tassen, Flaschen, Büchsen, Gläsern oder anderen hohlen Gefäßen aufbewahrt werden. Ist zum Beispiel ein Kübel voll Milch, so nennt man sie Vollmilch. Die Milch gewinnen wir Menschen von den Bauern oder von der Ziege; die bekannteste Milch ist jedoch die Kuhmilch, es gibt auch Lilienmilch, nur werden die Lilien nicht gemolken, sondern gepflückt.

Wir haben auch Milchstraßen, eine am Himmel, eine in Haidhausen. Diese kommen aber zur Milchlieferung nicht in Betracht. Wird zum Beispiel die Kuhmilch auf dem Feuer gesotten, so entsteht daraus die sogenannte heiße Milch, welche zum Kochen verwendet werden kann. Die Milch ist am leichtesten zu verdauen, da sie weder gebissen noch trichinenfrei ist. Die Milch kann getrunken, gefahren oder getragen werden. Viele Frauen können die Milch trinken, aber nicht tragen, da dieselben keine haben. Schüttet man in die Milch Kaffee, entsteht daraus Melange, schüttet man in die Milch Wasser, so ist es eine Gemeinheit, welche mit Gefängnis bestraft wird, und der Milchfrau wird die Milch entzogen, oder besser gesagt die Konfession. Die neueste Entdeckung, aus Milli Soldaten herzustellen, steht wohl einzig in der Welt. Der berühmte Komiker Rzpleckp hat diese Erfindung einem eigentlichen Zufall zu verdanken; das Rezept ist Folgendes:

Man nimmt einen großen Kübel Teer, gießt in diesen Teer Milli, vermengt die Milli mit dem Teer und es entsteht daraus Militär. – Ich beschließe nun meinen wissenschaftlichen Vortrag und fordere Sie auf, sich von den Sitzen zu erheben und mit mir in den Ruf einzustimmen: Unsere sämtlichen Haustiere, sie leben, vivat hoch! Hoch! Hoch!

Ansager:

Im Namen des Herrn Professors gebe ich Ihnen bekannt, dass die Sammlung dieser wissenschaftlichen Spirituspräparate an jedem Mittwoch und Freitag vormittags von drei bis vier Uhr im Speisesaal des Hotels ... zur allgemeinen Besichtigung ausgestellt sind. Eintritt à Person sechs Mark inklusive Erbschaftssteuer.

Der Fotograf

VORIGES JAHR auf Weihnachten hat mir meine Gemahlin-Frau einen Ding gekauft, einen – entschuldigen, ich bin nämlich furchtbar vergesslich, was hab ich jetzt grad gsagt? – Ja, ja, dass ich vergesslich bin – nein, meine Frau hat mir zum Christkindl ein Präsedent gemacht, einen wunderschönen – was war jetzt das gleich, was ich bekommen hab?

Zuruf aus dem **Publikum:** *Spazierstock.*

Naa, naa, koa Spazierstock – gibt's das auch, dass man so was vergessen kann.

Publikum: Strohhut.

Geh reden S' doch net so saudumm daher, auf Weihnachten brauch ich doch keinen Strohhut! Was war jetzt das, was ich von meiner Frau bekommen hab?

Publikum: A Kind.

Schmarrn! A Kind braucht ma doch mei Frau net kaufen, des könna mir uns doch – des kriegn wir doch umsonst. Mir liegt's auf der Zunge, man braucht so Platten dazu.

Publikum: A Grammophon.

Ach, a Grammophon ist doch kein Präsent – das ist doch ein Musikinstrument. Das was ich von meiner Frau kriegt hab, macht kei Musik – is so klein und viereckig.

Publikum: A Paket Kunsthonig.

Geh reden S' doch koan solchen Mist – hat denn a Paket Kunsthonig drei lange Füß? – Wia man nur so was vergessen kann? Ich weiß ganz gut, was ich mein, nur der Name fällt mir net ein! Es ist halt ein Apparat, wo man damit fotografieren kann. – Jetzt hab ich's, an Fotograf-Apparat hab ich zu Weihnachten kriegt.

Seit einem Vierteljahr apparate ich mit dem Fotografie – umgekehrt wollte ich sagen, fotografiere ich mit dem Apparat und krieg nichts fertig. – Ich glaube, das liegt an der Witterung, oder besser gesagt, es muss alles gelernt sein. Meine Bilder werden halt nichts. Sehns', da hab ich meine Nichte gemacht, die ist überhaupt nicht zum Fotografieren, des sagt schon das Wort Nicht-Nichte. – Da hab ich noch verschiedene Aufnahmen.

Er zeigt dem Publikum verschiedene Fotografien

Das hier ist eine Naturlandschaft, eine Herbststimmung, die hab ich im Frühjahr aufgenommen; ist aber gar nichts worden, da war nur das schuld, weil ich bei der Aufnahme vergessen hab, den Deckel runterzutun von dem, von dem Obelsik, nicht Obelisk – wie heißt jetzt gleich das runde Vergrößerungsglas vorn dran?

Publikum: Erbsen oder Linsen.

Nein, mit O geht's an.

Publikum: Ob du mich liebst.

Schmarrn! Objekthoch – nein, Objektiv heißt's.

Die schönste Aufnahme, die ich je gemacht habe, ist das hier, da hab ich a ganze Familie fotografiert von unserm Haus – im Hof drunt, alle im Sonntagsgwand, mei, hab ich gschwitzt. Beim Negativentwickeln hab ich's scho gspannt, dass ich was Saudumms gmacht hab. In acht verschiedenen Stellungen hab ich die ganze Familie aufgenommen; sitzend, stehend, von der Seiten, von hinten, von oben und unten.

Bei jeder Stellung hätt ich doch eine neue Platte nehmen solln – ich in meinem Eifer mach sämtliche Aufnahmen auf eine Platte. Interessehalber hab ich einen Abzug davon gemacht. Glacht hab ich selber so viel, dass mir der Bauch weh getan hat.

Das Bild dem Publikum zeigend.

Da sehn S', der Vater hängt in der Mutter drin, der Sohn sitzt dem Wickelkind im Gsicht drinna, die Großmutter hat an Dienstmädel ihren Kopf auf, die Füß vom Dienstmädel hat der älteste Sohn auf'm Arm liegen, die kloa Elsa hat drei Nasen im Gsicht, und der Großvater hat Kindsfüß kriagt vom kloan Peperl.

Futuristischer kann's der modernste Sezessionist net maln. Beim Platten-entwickeln hab ich auch schon oft a Pech ghabt. Unsere Toilette dahoam hab ich als Dunkelkammer verwandelt, da stinkt's oft drin – nach den Chemikalien. A rote Latern hängt drin – eingricht bin ich wie a Hebamm.

A schöner Sport ist 's Fotografieren ja nicht – außer de Momentauf-nahmen, und zu Momentaufnahmen bin ich z' langweilig. Wie einmal über mein Haus, wo ich wohne, ein Flieger hoch oben drübergeflogen ist, hätt ich von meinem Fenster aus a Momentaufnahme machen wolln. Ja mei – bis ich bloß mein Apparat gfunden hab, hat der Flieger, glaub ich, in Schleißheim scho d' Flugmaschin abmontiert ghabt. – Personenaufnahmen mach ich speziell ungern, weil sich die Leut nie ruhig halten, besonders d' Damen. A Dame wenn sich fotografieren lässt, sind die Mundpartien am Bild immer verschwommen; weil koane ihr Pappen ganz ruhig halten kann.

Gegenstände sind viel leichter zu fotografieren. Neulings hab ich ein Stück Kernseife fotografiert zu drei Mark fünfzig – die ist mir großartig gelungen; zum ›Sprechen‹, sag ich Ihnen. Ich könnte eigentlich jetzt eine kleine Aufnahme machen, mit Blitzlicht. Herr Theatermeister, bringen S' mir mein Ding herein, meinen – jetzt weiß ich schon wieder an Namen nicht, meinen –

Publikum: Überzieher.

Nein, meinen ...

Publikum: Spazierstock.

Reden S' doch kein solchen Blödsinn, mit an Spazierstock kann ich doch net fotografiern – halt – mein Fotograf-Apparat rein – jetzt hab ich's wieder. So, einen Moment, dann mach ich schnell eine Momentaufnahme.

Er stellt den Apparat auf, richtet das Blitzlichtpulver her, verwickelt sich in dem schwarzen Tuch, der Apparat fällt um, großes Durcheinander. Schließlich gelingt es ihm, wieder alles in Ordnung zu bringen.

Also bitte recht freundlich, die Liebespaare im Saale können sich ruhig umarmen. Sie halten das Glas hoch – Sie beißen grad in ein Stück Brot nein – Sie geben mir vielleicht ein Glas Bier rauf. Bitte möchten Sie Ihr Monokel rausnehmen, das macht sich sehr schlecht auf dem Bild, weil's blendet, und für Sie ist's auch besser, weil S' dann besser sehen.

Also bitte, jetzt alles ruhig! – Eins – zwei –

Man hört ein Telefon läuten.

Theatermeister: Sie möchten sofort ans Telefon kommen!

Einen Moment, bleiben Sie ruhig in der Stellung.

Geht schnell hinter die Kulissen.

Wie? Da sind Sie falsch entbunden!

Kommt eilig wieder herein.

So, nun bitte, eins – zwei – drei – fertig. Danke schön.

Die Aufnahme ist glänzend geworden; das werden glänzende Bilder auf mattem Papier. Also kommen Sie in acht Tagen wieder, dann erhält jeder ein Bild gratis – hoffentlich sind s' gut geworden.

Theatermeister: *Bringt eine Schachtel.* Bitte gehört die Schachtel vielleicht Ihnen? Da steht drauf ›Fotografische Platten für Blitzlicht-Aufnahmen‹.

Kreuzsakra – ich hab ja ohne Platten fotografiert.

Zum Publikum: Das ist mir aber unangenehm. – Also entschuldigen S' vielmals!

Unpolitische Käsrede

HOCHGEEHRTE VERSAMMLUNG! – Es freut mich ungemein, dass Sie, wie Sie, wenn Sie hätten, widrigenfalls ohne direkt, oder besser gesagt, inwiefern, nachdem naturgemäß es ganz gleichwertig erscheint, ob so oder so, im Falle es könnte oder es ist, wie erklärlicherweise in Anbetracht oder vielmehr, warum es so gekommen sein kann oder muss, so ist kurz gesagt kein Beweis vorhanden, dass es selbstverständlich erscheint, ohne jedoch darauf zurückzukommen, in welcher zur Zeit ein oder mehrere in unabsehbarer Weise sich selbst ab und zu zur Erleichterung beitragen werden, ohnedem es wie ja unmöglich erscheint in bis jetzt noch nie, in dieser Art wiederzugebender Weise, ein einigermaßen in sich selbst, angrenzend der Verhältnisse, die Sie, wie Sie, ob Sie gegen sie oder für sie nutzbringend in sich selbst von vorne als gänzlich ausgeschlossen erachtet werden wird und dass ohnehin einer ferngehaltenen Verschlimmerung ein, oder ein in irgendeinen einigermaßen einzig verschwiegen ist.

Dennoch treten eine insgesamt wie sich zeigende, weniger oder einschließlich von unabsehbarer Weite sich kreuzende Meinungsverschiedenheiten die in unbestimmt einschneidende Zirkulationshemmungen auftretenden Gesichtspunkte auf. Gegebenen Falles erscheinen also nie wiederkehrende Emanzipationen, welche einer dringenden Abhilfe insofern gegenüberzustehen erscheinen, wenn beiderseits die interesselose Resignation widerspenstiger Auftritte seitens der Gedankenhalluzination beiderlei Geschlechtes sich in mehrheitigen Gesinnungsvibrationen durch Kontrapunkte in nichts verwandeln und eine parteilose, hochprozentige Stimmungsmehrheit vorläufig zu Tage treten wird.

Gerade die machtlose Erscheinungsmöglichkeit, ob und wie, jetzt oder später, ist die Grundessenz der lageveränderten Zeitpunkte, welche keinerlei maßgebende eventuelle Aktualitäten in sich birgt und der zeitweiligen Vernichtung von Privatexistenzen zugrunde liegt, obwohl Europa nie Anteil daran genommen hat.

Ich beschließe die Versammlung und heiße Sie zum Schlusse herzlich willkommen und begrüße Sie hochachtungsvollst im Namen sämtlicher Zuhörer – habe die Ehre!

Historisches

MORGEN MITTAG, ¾ 12 Uhr, sind es zweihundert Jahre, dass der fromme Schweppermann von der Neuhauser Straße zusammen mit seinem Freund Columbus den Malzkaffee entdeckte. Lange vorher schon, als König Herodes in einer Wirtschaft dem Grafen Zeppelin zeigte, wie man ein Ei auf die Spitze stellt, kam der Stein ins Rollen, den der Riese Goliath dem David an den Kopf warf. Einige Wochen später sah sich König Barbarossa genötigt, der Hochzeit zwischen der Jungfrau Schneewittchen und dem Bergwerksbesitzer Herrn Josef Rübezahl beizuwohnen. Aber das Hochzeitsmahl wurde jäh unterbrochen durch plötzliche Vorbereitungen zum Dreißigjährigen Kriege.

Allein schon die Tatsache, dass die feierliche Eröffnung der Zugspitzbahn auf einen Tag vorher verschoben werden musste, brachte unter die Zuschauer des großen Fußballländerspiels große Bestürzung. Pfarrer Kneipp, der sich damals zu einer Kaltwasserkur nach Wörishofen begab, um dort Heilung zu finden, die er auch fand, arbeitete damals schon an den Plänen des Walchenseeprojektes. Napoleon Bonaparte, der sich mit seinem Schulkameraden Negus von Abessinien während einer Verdunklungsübung den Boxkampf des Weltmeisters Nurmi anhörte, ließ sich von Professor Piccard mit den neu erfundenen Todesstrahlen impfen und hatte es faustdick hinter den Ohren.

Dem Edison sein Sohn, der bei einem Kameradschaftsabend im Beisein von Andreas Hofer im Restaurant zum Fünfwaldstättersee einen Vortrag hielt über den letzten Stratosphärenflug des Motorradfahrers Max Schmeling, wurde vom Prälat des oberbayerischen Hopfenzupfer-Syndikats der Nobelpreis für Fingernägelbeißen verliehen. Wenn man nun eine

Parallele zieht zwischen den Befreiungskriegen und dem Fortschritt der Farbenfotografie, so verknüpft sich in einem selbst der Gedanke an Maria Stuart, als sie auf der Ruine von Karthago stehend ausrufte: »Ist denn kein Stuhl da für meine Hulda?« Mit Wehmut denkt heute jeder noch zurück, als Schillers Glocken den Frieden von 1940 einläuteten! Hans Albers gab zehn Minuten hierauf die Anregung, der Münchner Schäfflertanz soll nicht wie üblich im Grunewald, sondern am Äquator abgehalten werden. Doch Kurfürst Max Emanuel trat ihm energisch entgegen und stiftete bei der Hochzeit zu Karma zehn Portionen Jopa-Eis, was wieder zur Folge hatte, dass unter den Klängen des Tölzer Schützenmarsches das Volksauto seinen Einzug hielt. Da stiftete nun zum Trotz Kaiser Nero zur Einweihung des Wittelsbacher Brunnens zehn Hektoliter Mangfallwasser. Das ärgerte den alten Diogenes so, dass er sein Fass verkaufte und mit dem Lohengrin seinem Schwan auf dem Rhein vor dem Loreleyfelsen vorbeifuhr und zur Loreley hinaufschrie: »Ich weiß nicht, was soll das bedeuten ... « – Genau wie jeder vernünftige Mensch nach diesem Vortrag sich denken wird: »Ich weiß nicht, was soll das bedeuten!«

Teilnehmer meldet sich nicht

DIE LUSTIGE GESCHICHTE von dem selbsteingerichteten Fernsprecher verdient erzählt zu werden. Man konnte sich in jedem Schreibwarengeschäft um das Jahr 1895 einen Telefonapparat kaufen und die ganze Apparatur, zwei Pappschachteln mit Pergamentpapier bespannt und eine 10 Meter lange feine Schnur, kostete 20 Pfennige. Man hätte sich ja auf 10 Meter Entfernung auch ohne Telefon verständigen können. (Bitte, in einem modernen Betrieb sprechen heute die Menschen von Zimmer zu Zimmer per Telefon.) Wir Buben, ich und mein Freund Finkenzeller Schorsche, wollten gleich hoch hinaus und legten uns ein Spagattelefon von meiner Wohnung in der Entenbachstraße 63 bis in die Lilienstraße, also eine Strecke von ungefähr 50 Metern. Leitern wurden angelegt, Dächer wurden bestiegen, um den Leitungsdraht vom Sender zum Empfänger zu legen. Ein Hof war zu überspannen, in welchen wir uns nicht hineintrauten, aber ein eiserner Schraubenschlüssel sollte die Leitungstelefonschnur über den Hof befördern – ein Wurf – aber zu kurz, und ein Fenster klirrte. »Es Hundsbuam, es miserable, des war wieder der rotharete Fey-Batzi; aber wart, wenn i di dawisch, dann kriagst Nuss [Prügel]!« schrie der Nachbar den kleinen Telefonarbeitern nach.

Unbekümmert um die Glasscherben vollzog sich die Arbeit. Als das Telefonkabel gespannt war, wurden die Pappschachteln an die jeweiligen Endstationen, bei mir und ihm, am Fensterstock befestigt, und das Telefon war fertig. Wer sollte zuerst hineinsprechen, und wer sollte zuerst horchen, das war hier die Frage! Wahrscheinlich horchten wir nun beide, oder wir sprachen beide. Extrahörer hat es hier nicht gegeben, an dem Pappschachtelmikrophon wurde aber damals auch gehorcht und gesprochen wie an einem Sprachrohr. – Ich entschloss mich nun, meinem Freund Schorsche ohne Telefon aus voller Kehle hinüberzuschreien: »Schorsche, red du zuerst nei, dann horch i, ob der Telefon funktioniert!« Darauf horchte ich – keine Antwort! Wieder schrie ich hinüber: »Schorsche, red halt was nei, dann horch i – !« Wieder kein Resultat. – Wiederum schrei ich hinüber: »Was is denn, Schorsche, so red halt amol was ins Telefon eini – !« Und der Schorschi schreit herüber: »I woaß ja net, was i neiredn soll!!!«

Schamgefühl

EINE ALTE, SEHR FROMME BÄUERIN auf dem Lande klagt seit längerer Zeit über Schmerzen im Unterleib. – Der Bauer meint: »Ja mei, Kathi, da muasst halt doch amal in d' Stadt einifahrn zu an Dokta, da werd nix anders übrigbleibn«, und schweren Herzens fährt die Bäuerin am andern Tag zu einem Doktor.

Als sie wieder zu Hause ankam, frug sie der Bauer: »Na, was hat denn der Dokta gsagt?« – »Ja mei«, sagt die Bäuerin, »a Salbn hat er mir verschriebn, da sollt i mir 's Handgelenk damit einreibn.« – »'s Handglenk?« sagt der Bauer, »ja d' Schmerzn hast doch im Unterleib?« – »Freili hab i d' Schmerzn im Unterleib«, sagt die Bäuerin. »I hab aber gsagt, zum Dokta, an der Hand hab i d' Schmerzn, denn wenn i gsagt hätt im Unterleib, dann hätt ich mich sicher vor dem Dokta nackert ausziagn müassn.«

Eine seltsame Sache

EINE KLEIDERMACHERIN, ein junges Mädchen von fünfundzwanzig Jahren, wurde gerade um die Weihnachtszeit, in der sie mit Arbeit überhäuft war, krank. Übelsein, Erbrechen, Mattigkeit in allen Gliedern etc. quälten sie. Sobald sie aber ins Freie kam, wurde ihr besser, und hatte sie viel in der Stadt zu tun, war sie also längere Zeit außer Haus, so kam sie gesund und froh heim, das ging einige Tage so fort. Als es immer ärger wurde, ging sie zum Arzt und erklärte dem Doktor, das Furchtbarste, an dem sie zur Zeit leide, sei der furchtbar süßliche Geruch in der Nase. Sobald dieser Geruch sich bemerkbar mache, folge hierauf sofort Übelsein und Erbrechen. Der Arzt dachte sofort an eine ›Stinknase‹ und behandelte sie mit Höhensonne.

Das Mädchen ging heim, zu Hause angekommen setzte es sich sofort an seine Nähmaschine, es wurde ihm wieder übel, und das Erbrechen ging los wie alle Tage. Die Mutter des Mädchens war nicht immer in demselben Zimmer, wäre es dieser auch immer übel gewesen, hätte man meinen können, in dem Zimmer sei etwas nicht in Ordnung, eine Gasausströmung oder dergleichen. Nur die Tochter bekam, sobald sie sich zur Arbeit setzte, diesen furchtbaren Zustand. Sie magerte sichtlich ab, konnte wegen des furchtbaren Geruchs, den sie stets in der Nase hatte, nichts mehr essen und trinken als Tee und einige süße Sachen. Sie selbst meinte, sie hätte den Eindruck, als ob sie von innen heraus verfaule. Nun nahm sie Abführmittel ein, aber der Körper war schon zu schwach, und statt der erhofften Wirkung traten Ohnmachtsanfälle ein. Aber trotz allem musste sie doch arbeiten, denn Weihnachten stand vor der Tür, und das arme Ding saß alle Tage an der Maschine bis spät in die Nacht.

Da stockte plötzlich die Maschine – das auch noch – soviel Arbeit – zum Sterben krank, die Maschine hatte auch viel gearbeitet die Zeit her und verlangte nach Öl – außen in alle Schmierlöcher muss Öl getropft, auch innen das Werk muss geölt werden. Dazu muss man aber die Maschine umkippen, was die Nähmaschinistin auch tat – in dem Moment war das Rätsel und die Ursache ihrer wochenlangen Krankheit enthüllt – in den Ölbehälter, welcher sich unter dem Werk jeder Maschine befindet, um das Tropfen des Öls zu verhindern, war auf irgendeine Weise eine Maus gekrochen und darin verendet und verwest. Der Leichengeruch war so stark, dass Kunden die Näherin aufmerksam machten, sie solle doch zum Arzt gehen, sie rieche dermaßen, dass es niemand in ihrer Nähe aushalten könne. – Die Leiche wurde entfernt, die Näherin ist wieder gesund, die Weihnachtsarbeiten sind geliefert und alles ist wieder in bester Ordnung.

»Die haben aber natürlich gespielt!«

NOCH NIE HATTEN Theaterbesucher so etwas erlebt. In der Singspielhalle im ehemaligen ›Frankfurter Hof‹ in der Schillerstraße zu München war ich vor dem Krieg als Komiker engagiert. Ich forderte den Besitzer öfters auf, er möchte doch einmal eine neue Bühne bauen lassen, denn die gegenwärtige existiere schon seit 1870 und war nicht mehr der Zeit entsprechend. Nach vielem Zureden war er endlich dazu bereit, eine neue Bühne mit Vorhang, Podium und Beleuchtung anfertigen zu lassen. Diese schöne neue Bühne stand schon in der Werkstatt des Bühnenbauers. Der Hauptpunkt der Sache war aber, dass deshalb keine Vorstellung am Abend ausfallen durfte. Nach Schluss des Theaters, nachdem die Zuschauer das Lokal verlassen hatten, musste sofort mit dem Abbruch der alten Bühne begonnen und die ganze Nacht durchgearbeitet werden, damit am anderen Abend die nächste Vorstellung schon auf der neuen Bühne vom Stapel laufen konnte.

Da kam mir eine Idee. Also, nach Schluss der Vorstellung sollte mit dem Abbruch begonnen werden! Ja, dachte ich, warum denn nicht schon vor dem Publikum?

Wir hatten als Schlusskomödie eine Bauernszene, bei der ein Bauer zu spät nach Hause kommt und von der Bäuerin eine Gardinenpredigt erhält. Der Bauer bekommt deshalb Streit mit seiner Frau, fängt an zu toben und schlägt mit den Fäusten auf den Tisch; sonst tat er nichts. Im Ernstfall würde der Bauer vielleicht im Jähzorn die Möbeleinrichtung demolieren. Das könnte er doch eigentlich heute machen, dachte ich mir, denn die alte Bühne brauchen wir morgen sowieso nicht mehr. Gut, ich teilte meine Idee dem Bauern mit, sonst niemand, nicht einmal der Bäuerin, die am Abend die Szene spielen musste.

Am Abend wurde das übliche Programm heruntergespielt, und dann kam die Schlusskomödie mit der letzten Szene. Als die Gardinenpredigt der Bäuerin zu Ende war, ergriff der Bauer nicht bloß das Wort, sondern auch ein Beil, und schrie: »Jetzt wird's mir aber amol zu dumm, Himmisappra-ment!«, und ein wuchtiger Hieb zertrümmerte gleich die Zimmertüre, die natürlich nur aus Kulissenplatten und Leinwand bestand. Dann schrie er zum Fenster hinaus: »Großknecht, da geh rei.« Ich erschien ebenfalls mit einem Beil – und nun ging es los.

Alle, der Besitzer des ›Frankfurter Hofes‹, die Besitzerin, die Stammgäste, das Publikum und die Bäuerin – alle sperrten Augen und Mund auf, als die ganze Bühne vor ihren Augen in Trümmer zerfiel. Sogar die Podiumfuß-bodenbretter rissen wir auf. Einige Gäste flohen aus dem Saal, weil sie glaubten, die Schauspieler wären wahnsinnig geworden. Kopfschüttelnd verließen die Gäste die Singspielhalle, und einige meinten: »Die haben aber natürlich gespielt ...!«

Und am nächsten Abend spielten wir auf den neuen Brettern, die die Welt bedeuten.

Kreszenz Hiagelgwimpft

»WAS MOANA´S wie schnell wir uns emporgschwunga ham – nix hamma ghabt, i und mei Mo – nix – als wia a kloans Kind. Aber mit Kleinem fängt man an, und mit Großem hört man auf. Und heut hätt ma so ziemlich alles, was unser Herz begehrt. Alles könn ma uns kaffa, beinand san ma, dass 's zwischen der Burschwoassi und uns koan Unterschied gibt. – Bloß 's Mei wenn ma aufmacha, dann san ma verlorn, dann haut's uns naus aus der Rolln, zwega der Haidhauser Grammatik. Drum muass i jetzt von mein Mo aus Anstandskurse mitmacha, in der Anstandsanstalt beim Knigge. Voraussichtlich bleib ja i im ersten Kursus scho hocka, wie a erster Klassler, weil's i halt gar net recht dapacka konn, mit der Bildung. – Wia gestern bei meiner Friseuse, bei der Frau Speer in der Sendlinger Straße, hab i mi wieder in Gedanken vergessen und hab mei Giesinger Abstammung öffentlich bekanntgegeben, weil mir de kletzerte Friseuse a so a gräusliche Mohnweckerlfrisur aufs Haupt aufidraht hat, dass mir mindestens fünfhundert Schulbuben nachglaufen warn, wenn i damit auf d' Straß auße waar. –

›Moanst, dass i mit dera Bollnfrisur aus dem zwölften Jahrhundert Spießruaten laffa tua – an Bubikopf schneidst ma – aba schleunigst – mit sämtlichen Raffinessen der Gegenwart und Zukunft‹ – hab i zu der Ondulierschuxen gsagt. ›Und verschneidn balstn tuast, na pack i di so lang beim Schlund, bist an Geist aushauchst.‹ In dem feina Schuahladen beim ... ist's ma aa so ganga. Hab i mi auch wieder vergessen. Da hab i mir feine Schuah kaffa wolln, feine Lack mit Pariser Goldbrokateinsätze. Zwoa volle Stund bin i strumpfsockert in dem Ladn drin ghockt. Moana S', i war drokemma? Auf oanmal ist's mir z' dumm worn. Jetzt bin i aufganga wia d' Morgensonne. ›Ja, du windiger Ladenratz‹, hab i zu dera Verkäuferin gsagt. ›Tua fei ja net launenhaft sei und beicht amal, wia oft, dass d' jetzt bei mir no vorbeisaust, wennst siehgst, dass ma pressiert. Wennst mi net augenblickli prompt bedienst, dann fahr i dir strumpfsockert in d' Nasenlöcher nei, dass d' dastickst.‹ Aber da hat's ihr auf einmal pressiert, und glei ist s' mit zwölf Schachteln Damenschläuch angruckt. ›Was willst denn da mit dera Schachtel? Inhalt Schuahnummer fünfunddreißig. – Moanst, i bin im Säuglingsheim auskemma?‹ – Mit drei Paar 42er hab ich das Schuhasyl verlassen, bin aus'n Laden zornig raustanzt, in mein Auto eingstiegn und meinem Schauffeur befohlen: ›Aloise, reib auf, hoam geht's.‹

– O mei, unser trautes Heim solln Sie amal dalurn, da kannten S' Ihna amal a paar Stund lang an am Reichtum ergötzen. Eine Zwölf-Zimmer-

Wohnung ham ma uns zuaglegt, ist ja nix aa – an Rokoko-koko-Salon solln S' sehn, mit de geschneckelten Säuln und de persischen Fußabstreifer. Und das glänzerte Speisemagahoni-Zimmer aus der Zeit Lugge des Vierzehnten. De elektrische Trambahn kenna ja mir nur vom Sehng. Mir ham in unsern Autostall an unhässlichen Mercedes und einen Maybach-Achtsitzer je hundert SP – ah, PS. Des aufsehenerregende Getös solln S' amal erlebn, wenn wir mit unserm lila lackierten Töff-Töff vorm Nationaltheater landen. Es ist halt so ziemlich dasselbe als wia ehemals mit Seiner Majestät bis aufs Hochschrein.

Und im Theater drin nacha, ersten Rang Vorderplatz, auf grünem Samt, da geht dann das allgemeine Gegaff o auf unsre Wenigkeit. Mei Alter mit'n Opernherzarrer und ich mitn goldnen Linseisen. Vor acht Tagen warn ma in ›Tristan und Isolde.‹ – A-a-a – da schneidst o, mit dem Gschpui – Der Tristan geht ja noch, aber d' Isolde, de gschroamaulert Fee, mit dem chronischen Stimmbandlgeknarz, des is allerhand. Und unterhaltlich war's im Ganzen, so oft hab i mein Alten gar net aufwecka könna, als er mir eingschlummert ist. A-a-a – de Opern, dass i net rutsch, da geh i scho tausendmal lieber in d' Auermühlbachlichtspiele. Aber mir könna doch heut mit unsern sichtbaren Pomp net in an Vorstadtkino auftaucha. Jaja – Geld alloa macht auch nicht glücklich. Je mehr Geld, desto mehr Verdruss. Hast Geld, dann brauchst Dienstboten – hast Dienstboten, dann muasst di Tag und Nacht ärgern über Magd und Gesinde. Gegenwärtig such ich eine Herrschaftsköchin. Moana S', ich treibert eine passende auf? De wo ma jetzt ham, dera gfallt's nimmer bei uns, ham Sie Worte? Tuat ma dem Trampe alles, was ma ihr an de Augn absieht. Mittags gibt ma ihr 's ganze Essen, des was mir nimmer mögn, hat ihr eignes Bett, d' Ortskrankenkasse lass ma ihr selber zahlen, und da gfallt's ihr nimmer bei uns. I moan, wenn ma einem Menschen in jeder Weise entgegenkommt – und ein wüffes Frauenzimmer ist das – jetzt ist sie schon fünfunddreißig Jahre alt, moana Sie, de furcht noch an Kaminkehrer? Ja an Schafkas, im Gegenteil – nachlauf a tuat s' ihm noch. Aber da derf ma nix sagn, da war's aus mit mein Alten – bei mein Xare – über sei Fanny lasst er nichts kemma – de, wenn eahm viereckerte Knödel am Tisch hinstellt, dann san s' aa rund bei ihm. Alle vierzehn Tag hat's Fräulein Fanny Ausgang von 2 – 8 Uhr. Sie kommt aber jedesmal erst an andern Tag in der Fruah mit grasgreane Froschaugn.

Schaun S', auf Weihnachten hat man kein Geld angschaut, mei Xare hat ihr drei Ohrringeln kauft, und ich hab ihr, dass aa a Freud hat, vom Kaspar

Ostermeier 's Magdzimmer desinfektiern lassen. Moana S', ich hab an Dank ghabt? Ja an Dreck – ausgricht hat s' mi bei der ganzen Nachbarschaft, dass ma so viel Wanzen ham. Aber heuer auf Weihnachten, wenn s' noch bei uns ist, soll sie s' selber fangen. –

Kinoschauspielerin möcht sie jetzt werden! Ham Sie Worte! – ›Sie – mit dera broatgfotzerten Bauern-fünfalarva! – Denka S' liaber an Eahna Kocherei‹, hab i gsagt, dass S' amal lerna, auf was für a Seite man Butterbrot schmiert, moana denn Sie, mit Eahnan gwarzerten Verdrussfaltengsicht und mit Eahnan Baumhacklteint wern Sie a Schauspielerin? – A Schauspielerin? –A Abspülerin könna S' macha in der Speisehalle, Sie Prachtdotschen!‹ Ja, es ist unglaublich, eingebildet ist die Person – sie bildet sich immer ein, mein Gemahl ist in sie ganz verrückt – so was braucht sie sich doch net einbilden, de freche Nassl, wo es doch bittere Wahrheit ist. An ganzen Tag hat s' nur ihre Mannsbilder im Kopf, drum ist s' auch so furchtbar zerstreut. – Was tut s' nicht neulings? – Reibt s' net in unsern eleganten Speisesalon die schöne Goldtapete mit Stahlspäne ab, dass d' Fetzen glei bis am Fußboden nunterghängt san. – An Parkettboden putzt sie regelmäßig mit Sidol – an Kanarienvogel gibt s' manchmal vor lauter Zerstreutheit 's Hundsfressen – auf Weihnachten hat s' uns amal Ostereier gfärbt – am Heiligendreikönigtag hat s' Kirtanudeln bacha – auf Pfingsten hat 's auf unsern schöna schwarzpolierten Blüthner-Flügel mit der weißen Ölfarb Kaspar, Melchior und Balthasar' naufgschriebn – und d' Goldfisch … reibt s' Rindviech mit'n Staublumpen ab. Punkt.«

Die Frau Funktionär

Na, die Welt ist ein Theater,
Auf der Welt, da geht's jetzt zu,
Wo'st nur hinschaugst, muasst di ärgern,
Nirgends hast a Rast und Ruah.
In der Ehe mit de Kinder,
Mit der Wohnung, mit'm Mann,
Machst du in der Fruah die Augn auf,
Geht das Kreuz scho wieder an.

MEI GOTT, is des heutzutag a Kreuz, sozusagen ein direkter Kampf ums Leben – ja, ein direkter Kampf, wenn ma's richtig nimmt, de ganze Welt is eine Falschheit, ein Schwindel, oana schwindelt den andern o, koan

Menschn derfst mehr traun, naa, naa, is des a Jammer, aber mitmacha musst, bis d' stirbst, und als Toter hast na aa no koa Ruah, da schimpfa s' na aa no über di, dass d' in koan altn Schuach mehr neipasst, wie man so sagt.

– Bei der Beerdigung von meiner Freundin ihrn Mann, dem Herrn Trambahnkontrolleur Kammerberger, war's glei so, is a so a guata, braver und fleißiger Mann gwen, mit so an gefährlichen Beruf, mit oan Fuß is a so an ganzen Tag im Grab gstanden, er war nämlich bei der Münchner Stra-ßenbahn Kontrolleur, wie der Herr Hochwürden, Herr Dekan Obermeier von Sankt Heiligengeist, in der Grabred betont hat – ein fleißiger Mann in seinem Beruf – na habn s' hinter mir gsagt: »A fleißiger Mann, dass i net rutsch, an ganzen Tag is er Trambahn gfahrn und do hat er gar nix, als wie an ganzen Tag hat er bloß gsagt: Billetten vorzeigen – Danke.« – Sehn S', so bös san die Leut, und der elektrische Trambahnberuf ist doch wirklich ein ganz aufopferungswürdiger Beruf. –

In unserm Haus, vielmehr in unserm Gang, wohnt auch eine Frau, von dera Frau d' Schwägerin, a liebe, nette Frau, i kenn s' zwar net, aber was i ghört hab, die soll auch bei der Trambahn sein, Schaffnerin, und noch dazu auf der Linie 13 – du heiliger Josef, i bin net abergläubisch, aber wie kann man denn so gewissenlos sein, stelln S' Eahna vor, wenn die Frau grad am 13.en mit der 13er Linie 13 Mark einnimmt, da muss doch a Unglück passieren – aber mei, des is halt Schicksal, wie's eim bestimmt is, so kommt's; so hat mei Mo amal glaubt, dass er 's Ludwigskreuz kriegt, des is halt lauter Bestimmung, so was kommt plötzlich daher, ma hat oft vorher nicht die geringste Ahnung. –

Mit mein Sohn geht's jetzt die letzte Zeit, Gott sei Dank, wieder besser, mei Gott, was hat der arme Kerl ausgstandn, da Doktor Meier in der Kaufingerstraßn hat'n operiert an Stirnhöhleneiterung, unterm Operiern rutscht der Doktor auf einer Zitronenschaln aus und fahrt ihm mitm Lanzett ins Hirn nei, gut, dass mei Sohn 's Hirn so weit hint hat, sonst war's gfeit gwen. Da Alfred, der Zwoatälteste, hat a Zahnfistel ghabt, da war aber unser Hausarzt dran schuld, der hat'n falsch behandelt, und der hat an Bubn auf Glenkrheumatismus kuriert. – Jetzt geht er scho bald ins 16. Jahr, da Alfred, hoffentlich kommt er nimmer zum Krieg dazu, wenn er nur grad recht langsam gedeihn tät, da Bua, gsund is a ja so net recht, denka S' Eahna, der grat ganz an Vater nach – mei Mann is nämlich Magistrats-beamter, aber sehr leidend, der hat so a Art Schlafkrankheit, die is nicht schmerzhaft, aber sehr zeitraubend – stelln S' Ihnen das Unglück vor, wenn die Krankheit mei Sohn auch kriegn tät, mit der Schlafkrankheit kann ja der

Bua koa Gschäft lerna; no ja, gfehlt wär's nie, wenn alle Strick reißatn, bringt'n halt der Papa in'n Magistrat nei. –

O mei, mit de Kinder is jetzt scho a rechts Kreuz, a Familie, wo heutzutag acht oder neun Kinder hat, is net zum Beneidn, mir ham Gott sei Dank nur siebn, geht da der Ärger und der Verdruss scho net aus. – Mei Kloane, de mit sechs Jahr, d' Anni, bringt neulings von der Schul d' Gsichtsrosn mit hoam, mei Gott, i war ganz resultatlos: »Hundsbankat, reidiger«, hab i gsagt, »wie kimmst denn du zu der Rose, zu dera Gsichtsrosn, hättst lieber d' Parkettrosn mitbracht, na hätt ma wenigstens was zum Bodenputzen ghabt.«
– Und so kommt alle Tag was anders daher. – Unter uns da wohnt a Filmschauspielerin, und dera muss d' Gretl, mei zweitälteste Tochter, imma 's Sach holn; neilings hat 's es furtgschickt um an Puder, und de Kloa hat s' falsch verstandn und hat ihr an Butta bracht, a Fünftl. – Hat 's zu meiner Kloan gsagt: »Mach 's nächstmal deine Ohrwaschl besser auf, dumms Ding, dumms.« Aba da bin i auffi. »Was«, hab i gsagt, »is mei Tochter, wos für a dumms Ding hat Ohrwaschln? Sie alte Filmschuxn, san S' froh, dass Eahna 's Deandl an Butter bracht hat statt an Puder, dann kenna S' wenigstens Eahnan ausdürrten Magen damit einschmiern, dass a net allwei so knarzt, Sie Filmgspenst; Eahnane Gsichtsfaltn san ja so scho die reinsten Dachrinnen, de könna S' nimma verpudern, da is gscheiter, Sie kaufen Eahna a Gasmaske oder an Taucherhelm und decka S' Eahnan gfalteten Fesselballon ganz zua, und wenn S' nächstmal wieder was braucha, na lassn S' Eahna Eahnane Gsichtsutensilien 's nächste Mal von an Packträger mitn Zwoaräderkarrn holn und verschona S' mei Tochter mit Eahnan Gang, Sie langhaxate Blindschleicha.« –

Ja, wissen S', d' Leut taten mit de andern Leute eahnane Kinder grad was s' wolln, naa, naa, des gibt's net. – Mei Mann natürlich, der kann ja mit de Kinder gar net umgeh, der hat keine Ahnung von der Kindererziehung; unsern dreijährigen Pepperl gibt er neilich 's offene Rasiermesser zum Spieln – i kimm grad dazua, schrei glei: »Um Himmels willen, reiß an Buam 's Messer aus der Hand!« Sagt mei Mann: »Lass ihm doch, der kann sich ja doch no net rasiern.« Sehn S', so dumm redn d' Mannsbilder daher. – Ja ja, 's is a Kreuz, jetzt derf i heut no umanandlaufa, dass i für morgn was auftreib, das is jetzt eine Umanandrennerei, heutzutag an Haushalt führn, is direkt a Kunst, ma werd nimmer fertig. Kaum moanst, jetzt kannt 's Kocha ofanga, fehlt dir wieder des und das, nacha hast wieder koane Kohln, wennst nacha um Kohln gehst und bist beim Kohlenhändler, hast d' Kohlenmarken wieder vergessen, dann lauft ma wieder hoam um d'

Kohlenmarken, kimmst dann mit de Marken zum Kohlnhändler, derweil hat der koane Kohln mehr. –

I sag ja, es is schrecklich, und manche Leut habn no alles, was eahna Herz begehrt, die Ungerechtigkeit ist zu groß auf der Welt, drum soll unser Herrgott wieder amal a Sündflut kemma lassen und alles wegschwoabn lassen. –

Und mit de Dienstboten ist das heutzutage aa so a Kreuz. Moana S', ich treibert jetzt a neue Köchin auf? Nicht um alles in der Welt. Die ma jetzt ham, dera gfallt's nimma bei uns ...

Mancher Mensch hat keine Ahnung,
Na, heut hab i schon was gflucht,
Wenn man so wie eine Nadel
Eine neue Köchin sucht,
Telefonisch, telegrafisch,
Durch die Zeitung, durch die Post,
Ich such eine gute Köchin,
Hohen Lohn und gute Kost.

Quo vadis

ALSO GESTERN war ein direkter Freudentag für mich. Sagt mein Mann zu mir: »Kreszenz, heut gehn wir in das neue Kinematografentheater nüber und schaugn uns das große Filmdrama an ›Quo vadis‹, das soll großartig sein.«

Ich hab mich zsammagschneckelt so gut als 's halt noch geht, und um halb 2 Uhr san ma scho vorm Kino dortgstanden. Wir ham gmeint, mir komma noch z'früh, daweil san da Menschen dortgstanden, hingrafft ham sie sich zu dera Kasse wie die Wilden.

Ich und mein Alter san gleich an die Kasse hin und ham gschaut, was die Billetten kosten.

»Mögt's euch schon hinten anstelln!« schreit so a junges Frauenzimma. – »Wird Ihnen schon passen«, sag ich, »wenn ma zuerst schaun, was es kost; das wissen wir schon selber, dass wir uns hinten anstellen müssen. Sie schaug o, 's rotzige Zimmamadl.«

Mei Mann packt mich gleich am Arm und will mich zruckziehn, reißt mir aber von meiner neuen Blusen an halberten Ärmel runter. »No, Lackl«, sag ich, »jetzt schau dich wieder an, was du wieder gmacht hast, ich sag ja, wiast halt du was in dei Pratzen nimmst, is schon hin auch.«

»Aber deshalb brauchen Sie Ihren Mann aa koan Lackl hoaßen«, sagt sie drauf, die ganz andere, »weil Ihna Sie mit Ihrem Schnacklkopf auch de Blusen net selber kauft ham.« – »Halten S' fei Eahna Maul, Sie gschnappige Person, und mischen S' Ihna nicht in Familienangelegenheiten, sonst stoß ich Ihna naus aus der Reihe der ›Angestellten‹. – Und dann ham mir die Gescheiteren gemacht und haben uns hinten angestellt bis mir die Billetten ghabt ham.

Punkt 2 Uhr ham s' uns hineinlassen. Ich hätt ja den schönsten Platz erwischt, aber natürlich, der langweilige Herr Gatte, der beim helllichten Tag schon zu langsam schaut, ist im finsteren Zuschauerraum umeinandergetappt wie a junger Hund, der im Wasser an Hundstapperer macht. »Ich sieh ja nichts, ich sieh ja nichts«, hat er allaweil gschrian, und wenn ihn ich nicht auf einen Platz hingsetzt hätt wie ein Schullehrer einen Abc-Schützen, dann hätt er die Kinoleinwand auch noch durchgrennt mit seinem Gipskopf. Einen schlechten Platz ham wir erwischt in einer Nischen drin; vor uns ist glücklicherweise ein Mordstrumm viereckige Säuln gstanden. »So, jetzt haben wir's«, hab i zu meim Mann gsagt, »jetzt kannst ums Eck nüberschaun, oder du kannst dir um den Eintritt zwei Stunden lang die viereckige Säuln betrachten«.

»Ach, möchten S' net so freundlich sein, Herr Nachbar«, sag ich zu dem Herrn, der neben mir gesessen ist, »und möchten S' ein wenig nach links nüber rücken, dass wir besser vorsehn.« – »Das können S' Ihnen denken«, sagt der, »ich bin schon ganz narrisch, wenn Ihna die Säuln geniert, dann strecken S' halt Ihrn Ganskragen um die Säuln nüber.« – »Ich dank recht schön, Herr Nachbar«, hab ich gsagt, »Sie sind halt ein liebenswürdiger Mensch«, und dann hab ich mir beim ersten Akt den Hals so verdreht, dass ich ausgschaut hab wie ein erdrosselter Flamingo im zoologischen Garten. Also gschimpft hab ich so viel in dem Kino drin, dass ich bald die Klaviermusik übertönt hätte. Auf einmal schreit einer von der hinteren Reihe zu mir vor: »Gell, tun S' fei bald Ihre Gebiss-Schatulle zumachen, sonst falln Ihna noch die ganzen Beißperlen raus, wo Ihnaa die Ortskrankenkasse die Hälfte dazugezahlt hat.« Jetzt schaun S' eine solche Frechheit an, und darfst nichts sagen, sonst kriegst noch Prügel auch.

Vor mir sitzt so ein Lucki, hat an Goggs [Hut] auf, und weil ich halt a bisserl klein bin, sieh ich natürlich nichts wegen dem sein Hut. »Ach, möchten S' nicht so freundlich sein, schöner Herr, und möchten S' Ihren Stops [Hut] runtertun, weil ich sonst nichts sehe«; und weil er nicht gleich darauf reagiert hat, hab ich ihm mit meinem Zeigefinger von hinten ein wenig auf die Achsel hinaufgstupft. Der schaut um und staucht mich gleich so zusammen.

»Tu mich fei noch einmal betupfen, da hinten, dann heb ich dich raus aus die Klappsitz, alte Hyazinthn. Und jetzt, mein ich, wirst es packen mit'n Stillentium, gräuslicher Hausaff.«

Jetzt bin ich narrisch worden. – »Wer ist a alter Hausaff?« hab ich gsagt und hab dem Schlawinerbuben von hinten meine zehn Fingernägel so ins Genick neingsetzt, dass er gemeint hat, er hat seinen Kopf in eine Rosshaarzupfmaschine neibracht.

Mei Mann will mir helfen, der dumme Depp packt mich in der Finsternis und haut mir oane nach der andern runter. Der Platzanweiser hat sich mit seiner Uhrketten in meinen Lockenchignon[1] verwickelt, die Leut haben alle geschrien: »Licht, Licht!«, und bis wir uns besonnen haben, war schon Licht – aber Tageslicht, sind wir schon auf der Straße draußen gelegen. Ausgeschaut ham mir, als wenn wir 14 Tage in einem feindlichen Stacheldrahtverhau dringehängt wären. Ganz verhaut und zerfetzt sind wir von dannen gezogen. Beim Heimgehn sind uns die Schulkinder alle noch nach und ham gschrien: »Ah, ah, Mann und Frau im Essigkrug!« Vor der Wohnungstüre angekommen, hab ich erst gemerkt, dass ich bei dieser Rauferei mein Tascherl mit die Wohnungsschlüssel verloren hab. Ich musste in dem Verzug zum Schlosser laufen, der war natürlich nicht daheim, jetzt haben uns mein Mann und ich den ganzen Nachmittag im Stiegenhaus aufs Fensterbrettl gsetzt und haben auf den Schlosser gewartet, und anstatt zur Erinnerung an das schöne Filmdrama ›Quo vadis‹ haben wir beide geseufzt: »O fad war's!«

---

[1] *Chignon: Klassische Frisur: Im Nacken getragener Haarknoten*

Allerhand Sport

EIN MANN, Doppelgänger von Beruf, Kamin (kam in) eine baumarme Waldgegend, um elektrischen Strom zu kaufen. An der Haustüre einer alten Sandgrube blieb er verdrossen stehen und ging heiteren Mutes seiner Wege weiter. Es war ein sonniger, kinderreicher Frühlingstag, und selten fuhr kein Auto hinter dem andern. Trotzdem in der ganzen Gegend kein Haus zu erblicken war, stand mitten in dieser Kleinstadt ein Kino, welches sehr schlecht besetzt war – ein Mensch saß drin – die Besitzerin selbst. Ein bildschönes Mädchen von 26 Jahren. Ihr Mann lernte sie einmal kennen, das war das Einzige, was dieser Mann in seinem Leben gelernt hatte. Er führte das Mädchen in die nächstliegende (nächststehende) Kirche und ließ sich dort hochzeiten. Über der unbewölkten Einöde und am nahen Dorfbrunnen spielten alte Schulkinder mit Schneider und Scheren und pflückten aus Übermut Trinkwasser. Nach der Trauung begaben sich beide sofort auf den Sportplatz und spielten Fußball, nach dem alten Grundsatz: Zuerst der Sport und dann die Liebe. Und wer den Sport und das Turnen liebt, der fördert seinen Haarwuchs, denn schon der alte Sport- und Turnvater Jahn soll einen mächtigen Vollbart gehabt haben. – Also betreibet alle den Sport, denn Sport ist Leben – und Leben ist schwer. Genauso schwer ist es, wenn man während des Sitzens aufsteht und erst dann gehen will, wenn man sich niedergelegt hat.

Wie waren doch schon unsere Vorfahren durch den Sport gestärkt! Der Riese Goliath (wohnhaft Löwengrube, Hausnummer?) hat 1.000 Jahre alte Eichenbäume mit Daumen und Zeigefinger aus dem Erdboden gerissen, den zugefrorenen Nil stieß er mit der blanken Fußsohle bis auf den Meeresgrund durch. Zeppeline und Aeroplane fing er mit der Hand wie Schmetterlinge – Riesenschlangen nahm er als Selbstbinder her, und die größten Kirchtürme benützte er als Zahnstocher. Kurzum: er hatte ›Kraft und Schönheit‹ in sechs Akten. Aber dass sich Sport und Schicksal ohnedies die Hand geben, liegt klar auf der Hand. Beispiele: Ein Hochtourist bestieg zehn Mal den Montblanc, ohne jeden Schaden zu erleiden, jedoch beim Anblick eines Steuerzettels wurde er ohnmächtig und musste minutenlang das Bett hüten.

Ein anderer Fall: Dem bekannten Rekordschwimmer M. Sxdnhpfdb wurde kurz vor Beginn seines geplanten sechzigstündigen Rückenschwimmens ohne jeden Grund seine Badehose gestohlen. Aus diesem Anlass musste die Veranstaltung, bei der unzählige Menschenmassen als

Zuschauer erschienen waren, abgesagt werden. – Der berühmte Fußball-tourist Johann Wacker soll seine Siege nur durch eigenes Verschulden gemacht haben. Somit sieht man, dass Sport und Schicksal zwei eng ineinandergreifende Begriffe sind. Am meisten davon berührt ist die Turnerei. (Eigene Schutzmarke F.F.F.F.)

Frisch – Fromm – Fröhlich – Frei. Es ist kindisch, wenn ich mir erlaube, zu berichten, dass ich mir als junges Kind dieses Turner-Symbol-Zeichen ganz anders erklärt habe, als es in Wirklichkeit ist. Ich glaubte, jeder Turner muss vor dem Turnen ein Bad nehmen, dass er frisch wird. Hierauf muss er in die Kirche gehen, dass er fromm wird. Dann muss er einige Maß Bier trinken, dass er fröhlich wird, und dann muss er sich von seiner Frau scheiden lassen, dass er frei wird. Dann ist er F.F.F.F. –

Man sieht also, dass man sich als Kind schon falsche Vorstellungen vorstellt, die man im Alter nie verantworten, höchstens verwerten kann ...

Magnet – Fisch – Angel – Fix!

Eine zeitgemäße Erfindung

EIN WAHRER TRIUMPH ist es zu nennen, was der geniale Erfinder Karl Valentin erfunden hat. Die Verzweiflung der Angelfischer über jahrelanges ›Nichtserwischen‹ ist behoben. Jeder Angelfischer ist von nun an ›Beute-heimträger‹ geworden. Das jahrzehntelange Warten auf den ›Fischanbiss‹ ist durch das Patent Valentins aus der Welt geschafft. Kein Auslachen der Zuschauer mehr beim Zuschauen des Fischens. Die Anwendung des ›Emfaf‹ ist Knaben und Mädchen leicht. (Kurz gesagt kinderleicht.) Aus Angler-kreisen wird uns berichtet, dass alte leidenschaftliche Angler, die 40 bis 45 Jahre und darüber hinaus noch nie beim Angeln etwas ›erwischt‹ haben, aus Freude über diese Erfindung haselnussgroße Tränen geweint haben.

Unter den Fischen selbst ist, wie uns berühmte Taucher mitteilen, eine große Bestürzung ausgebrochen. Scharenweise schwimmen sie beisammen und beraten Gegenmaßregeln gegen ›Emfaf‹. Sämtliche Verlage von lustigen Blättern, die seit Bestehen des Angelsportes an den Anglerwitzen Geld verdient haben, haben ihre Verlagshäuser schwarz beflaggt. So schwer die Erfindung des ›Emfaf‹ zu begreifen ist, so leicht ist sie für den Laien verständlich. Statt dem scheußlichen Mordinstrument, ›Angelhaken‹ genannt, tritt nun das Angelmagnet.

Während der Angelhaken aus Stahl und einem gebogenen Haken geformt ist, besteht das Magnet aus *Mag* und *net*. Der Angelhaken mit Widerhaken musste stets beim alten System trotz ›Tierschutzvereins-widrigerweise‹ mit einem lebenden Regenwurm ›geschmückt‹ werden, der als Leckerbissen den zu fangenden Fisch anlocken sollte. Bei ›*Emfaf*‹ kommt dies völlig in Hinwegfall, da die Krümmung des Magneten an und Pfirsich schon einem gekrümmten Wurm ähnelt. Der Fisch betrachtet sich nun im Bedarfsfalle das Magnet und denkt sich dabei vielleicht *instinktisch* ... Ja, was ist denn das für eine Angel? Er betrachtet sich das Magnet näher (besonders, wenn es sich um einen kurzsichtigen Fisch handelt), und schon hat ihn das Magnet erfasst, und warum ...?

Weil der Fisch *Eisen* in sich hat, und Eisen wird bekanntlich vom Magnet angezogen. Wie werden aber die Fische eisenhaltig? Diese Frage ist aber ebenfalls von dem feinsinnigen Erfinder gelöst worden. Man geht tags zuvor an die betreffende Stelle, wo der Fischfang stattfinden soll, und füttert die Fische mit den kleinen Patentbrotkügelchen, welche unter dem Namen ›Aha‹ in den Handel gekommen sind. Diese Patentbrotkügelchenmischung ist ebenfalls eine Erfindung von Karl Valentin. Die Mischung der Kügelchen besteht aus Mehlteig, ›Regenwurmblut‹ und ›Eisenfeilspänen‹. Die von Fischen verschluckten ›Patentbrotkügelchen‹ sind nun eisenhaltig und damit die Fische auch. Folglich wird der Fisch, falls er sich dem Magnet nähert, von demselben angezogen; der Fischer merkt am Untergehen des Angelkorkes, dass ein Fisch angebissen hat, also in diesem Falle am Magnet haftet. Nach Entfernung des Fisches vom Magnet wird der Magnet ›abgetrocknet‹ (da er im trockenen Zustande mehr Anziehungskraft besitzt) wieder in das Wasser geworfen, und derselbe Vorgang wiederholt sich nach Belieben. ›*Emfaf*‹ funktioniert in jedem Wasser, sogar in dem stark salzhaltigen Meereswasser. Nur im ›Schwarzen Meer‹ müssen Pillen mit ›Radiummischung‹ verwendet werden, da die Fische in dem tiefschwarzen Wasser nur ›beleuchtete‹ Kügelchen erkennen können. Allerdings kommt dieses Verfahren ziemlich teuer, aber der Erfinder Karl Valentin hat Mittel und Wege gefunden, die Herstellungskosten bedeutend zu ermäßigen, indem er statt Radiummischung die Pillen mit ›Glühwürmchensirup‹ verarbeitet, womit er dieselbe ›Leuchtkraft‹ erzielt.

Klagelied einer Wirtshaussemmel

NICHT JEDE SEMMEL hat so ein schweres Dasein als gerade wir Wirtshaussemmeln. Eine Privatsemmel z. B. wird beim Bäcker gekauft, heimgetragen und meistens gleich gegessen. Aber wir Wirtshaussemmeln und meine Kolleginnen, die Römischen Weckerln, die Loabeln und die heruntergeschnittenen Hausbrote, wir haben meistens ein ekliges Dasein, bis wir von den Menschen verspeist werden.

Es hat sich ja einmal der Magistrat um uns gekümmert und hat in jeder Wirtschaft kleine Tafeln anbringen lassen mit der Inschrift: ›Das Betasten der Nahrungsmittel zum Zwecke ihrer Prüfung ist verboten.‹ Aber darum kümmert sich heute keine Sau mehr, viel weniger ein Mensch. Nicht genug, dass wir gleich nach unserer Erschaffung aus Mehl und Wasser sofort ins Krematorium kommen, werden wir, wenn wir fertiggebacken sind, von rohen Bäckerlehrbuben in die Lieferkörbe geworfen, diese Körbe werden wiederum unsanft ins Lieferauto geschwungen, und im 60-km-Tempo rasen wir armen Semmeln dem Restaurant oder Gasthof zu, in welchem wir heute noch verspeist werden sollen.

Nicht jeder Semmel blüht dieses kurze Dasein wie einer sogenannten Eintagsfliege. Manchen Semmeln geht es wie den alten Jungfrauen. Sie bleiben über, wenn auch nicht so lange.

Nach Wochen und Monaten kommen wir in eine vielschneidige Guillotine (Knödelbrotschneidemaschine genannt), werden zu Scheiben geschnitten und bilden den Bestand der berühmten bayerischen Semmelknödel.

Aber wie traurig und dreckig geht es uns armen Wirtshaussemmeln! Wir werden von den Kassierinnen (früher Kellnerin) in aller Frühe ins Brotkörbchen gelegt und auf den Tisch gestellt. So – und nun sind wir der sogenannten Hygiene unterworfen.

Zum Frühschoppen kommt schon um 10 Uhr direkt vom Bahnhof die Familie Bliemchen aus Sachsen. Sie setzen sich alle an den Tisch, und Frau Bliemchen entnimmt gleich dem Brotkörbchen ausgerechnet ›mich‹, drückt mir den Brustkorb ein und sagt zu ihrem Mann: »Gustav, guck mal, fühl mal das Brötchen an, wie weich das ist. Hier in Bayern ist das Brot nicht so knusprig gebacken wie bei uns in Leipzig.«

Herr Bliemchen hatte keine Zeit, mich gleich zu drücken, er hatte sich mit seinem Taschentuch eben die Nase geputzt, und erst, nachdem er dieses eingesteckt hatte, nahm er mich in die Hand, drückte mich zusammen, dass ich beinahe aussah wie ein Pfannkuchen, legte mich wieder in das Körbchen und sagte: »Du hast recht, liebes Paulinchen, die Brötchen sind hier scheinbar alle so weich« – indem er sich auch davon überzeugte und eine Semmel nach der andern zerdrückte. Mit gebrochenem Brustkorb lagen wir Semmeln im Körbchen.

Herr und Frau aßen ihre Weißwürste, welche ihnen scheints auch nicht besonders schmeckten, aber die mussten sie ja schließlich essen, weil sie dieselben bestellt hatten. Wir Semmeln stehen aber unbestellt am Tisch, mit uns kann ja jeder tun und lassen, was er will.

Nach der Familie Bliemchen nahm ein alter Herr, der zwar sehr gut gekleidet war, aber trotzdem einen riesigen Schnupfen hatte, an dem Tische Platz. O weh, dachte ich Semmel, der wird mich und meine Kolleginnen wohl anniesen – gesagt – getan – einige Dutzend Male ging ein kräftiges Hah-zieh über uns Semmeln nieder, begleitet von einem heftigen Bakteriensprühregen.

Wir ertrugen gerne diese Schmach des Angespucktwerdens, uns war es nur um die armen Menschen leid, die nach dieser Sauerei vom Schicksal an diesen Tisch geführt werden.

Der alte Herr aß, trank, zahlte, nieste und ging.

Eine Mutter mit vier Kindern waren die Nächsten. Wir Semmeln zitterten, als wir die vier Kinder an den Tisch kommen sahen.

»Mutter, Mutter – darf i mir a Semmel nehmen!« schrie es durcheinander, und wie Sioux-Indianer überfielen die Buben das Brotkörberl, welches dem Ansturm nicht standhielt und über den Tisch hinunterkollerte, und natürlich wir Semmeln auch. Die Mutter schalt leise: »Glei klaubt's die Semmeln auf und tut s' wieder ins Körberl neilegn schö, dass niemand siecht, de Semmeln genga euch gar nichts an, mir bstelln uns Brezen.« Zerdrückt, beschmutzt lagen wir vier Semmeln wieder ungegessen im Körbchen. Was wird aus uns noch werden! dachten wir.

Da kamen die vielen Mittagsgäste, schauten uns verächtlich an und bestellten sich anderes Brot, aber direkt vom Büfett.

Wir Semmeln sahen selber ein, dass wir zu unappetitlich aussahen, um verspeist zu werden. Keiner von den vielen Mittagsgästen wollte von uns was wissen – wir blieben auf dem Tisch stehen, obwohl wir fast von allen Gästen berührt, zerdrückt und angehustet wurden.

Bis der Abend kam, bis die Nacht kam – und schon gleich die Polizeistunde, da kam noch schnell ein Liebespaar geschlichen, setzte sich an den Tisch und trank mitsammen ein Glas Bier.

Sie hatten auch noch Hunger – aber nicht viel Geld. Wie wär's mit den vier Semmeln? Indem sich beide verliebt in die Augen sahen, aßen sie dazu – uns vier Semmeln. Die beiden hatten gar nicht bemerkt, wie wir aussahen, denn Liebe macht blind ...!

Kragenknopf und Uhrenzeiger

ICH HABE MICH ja schon furchtbar geärgert! Heute nicht, nein, jahrelang schon. Nicht, dass Sie glauben, wegen Familienangelegenheiten, nein – nur über meinen Kragenknopf! Sehen Sie, man muss ihn ja haben, den Kragenknopf, man ist ja direkt darauf angewiesen, auf den Kragenknopf! Wenn man bedenkt, was an einem Kragenknopf alles dranhängt: der Kragen, die Hemdbrust, die Krawatte usw.

Bitte, stellen Sie sich mal einen feinen Mann ohne Kragenknopf vor, wie der daherkommt! Was nützt da ein feiner Zylinder, wenn man keinen Kragenknopf hat? Rutscht ja alles herunter!

Den einzigen Menschen, den ich mir ohne Kragenknopf vorstellen kann, das ist ein Matrose, aber es kann doch nicht jeder ein Matrose sein, da müsste ja jeder Mensch ein Schiff haben, und außerdem hat nicht jeder Matrose ein Schiff! Dasselbe ist's mit dem Kaffee.

Stellen Sie sich mal einen Kaffee ohne Tasse vor! Man kann ihn doch nicht aus der Kaffeemühle trinken! Oder – einen Tisch ohne Füße – da braucht man ja überhaupt keinen Tisch, da kann man sich ja gleich auf den Boden setzen. Dasselbe ist's mit einer Uhr ohne Zeiger.

Schauen Sie, ich lauf zum Beispiel schon jahrelang herum mit meiner Uhr ohne Zeiger; die hat doch gar keinen Wert! Eine Uhr ist sie natürlich auch so – Sie werden doch nicht behaupten, dass es ein Papagei ist? Ich könnte sie ja zum Uhrmacher geben, aber in dem Moment, wo ich sie dem Uhrmacher gebe, hab ich gar keine, also ist's doch gescheiter, wenn ich wenigstens die hab, wenn sie auch nicht geht; das weiß ich ja sowieso – sie kann ja auch nicht gehen, ohne Zeiger. Das heißt, gehen kann sie schon – innen –, aber sie zeigt es nicht an, drum hat auch die ganze Uhr keinen Wert. Ich trage ja die Uhr nur wegen der Kette, was will man denn sonst mit einer Uhrkette anfangen, das sagt ja schon das Wort: Uhrkette! Das ist doch selbstverständlich, dass da eine Uhr daran sein muss, ich kann doch keinen

Hund hinhängen! Dann wär's ja eine Hundekette. Und wer wird einen Hund in die Westentasche hineinschieben? Niemand. Ich halte ja eine Uhr für überflüssig. Sehn Sie, ich wohne ganz nah beim Rathaus. Und jeden Morgen, wenn ich ins Geschäft gehe, da schau ich auf die Rathausuhr hinauf, wieviel Uhr es ist, und da merke ich's mir gleich für den ganzen Tag und nütze meine Uhr nicht so ab!

Die heutigen Uhren gehen ja noch eher, aber früher war's fad mit den Sonnenuhren: Keine Sonne – keine Uhr! Da ist mir ja die meinige ohne Zeiger lieber, da ist man doch wenigstens nicht auf die Sonne angewiesen, bloß auf die Zeiger, und Zeiger kann man schließlich machen lassen, wenn man sie braucht.

Das wäre ja traurig, wenn man nicht ohne Uhr leben könnte! Der Uhrmacher, ja, der kann nicht ohne Uhr leben, bei dem ist's Geschäftssache. Glauben Sie, dass ein Uhrmacher, wenn er wissen will, wie spät es ist, auf alle die tausend Uhren hinschaut, die er in seinem Laden hängen hat? Er denkt nicht dran, er schaut nur auf eine, die andern verkauft er an die Leute, die eine Uhr brauchen; einer, der keine Uhr braucht, der kauft sich ja sowieso keine.

Aber, wie gesagt, es hat keinen Zweck, dass ich die Uhr reparieren lasse: schließlich stiehlt sie mir noch einer, dann hat der eine gehende Uhr, und ich bin jahrelang mit der kaputten rumgelaufen! Drum lass ich sie lieber so, wenn sie dann wirklich einer stiehlt, dann kann sich der damit ärgern! ...

Im Jenseits

EIN PROBLEM, das mich sehr interessiert, ist das Jenseits, oder besser gesagt, ein Weiterleben nach dem Tode. Gedanken über das Jenseits kann man natürlich nur im Diesseits haben. Im Jenseits über das Diesseits nachzudenken, ist schon zweifelhaft – vielleicht ausgeschlossen. Wenn der Mensch gestorben ist, ist er tot – das ist sicher, also todsicher, wie man so sagt. Scheint es nur so, als wäre er tot, so ist er scheintot und kann in seltenen Fällen wieder lebendig werden und später noch mal sterben. Ist ein Mensch wirklich tot, so ist natürlich nur der Körper gemeint, denn die Seele lebt weiter – aber diese ist unsichtbar, das ist wissenschaftlich einwandfrei bewiesen, da bei Röntgenaufnahmen, die alle inneren Organe des menschlichen Körpers zeigen, noch nie die Seele sichtbar gewesen ist. Die Seele flieht also unsichtbar aus dem menschlichen Körper. Aber wohin? Das wird die Seele schon selbst wissen. Ins Jenseits – und da entweder in den Himmel oder in die Hölle. Die Seele muss also allein wissen, wo sie hin flieht.

Nehmen wir zum Beispiel an, die Seele des verstorbenen braven Bäckermeisters Meier schwirrt ins Jenseits. Dem Herrn Meier ist seine liebe, unvergessliche Frau vor vielen Jahren im Tode schon vorausgegangen, befindet sich also schon im Jenseits. Im Diesseits heißt es aber wie bekannt: Im Jenseits gibt's ein Wiedersehen. Wie kann nun die im Jenseits angekommene unsichtbare Seele des verstorbenen Herrn Meier die ebenfalls unsichtbare Seele der schon im Jenseits umherfliegenden Frau wiedersehen? Nun, sei es wie es sei. Diese beiden wollten sich ja wiedersehen. Wie ist es aber mit der Kehrseite? Hat einer eine böse Schwiegermutter, so ein Ehemann getraut sich ja gar nicht zu sterben, aus Angst vor einem Wiedersehen im Jenseits. Sein einziger Trost ist vielleicht der, dass die böse Schwiegermutter nicht in den Himmel kommt, sondern in die Hölle. Überhaupt, wenn man mit all denen, die man im Diesseits schon nicht riechen kann, im Jenseits wieder zusammenkommen sollte, ist das allein schon ein schrecklicher Gedanke. Man denke an große Persönlichkeiten, so zum Beispiel an Karl den Großen mit Napoleon – die Päpste mit Dr. Martin Luther usw. oder an die Kollegen im Berufsleben. Besonders vom Theater! Droben im Jenseits gibt es keinen Hass und Neid, das hält doch die Seele eines Kollegen nie aus!

Nun machen sich aber viele Menschen wieder ein anderes Bild vom Jenseitshimmel. Die Engel! Wo kommen denn die her? Die sind doch nicht unsichtbar, die haben goldenes Lockenhaar, haben zwei große Flügel und sind nackert, wenigstens die kleineren, die Amoretten. Die Engel waren aber doch früher auch einmal Menschen, deren Seelen ins Jenseits geflüchtet sind. Dort haben sie Flügel bekommen. Das wird aber nur die weiblichen Wesen betreffen, vom ersten bis dreißigsten Lebensjahr. Ich könnte mir nämlich den oben benannten Herrn Bäckermeister Meier nicht so himmlisch vorstellen, wenn er nackend mit zwei großen Flügeln in den Wolken herumflattert – dann lieber unsichtbar! Die Meinungen gehen also hier sehr auseinander. Nun hat aber dieses angenommene Weiterleben nach dem Tode noch eine andere Seite. Auf Erden lebt der Mensch durchschnittlich 60 bis 70 Jahre. Das Leben ist aber mannigfaltig und bringt durch Arbeit, Freude, Sorgen, Leid usw. Abwechslung in die Bude. Wie ist das nun im Jenseits? Hier besteht keine Altersgrenze, sondern Ewigkeit. Also in Ewigkeit nur im Jenseits umherfliegen und als einzige Beschäftigung, wie uns aus der Bibel bekannt, nur Hosianna singen, das kann die ersten acht

Tage ganz unterhaltlich sein, aber, man denke sich das ewig – das muss unbedingt langweilig werden.

Nun steht wieder eine Frage offen: Werden die Seelen – oder die Engel im Jenseits auch älter, so wie dies im Diesseits der Fall ist? Wenn ja, dann muss also der erste Mensch, der selige Adam, der 7.000 Jahre alt geworden ist, der erste Mensch gewesen sein, der im Paradies bei der Eröffnung des Jenseits Zutritt hatte. Der erste Mensch, der im Jenseits angekommen ist, kann aber der Adam doch nicht gewesen sein, da ihm seinerzeit der heilige Petrus mit dem Himmelsschlüssel die Pforte zum Jenseits geöffnet hat. Demzufolge muss der Petrus schon vor dem Adam im Jenseits gewesen sein. Er war sozusagen der himmlische Hausmeister, der heute noch auf seinem sicheren Posten steht und keinen hineinlässt, der im Diesseits böse war. Und doch stimmt das auch nicht! Petrus lebte doch erst lange Zeit nach der Paradiesgeschichte als Apostel auf der Welt, wurde später heiliggesprochen, und nach seinem Tode kam er erst ins Jenseits. Der Adam kam also anscheinend ohne Kontrolle ins Jenseits, weil eben der Petrus noch gar nicht da war. Weiter nachgedacht, kann aber Petrus nicht als Seele allein die Welt verlassen haben, denn die unsichtbare Seele kann doch keinen Schlüssel in die Hand nehmen, und wo kommt denn der Schlüssel her? Im Gegensatz zu allen anderen Jenseitsbewohnern, die müßig umherfliegen, wird dem Petrus als Einzigem nicht langweilig werden, denn viele Jahrtausende das Himmelstor auf- und zusperren ist ausreichende Beschäftigung.

Wenn Wissenschaftler befragt werden um obige Angelegenheit des Weiterlebens, so ändert sich die Sache wiederum. Diese behaupten nämlich, dass es schon seit vielen Millionen von Jahren Menschen gibt, die inzwischen längst gestorben sind und jetzt das Jenseits bevölkern. Wie viele unzählige Trillionen Seelen im Jenseits schon weiterleben, ist niemals zu bemessen. Dabei geht das immer so weiter in aller Ewigkeit oder wenigstens so lange, als die Welt besteht. Es ist ein ewiges Kommen und Gehen und Seligwerden – also ein Fortleben nach dem Tode. Aber warum sollen wir Menschen uns darüber den Kopf zerbrechen. Wir werden es niemals ergründen. Aber, dass ein Mensch, der bereits das Diesseits verlassen hat, nicht nur im Jenseits, sondern auch im Diesseits und nicht nur seelisch, sondern genau wie er gelebt hat, weiterlebt, habe ich erst im Kino in einem älteren Film gesehen, in welchem ein vor Jahren verstorbener Filmschauspieler seine Rolle heute noch spielt. Es gibt also in unserer Gegenwart zwei Weiterleben nach dem Tode: eines im Jenseits, und eines im Kino.

Das Münchner Kindl vom Rathausturm besucht die unter ihm liegende Stadt

Ich bin das Münchner Kindl, ein wirklich armer Wurm,
Ich steh seit vielen Jahren dort drobn am Rathausturm,
Ich schaue so herunter auf unsre Münchnerstadt,
Will Ihnen nun erzählen, was sich ereignet hat.

ALSO, jetzt stelln S' Ihna amal vor, das Hockerl da war der Rathausturm. An Rathausturm selber hab i natürlich net reintragen könna, weil er mir z' schwer war, und er hätt überhaupt koan Platz da herin.

Sehn S', so steh i jetzt vierzig Jahr lang drobn auf meim Platzerl und derf mi net rührn. An ganzen Tag muss i mi mäuserlstad halten – warum? Damit i ja die Beamten net aufweck, die im Rathaus drin schlafa. Vierzig Jahr lang hab i a gusseiserns Gwand an, des is fei koa Kleinigkeit. Aber das gusseiserne Gwand muass i tragen, des hat das Bayerische Zentrum mir anmessen lassen, dass mir der Wind an Rock net in d' Höh wehn kann, denn des waar so was für unser sittenreines München. Die oanzige Unterhaltung, die i auf'm Turm hab, is 's Glockenspiel – da dank i userm Herrgott wirkli, dass i a gusseisernes Ohrwaschl hab. Manchmal wird's sogar lebensgfährlich bei mir herobn, namentlich jetzt, wo die vielen Flieger kommen. Es ist nur gut, dass i recht fest ognagelt worn bin, sonst wär i scho lang in Propeller neikemma. –

Neulich schau i am Himmel nauf, siech i, wia die Wolken schiebn. Des wird halt unser Herrgott noch net wissen, dass Schiabn in München verboten ist. Das wenn halt die Polizei amal sieht, die macht da koa Ausnahm, da wern an Herrgott oft fünfzig Mark Straf treffa. Jetzt heut is's mir amal z'dumm worn, und i bin runterganga. Mein Gott, geht's auf dem Marienplatz zua! – Der Schutzmann, der am Marienplatz den ganzen Tag steht, der woaß am besten, der muass de ganze Zeit Obacht gebn, dass er net überfahrn werd. – Jetzt hab i dann so an kloana Rundgang gmacht, in mei Stammlokal, wo i früher verkehrt bin, a Maß Bier zu trinken. Wie i hinkomm, hängt a groß Plakat heraus, a Kassa is dort, viel mehr Leut san drin gwesen als früher, wo's no a Wirtschaft war. – Is da a Kino hineinbaut worn. – Jetzt bin i voll Ärger ums Eck nüberganga, dawei san da no mehr

Leut gstandn; i will schaun, ob da was passiert ist, dawei siech i wieder so a groß Plakat – war des aa a Kino! –

Naa, hab i mir denkt, da hört sich do scho alles auf, jetzt kaufst dir a Haferl Kaffee. Natürlich hab i mi nimmer so recht auskennt, weil i scho z'lang nimmer herunt war. – Frag i da an Herrn, wo 's Sendlingertorcafé ist. Sagt der: »Ja, da könna S' net hi, da is auch a Kino drin.« Jetzt bin i aber narrisch worn, i bin fort – und glei geh i jetzt wieder nauf auf mein Turm – so ungern als wia i zerst drom war. –

Denn dass des koa leichte Arbeit is, de ganze Stadt zu überwachen, des könna S' Eahna denken. Solln sie's nur amal probiern und oan von der Wach- und Schließgesellschaft naufstelln, der verlangt mindestens sechs bis sieben Mark pro Tag, bei täglicher Ausbezahlung no dazua. Da müsst na jeden Tag oaner am Turm naufsteign und dem 's Geld naufbringa ... Aber i verlang nichts und gib auf mei München aa so Obacht und geh so lang von mein Platz net runter, bis die Flieger über mich kemma.

Gesang:
Solang die grüne Isar durch d' Münchnerstadt no geht,
Solang der Alte Peter am Petersbergl steht,
Solang uns schmeckt a Radе, a Bier und a Trumm Brot,
Verlass i aa mein München net, und jetza Pfüat enk Good!

Ansprache an die UN

Die Cholerierungspodestillation des Nichteinmischungspaktes

UNAUSGESETZT treibt der am Horizont des Weltalls sich zeigende Gedanke der ganzen Menschheit, dass sich ein Problem, welches dazu geeignet ist, Formen anzunehmen, die einen Konflikt, sei es über die Kolonien-Frage oder der Wille, der sich seinen kommenden Geschlechtern des Fernen Ostens nähert. Immer und immer wieder haben wir die gleichen Erscheinungen. Was vor Tausenden von Jahren, sei es nun die Zeit einer Emanzipation der alten Griechen, oder ergründen wir die Vorzeit amerikanischen Strebens, so spricht die Zeit ein deutliches Wort, ohne dass an das Merkwürdigste im Zeitraum der Phantasie den geringsten Zweifel aufkommen lässt. Ob ein Zustandekommen oben erwähnter Weltanschauungen von so schwerwiegender Bedeutung ist, um Vorteile, wie sie die Inder damals gezeigt haben, muss bezweifelt werden.

So tragen wir es geduldig, solange ein Volk aus Ost oder West, Süd oder Nord Repontionen erhält, spielt dabei keine nennenswerte Rolle, nur der Wille einer Nation kann nach Lage der Vernunft ersetzt werden, so wird sich die Meinung der ganzen Welt zerschlagen, wenn die Einigkeit Spuren hinterlässt, die nur dazu die Nerven des Volkes beunruhigen. Wenn Lumiotto, der einzige Mann, der schon vor Beginn seine Worte zusammenfasste und sich in Äußerungen verstieg, einen Regierungs-abschnitt verhüllt, dann treten wir der Sache näher, aber wir werden niemals daran zweifeln, da demgegenüber keine Absicht bestanden hat, neutral zu bleiben. Schauen wir zurück, die Vergangenheit ist unser wahrhaftigster Zeuge, wenn die Zügel der Vernunft sich lockern, wenn der Sinn für alles verlorengeht, so sollen sich diejenigen, die schuldbeladen, selbst prüfen, denn ein einiges Volk, denken Sie dabei an das Land der Versionen, an das Land der Kulturismusses. Ja, leere Redensarten, Phrasen etc. damit, womit sich viele ereifern könnten, in Verbindung mit den einfachsten Mitteln Wege zu bilden, die solche Banalitäten ein für allemal aus der Welt schaffen. Es ist an der Zeit, sich in den Nichteinmischungspakt hineinzumischen, um die Nichteinmischung zu dumidizieren.

Die Geldentwertung

Vortrag, gehalten von Herrn Heppertepperneppi, der sich in angeheitertem Zustand befindet

DIE WORTE MEINES VORREDNERS, ich möchte es unterlassen, mich zu Worte zu melden, da ich betrunken sei, ist nicht wichtig. – Ich bin – das verneine ich nicht – nicht betrunken –, sondern – ich gebe zu – etwas – angeheitert. Wer kann bestreiten, dass ein heiterer, vielmehr angeheiterter Mensch nicht auch ernste Angelegenheiten zu debattieren imstande sein kann – wie viele Redner waren schon nüchtern und haben einen furchtbaren Papp zusammengepappt – vielmehr gepappt.

Zu meinem heutigen Thema über die Geldaufwertung – oder Ab- oder Entwertung möchte ich die Erklärung konstatieren, dass es sich um eine finanzielle Angelegenheit handelt. Es ist ein schmieriges – Verzeihung – ein schwieriges Problem von fantastischer – ah, fanatischer Bedeutung. Die Aufwertung hat mit einer Stabilität nichts gemein – gemein wäre das, wenn die Entwertung oder Auswertung einer Aufwertung gleichkäme, dann ist eine Installation unausbleiblich. Eine Auflocherung, vielmehr Auflockerung des Wirtschaftslebens wird nur dann konfisziert, oder besser gesagt kompliziert, wenn das Ausland Kompromissemanzipationen entgegennimmt.

Unsere Mark stinkt – ah, sinkt in dem Moment, wenn ... jetzt weiß ich nicht mehr, was ich hätt sagen wollen – aber es ist so. Was ist heute eine Mark? – Ein Papierfetzen. Außerdem sind es nur zwei Fuchzgerl. Fuchzgerln aus Hartgeld, und das ist ein schäbiges Blech, genannt Amilinium. Warum werden heute keine Goldmünzen mehr geprägt? – Sehr einfach, weil wir kein Gold mehr haben. Wir haben keins mehr, weil das ganze Gold zu Goldplomben verarbeitet wurde. Die Ursache – das Volk hat schlechte Zähne, weil wir vor dem Krieg zu viel Süßigkeiten genossen haben. Alles wollte nur Goldplomben nach dem wahren Sprichwort: Morgenstund hat Gold im Mund. Jetzt ist es zu spät für Goldplomben – es ist sogar heute nicht mehr möglich, sich Zementplomben machen zu lassen, weil es auch keinen Zement mehr gibt. Daher wieder Papiergeld. Raus mit den braunen Tausendern, die braune Farbe hat gar nichts zu tun damit, die waren schon braun im achtzehnten Jahrhundert, damals waren wir noch gar nicht verbrannt. –

Also, wertet die braunen Tausender wieder auf, man braucht sie nur zu suchen, die sind alle vergraben – raus mit dem Papiergeld – wir brauchen kein Hartgeld – das Geld ist sowieso hart zu verdienen – oder schafft das Geld ganz ab und damit zugleich auch die Kriege ab – denn Geld regiert die Welt, das weiß jedes junge Kind. Geld ist ein Kapitel für sich – Kapital ist die Ursache jedes Krieges – also nieder mit dem Kapital! – Es lebe der Krieg – ah – nieder mit dem Krieg! Nieder mit dem Krieg – es lebe das Kapital. – Nieder mit dem Finanzamt – es lebe die Geldentwertung. – Nieder mit dem Hartgeld – es lebe das Weichgeld. – Nieder mit den Lebendigen – es leben die Toten. – Nieder mit den Hohen – es leben die Niedrigen. – Nieder mit den Niedrigen – es leben die ganz Niedrigen. – Nieder mit dem Verstand – es lebe der Blödsinn.

Vereinsrede

In großem Raum gesprochen. Die Volksmenge bricht beim Erscheinen des Volksredners in Bravorufe und Händeklatschen aus.

MEINE LIEBEN Gäste und Gästinnen!

Wenn ich heute das Wort ergreife, so halte ich es für meine Pflicht, einer Sache näherzutreten, die Ihnen und uns und für alle Zukunft ein Problem von schwerwiegender Bedeutung zu bleiben scheint. Gewiss haben wir nicht die volle Gewissheit, was in Anbetracht einer Zerklauberei der ewig unmöglich erscheinenden Begleiterscheinungen in sich vereinigt, denn gerade hier bieten sich einschneidende Bedingungen, die von vorneherein ein für allemal ausgemerzt werden müssen. Die Vergangenheit hat uns gezeigt, dass gerade in diesem Punkte gesündigt wurde, schon aus dem Grunde, weil ein Zusammenkommen jener wichtigen Erscheinungen stets verschwiegen wurde. Wir haben uns mehr denn je über diese Kleinigkeiten immuniert und haben in Sachen herumgewühlt, statt zu sagen: »Freunde, geht ans Werk«, »Greift zu, und Ihr werdet es nicht bereuen.«

Glauben Sie nicht, meine Herren, o bewahre, schauen Sie sich selbst ins Gesicht, und Sie sehen Ihre eigenen Masken – herunter damit! Nein, fühlen Sie sich nicht dazu genötigt, denken Sie an das Problem der Atomzertrümmerung, denken Sie an die Worte des Sokrates: »Femina, Feminina monstrum vivat concenbinatum – o eleonoris causa veni veni vizi.« Meine Herren, Schatten der Gegenwart möchte ich verpflanzen wie Minderwertigkeiten, welche nur zu deutlich aufgerollt werden, wenn uns die Zeit nicht selbst den Stempel des Daseins auf die Stirne drückt. Aber wenn wir der Einsicht nähertreten, so werden die Nebenstehenden die Schäden und Nutzen am eigenen Leibe verspüren, denn zu heiß wurde noch keine Suppe gegessen, und wenn, dann verbrennen sich die den Schnabel, die sich mit den bittersten Enttäuschungen selbst am Ufer der Vernunft ins Lächerliche gezogen haben. Es ist nicht gleichgültig, ob ich sage: »Ich bin oder ich werde«, nein, meine Herren, Zufälligkeiten und Abdrosselungen eigener Anschauungen haben sich noch nie zu einer Konservierung von Gedanken verbinden lassen.

Wehe dem, der sich selbst, wehe dem, dem derjenige nur das ist, was wir uns von diesem erwartet haben. – Selbst ist die Frau! – Meine Herren! Wenn die Besonnenheit uns von unseren Sorgen, deren wenige ein verblendendes Spiel in uns gesetzt zum Zwecke des Mittels, einen wie bei jedem, wir können nicht das gute Gewissen mit derselben Resignation verknüpfen, der unserem Standpunkt von vorne herein gegenüberstand. Wenn wir in lückenloser Vergangenheit eine Parallele ziehen, wenn wir uns vergegenwärtigen, dass nur Trotz und ein Gegenspiel von weittragender Bedeutung ein Resultat fördert und damit nie wiederkehrende Gelegenheitsfänomen erzielt werden können und wir hiermit unser Gewissen nicht unnötig belasten, dass eine Voraussagung eventueller Submissionsschwierigkeiten einen spontanen Verlauf nehmen, oder nehmen müssen, dann ist es besser, wir vermeiden jegliche Inspirationen, die durch Sicherungen seitens kollektiver

Kongresserörterungen ausgerottet werden. Es gab eine Zeit und diese Zeit lässt sich Zeit, denn im Zeitabschnitte dieses Zeitabschnittes wird die Zeit kommen, die wir zeitlebens nicht vergessen werden. Und wenn es am Sonntag wider alles Erwarten wirklich schlechtes Wetter ist, müssen wir unser Stiftungsfest auf den nächsten Sonntag verschieben.

Bravorufe – Applaus.

Die Friedenspfeife

LANGE VOR DEM UMSCHEIN einer verkrümmten Nacht saßen sie zusammen. Wolkenlos ballten sich weiße Nebelschwaden zuhauf. Es kargte an diesem und jenem. – So aber ist es. – Wenn der Mensch sich selbst abgibt, dann wird sein Sein betrübt durch seine gewollte Selbstbejahung. – Aber lasst sie alle elendidieren und lasst diese Kopflosen alle wieder behaupten.

Eines Nachts werden die Hexen nicht zum Ziele kommen, sondern das Ziel kommt zu ihnen.

Und wenn *Aefa* und *Ufa* sich zürnend und tobend in die Augenmuscheln schreien, liegt *Aeufa* auf dem satten Rasen und raucht die Friedenspfeife.

Alte Volksliedertexte — wieder zeitgemäß

ES IST DOCH LUSTIG, wenn heute (1943) der verliebte Erich oder Egon sein Lottchen ansingt mit dem alten Schlagerlied:

Liebchen, ich kaufe dir ein Automobil ...

Was hat sie schon davon, wenn er ihr eins kauft? Sie darf ja nicht fahren! Sie kann sich nur hineinsetzen und saudumm dreinschauen.

Ein altes Lied heißt:

Im tiefen Keller sitz ich hier ...

Heute? Dieses Lied kann uns heute wirklich nicht mehr begeistern.

Oh! Du lieber Augustin, alles ist hin ...

Dieses Lied hat man stets gern gehört; heute hat es einen weiteren Sinn bekommen, genauso wie das Rheinlied:

Nur am Rhein, da möcht ich leben, nur am Rhein ...
Hamburg ist ein schönes Städtchen, siehste wohl ...
Es war einmal ...
Wenn die Schwalben wiederkommen, die wern schaugn, die wern schaugn ...

All diese alten verstaubten Liedertexte wirken heute gradezu frisch, aber tragikomisch!

Man vergleiche zum Beispiel den Text eines uralten Liedes mit der heutigen Zeit:

So leb denn wohl – du stilles Haus,
Wir ziehn betrübt – von dir hinaus.
Wir ziehn betrübt – und traurig fort,
Doch unbestimmt – an welchen Ort.

Noch drastischer und aktueller wirkt jedoch das Lied aus dem Rattenfänger von Hameln, das da heißt:

Wandern, ach wandern – von Ort zu Ort
in einem fort.
Weiter, ach eilen – von Land zu Land
Nirgends verweilen – von niemand gekannt.
Weh, dass wir scheiden müssen ...
Nach der Heimat möcht ich wieder ...
Verlassen, verlassen, verlassen bin i ...
Wer weiß, ob wir uns wiedersehn ...

Alle diese Volkslieder und viele andere mehr haben in der Jetztzeit einen bitteren Nachgeschmack erhalten!

Vater, Mutter, Schwestern, Brüder
Hab ich auf der Welt nicht mehr ...

Um die Jahrhundertwende komponierte und dichtete ein bekannter Wiener Volkssänger das Lied:

Mondnacht is' ...

War dieser Dichter nicht auch zugleich ein glänzender Prophet, als er seinem Lied den Refrain anknüpfte:

Wenn der Mond in seiner Pracht –
so vom Himmel runterlacht,
Da geschieht gar manches oft – ganz unverhofft …
Was kommt dort von der Höh –
was kommt dort von der Höh?
Was kommt dort von der Höh – juhe …

Der Freudenlaut ›juhe‹ kann heute als überflüssig betrachtet werden.

So leben wir, so leben wir, so leben wir alle Tage …

Auch diesem alten Scherzlied könnte man ruhig heute den alten Sang
entgegensetzen:

Glücklich ist – wer vergisst,
Was nicht mehr – zu ändern ist …

Auch Paul Linckes Marschlied:

Lasst den Kopf nicht hängen …

wirkt momentan sehr aufmunternd.

Es gibt sogar einen Liedertext, der lautet:

Ja, die Welt ist schön …
O schöne Zeit – o selige Zeit,
Wie liegst du fern – wie liegst du weit …
(Geht zurück bis auf das Jahr 1914)

Aber trösten wir uns mit dem alten netten Volkslied,
das da lautet:

Alles neu – macht der Mai …

Und zum Schluss die Münchner Nationalhymne:

Solang der Alte Peter – am Petersbergl steht,
Solang die grüne Isar –
durch d' Münchner Stadt no geht,
Solang da drunt am Platzl –
noch steht das Hofbräuhaus,
Solang stirbt die Gemütlichkeit
der Münchner niemals aus.

JUGENDSTREICHE
Vorwort

AUF VIELES ANRATEN meiner Freunde und Bekannten habe ich mich beschlossen, meine mir noch in Erinnerung gebliebenen Erlebnisse aus meiner Jugend-, Jünglings- und Mannszeit zu sammeln. Die tollen Streiche, die ich in meiner Jugend beging, haben sich fast alle in dem Anwesen Entenbachstraße 63 – jetzt Zeppelinstraße 41 –, im Hofe des Möbeltransportgeschäftes Falk & Fey, München, abgespielt, das meinem Vater gehörte. Dort habe ich eines Tages das Licht der Welt erblickt.

Hochachtungsvollst
Karl Valentin / Komiker / gewesenes Kind.

Winterstreiche

›'S WEIBER ZAMMBINDEN‹ in der Christmette ist ein uralter Auer Brauch und soll schon aus dem sechzehnten Jahrhundert stammen – erzählen heute noch die alten Auer, – eine Gaudi wie das ›Geldbeutelwaschen‹ am Aschermittwoch im Fischbrunnen am Marienplatz.

Natürlich war das für uns Auer Buben ein Gfrett. Der Mutter wurde zu Hause ein Stück – ungefähr zehn Meter – vom Waschstrick abgeschnitten, im Hosenbein versteckt, und um elf Uhr nachts trafen wir uns in der Christnacht bei irgendeinem Kameraden. Um zwölf Uhr gingen wir, wie alle anderen Leute, in die Mette, aber wir Buben drückten uns immer hinten herum bis zum Schluss. Dann nahm ich den Strick und drängte mich in einen Haufen alter Weiber.

Das andere Ende des Strickes hielt ein anderer von uns fest in der Hand und blieb standhaft auf seinem Platz stehen, bis ich wieder zu ihm kam; dann hatte ich mindestens schon zwanzig Weiberleut in meiner Schlinge. Am Schluss der Mette knüpften wir die zwei Enden zusammen und warteten nun, bis der Gottesdienst aus war und die Leute aus der Kirche gingen. Da hub auf einmal ein leises Schimpfen an – die Frauen konnten nicht mehr auseinander, und der ganze Pack wurde von der hinausströmenden Menge mitgezerrt bis auf die Treppe, worauf dann edeldenkende Herren und Damen den Strick aufknüpften und die Gefesselten befreiten. Nun ging erst das richtige Schimpfen los: »De Saubazi ham uns zsammghängt, dene ghöreten fünfundzwanzig auf den Nackaten!«, und die gschertesten Auer Kraftausdrücke verhallten in der kalten Weihnachtszeit. – »Kyrie eleison!« –

Das Schönste im Winter war immer das Schlittenfahren am Isarberg. Von vier Uhr nachmittags an – also nach Schulschluss – bis zum Eintritt der Dunkelheit wurde gerodelt, die besseren Buben hatten Schlitten, die ärmeren nahmen gleich den Schulranzen. Der Berg war ziemlich lang und steil, und es gab natürlich fortwährend Karambolagen und nicht selten Verunglückte. Mit Kleinem fängt man an, und mit Großem hört man auf: Ich holte mit noch einem ganzen Haufen Buben aus unserem Lagerplatz einen riesigen Pferdeschlitten. Mit großer Mühe und letzter Kraftanstrengung wurde der schwere Koloss auf den Berg gezogen. Im Nu war er von zwanzig oder dreißig Buben besetzt, aber die Abfahrt ging nicht so leicht. Wer sollte uns über die Bergkante schieben? Wir konnten es doch nicht selbst, denn wir saßen ja alle auf dem Schlitten. Die Situation wurde sofort von den vorübergehenden Erwachsenen erfasst, und einige starke Männer schoben den vollbesetzten Schlitten über die Bergkrempe hinaus – aber schief! Der Schlitten überschlug sich ein paarmal! Und dann war wieder einmal ein Wunder geschehen, dass es keinen von uns dapatzt hatte. Dieses Experiment wurde sofort wiederholt.

Diesmal ging es richtig den Berg hinunter, aber leider zu weit: der Schlitten machte, unten angekommen, an einem kleinen Hügel einen Sprung, als ob er von einer Skischanze spränge, und wir saßen bis über die Knie im Eiswasser. Wenn auch einer von uns am anderen Tag krank wurde, so bedeutete das kein Unglück, denn dann brauchte er nicht in die gräusliche Schule zu gehen, das war ja noch schöner als das Schlittenfahren, wenigstens für mich. Ich hätte jedes Schulhaus niederbrennen können!

*

Übrigens möchte ich hier erwähnen, dass einmal, es wird ungefähr 1892 gewesen sein, die Wagner-Weinberger-Buben von ihren Verwandten aus Norwegen drei Paar Ski geschenkt bekommen hatten und sie am Isarberg ausprobierten. Wir alle haben diese ›Latten‹ angezogen und sind damit hinuntergerutscht. Aber nur einige Tage lang, denn wir waren nicht im Geringsten begeistert von dieser Neuheit. Wir lehnten alle dieses fremde Zeug ab und kehrten zu unseren Rodelschlitten zurück. Ich kann mich also rühmen, außer den Weinberger-Buben einer der ersten Skifahrer in München gewesen zu sein. Bitte nachmachen!

Zum Wintersport gehörte auch das Fahren auf schwimmenden Eisschollen. Mit einer Stange ausgerüstet stießen wir uns selbst vom Ufer los in die Isar und schwammen hinunter zur Isarlust. Hier ging es wegen der Schleusen nicht mehr weiter, und wir mussten dann wieder zur Fraunhoferbrücke hinauf, uns neue Platten loslösen, und wieder ging die Fahrt stromabwärts. Zerbrach einmal eine Scholle während der Fahrt, so standen wir bis über die Knie im Wasser, und es gab ein Mordshallo, wenn wir dann auf das Eis eines anderen Buben hinaufstiegen, das selbstverständlich hernach wegen der doppelten Last nicht mehr schwamm, sondern mit allen beiden Fahrgästen absackte. Mit gefrorenen Hosen kamen wir abends nach Hause: »Mutter, i kon nix dafür, der Tone hat mi heut ins Gwasch eini gstessn!« Aber die Mutter glaubte mir gar nichts mehr und auch das war mir wurscht.

Einmal sind die Leute am Ufer des zugefrorenen Kleinhesseloher Sees zusammengelaufen und haben gelacht. Was gibt's denn da? Ein Bub steht händeringend auf dem Eis, hilflos allein, die Schlittschuhe rutschen ihm immer wieder unter den Füßen weg, er purzelt wie ein Besoffener, und jeder der Zuschauer denkt sich im Stillen: »Der Bua gstellt sich schon ganz saudumm zum Schlittschuhfahren.« Dieses Theater dauerte so einige Minuten. Plötzlich änderten sich die Gesichter der Zuschauer. Aus dem Lachen wurde ein Staunen. Denn der Bub machte plötzlich ein paar kunstvolle Schleifen, drehte sich in eine Acht, und mit einem Ansprung auf den Spitzen der Schlittschuhe sauste er im Renntempo über den See und entschwand den Blicken des enttäuschten Publikums, das mitten im Winter einem Aprilscherz zum Opfer gefallen war. Die Adresse des Aprilscherz- fabrikanten hieß: Valentin Fey, Entenbachstraße 63/I.

Der zünftigste Sport aber war das sogenannte ›Schwankeisfahren‹. Diese Gaudi hängt natürlich vom Wetter ab und ist daher nur ganz selten möglich. Wenn nach starker Kälte plötzlich der Föhn kommt, so wird die Eisdecke in zwei bis drei Tagen sehr dünn, und da gibt es dann manchmal – aber nur an ganz tiefen Stellen eines Sees – ein Schwankeis. Dazu müssen die Schlitt- schuhfahrer stundenlang, immer im Gänsemarsch aneinanderhängend, die gleiche Stelle passieren, bis das Eis bröckelt, sozusagen weich wird und *schwimmt*. An der ›Tiefen Gumpe‹, unterhalb des Muffatwehrs, entstehen oft interessante Schwankeise, und an Sonntagen war der Muffatwehrsteg voll von Zuschauern, wenn wir Buben über die Eiswellen huschten. Wird die Eisdecke wässerig, so ist das ein Zeichen der Gefahr und es dürfen über das

Schwankeis nur mehr einzelne Personen fahren, denn dann bekommt das Eis schon kleine Löcher und für einen normalen Fahrer ist es aus.

*

Aber für uns begann jetzt erst das richtige Vergnügen: »Wer traut sich noch umifahrn?« hieß es. »Vale, lass di koan Drenza *[Muttersöhnchen]* hoaßn, pack's no moi, schnell gewagt, ist halb gewonnen!« – Und ich sauste über die ungefähr fünfzig Meter langen gefährlichen Stellen, hinter meinen Füßen krachte und knirschte es unheimlich, meine Kameraden hinter mir drein. Gut angekommen, Applaus auf der Brücke und am anderen Ufer. Nach einigem Besinnen meint der Ade, »Geht's weg do, i pack's no moi!« – startet, ich hinter ihm drein – ein Schrei der Buben und der Zuschauer auf der Brücke: das Schwankeis ist geplatzt! Und Ade unter der Eisdecke! Ich breche auch ein, kann mich aber noch halten, Bretter werden mir gereicht, ich bin gerettet. Mein Kamerad Ade wurde am andern Tag als Leiche geborgen. Er liegt im Ostfriedhof begraben. Er hatte sich den Tod geholt und ich mir ein schweres Asthma, welches mir geblieben ist.

Knalleffekte

ICH WUNDERE MICH, dass ich heute noch am Leben bin. Denn was ich in meiner Jugend alles mit Pulver angestellt habe, ist enorm. Man konnte sich damals bei jedem Eisenhändler sogenanntes Böllerpulver kaufen, das Paket zu sechzig Pfennig. Damit machten wir uns Feuerwerksfrösche, schoben sie heimlich angezündet irgendeinem Bekannten in die Tasche und ergötzten uns dann über sein Erschrecken, wenn er nicht wusste, was in seinen Taschen auf einmal solch einen Krawall machte. Eine Rakete, selbstverständlich eigener Herstellung, die ich anzünden wollte, mochte absolut nicht brennen. Als ich sie betrachtete, bekam ich plötzlich ihre ganze Ladung ins Gesicht, verbrannte mir aber dann nur die Augenbrauen. Außer dem Schreck war ich wieder einmal noch gut weggekommen.

*

Eines Tages hatten wir die Installateure in unserem Anwesen. Wir machten uns aus einem Stück Wasserleitungsrohr eine regelrechte Bombe, füllten sie mit Pulver, nagelten sie auf ein Brett, befestigten einen dünn zu einer Schnur geschnittenen Zündschwamm daran, zündeten ihn an und stießen den ganzen Apparat unterhalb der Wittelsbacherbrücke in die Isar. Nichts Gutes ahnend, machten wir uns schleunigst aus dem Staub. Von dem Fußweg des Isarbettes aus warteten wir auf den Knall.

»Auweh, nix is!« meinte der Kolb Heini, »da is höchstens d' Zündschnur nass wordn« – »aa z'lang is, des werd erst weiter drunnt kracha!« – so gingen die Meinungen auseinander, und vergebens warteten wir auf den Knall. Auf einmal ... ein Kanonenschuss! Die ganze Au hallte davon wider. Was war geschehen? Die Menschen auf der Straße blieben einen Moment stumm stehen. »Da muss wo a Dampfkessel explodiert sei!« Wieder andere meinten: »So gschossen wird doch in der Au nur frühmorgens im Juni bei der Fronleichnamsprozession!« Nur wir sechs Buben wussten bestimmt, was es war. »Uuih!« sagte ich zu den anderen, »iatzt derf ma uns aba dünnmacha!« Und mit leichenblassen Gesichtern zerstreuten wir uns in verschiedenen Richtungen heimwärts. Unsere letzten Worte waren nur mehr: »'s Mei hoitn [´s Maul halten], fei nix pfeifa, wer's gwen is!« Die Fraunhoferbrücke war kurz nach dem Attentat schwarz von Menschen.

Nach ungefähr drei Tagen suchten wir in der damals seichten Isar nach und fanden tatsächlich an der Explosionsstelle die zerrissene Bombe. Das dicke Eisenrohr war durch die gewaltige Pulverladung in der Mitte aufgeschlitzt – zu unserem größten Glück. Denn wäre sie in Stücke zerrissen, hätte es vielleicht ein großes Unglück gegeben. Aber ein altes Sprichwort heißt: Die Auer haben immer Glück.

*

Zum Fischesprengen suchten wir uns eine alte Flasche, holten uns auf der Kalkinsel um fünf Pfennige ungelöschten Kalk und füllten das Gefäß halb damit voll. Oben wurde in den Kork ein Federkiel gesteckt, unten kam ein Ziegelstein daran. Dann wurde das Ganze an einer tiefen Stelle der Isar ins Wasser geworfen. Nach kurzer Zeit ein dumpfer Knall! Wasser sprudelte. Die Flasche war im Wasser explodiert und hatte eine ganze Anzahl Fische aufs Land geworfen, die wir dann heimtrugen. Aber wir mussten sehr vorsichtig sein. Denn das Fischesprengen wurde damals von der Polizei streng bestraft.

*

Auch wenn wir Drachen steigen ließen, ging es nicht ohne Donner und Blitz. Wir bauten uns die Luftsegler selbst aus Latten und Seidenpapier. Dann kauften wir uns bei dem Feuerwerker Heinrich Burg eine Portion Knallfrösche oder gleich ganz große Kanonenschläge und befestigten sie daran. Außerdem kam an den Drachenschwanz ein etwa dreißig Zentimeter langer Zündschwamm, der beim Start angezündet wurde. Wenn der Drache eine Höhe von fünfzig bis achtzig Metern erreicht hatte, gab es einen furchtbaren Krach und meistens riss alles dabei in Fetzen. Dann hieß es aber »davonbretschen«, denn schon waren uns die »Greana«, die Gendarmen, auf den Fersen.

Wenn wir dieses Manöver abends ausführten, ließen wir außer dem Kanonenschlag noch ein paar brennende Lampions mit emporsteigen. Ein Knall, und alles war beim Teufel. Am liebsten hätten wir unseren Schullehrer auch noch dazu hingehängt, aber das war leider nicht möglich.

Einmal bekam mein Vater vom Grafen Löwenstein in Traunstein als Dank für einen gut ausgeführten Möbeltransport einen schönen, wertvollen schwarzen jungen Seidenpudel geschenkt. Darob herrschte große Freude in unserem Hause. Aber nicht lange – nur zehn Minuten. Ich führte den Hund in den Hof, band ihm einen sogenannten Feuerwerksfrosch an den Schwanz und zündete ihn an: Bum – Bum – Bum! Der Frosch krachte fünf- oder sechsmal furchtbar wie ein feuerspeiender Drache. Der Pudel war dem Verfolgungswahn nahe, legte die Ohren hinter, raste zum Hof hinaus und ward nie mehr gesehen. Das war 1890. Bis heute ist er nicht wiedergekommen.

Hundsgschichtn

ALS ICH JUNG WAR, haben überhaupt die Hunde wegen mir Vieles durchmachen müssen. Später war es dann umgekehrt ... Vielleicht wollten sie mir's heimzahlen?

Da war zum Beispiel die Gaudi mit dem Schinkenknochen. Wie viele Köter aus der Au haben vergeblich danach geschnappt und ihn doch nicht bekommen!

Wenn ein neuer Mensch zur Welt kommt, so kann er das nicht allein, denn dazu ist er viel zu unbeholfen. Er braucht also Hilfestellung. »Holt schnell die Frau Meier!« heißt es dann. Es geht also jemand zu ihr hin, sie schaut heraus und fragt bloß: »Wohin?« Bei dem Geburtenrückgang von heute kommt es gar nicht mehr so oft vor, dass einer an ihrer Glocke läutet. Wir hatten aber so um 1895 herum reichen Kindersegen zu verzeichnen, und da bimmelte das Geburtsglöcklein wenigstens jede Woche einmal in der Au. Wie es nun aber kam, dass die arme Frau an einem Tag oft fünf- oder sechsmal herausgeklingelt wurde, daran war nicht so sehr der Wille der Auer zum Kind schuld, sondern der besagte Schinkenknochen, den wir Buben an den Griff der Hebammenglocke gehängt hatten und nach dem jeder vorbeistreifende Hund einen oder mehrere Schnapper gemacht hat.

*

Recht bös hätte ein kleines Abenteuer ausgehen können, das mir als achtzehnjährigem Burschen einmal in Neubayern am Inn in der Sommerfrische passierte, wo eine alte, schöne Burg steht. In der Bauernwirtschaft am Fuße des Schlossberges fragte ich einen alten Briefträger, wann die Besichtigungszeit sei. »Ja«, meinte er, »eigentlich nur dienstags und freitags, aber wenn Sie den eisernen Torriegel wegschieben, können Sie jederzeit hinein. Sie brauchen nur zwischen dem Gitter durchgreifen, es geht ganz leicht auf, und die zwei Hunde im Hof tun Ihnen nichts.«

Ich hatte gerade Zeit und machte mich auf den Weg. Oben standen schon zwei Fremde vor der Tür, ein Herr und eine Dame, und wollten gerade umkehren, wie sie das Schild von den Führungszeiten gelesen hatten. Aber ich verkündete ihnen stolz, dass man auch jetzt hineinkönnte, und griff zwischen die Gitterstangen. Im Nu fauchten zwei gewaltige Hofhunde daher und fletschten uns die Zähne entgegen. Ich ließ mich nicht irremachen, berief mich auf die Wissenschaft des Briefträgers, dass die Bestien harmlos seien, und wir gingen ohne Furcht in den Schlosshof, die Hunde knurrend hinter uns drein. Als wir im Schlossinneren durch den ersten und zweiten Stock und alle Prunksäle gekommen waren, vernahmen wir auf einmal eine Stimme: »Holla, ist hier wer im Zimmer?« Ein Lakai kam uns ganz verstört entgegen und rief: »Ja, wie sind Sie denn hereingekommen? Wer hat Ihnen denn das erlaubt?«

Ich berief mich auf den Briefträger. »Um Gottes willen!« war die Antwort. »Und die Hunde? Das sind ganz scharfe, auf den Mann dressiert, und es ist ausgeschlossen, dass die Sie nicht zerfleischt haben!« Da bekamen wir nachträglich richtig das Zittern in die Knie. Nachdem die Hunde angebunden waren, geleitete man uns wohlbehalten hinaus.

Auch die bissigsten Hunde tun einem nichts, wie sich hier wieder gezeigt hat, wenn man keine Angst vor ihnen hat.

*

Der Rattenfänger von Hameln hat sich wahrscheinlich gewaltig darüber gefreut, dass ihm alle Ratten nachgelaufen sind. Weniger beglückt ist gewiss der Schreinergehilfe Schlegel von der Firma J. Haihuber in Haidhausen – zu der ich nach meiner Schulzeit in die Lehre gekommen war – darüber gewesen, dass sich eines Tages mindestens zwanzig Hunde aller Rassen, Größen und Ausführungen unentwegt an seine Spuren hefteten und nicht wankten und wichen, so sehr er sie auch zusammenschimpfen mochte. Die Ratten von Hameln waren von den sanften Flötentönen ihres Fängers bezaubert. Der Schreinergehilfe Schlegel jedoch hatte ein vollständig lautloses Lockmittel bei sich. Es war keinerlei Instrument, sondern nur ein kleines Schächtelchen voll Hundehaare, die ich unserem Hofhund ›Lotte‹ an einer gewissen Stelle abgeschnitten hatte. Ein Lehrbub hatte das Zaubermittel dem Gesellen in die Rocktaschen praktiziert, und als der wackere Schwabe pünktlich auf den Schlag zwölf aus der Werkstatt auf die Straße trat, lief, wie von einem Magneten angezogen, ein Hund nach dem anderen auf ihn zu, und all seine Abwehr blieb vergebens. Den ganzen Weg von der Weißenburger Straße 19 bis zum Wörthplatz und hinunter zum Gasthaus Waldherr, wohin er essen ging, kamen ihm die Tiere nach. Er schimpfte unausgesetzt in seiner Heimatsprache: »Ihr Sauseckel, macht, dass 'r zom Doifl kämmt!« Aber ohne dergleichen zu tun, folgte ihm die Hundeschar mit treu erhobenen Nasen und Schwoafn bis zur Türe der Wirtschaft. Und – welch ein Schreck! – als er nach seinen zwei Stunden Mittagspause wieder aus der Gaststube trat, schnupperte ihm die ganze Köterherde noch immer erwartungsvoll entgegen und folgte ihm in langem Zuge feierlich bis zur Werkstätte ...

*

Ein Freund von mir hatte einen langhaarigen, schneeweißen Zwergpinscher. Dieses Viech glich seinem Aussehen nach mehr einer Portion Putzbaumwolle, als einem Hund. Wenn der Pianist Josef Ortner zum Stammtisch des ›Tritschvereins‹ in den Gasthof ›Stubenvoll‹ kam, fehlte auch sein treuer Begleiter nicht und lag am Boden zwischen den Tischbeinen. Einmal gab es geschnittene Nudelsuppe, aber die meine war kochend heiß und von den länglichen dampfenden Nudeln blieben mir schon beim ersten Löffel welche an den Lippen hängen. »Heiß!« schrie ich, »oha!« und wollte mir das verflixte Zeug schnell mit einer Serviette vom Munde wegwischen. Es war aber keine am Tisch. Da sah ich den Hund am Boden, packte ihn und putzte mir damit den Mund ab. Das war im Jahre 1906, da wusste noch keiner etwas von Charlie Chaplin ...

*

Ein andermal hat mir mein Fahrrad das Leben gerettet. Von Rechts wegen müsste ich ihm eine Rettungsmedaille kaufen und umhängen.

Ich besuchte in Planegg den Theaterdirektor Josef Vallé und wollte mein Rad vor dem Eingang seiner Villa stehenlassen, aber ein guter Geist flüsterte mir zu: »Nimm es mit hinein!« Kaum war ich durch das Eisengitter in den Garten gekommen, als ein großer Wolfshund zähnefletschend auf mich zugerannt kam. Er hätte mich gewiss zerrissen, wenn ich ihm nicht von jeder Seite, von der er mich anfallen wollte, mein Rad entgegengehalten hätte. Er hat sich direkt in das Vehikel verbissen. Nicht einmal die Haushälterin, die auf mein Schreien und das Gebrüll des Hundes hin herbeieilte, konnte das Tier bändigen, und erst als ein in der Nähe arbeitender Gärtner mit einem Prügel herbeirannte und auf das wütende Tier einschlug, war es zu überwältigen.

Mit einem Nervenschock verließ ich den Schauplatz. Seitdem fände ich zehntausend Mark Hundesteuer im Jahr pro Exemplar nicht zu hoch.

*

Gleichwohl habe ich stets einen Foxl gehabt. Zu Hause ist so ein kleiner Kerl immer brav, weil es in einer Wohnung keine Baumstämme und Laternenpfähle gibt. Aber unterwegs ...! Welches Herrchen zieht er da nicht auf jedem Spaziergang an mindestens zwanzig Bäume! Und du meinst jedesmal, er muss; er muss aber gar nicht, er schnuppert nur und wiederholt dieses Manöver immer aufs Neue. Je nach Temperament lässt du dir das ein oder ein paar Dutzend Mal gefallen. Aber wenn er dann schließlich auch noch die Leine im Handumdrehen ein paarmal um einen Stamm herumgewickelt hat, reißt auch dir der Geduldsfaden, du magst einfach nimmer und merkst plötzlich, dass du in der Wut doch der Stärkere bist. »Jetzt bleibst amal da, Schinderhund mistiger, dei Schnuppern werd ma jetzt z'dumm!«

Natürlich entrüstet sich sofort eine immer gerade in diesem Moment daherkommende Frau auf das Heftigste über deine Brutalität. – »Jetzt schau amal so was an! Lassen S' doch den Hund an den Baum hin, wenn er muss, Sie sehn doch, dass er hinzieht!« Die Galle steigt dir in die Höhe wie das Quecksilber im Thermometer bei Sonnenschein. »Kümmern S' Eahna net um mein Hund, Tante!« schreist du, »den kenn ich besser wie Sie! Der will nix macha, sondern nur schnuppern, und wenn S' des net glaubn, dann wer i's Eahna beweisen!« Du lässt deinen Foxl an den Baum, und was tut er? Er schnuppert nicht, er tut endlich das, was ihm offenbar erst jetzt einfällt.

»Hab ich net gsagt, dass er was machen muss?« hörst du triumphierend und bist sprachlos über die Blamage. In solchen Augenblicken kann man auch ein noch so liebs Hundsviecherl vor Zorn zerreißen. Da büßt man als reifer Mann reichlich alles ab, was man vielleicht einstmals als unreifer Lausbub an den Hundevölkern seines Jugendparadieses gesündigt hat!

Viechereien

MIT NEUN JAHREN durfte ich mit den Eltern nach Darmstadt in die Heimat meines Vaters reisen. Was ich dort angestellt habe ... In meinem kindlichen Unverstand warf ich Katzen in die im Hofe befindliche Odelgrube, machte mit allen erdenklichen Mitteln die Hofhunde rebellisch, mähte mit der Sense die schönsten Gartenblumen und Rosenbeete ab, warf Fensterscheiben ein, kitzelte die Kühe mit Brennesseln in der Nase, kniff den Stallhasen und Ziegen Wäscheklammern in die Ohren und öffnete trotz häufiger Warnung die Schweinestalltüre, weil's verboten war. Und weil ich nichts lieber tat als reiten, setzte ich mich gleich auf die erste beste Sau, hielt mich an ihren Ohren fest, und dahin ging's im sausenden ›Fackeltrab‹. Einen halben Tag hatten mein armer Onkel und sein Gesinde zu tun, um die Säue in der ganzen Umgebung zu suchen und wieder einzufangen.

*

Mit Speck fängt man Mäuse, aber dass man mit harten Semmelbrocken gewöhnliche Bauernenten fangen kann, weiß mancher nicht. Wir Auer Buben zogen dazu nach Steinhausen, und im nahen Entenweiher und auf der Wiese warfen wir den leckeren Vögeln unsere Brocken hin, die an einer feinen, aber festen Schnur befestigt waren. Die Enten kamen angewackelt und verschlangen die Lockspeise. Aber als das Semmelstück im Entenmagen war, zogen wir Buben es wieder zum Halse heraus, und die dummen ›Antn‹ fraßen den gleichen Bissen drei-, vier- und fünfmal. Dass eine Ente gut schmeckt, weiß ich; aber, dass sie so saudumm ist, habe ich nicht gewusst.

*

Mit Bierbrocken kann man Hühner fangen. Man nimmt eine Schüssel, tut weiche Brotstücke hinein, übergießt sie mit einem Liter Bier und stellt das Ganze in einen Hühnerhof. Das Geflügel macht sich darüber her, und es dauert nicht lange, so purzelt alles wie besoffene Menschen durcheinander, legt sich auf den Rücken, gackert ganz närrisch dazu und fällt bei jedem Schritt auf die Nase. Das Schönste aber ist das ›Schiagln‹; wie so ein Huhn die Augen verdrehen kann, wenn es betrunken ist, ist zum Schreien. Wir haben uns oft gebogen und halbtot gelacht darüber.

*

Zum Fledermäusefangen braucht man keinen Speck, sondern ein Taschentuch, in das ein Stein eingewickelt ist. Wenn an Sommerabenden die

Sonne untergegangen und gegen acht Uhr die Dämmerung gekommen ist, begann bei uns die Fledermausjagd. Ein Bub musste mit zwei faustgroßen Steinen die Fledermäuse anlocken, indem er damit klapperte. Noch heute ist mir unbekannt, warum die Fledermäuse in der Dämmerung auf dieses Steinklopfen hin auf einmal daherschwirren. Ich weiß nur, dass es so war.

Sobald sich so ein kleines Ungeheuer über unserem Hof sehen ließ, warfen wir Buben unsere Sacktücher mit dem eingebundenen Stein etwa ein Stockwerk hoch in die Höhe, und das Tier flog sofort darauf zu und packte die Leinwand mit Krallen und Zähnen. Der schwere Stein riß den Angreifer meistens sofort mit in die Tiefe, und wir deckten am Boden schnell einen Hut darüber – die Beute war gefangen. Vorsichtig griffen wir unter die Krempe, packten die Maus und steckten sie in einen bereitstehenden Käfig. Meistens ließen wir die Gefangenen später wieder aus. Nur hin und wieder haben wir dem Lehrer ein besonders schönes Exemplar mit in die Schule genommen, um uns einzuschmeicheln. Aber jedesmal, wenn ich heute noch eine Ankündigung der unsterblichen Straußoperette lese, denke ich an meine Jugendzeit.

*

Da es in Deutschland keine Stierkämpfe gibt, veranstalteten wir oft in irgendeiner Mauerecke unseres Anwesens, wo wir ein Spinnennetz fanden, ein Kreuzspinnenturnier. Wir fingen aus einem anderen Netz eine große Kreuzspinne und setzten sie in ein fremdes. Das gab jedesmal eine Sensation im Kleinen. Sobald der Fremdling das Netz berührt, das wir zum Kampfplatz ausersehen hatten, saust die Hausherrin aus ihrem Versteck blitzschnell auf den Eindringling los, und dann beginnt ein erbitterter Kampf, wobei die größere Spinne Sieger zu bleiben und die Schwächere aus ihrem Besitztum hinauszuschmeißen pflegt. Interessant wäre ein Kampf zwischen zwei gleich großen Spinnen, denn hierbei kann ich mir weder Siegerin noch Besiegte vorstellen. Vielleicht könnte man solch ein Experiment verfilmen?

Heute kann ich keiner Fliege mehr etwas zuleide tun, und sähe ich einen Buben, der die zierlichen kleinen Spätzlein vom Baum schösse, im Eilschritt holte ich einen Schutzmann, um so einen gemeinen Wildschützen der gerechten Strafe zuzuführen. Und doch habe ich es selbst getan. Warum hat man als Kind von Natur aus nicht mehr Liebe zu Tieren?

*

Auch von Hygiene wussten wir nichts. Wir fingen mit der Hand Fliegen bis zu zehn Stück und oft noch mehr, warfen sie mit einer schnellen Bewegung in den offenen Mund, ließen sie darin umherkrabbeln, und erst als wir das Gekitzel nicht mehr aushalten konnten, spuckten wir den ganzen Segen mit aller Wucht an die nächste Wand.

Was müssten Sie mir heute bezahlen, wenn ich auch nur eine einzige Fliege in den Mund nehmen sollte?

*

Dafür habe ich einmal ganz unverhofft ein paar hundert Ameisen zwischen den Zähnen gehabt. Die armen Tierchen hatten sich eine Schaumrolle zur Wohnstätte ausgesucht, die ich mir einmal nichtsahnend bei einem kleinen Krämer um zehn Pfennige erstand. Das Wasser war mir schon im Maule zusammengelaufen, und der Bissen, der mir im Munde stak, dementsprechend groß. Aber anstatt Schlagsahne zu schlürfen, musste ich Ameisen speien. Das war eine Überraschung ...!

*

Trotz dieses Schwures bin ich unschuldig doch noch einmal in den Verdacht des Fischraubes gekommen. Meine Leidenschaft ist es, Frösche, Salamander und ähnliches Viehzeug zu fangen und meinem künstlichen Weiher in Planegg einzuverleiben. Oberhalb der Großhesseloher Eisenbahnbrücke stand ich einmal mit Gummistiefeln, Netz und einer alten Konservenbüchse als Fangbehälter in einem Tümpel und fing Kaulquappen. Das Gewässer hatte einen Flächeninhalt von etwa fünf Quadratmetern, man konnte also leicht mit freiem Auge von einem Ufer zum anderen sehen. Doch mit einem polizeischen Wächter ist kein ewger Bund zu flechten! Ein grasgrüner Landgendarm, der nichts anderes zu tun hatte, erblickte in mir einen Fischräuber und wollte mir partout nicht glauben, dass ich nur auf Kaulquappenjagd war. Vielleicht konnte er auch richtige Fische nicht von diesen Froschlarven unterscheiden. Er schrieb mich auf, und nach zwei Monaten bekam ich vom Amtsgericht in der Au eine Vorladung wegen Herumtreibens im Isarbett. Und wegen dieses Vergehens wurde ich von dem Amtsrichter auch grausam verurteilt, und es nützte mir nichts, dass ich als Münchner Stadtbürger jahraus, jahrein willig meine Steuern bezahlt hatte.

*

Auf Fischraub gingen wir mit einer an einen Spazierstock gebundenen spitzen Gabel aus, an den rechten Isararm. Die sogenannten Mühlkoppen wurden mit diesem Instrument im seichten Wasser gestochen und dann auf irgendeiner Isarinsel am Spieß gebraten. Das geschah in der Tracht der ›Sie-Ochs!‹-Indianer.

*

Auch später habe ich mich noch einmal im Angeln versucht. Eines Tages war ich in einer Villa am Starnberger See zu Gast. Der Inhaber, ein Oberamtsrichter, war ein leidenschaftlicher Angler, damals jedoch zufällig abwesend. Dafür stand eine Angel fangbereit an einem Baum nahe dem Ufer, ich fühlte mich ganz allein, und es gelüstete mich, auch einmal wieder zu angeln, wie ich es seit meiner Bubenzeit nicht mehr getan hatte. Also schnell einen Wurm her! Kaum brachte ich es übers Herz, das lebendige Geschöpf auf den eisernen Haken zu spießen. Aber da bekanntlich Fische sonst nicht anbeißen, blieb mir nichts anderes übrig. Ich warf die Angel ins Wasser, und gleich darauf zappelte ein kleines fingerlanges Ding an meiner Leine. Als ich es herauszog, sah ich, dass dem armen Tier der Angelhaken durchs Auge gedrungen war. Da ist mir die ganze Lust vergangen. Ich machte mir die größten Vorwürfe wegen meiner Grausamkeit und bat einen Gärtner im Nebenanwesen, mein armes Opfer sofort zu töten. Mit Tränen in den Augen schwur ich mir selbst, keine Angel mehr anzurühren.

*

Die schönste Viecherei ist mir aber nicht zu Hause passiert, sondern in Wien. Da hat sich mir einmal ein richtiger Wiener Spatz eines Nachmittags auf die Lackschuhspitze gesetzt, als ich mit übergeschlagenen Beinen auf einer Promenadenbank ausruhte, nur dass dieses Vogerl keinen Zettel im Schnabel trug. Wenn es in München gewesen wäre, in meiner Vaterstadt, in welcher ich seit Jahrzehnten sehr bekannt bin, hätte mich das nicht besonders überrascht ...

Der Schrecken der Au

»DA FEY-BUA KOMMT!« schrien oft die Kinder und flüchteten panikartig in irgendeinen Schlupfwinkel. Warum ich es besonders auf Mädchen mit langen Zöpfen abgesehen hatte, weiß ich nicht. Vielleicht, weil sie besser zu fassen waren. Und wenn ich eine hatte, schlug ich ihr die Peitsche um die Waden, bis sie hell aufschrie: »Muatta, der Fey-Bua hat mi ghaut!« Kam die Mama dann zu Hilfe, machte ich mich dünne. Heute wäre das alles nicht möglich: denn erstens haben die Mädchen keine Zöpfe mehr, sondern Bubiköpfe, zweitens keine Wadln, sondern Stecken.

*

O selig, o selig, ein Kind noch zu sein! Bei mir hätte es heißen müssen: O traurig, o traurig, ein Flegel zu sein! Oder war es etwa eine Heldentat, einem braven Mädchen, das vorsichtig mit einem großen Milchtopf an unserem

Hause vorbeiging und sorgfältig aufpasste, dass es ja nichts verschütte, einen sogenannten Rossbolln[2] in ihren Hafen[3] zu werfen? Sie war die Tochter eines Baumeisters von der Entenbachstraße, und darum war die Büberei meinen Eltern peinlicher als mir selbst. Mein Vater schüttelte den Kopf dazu, und der Schullehrer diktierte mir eine Stunde Karzer. Es ist ja auch nur ein Pferdeapfel gewesen.

*

Zum Steinschleudern nahmen wir einen langen Stock, der an einem Ende gespalten wurde, um den kirschengroßen Stein hineinzwängen zu können. Am anderen Ende schwangen wir den Prügel in der Wurfrichtung, der Stein löste sich mit Schwung und flog fünfzig oder gar hundert Meter weit. Nur war diese Schleuder, wie sie ja bei allen wilden Volksstämmen in Gebrauch ist, nicht sehr treffsicher.

Ganz genau konnte man dagegen mit der Schleudergabel zielen und treffen. Wir Buben machten uns so einen ›Schleuderer‹, wie wir es nannten, aus der Astgabel einer Haselnuss- oder Weidengerte. Daran wurden zwei doppelte Gummischläuche gebunden, fünfzehn Zentimeter lang und durch ein Lederstück mit Spagat verbunden, in das der kirschgroße Stein hineinkam. Die Wirkung war oft gewaltig. Wenn man einem Menschen auf zwanzig Meter Entfernung an den Kopf getroffen hätte, würde ihm der Stein bestimmt den Schädel zertrümmert haben. Dabei ist diese Waffe fast lautlos. Man hört das Pfeifen des Steines, aber niemand weiß, woher er kommt. Ich will heute noch wetten, dass ich mit einer solchen Schleuder auf zweihundert Meter Entfernung binnen zehn Minuten sämtliche Fenster eines vierstöckigen Hauses kaputtschieße, ohne dass jemand merkt, wer es gemacht hat ...

Die Taschen voll Munition, sind wir Buben in den Isaranlagen auf hohe Bäume geklettert und haben von dort aus in der damals unbewohnten Schweren-Reiter-Kaserne fast alle Fenster eingeschossen. Natürlich haben wir Saububen auch auf Katzen, Hunde und Hühner gezielt. Auch bei den bekannten Auer Schlachten traten die ›Schleuderer‹ in Tätigkeit.

*

Sogar als Höhlenforscher waren wir tätig. Am Isarabhang mündete ein alter Kanal, der das schmutzige Altwasser von der Au in den Fluss leitete. Mit

---

[2] *Rossbolln: Pferdeapfel*

[3] *Hafen, Haferl (südd.): Topf*

hochgekrempelten Hosenbeinen krochen wir zehn Buben barfuß in diesen stinkenden Höhlenrachen, jeder ein brennendes Christbaumkerzl in der Hand. Es war gar nicht ungefährlich, denn der schleimige, schlammige Steinboden ließ sich nur langsam begehen. Es zog eiskalt im Dunkel der unterirdischen Vorstadt Au, und die Luft war zum Ersticken.

Als wir einmal ungefähr zehn Minuten gegangen waren und uns unter der Erde in der Mitte der Au befunden haben mögen, blies plötzlich ein starker Luftzug alle unsere Lichter aus. Wir machten sofort kehrt, und im Finstern ging es wieder auf den Eingang zu. Todesangst überfiel uns. Atemlos hielt sich immer einer am anderen fest. Als wir glücklich wieder unter dem blauen Himmel standen, wischte sich jeder seine nassen Augen, denn wir hatten alle geweint; nur zugeben wollten wir es nicht.

Recht dumm hätte auch das ›Messerln‹ ausgehen können. Mit einem Knicker[4] wurden allerlei Wurffiguren gemacht. Soviel ich in Erinnerung behalten habe, hieß es: »Meter – Ober – eins zwei drei – fäusteln – schwaibeln – fingerln – eins zwei drei vier fünf – naseln – köpfelts – hupfata Has – Italiener – aus«. Oft flog dabei ein Messer in Knie oder Waden eines Mitspielers, der dann laut aufschreiend nach Hause lief – und die anderen wie die wilde Jagd hinter ihm drein, jeder mit dem gleichen Ruf: »I war's fei net!«

Wenn man dasselbe Spiel mit Holz und Eisenstäben ausführte, hieß es ›Pickeln‹. Es war noch lustiger, aber sehr gefährlich.

*

»Hütet euch vor den Gezeichneten«, lautet ein alter Volksspruch. In der Au hätte es heißen müssen: »Nehmt euch in Acht vor dem Fey Valentin, der euch für ewig zeichnen will.«

Ungefähr dreißig Buben mussten daran glauben. Ein Möbelpacker hat es mir gelernt. Er war Matrose. Das richtige Tätowieren wird mit drei zusammengebundenen Silbernadeln und vollständig giftfreier Tusche ausgeführt. Ich nahm drei ganz gewöhnliche Nähnadeln, die ich mit Blumendraht zusammenband, und steckte sie in eine Holzhülse. Als Farbe verwendete ich gewöhnliche Tusche, das Glas um zehn Pfennige. Vorher zeichnete ich den Buben mit einem nass gemachten Tintenblei die Figuren, die ich stechen wollte, auf die Haut des inneren Unterarmes oder auf den Handrücken. Anker, Totenköpfe, Athletenkugeln, Ochsenköpfe und Herzen waren am beliebtesten.

---

[4] *Lederhosenmesser, Jagdmesser*

Wir brauchten zwei Mann zu dieser Prozedur. Einer spannte mit beiden Händen die Haut des Opfers und riss sie auf. Drei spitze Nadeln gossen ihre Tusche in das aufgerissene Fell, und eine Wunde reihte sich an die andere, immer von links nach rechts. Nach jedem dritten Stich wurde mit einem dunkelweißen Bubentaschentuch das Blut abgewischt, damit man die Zeichnung sehen konnte. Schon während der Operation schwollen Arme und Hände oft mächtig an. Mancher Halbfertige hatte bereits genug und meinte: »Vale, jetzt derfst aufhören, des tuat ja net schlecht weh, mir gangst.« Der eine hielt es aus, der andere nicht. Ich selbst hatte mir zwei gekreuzte Schwerter in den Arm gestochen und bekam eine Stunde später Schüttelfrost und Wundfieber. Nach zehn Jahren ließ ich mir die ganze Herrlichkeit mit Milch ausstechen. Aber das war zehnmal schmerzhafter als das Hineinstechen. Mit den Jahren wird man empfindlicher. Dass damals von uns Buben keiner eine Blutvergiftung bekam, ist ein wahres Wunder.

*

Außerhalb Haidhausen bei den zwei Gaszirkussen stand an den Bahnen um 1890 die Feuerstutzenschießstätte. Alle Sonntage wurde dort auf Scheiben geschossen. Das Blei blieb in dem zum Schutz dahinter aufgeworfenen Erdwall stecken. Nach dem Festschießen hatte der Zieler, der nebenbei Vereinsdiener war, das Vergnügen, das tags zuvor verschossene Blei auszugraben. Dann verkaufte er es und verschaffte sich damit einen kleinen Nebenverdienst. Die Schützen waren unsere Väter. Kaum hatten wir Buben von diesem Bleibergwerk gehört, dachten wir: Was ein anderer kann, können wir auch. Montags früh um sechs, als die Sonne gerade im Osten aufgegangen war, liefen wir leichten Schrittes dem schönen Sommertag entgegen nach Steinhausen. Mit alten Tischmessern entlockten wir der Erde das blaue Blei. Bald zogen uns die vollen Taschen den Buckel krumm, denn jeder von uns hatte ja zwanzig bis vierzig Pfund zu schleppen. So schlichen wir den langen Weg von Steinhausen nach München heimwärts. Vollständig ›dahaut‹, entluden wir uns in der Waschküche des Gartenhauses. Das Blei wurde geschmolzen und verkauft, das Geld vernascht.

*

Auf der Wäscherwiese vor unserem Anwesen haben wir oft auch das ›Blinde-Schimmel-Reiten‹ gespielt. Einer macht das Pferd, einer den Reiter, der dann am Schluss der Geprellte ist. Die Augen werden ihm verbunden, und er bekommt einen Stecken in die Hand, der mit Dreck beschmiert ist, dessen Qualität der Bubenphantasie überlassen bleibt. Einmal machte bei uns ein stolzer Jüngling aus der Realschule nichtsahnend mit. »Du«, sagten meine Kumpane, »mir tun jetzt blinden Schimmel reiten, und da lass ma an Fey Vale an Reiter machen. Wenn er dann d' Augen verbunden hat, dann kriagt er an Stecka in d' Hand mit lauter Dreck. Und du machst das Pferd, wo der Vale drauf reiten muaß.«

Der Feine war sofort bereit und bückte sich; ich setzte mich auf seinen Rücken, und mit einem Taschentuch wurden mir die Augen verbunden. Mit den Worten »Hier, Reiter, hast du deinen Reiterstab« gab er mir den beschmutzten Stiel in die Hand, dass mir der ›Letten[5]‹ zwischen den Fingern herausquoll. Mein Pferd wieherte aus vollem Halse vor Schadenfreude. Aber nicht lange – denn nun spielte ich meinen aufgesparten Trumpf endlich aus und schmierte dem Ross den stinkigen Brei ins Gesicht. Endresultat: Es waren wieder einmal zwei Stunden Karzer fällig.

*

Einmal hatte ich meiner Mutter zwanzig Mark gestohlen, ein richtiges Goldstück. An diesem Nachmittag war ich der reichste Schüler der Klenzeschule. Vielleicht hat nicht einmal der Lehrer soviel dabeigehabt. Um vier Uhr nachmittags ging es wie der Wind zum Konditor Imhof, Ecke Fraunhofer- und Klenzestraße. Alle meine Busenfreunde waren dabei. Wir waren unser zwanzig, und für solchen Andrang war das Pförtlein der Konditorei viel zu schmal. Darum gingen immer nur fünf zusammen hinein; ich als der Geldmann voraus. Die Konditorsfrau traute kaum ihren Ohren, als ich um zwanzig Mark Schaumkuchen für uns alle verlangte. Wie die Wilden nahmen wir auf den weißlackierten, verschnörkelten Rokokostühlen Platz. Vor uns auf dem Tisch eine Prachttorte mit Schlagrahm.

Aber vor lauter Gelächter und Herausplatzen kamen wir Buben über der Gaudi gar nicht zum Essen. Kaum hatte wieder einer einen Löffel Schlagrahm im Munde, lachten die anderen dermaßen, dass er sich verschluckte und den herrlichen Schaum wieder unter den Tisch spuckte. So ging es von einem zum anderen weiter, bis wir überhaupt nicht mehr konnten. Unfähig, noch ein Wort herauszubringen, verließen wir die Konditorei, und noch draußen auf der Gasse wären wir fast geplatzt vor lauter Lachen. Siebzehn Mark bekam ich heraus. Die habe ich unter meinen Kameraden verteilt, und ich machte sie dadurch alle zu reichen Leuten, denn mehr als ein Zwanzgerl hatte ja sonst nie einer bei sich.

---

[5] *Schlamm, Dreck, Morast*

In unserem Hause wohnte ein städtischer Straßenbaumeister. Als er mit seiner Familie bei uns einzog, war ich sieben Jahre alt und freundete mich natürlich mit dem gleichaltrigen Ludwig sofort an. Aber schon nach vier Wochen ging unsere Freundschaft in die Brüche.

Eines Morgens, früh um sieben Uhr, ging ich hinauf und frug, ob der Ludwig schon aufgestanden sei. »Nein, der schläft noch.« – »Darf ich zu ihm?« – »Geh nur nei zu ihm und weck ihn auf!« sagte die Mutter. Leise schlich ich mich in die Kammer, kroch unter sein Bett und wartete so lange, bis er aufstand. Als er den ersten Fuß herausstreckte, packte ich ihn fest mit beiden Händen. Da hat der Ludwig geschrien, wie wenn eine Sau abgestochen wird ...

*

Einen, der den Deppen machte, brauchte man auch zum ›Sum-Sum-Spielen‹. Drei Eingeweihte und der Neue stellten sich in ein Viereck zusammen und spannen ein Taschentuch, indem jeder einen Zipfel in der Hand hält. Dann wird ein Stein auf die Leinwand gelegt, und einer schreit immer: »Hopp!« Dazu wird an den vier Zipfeln gleichmäßig gezogen, sodass der Stein stets ein wenig in die Höhe schnellt. Alle singen dazu laut »Sum, sum, sum, sum, sum ...« und bemühen sich, jedesmal den Stein höher zu treiben. Der Neue ist davon so gefesselt, dass er gewöhnlich erst zu spät merkt, dass er inzwischen von seinen Mitspielern ›nassgemacht‹ wird.

*

Drum fand sich immer ein Dummer, wenn es ans ›Goldgraben‹ ging. Wir gruben in der Wiese ein kopfgroßes Loch, legten alles mögliche Zeug, wie Taschenmesser, ein Pfennigstück, einen Hosenknopf, einen Apfel und was jeder sonst noch mit sich herumtrug, hinein. Dann wurde vor den Augen des Neulings alles mit Erde zugeschüttet, bis das Loch voll war. Nun banden wir dem Goldgräber die Augen zu, und er wurde von einem anderen Buben im weiten Kreise um das Loch geführt. Inzwischen hatte ein anderer geschwind alles wieder ausgegraben und statt der Schätze Hundsdreck hineingeschüttet, dann alles wieder fein zugemacht. Auf den Ruf »Goldgräber, fang z' sucha o« kroch das arme Opfer so lange auf der Wiese herum, bis es mit den Händen tief im Dreck steckte. Und dann wollte der Jubel kein Ende nehmen.

*

1894 hatte es ein furchtbares Hochwasser in München. Irgendwo im Isartal muss es einen kleinen Kramerstand vom Ufer mitgerissen haben, denn wir entdeckten nicht nur Baumstämme, Äste, Bretter und Balken, sondern auch eine Unmenge Nüsse in der braunen Sturmflut. Bei der Fraunhoferbrücke, in einer kleinen Bucht des Isardammes, schwemmte es die Früchte so weit ans Ufer, dass wir Buben sie beinahe mit den Händen greifen konnten. Wie die Wilden waren wir dahinter her. Als mich einer beiseite drückte, gab ich ihm einen Renner, dass er kopfüber in die Isar stürzte. Aber ich erwischte ihn noch im letzten Moment am Ärmel und zog ihn wieder ans Land. Da war ich zugleich Täter und Lebensretter.

*

Ein alter Auer Brauch war das ›Ostereispecken‹. Das Stadion dafür befand sich damals bei der Frau Heustätter am Mariahilfplatz vor der Auer Schule. Am Ostersonntag gingen wir Buben nicht zur Kirche, sondern zum ›Oarspecka‹. Jeder hatte seine drei bis sechs Oar *[Eier]* mitgenommen oder bei der Kramerin um drei Pfennige gekauft. Sie war eine siebzigjährige Frau und besaß nur noch zwei Vorderzähne, mit denen sie vor den Augen des Käufers ihre Ostereier auf ihre Härte ausprobierte. Darin war sie Spezialistin. Nur hartschalige Eier hielten es aus.

Wer mit einem anderen specken wollte, hielt das Ei so in der Hand, dass es mit der Spitze knapp aus der Faust herausschaute. Dann wurde leicht aufeinandergeschlagen – und gewonnen hatte, wer die meisten fremden Eier kaputtmachte. So konnte es kommen, dass der Besitzer eines besonders harten Eies alle Eier von dem gewann, der mit ihm speckte.

Mein Freund Ludwig Niederreither, den ich einstmals in seiner Schlafkammer so erschreckt hatte, und ich kauften uns die weißen Porzellaneier, die die Bauern in den Hühnerstall legen, um die Hühner zum Legen anzuregen. Damit haben wir alle Rekorde geschlagen.

Aber plötzlich erscholl der Ruf der empörten Auer Jugend: »De zwoa Batzi ham Gipsoar.« Wir nahmen die Beine unter die Arme und flohen – hinter uns die Meute. Aber trotz unseres Nurmilaufes wurden wir bald eingeholt. Nun schlugen die anderen einen Rekord – aber nicht auf die Eier, sondern auf unsere Buckel.

Heit werd grafft!

DER KRIEGSRUF »Auf in den Kampf« wurde bei uns Auern ins Boarische übersetzt. »Heit werd grafft«, hieß es, und wenn man alle kleinen Plänkeleien dazurechnen wollte, so hätten wir singen können: »So raufen wir, so raufen wir, so raufen wir alle Tage!«

Kinderkriege gibt es in der ganzen Welt, und das Land muss erst noch entdeckt werden, wo die Jugend nicht Krieg spielt.

Freilich waren die Schlachten zwischen den Auern und Haidhausern, den Sendlingern und Schwanthalerhöhern, den Giesingern und Wasserstraßlern schon nicht mehr kindlich. Wir Auer waren oft über zweihundert Buben, die Haidhauser hatten ein ebenso großes Heer; und wenn man bedenkt, dass wir mit ziemlichen Latten zugeschlagen haben, in deren Enden ein großer Nagel befestigt war, und dass auch Steinschleudern zur Bewaffnung gehörten, mit denen taubeneigroße Kiesel auf den Feind geschossen wurden, dann kann man eine solche Schlacht kaum mehr als harmloses Kinderspiel ansehen. Später kämpften sogar sechzehn- bis achtzehnjährige Burschen mit, und als zu guter Letzt richtige Revolverschüsse fielen, von denen nie herauskam, ob sie scharf oder mit Platzpatronen abgefeuert worden waren, machte die Polizei Schluss, und die Kriege wurden einfach abgeschafft.

*

Von diesem Polizeiverbot blieben die kleineren Schlägereien verschont. Als ich einmal mit dem Pfaller Gustl eine gute Viertelstunde lang raufte und so viel Prügel bekam wie noch nie in meinem Leben, wäre ich direkt froh gewesen, wenn ein Polizist uns getrennt hätte. Es kam aber keiner, und so musste ich als Besiegter mit einem blauen Auge acht Tage lang zum Onkel Doktor.

*

Einmal hatte ich beim Telefondrahtziehen über die Hausdächer ein Nachbarfenster eingeschmissen, und dafür bekam ich vom ältesten Sohn des Friseurs in der Lilienstraße eine Ohrfeige. Weil er viel größer war als ich, blieb mir zu meiner Verteidigung nichts anderes übrig, als ihm einen nagelneuen Ziegelstein an den Kopf zu werfen. Gott sei Dank traf ich ihn nur an der Achsel, sonst hätte er vielleicht das Zeitliche gesegnet ... Seitdem bin ich gespannt, ob sich nicht eines Tages herausstellt, dass ich meinen Stammbaum auf den biblischen David zurückführen kann, der den Riesen Goliath mit einem Stein besiegt hat.

*

Übrigens habe ich im gleichen Hausgang, in dem mein Zweikampf mit dem Friseurgehilfen stattfand, auch Bekanntschaft mit der kleinen siebenjährigen Mary Irber gemacht, die mit ihrer noch kleineren Freundin Lily Moos-hammer, einer jetzigen Gräfin Eulenberg, zweistimmig zu singen pflegte und von den Leuten, die durch den Tunnel gingen, oft ein paar Pfennige dafür bekam. Nach 1900 war die Irber Mary Deutschlands größte Kabarettistin.

*

Ein sehr lustiges, aber gefährliches Spiel war bei uns Buben das sogenannte ›Bockstessen‹. Man konnte es nicht auf der Straße, sondern nur auf einer Wiese ausführen. Mindestens drei Mann hoch waren dazu nötig: einer, der keine Ahnung von der Sache hatte, der zweite, der sich hinter diesen Harmlosen, auf Knie und Ellenbogen gestützt, lautlos zum Bock hergab und der dritte, der dem Ahnungslosen einen Stoß auf die Brust versetzte, dass dieser über den Bock ins Gras fiel.

Mancher hätte sich dabei das Genick brechen können. Richtig lebensgefährlich wurde das Spiel aber erst dann, wenn zwanzig oder dreißig Buben auf der Wiese umeinanderwurlten, denn dann waren auch die Eingeweihten keinen Augenblick sicher, ob nicht hinter ihnen einer schnell heimlich, still und leise gekrochen kam, über den sie alsbald rüberpurzeln sollten.

Das Bockstessen gefiel uns so gut, dass wir mit der Zeit sogar alte Frauen, die zum Ratschen auf der Wiese standen, über den Bock warfen. Aber da mischte sich die Schulbehörde ein, und aus war's mit der Hinterfotzigkeit.

*

Vom Taucher auf der Oktoberfestwiese hatten wir abgeschaut, wie man Tauchversuche macht. Aber der Einfachheit halber gingen wir damit nicht ins Wasser, sondern in unser Strohmagazin. Mit ein wenig Phantasie, einem Gummischlauch und einem Blasebalg war die Taucherei dieselbe. Mein Freund Hager Emil und ich wechselten ab. Einmal wühlte ich mich in das Strohgrab hinein, wobei ich den Gummischlauch im Mund stecken hatte, und wenn ich auf dem eigenartigen Meeresgrund herumhantierte, betätigte mein Freund fleißig den Blasebalg, dass es mir die Gesichtsbacken nur so auf und zu blähte. Es war kein schönes, aber ein interessantes Spiel, und manchen Nachmittag, wenn uns nichts Besseres einfiel, spielten wir eben wieder Taucher. Als aber mein Freund Emil in dem Stroh-Ozean versank, hörte ich einmal mit Blasen sekundenlang auf, und da ich wusste, dass er den Schlauch im Mund hatte, zog ich den Blasebalg heraus und goss in die Öffnung so eine Viertelflasche Terpentinöl, das dann meinem Freund in den Rachen floss. Selbstverständlich war zehn Minuten später wieder eine zünftige Rauferei fällig.

*

In der Schule war mir das Liebste die Pause, nicht etwa wegen des Früh-
stücks, sondern wegen der Gaudi. Zu deren Dämpfung war einer der
scheinheiligen Musterschüler als Vertreter des Lehrers angestellt, die
Ungezogenen aufzuschreiben. Aufgeblasen von seiner Wichtigkeit, stand er
an der Tafel, die Kreide zwischen den Fingern, und musterte seine Kameraden mit Argusaugen. Wenn dann die Pause vorbei war, prangten wieder
unsere Namen da vorn, weiß auf schwarz: Fey, Mayer, Huber, Fischer usw.
Weder im Fleiß noch in anderen Fächern bin ich jemals der Erste gewesen,
aber bestimmt immer auf der Tafel. Wenn dann der Lehrer die Klasse
betrat, mussten wir Übeltäter vor dem Katheder erscheinen und ›Tatzen‹
oder ›Überlegte‹ in Empfang nehmen.

Dabei sagte mir leise meine innere Stimme: »Wart nur, Schlawinerbua,
spitznasata, no hat der letzte net gschobn! Du kriegst no dein Hanf! Wenn
wir aus der Schule entlassen werden!« – Diesen Schwur habe ich später
gehalten.

Nach dem Schlussgottesdienst bei der Schulentlassung in der Matthäus-
kirche in der Sonnenstraße stand ich schon auf der Lauer. Mit Adlerblicken
spähte ich nach meinem Opfer, damit es mir ja nicht entkomme. Er musste
schon Lunte gerochen haben und drückte sich immer am Ausgang herum,
damit er gleich entwischen konnte. Aber ich blieb auf der Hut, und als die
Kirchentüre sich öffnete, hatte ich ihn schon beim Kragen und nahm ihn
auf der Treppe so vor, dass sein Gebetbuch in hohem Bogen davonflog.
Dafür bekam ich von einigen Erwachsenen ein paar Ohrfeigen gratis, aber
die spürte ich in meinem Rachedurst gar nicht. War das eine Wonne, zu
wissen, dass ich am anderen Tag nicht mehr in die Schule musste!

*

Dann ging's in die Schreinerlehre und an einem Sonntag hell und klar, einem
selten schönen Tage, in den Wirtsgarten beim Radlwirt. Dort wimmelte es
von Auer Früchtln im Durchschnittsalter von sechzehn bis achtzehn Jahren.
An unserem Tisch saßen der Kolb Heini, der Finkenzeller Schorsche, da
Dürr Toni, da Reiter Ade und da Fey Vale, alle in Gala, beisammen; ich in
einer taubengrauen Hosen mit breiten schwarzen Nähten, zeamen[6], spitzi-
gen Lackschleich, Eckerlkragen, blauseidenem Krawattl, kurzem braunem
Smoking und schmalkrempigem Gigerl-Strohstops, kurz gesagt, tausendmal
fescher als die junge Generation von heute. Und ebensowenig fehlte es an

---

[6] *zeam: zünftig, originell, lustig*

Stoff zur Unterhaltung; wir waren vielseitig. Des war no a Hetz und a Gaudi, und jeder Tag und jede Nacht war halt immer zu kurz. Und wenn's pfeilgrad am allerlustigsten war, dann ging's meistens hoch auf – so auch an dem besagten Sonntag.

Ein junger Pflasterlehrbub saß in dem gleichen Sonntagsstaat am Tisch neben uns und sagte zur Kellnerin: »Jungfrau! Jonglier an Liter flüssigs Malz her zu mir.« Darüber, dass der kaum Fünfzehnjährige zur Kathi »Jungfrau« gesagt hat, hat er mir ›grasselt‹, wie wir damals statt ›geärgert‹ gesagt haben. Ich koppte zu ihm hinüber: »Da muasst schon no a paar Jahr in d' Schui geh, bis d' woaßt, was a Jungfrau is.« Fragend warf er mir die Blicke seiner Augen zu. »Jaja«, sagte ich, »i moan scho di, junger Mo!« Der stand auf, ging aber nicht auf mich zu, sondern irgendwo anders hin und tauchte plötzlich zu zweit mit seinem großen Bruder neben unserem Tisch wieder auf. Ich vernahm nur noch zwei Sätze: »Welchana hat's denn gsagt?« Antwort: »Der mit dem Strohhut!«. Dann hatte ich schon eine Riesenohrfeige drin und kollerte auf den Kies.

Flugs erhob ich mich, und was ich sah, war die Rückseite meiner fliehenden Freunde. Nach der ausgezeichneten Qualität meiner Ohrfeige konnte ich ihnen diese Flucht auch nicht verübeln. Am Nachhauseweg bekam ich von dem Kleinen hinterrücks noch einen tüchtigen Schlag, so dass ich blutete wie eine Sau. Aber schon nach einigen Tagen war die Wunde wieder zugeheilt, denn mir Auer san zach.

So ein Zirkus

ACH, WAS GÄBE ICH DAFÜR, wenn nur für einen Sonntagnachmittag meine Jugendzeit und der alte Zirkus Bavaria auf der Theresienwiese wiederkäme! Mit dem Schlag drei Uhr bretschten wir Auer Buben eine Stunde vor Beginn hinaus, jeder mit einem Zwanzgerl bewaffnet. Zwei Schwierigkeiten waren zu überwinden. Einmal kostete ein Kinderbillett zwanzig Pfennig. Da wir aber schon halbe Lackln von vierzehn bis sechzehn Jahren waren, gingen wir vor der Kasse in die Kniebeuge und bemühten uns, recht kindlich zu erscheinen. Meistens bekamen wir auf diese Weise anstandslos unsere Kinderkarte.

Aber nun galt es die zweite Feuerprobe beim Billettabreißer, der im Zirkusgang stand. Bei dem half keine Kniebeuge. Nur seine Laune und sein Pflichtgefühl hatten zu bestimmen, ob wir als Kinder oder als Erwachsene zu gelten hatten. War er schlecht aufgelegt, dann hieß es: »Macht's, dass zum

Teufi kemmt's, ihr Schwindler, gleich geht's an d' Kasse und holt's euch a anders Billett!« Dann huben wir ein Flehen und Betteln an. »Bittschön, Herr Zirkusmann, lassen S' uns nei, mir habn bloß a Zwanzgerl dabei, mir san arme Kinder, da Vatta is krank, mir ham dahoam nix z' essen, d' Muatter is operiert worden.« Kurz, was es eben an Familienunglück gab, leierten wir in der Schnelligkeit herunter, und wenn wir Glück hatten, erweichten wir damit das Herz des Billetteurs, und er ließ uns hinein. Manchmal hat er aber keinen Guten ghabt. Dann konnte ihn kein Mitleid rühren. Seine Seele blieb hart wie Granit, und wir mussten mit unsrem Zwanzgerl traurig wieder den Heimweg antreten. Dann war's mit dem Zirkus für heut nix. Alles wegen dem Sauhund, weil er des net glaubt hat, dass mir no Kinder san.

Hatten wir aber einmal Glück, dann bedeutete so eine Zirkusvorstellung das halbe Himmelreich. Mund und Nase offen, hingen wir an der Galeriebrüstung und staunten über die tausend Künste. Am meisten gefielen uns natürlich die Hans Kasperln, die Kugelläufer, die Jongleure und Akrobaten. Und am nächsten Tage wurde alles, was wir sahen, nach der Schule nachgemacht.

*

Einmal habe ich zu Hause alle Zirkuskunstreiter übertroffen. Unser Rappe Maxl war sonst ein braves Pferd, und ich schwang mich oft auf seinen breiten Rücken. Dazu kletterte ich zuerst an der Stallwand hoch und blieb oft stundenlang auf ihm sitzen. Einmal habe ich sogar meine Schulaufgaben dort oben gemacht.

Aber eines Tages hatte der Maxl einen Furunkel auf dem Hals, von dem ich nichts ahnte; und ausgerechnet an dieser Stelle fasste ich ihn kräftig in die Mähne. Natürlich brachte ich das biedere Ross zur Verzweiflung. Aber je mehr es um sich schlug, desto fester krallte ich mich an der verhängnisvollen Stelle ein. Dabei schrie ich aus vollem Halse, bis man mir zu Hilfe kam.

Diesen Ritt habe ich bis heute nicht vergessen, und wenn ich gezwungen wäre, wieder einmal einen Pferderücken zu besteigen – und sei es auch nur der eines hölzernen Jahrmarktkarussellpferdes –, ich würde zuerst die Mähne auf Furunkel untersuchen.

*

Öffentlich bin ich zum ersten Mal am Chinesischen Turm aufgetreten. Das war 1885. Ich werde noch davon erzählen. Mein zweites Debüt fand im Gasthaus ›Zur Lilienbrauerei‹ in der Au Anno 1890 statt. Dort tagte in der Lilienstraße der Stammtisch meines Vaters. Lauter ›Dreiquartelprivatiers‹

kamen da allabendlich zusammen. Der Niederreither Karl und ich wollten an einem Faschingsdienstag meinen Vater überraschen. Wir hatten nämlich im Zirkus Bavaria auf der Theresienwiese zwei Clowns gesehen, die den altbekannten Spaß vom Tellschuss aufführten, wo der junge Tell immer den Apfel auffrisst, ehe der alte Tell seinen Meisterschuss anbringen kann. Für mich war die Kritik der Stammgäste ein besonderer Ansporn, denn sie waren einmütig davon überzeugt, noch keinen so saudumm schauen gesehen zu haben wie den Fey-Buam.

*

1895 waren Fallschirmabsprünge noch nicht Mode. Doch wir sind schon damals vom ersten Stock unseres Rückgebäudes auf eine alte Matratze in den Hof gesprungen. Es hat tatsächlich ziemlicher Mut dazu gehört, so einen Sprung zu riskieren. Trotz der weichen Unterlage bekamen wir manche Verletzung, und einmal stieß ich mich mit dem Unterkiefer so gegen die Knie, dass ich mir beinahe die Zunge abgebissen hätte.

Da kam einer von uns Buben auf die Idee, mit dem Regenschirm abzuspringen; und nun wurde die Sache ungefährlicher. Jahre später erst hörten wir von dem Fallschirmspringer Lattemann, der bei dem großen Gartenfest zugunsten der Pensionskasse des Gärtnertheaters im Maximilianskeller in Bogenhausen, wo heute das Prinzregententheater steht, aus einem Luftballon mit dem Fallschirm aus 500 Meter Höhe abgesprungen ist. Damit hatte er unseren Rekord gebrochen, denn wir sprangen nur fünf Meter. Wir waren dafür früher dran; er hat es uns bloß nachgemacht, und das ist ja schließlich keine Kunst.

*

Beim Karussellfahren war für uns Buben die Hauptsache das Ringziehen. Wem es gelang, beim Vorbeipassieren aus einer blechernen Hülse, in der sechs Ringe steckten, fünf eiserne und einer aus Messing, mit dem Zeigefinger den Goldring zu erwischen, der konnte ein paarmal umsonst fahren. Das hing allerdings von der Gunst des Ringbuben ab, der vom Besitzer für den Ringziehapparat engagiert war, denn für seine Freunde hielt er den ›Goldenen‹ zurück. So wurde schon damals geschoben ...

*

Auch wenn es galt, in einer schönen Sommernacht irgendwo ein Feuerwerk abzubrennen – sei es im Bürgerbäu oder auf der Theresienwiese, in der Isarlust im Herzogpark, im Volksgarten Nymphenburg oder im Schleibinger-Keller an der Rosenheimer Straße –, so waren wir Buben schon am Nachmittag zur Stelle und schauten den Pyrotechnikern zu, wie sie die

Wiese pflanzten. Und wenn dann am Abend die Raketen zischten, die Feuerräder fauchten und die Bomben in der Luft platzten, da waren wir das lauteste Publikum auf den eintrittsfreien Plätzen, irgendwo auf einer Holzplanke.

Einmal war ich so begeistert davon, dass ich mir in einer Buchhandlung in der Theatinerstraße das Buch ›Die Kunstfeuerwerkerei‹ kaufte und anfing, zu Hause Feuerwerk zu machen. Da wurden Pulver gekauft, Papierrollen geleimt und Chemikalien zurechtgerichtet, alles nach Rezept. Manche Feuerwerkskörper gingen schon während der Fabrikation los; wunderbarerweise immer ohne Unglück. Leider ist es zu einem Programm pyrotechnischer Vorführungen in unserem Hof nie gekommen, denn vor lauter Probieren hat es bei uns so oft gekracht, dass sich die Nachbarschaft an die Polizei wandte, die uns dann die Feuerwerkerei streng verboten hat. Und da es trotz der Dunkelheit beim Abbrennen nie zu Farbeneffekten, sondern nur zu Funken und Explosionen gekommen ist, sahen wir mit der Zeit ein, dass die Pyrotechnik doch nicht so einfach ist. Trotz aller Knallerei ist hierbei noch kein Meister vom Himmel gefallen.

*

München hatte schon 1895 viele Radrennbahnen, eine im Volksgarten in Nymphenburg, eine in Perlach, eine am Schyrenplatz in Giesing und eine vielleicht sogar in Milbertshofen. Fast jeden Sonntag war »Veloziped-Rennen«. Es gab auch schon Rennfahrer wie Rabel Toni, Schildberger Hans, Fischer, Rucker, Oberberger und Opel, den späteren Direktor der Opel-Autowerke. Heute vergöttert unsere Jugend die Fußballer. Wir machten es genau so mit den Rennfahrern. Und als wir das erste Radl geschenkt bekamen, trainierten wir an Wochentagen heimlich am Schyrenplatz, wo die Rennbahn wegen Bankrott offenstand. Dort wurde in einem Tempo gejagt, dass ich mich heute noch wundere, dass wir nicht alle die galoppierende Schwindsucht bekommen haben. Die Manege hat eben doch eine mächtige Anziehungskraft – und ganz besonders für mich.

Das muss man mir auch später direkt angesehen haben. Als ich einmal mit Liesl Karlstadt in Wien gastierte, kamen wir auf einem Spaziergang an einem Trödlerladen vorbei. Der Komiker Karl Flemisch, der Schauspieler Otto Wenninger und meine Partnerin grinsten alle über das alte Geraffel, das der Tändler auf offener Straße feilbot. Nur ich hatte einen grantigen Tag und machte ein bitteres Gesicht. Da kam der Trödler ausgerechnet auf mich zu, eine alte Klarinette in der Hand, und meinte:»Genga S' zua, kaufen S' mir doch dies Instrument ab, dös is was für Eahna, Sie san g'wiss a Zirkusclown.« Ich war platt.

Mutterängste

BIST DU AUCH so ein Unnütz gewesen wie ich, lieber Leser? Schon als kleines zweijähriges Kind hatte ich eine Vorliebe fürs Handwerk. Mit Hammer und Nägeln machte ich poch, poch, poch. Aber leider hatte ich mir dazu nicht ein Stück Holz, sondern die fein polierten Renaissancemöbel meiner Mutter ausgesucht. Oh, wie hat sie da die Hände gerungen! In der Makart-Zeit[7] war doch die dicke Politur das Ein und Alles häuslicher Eleganz!

Einmal bin ich als Hosenmatz mit der Leiter auf einen von meines Vaters Möbelwagen geklettert, der gerade gestrichen wurde, und als ich oben auf dem runden Dach nicht weiter wusste, habe ich dann so lange geschrien, bis mich die Mutter durchs Fenster wieder in die Stube holte. Seitdem hatte ich eine solche Vorliebe für Fensterbretter, dass ich immer gern darauf herumgestiegen bin, auch wenn sie nur mit dünnem Spagat außen an der Hauswand befestigt waren.

Mörderisch geschrien habe ich einmal in unserem Stiegenhaus, als ich den Kopf zwischen die Geländerstäbe gesteckt hatte und weder vor noch zurückkonnte. Wäre nicht gerade ein braver Handwerksmann mit seiner Säge zur Hand gewesen, der mich befreien half, so stäke ich vielleicht heute noch dort.

*

Meine arme Mutter hat wirklich viel mit mir auszustehen gehabt, und doch konnte ich es auch später nicht lassen, ihr manchen Schreck einzujagen. Als ich Schreinerlehrling war, gab es in meiner Werkstätte eine kleine Kreissäge. Das ist ein gefährliches Ding. Wie schnell ist da ein Finger weg, wenn man einen Moment nicht aufpasst. Seitdem sie wusste, dass ich mit einem solchen Werkzeug zu tun hatte, konnte meine Mutter keine Kreissäge mehr summen hören. Natürlich wurde mir das mit der Zeit zuviel und ich beschloss, ihr einmal wirklich Angst zu machen. Ich tauchte ein Stückl Schwamm in die nussbraune Beize, nahm's in die hohle Hand, lief nach Hause und schrie: »Muatta, hol schnell an Dokta, i bin in d' Kreissägn neikomma!« Dabei drückte ich das Schwämmchen zusammen, dass die Brühe nur so hervorquoll.

Die arme Mutter muss vor Schreck farbenblind geworden sein. Sie sah sofort rot statt braun, kreischte »Um Gottes willen!« und war einer Ohnmacht nahe. Aber da lachte ich schon und rief: »Aprilaff!«

---

[7] *Makart-Zeit: Hans Makart (1840–1884) war ein österreichischer Maler und Dekorationskünstler*

Heute glaube ich freilich, dass nur ein Halbwüchsiger in den Flegeljahren auf die Idee kommen kann, physiologische Versuche über Farbenblindheit in der Schrecksekunde ausgerechnet mit seiner eigenen Mama anzustellen.

Wie alle Kinder den schwachen Punkt ihrer Eltern sehr schnell heraushaben, so wusste ich auch gleich, was das Telefonieren meiner Mutter für ein Graus war. Um keinen Preis war sie an den Apparat zu bringen. Nur wenn ihr nichts anderes übrigblieb, ging sie hin, wenn es klingelte, aber nur, falls niemand zu Hause war oder ich noch im Bett lag. Dann hörte ich ihr immer mit diebischer Freude zu. Trotz ihrer siebzig Jahre funktionierte ihr Gehör noch tadellos. Nur die Aufregung war daran schuld, wenn sie kaum etwas verstand. Jedes Gespräch kostete einen Nervenschock, und wenn es zu Ende war, musste sie sich immer sogleich niedersetzen, und dann meinte sie in ihrem schönsten Sächsisch, denn sie stammte aus Zittau: »Nä, Falendihn, ich biddch um Himmels willn, verschon mich mit dem Zeich! Ich bin doch viel ze ald und ziddre chedes Mal an Händn und Fihssn, wenn's Dehlefohn leit. Ich geh ähmnd eenfach nich mähr hin!«

Eines Tages rief mich ein Bekannter an, als ich gerade zur Türe hinaus bin. Ich höre es noch klingeln, kehre schnell wieder um; bis ich aber den zweiten Stock erreichte, die Türe aufgesperrt hatte und wieder hineinkam, war es schon zu spät. Freudestrahlend kam mir die Mutter entgegen. »Noch geene Minude warschde ford, da ging 's Dehlefohn, ich saache ›Falendihn hier‹, da meinde der Mann, ob er dich schprechn gennde. ›Echaa‹, habich gesaachd, ›där is ähmd weggegang. Er gann heechsdens graade zer Hausdihre nausgegang sin, sind S'n denn nich begähchnd?‹

*

Einmal verwechselte sie den zweiten Hörer, den ich ihretwegen angeschafft hatte, mit dem Federhalterglas voll grüner Glasperlen und schüttelte sich die munteren Kügelchen teils ins Ohr, teils wie einen Hagelschauer auf Schreibtisch und Fußboden. Mit dem verfluchten Telefon passierte eben immer etwas anderes, und sie hat schon ganz recht gehabt mit ihrer Furcht vor dieser Erfindung des Teufels.

*

Im Jahre 1897 haben wir alle einen furchtbaren Schreck gehabt. Aber ehe wir uns versahen, war die Gefahr schon vorbei. Ein schweres Gewitter stand über München. Der Donner rollte, die Blitze zuckten, und die ängstliche Mutter meinte, wir sollten doch lieber die Fenster schließen. Aber Vater war dagegen. »Lass nur auf«, sagte er, »oder hast du etwa Angst, dass der Blitz zu uns ins Zimmer kommt?« Das Wort war ihm noch nicht aus dem Munde, als es einen furchtbaren Schlag tat und ein Lichtstrahl tatsächlich durch unser Zimmer fuhr, eine Schleife machte und wieder zum Fenster hinaus verschwand. Wir saßen leichenblass und stumm. Wir waren noch am Leben. Aber seitdem habe ich immer an meine Mutter gedacht, wenn es gedonnert und geblitzt hat.

Haariges

ALS ICH UNSEREN KNECHT einmal beim Rossscheren beobachtete, kam ich auf die Idee, ob ich nicht mit dieser Rossschere auch meinen Kameraden die Haare schneiden könnte. Gesagt, getan. Sofort ging es an die Arbeit. »Da geh her, Maxe, tua dei haarigs Haupt her!« Und nach fünfzehn Minuten war er bereits ein Gscherter. »A fein hast des gmacht, Vale, i hol glei die andern.« Und sie kamen. Meistens hatten sie Frisuren wie die Trauerweiden. Mancher konnte kaum sehen, was ihm bevorstand, denn d' Haar hingen ihnen bis über die Augäpfel. Aber nach einer Stunde zogen sie ratzekahl geschoren wie junge Zuchthäusler freudig strahlend von dannen. Sogar eine Mutter brachte eigenhändig einen sechsjährigen Rotzbankert dahergezogen und bat: »Geh, schneid meim Seppl aa d' Haar mit dera Maschin!«

Ich war schon arg müde. Gleichwohl schlug ich der flehenden Mutter die Bitte nicht ab. Aber ich hatte Schlimmes vor. Ich zog den Buben hinter einen Möbelwagen und tat den armen Josef Rippold, einen Glasermeisterssohn, schändlich zurichten. In der Mitte ließ ich einen Kamm stehen, wie den Raupenhelm eines ›Schwolischärs‹[8], und an den Ohren links und rechts zwei dicke Haarbüschel. Wie ein richtiger dummer August eilte er in die Arme seiner entsetzten Mutter. Sie krakeelte – aber ich blieb verschwunden. Die Friseurkosten hatte sie sich sparen wollen, als sie zu mir kam. Und nun musste sie doch zu einem richtigen Haarschneider gehen. Der erkannte aber sofort die maschinelle Behandlung und lehnte aus Konkurrenzgründen den Auftrag ab. Da hat die arme Frau ihrem Buben den Raupenhelm selbst amputieren müssen – natürlich stufenweise, sodass man die Handarbeit schön hat sehen können.

*

Übrigens habe ich auch ganz zünftige Tonsuren schneiden können. Schon mit zehn Jahren dachte ich mir, dass so ein ausrasierter Kreis auf dem

---

[8] *Schwolischär: Schwoleschee oder Schwolegér, aus dem Französischen: Chevauleger; für einen Soldaten der leichten Kavallerie*

Hinterkopf auch bei einem Nichtgeistlichen sauber ausschauen müsse. Und so schnitt ich meinem Freunde Emil Hager einen so wunderbaren Kopfschmuck heraus, dass der Lehrer mich dafür gleich zwei Stunden in den Karzer steckte. Und das auch mit Recht.

*

Heutzutage kämmt sich jeder die Haare aus der Stirne. Als ich jung war, war es umgekehrt. Da wurde vom Friseur noch extra ein schöner Sechser auf die Stirn gelegt. Ich habe mir sagen lassen, dass ganz früher auch die Offiziere, vor allem die Leutnants, die ja immer die Elegantesten sein wollten, diese ganz besonders bevorzugt hatten, und dachte dabei an Napoleon mit der berühmten Locke. Bei uns tragen heutzutage oft sogar die vornehmsten Damen in der allerfeinsten Gesellschaft gleich zwei Sechser, da weiß man nicht, soll das eine Zwölf oder sechsundsechzig bedeuten.

Meine Mutter konnte sich mit dieser Frisur nicht befreunden. Und weil ich mir meine Locke immer vorkämmte statt hinter, kündigte sie mir feierlich an, dass sie mir dieses Ärgernis einmal im Schlaf abschneiden würde. Und so geschah es auch. Ich muss kurz darauf aufgewacht sein und fingerte vergebens auf meiner Stirn nach dem Sechser herum. Aber dort war er nicht zu finden, sondern er lag am Nachtkastl und die Schere daneben. Wie ich das sah, wurde ich mit einem Male munter, und ich sprang im Hemd hinüber ans Fensterbrett, wo Mutters falscher Zopf lag. Schnipp-schnapp machte die Schere, und der schöne ›Wilhelm‹ war entzwei. Sogar einen Zettel habe ich danebengelegt und daraufgeschrieben:

»Liebe Mutter! Wie Du mir, so ich Dir.« Aber sie hat es mir nicht nachgetragen.

*

Dafür war sie um so ehrlicher erschrocken, als ich eines Tages aus der Schule kam, mich mit allen zehn Fingern auf dem Kopf kratzte und schrie: »Muatta, mi beißt's so!« – »Nee, Goddchen, nee, de werschd doch geene Leise von der Schule middgebrachd hamm. Gämmdch ner gleich middn Schdaubgamm durch un leche e weißes Bladd Babier uffn Disch!« Und so machte ich es auch. Mitten unter dieser lausigen Handlung läutete die Hausglocke, und der Graf Löwenstein, für den wir damals den Transport besorgten und der uns dafür den schönen Seidenpudel geschenkt hat, welchen ich zum Hof hinausgeschossen habe, betrat ausgerechnet in dem gleichen Moment das Zimmer, in dem meine erste Kopflaus aufs Papier fiel: »Muatta, Muatta, i hab scho a Laus, schau hera!« Einen Elefanten wenn ich gehabt hätte, wäre ihr vielleicht lieber gewesen.

*

Eigentlich wundere ich mich, warum ich mit soviel einschlägigen Erfahrungen, wie ich sie bereits im zartesten Alter sammeln konnte, nicht Friseur geworden bin. Später habe ich dann wenigstens auf der Bühne den Haarschneider gespielt – und mit welcher Begeisterung!

Im *Frankfurter Hof* spielten wir zum Beispiel eine komische Szene, betitelt ›Im Friseurladen‹, worin der dicke Rückert immer als Rammelbauer zum Rasieren kam. Ausgiebig wurde ihm der Seifenschaum ins Gesicht geschmiert und dann mit einem Riesenrasiermesser aus Holz wieder abgeschabt. Aber eines Tages schnitt ich ihm mit einer richtigen Friseurhaarschneidemaschine wirklich die Haare ab – und das Publikum kam aus dem Staunen nicht heraus. Macht er das alle Tage? fragten sich die Leute. Aber es war ganz einfach. Ich habe eben wirklich seine Haare auf der Bühne geschnitten, genau so, wie er's sich sonst beim Friseur machen ließ ...

*

Übrigens habe ich mir auch selbst ein Toupet auf meinen schwachbehaarten Schädel geklebt, als ich kein Jüngling im lockigen Haar mehr war. Damals saßen wir im Restaurant des Hotels Wagner in der Sonnenstraße so fröhlich beisammen und hatten einander so lieb. Ein Herr namens Koch, der jahrelang von München weg gewesen war, ging an unserem Tisch vorbei und hatte eine Riesenfreud, mich wiederzusehen. Gleich stürzte er auf mich zu und rief: »Ja Valentin, grüaß di Gott, des freit mi wirkli, dass i di auch wieder amal siech«, und fuhr mit den gespreizten Fingern der rechten Hand liebevoll übers Haupt. Der hat net schlecht gschaut, als die Perücke nicht mehr meinen Oberkopf, sondern seinen Handrücken zierte, und er kam sich vor wie ein europäischer Indianerhäuptling, als mein Skalp an seinen Fingern klebte. Ei, war das ein Hohngelächter am Tisch! Darum:

Wenn du eine Glatze hast,
Brauchst dich nicht zu schämen;
Nur wenn's dir wie mir ergeht,
Dann musst du dich grämen.

Schulgeschichten

WEIL ICH IMMER im Laufschritt in die Schule gerannt bin, lieber Leser, darfst du nicht denken, dass ich deshalb so gerne hingegangen wäre. Nein, es war nur immer allerhöchste Eisenbahn, und trotzdem kam ich fast immer zu spät.

Einmal hatte uns der Lehrer eine schwere Rechnung aufgegeben und frug am nächsten Tage nach der Lösung. Einen nach dem andern rief er auf. Aber jeder hatte ein falsches Ergebnis. Der Klassenerste, namens Hofer, ein Zögling vom Ustrichs-Pädagogium, der im Ruf der Unfehlbarkeit stand, brachte auch eine falsche Rechnung. Nachdem die halbe Klasse schon durch war, kam ich an die Reihe. »Fey, was hast du herausgebracht?«

»Der Weizen hat dem Kaufmann einen Verdienst von 40,86 Prozent eingebracht und ist durch den Zwischenhandel mit 66 Prozent gestiegen im Preis.«

»Richtig«, sagte der Herr Lehrer, und dann war er eine Weile sprachlos, dass ausgerechnet ich diese schwere Rechnung gelöst hatte. »Bravo, Fey, das lass ich mir gefallen! Da nehmt euch ein Beispiel!« sagte er zu der ganzen Klasse. »Komm heraus an die Wandtafel und rechne diesen Dummköpfen die Rechnung vor!«

»Auweh«, dachte ich, »jetzt wird es brenzlich.« Ich hatte doch keinen blassen Dunst davon, weil mir jede Hausaufgabe der bei uns wohnende Brauereibuchhalter Heinrich Schweiger anfertigte. Eine besondere Vorliebe besaß er für schwere Rechnungen. Ließ er mich einmal im Stich, so schrieb ich von irgendeinem Mitschüler ab, denn das ganze Zeug interessierte mich einen Schmarrn ... Nun stand ich mit der Kreide an der Wandtafel, wie der dumme Junge von Meißen aus dem sächsischen Sprichwort.

»Nun«, sagte der Lehrer, »los damit!« und sprach mir die Aufgabe noch einmal vor: »Ein Kaufmann kaufte bei einem Müller 176 Zentner Weizen, den Doppelzentner zu 32 Mark. Der Müller hat für den Zentner beim Bauern 13,50 Mark bezahlt. Wenn nun ein Käufer des Weizens im Ganzen 3520 Mark bezahlt, wieviel Prozent hat dann der Kaufmann verdient, und um wieviel Prozent hat sich der Weizen durch den Zwischenhandel verteuert?«

Ich stand da wie versteinert. »Dahoam hab i's scho kenna, Herr Lehrer; i hab d' Ausrechnungen dahoam.« »Dann gehst nach Haus und holst sie!« »De hat d' Muatta glei verbrennt, wia i d' Rechnungen fertig ghabt hab.« Da fragte er die Schüler der Reihe nach durch – aber keiner hatte die Rechnung richtig; nur ich allein unter meinen fünfzig Klassenkameraden. Das ging dem Lehrer über die Hutschnur, und er ist so grimmig geworden, dass ich zu guter Letzt doch noch gestehen musste, wer der »Gescheiteste« von allen war: unser Herr Schweiger.

*

Mein Spezi, Emil Hager, war Schüler der Auer Schule; ich ging in die Klenzeschule. Frühmorgens trafen wir uns gewöhnlich vor unserem Haus. Einmal habe ich zu ihm gesagt: »Hast ghört, Emile, heut schwanz ma d' Schui! Heut ham ma Rechnen und Rechtschreiben, des hätt i net viel kanti *[mag ich nicht]*. Woaßt was? Mir reibn uns 's Gsicht mit Mehl ei, dann schaugn ma recht blass aus, und dann meint mei Muatta und dei Muatta, mir san krank, und dann brauch ma net in d' Schui geh. Nach achte werd's uns dann wieder besser, und dann dean ma wieda Ratzn fanga in unserm Stall.«

Die Idee wurde sogleich in die Tat umgesetzt. Aber Emil hatte Pech, denn schon eine Viertelstunde nach Schulbeginn war bei ihm zu Hause der Schulpedell erschienen, der ihn wegen seiner chronischen Schwänzerei schon längst auf dem Strich hatte. Er entdeckte mit Basiliskenblick zu seiner Überraschung das abgefallene Mehl auf Emils Jacke, wo er doch gekommen war, die Blässe des armen Kranken zu bedauern. Er führte sofort den Sünder in die Schule, wogegen ich als angeblicher Patient Kamillentee trinken durfte. Als die Schule aus war, kam Emil zu mir und berichtete, dass er für den Mehlanstrich sechs zerme *[zünftige]* Tatzen gekriegt habe, wozu er meinte: »Do muss ma 's nächste Moi scho a andere Farb nehma; mit'm Meu *[Mehl]* is nix, des foit oiwei obe.«

*

Die gleiche Glocke, die den Unterricht einläutete, bimmelte auch zur Pause. Aber da klang sie ganz anders, bedeutend herzlicher. Kaum war der Lehrer zur Türe draußen, da hub ein Spektakel an wie nicht gescheit. Da wurde gestritten und gerauft, Brotzeit getäuschelt, von Bank zu Bank gesprungen oder eine Schneeballschlacht geschlagen, wobei wir die Geschosse aus altem Schreibpapier zusammenrollten. Dann ging es los. Aber das Unglück schreitet schnell. Einer hatte mir heimlich einen Ballen hingelegt, in den er ein kleines volles Tintenfass hineingewickelt hatte. Ich warf nichtsahnend das Geschoss meinem Mitschüler Georg Krögl an den Kopf, dass ihm das Blut herunterlief. Wer mich hineingelegt hatte, war nicht zu ermitteln. Aber ich hatte eine Stunde Karzer weg und die Schule war aus.

*

Einmal zirpte während des Religionsunterrichtes plötzlich eine Grille in unserem Schulzimmer. Alle lachten; ich blieb ganz ernst. Der Schullehrer schrie: »Wer hat eine Grille dabei?« Mein Nebenmann, eigentlich Nebenbub, stand auf und sprach: »Herr Lehrer, der Fey hat a ganze Menagerie unter der Bank.« Dröhnendes Gelächter in der ganzen Klasse. Der Lehrer stieg vom Katheder herab und besichtigte meinen Zoo. Da gab es Hummel und Ohrwurm, Habergeiß, Nassei, Heischreck, Russe, Spinne, Broz, Leis, Kaulquappe, Schnecke, Mehlwurm, Schaben und Würmer – eine wahre Lust. Die Käfige waren meist aus ausgehöhlten alten Korken mit einem Gitter aus Stecknadeln davor, in eigener Fabrikation hergestellt.

*

Meine liebsten Stunden waren Singen, Zeichnen und Turnen. Lieber hundertmal auf die Kletterstange, als einmal eine Rechnung ausrechnen. Der Mensch soll sich nicht mit einem Tier vergleichen; aber im Klettern hätte ich es fast mit einem Viech aufnehmen können. Wenn Darwin bei allen Zeitgenossen unrecht hat, bei mir hat er vielleicht doch recht gehabt.

In unserem Turnsaal an der Ickstattstraße gab es dreißig Kletterstangen. Auf das Zeichen des Lehrers »Los!« stürzten sich dreißig Buben darauf, und in spätestens zehn Sekunden waren die besten Kletterer oben, während die schlechtesten nicht vom Fußboden wegkamen. Unter den Erstankömmlingen wurde nun ›gerittelt‹, und da waren ich und der Varietébesitzerssohn Wagerer die ersten. Nun wurde zwischen uns beiden noch einmal gerittelt – und mit einem Meter Vorsprung war ich Sieger geworden. Ich war viel stolzer darauf, der beste Kletterer zu sein, als wenn ich der beste Rechner gewesen wäre.

*

Einmal hat mich ein Lehrer bald zum Krüppel geschlagen; er lebt noch und ist jetzt pensionierter Oberlehrer. Das Dreschen machte ihm immer solchen Spaß, dass er vor hundert Jahren bestimmt ein Folterknecht geworden wäre. Wir mussten aus dem Gebetbuch Verse vorlesen, jeder Bub einen. Ich war damals elf Jahre alt und ging in die fünfte Volksschulklasse. Ein Pfarrer mit dem schönen Namen Biedermann hörte zu, als wir der Reihe nach drankamen. Mein Text lautete: »… und als Maria den Gruß hörte, hüpfte ihr vor Freude das Kind im Leibe.« Ich begann – aber plötzlich traute ich mich nicht mehr weiterzulesen und schaute hilflos und stumm auf unseren Herrn Lehrer. »Komm einmal heraus, Fey«, rief er da und schlug mich dermaßen mit dem Stock zusammen, dass ich wie gelähmt in meine Schulbank hineinfiel, als er endlich aufhörte. Ich musste von einem anderen Buben heimgeführt werden. Mein Vater hätte diesen vorbildlichen Pädagogen noch am selben Tage zusammengehauen, wenn meine Mutter ihm nicht gut zugeredet hätte.

*

Von der Klenzeschule kam ich in die Bürgerschule, die sich gegenüber dem Hofbräuhaus am Platzl befand, im vierten Stock des Hauses, wo heute die Dachauer Bauernkapelle spielt. Vier Jahre bin ich hineingegangen ...

Wir hatten unserem Professor in seinen zugemachten Regenschirm, den er immer im Lehrerschrank in die Ecke stellte, lauter Papierschnitzeln hineingefüllt. Beim Schulschluss um vier Uhr nachmittags goss es in Strömen. Da öffnete er den Schirm im Hausflur, und erst als er das Regendach über sich hielt – denn er sah sehr schlecht –, bemerkte er, was für ein Papierschnitzelsegen sich über ihn ergosss.

*

Unter unseren Schulräumen waren im zweiten und dritten Stock Studentenverbindungen eingezogen, und wir sahen die Musensöhne tagaus, tagein mit ihren zerhackten Gesichtern. Sie imponierten uns dadurch so sehr, dass wir uns auch bald die Gesichter zerhackten, um Schmisse zu haben. Nur brauchten wir dazu keine Schlägermensur, sondern nur ganz gewöhnliche Nähnadeln oder unsere ›Gluferin‹[9], um unsere Rosenwangen damit zu zerkratzen. Ach, sind wir uns damals schneidig vorgekommen!

Von der Feuerwehr

FÜR UNS AUER BUBEN war das Höchste die Feuerwehr. Wenn in der Au am Kirchturm die Feuerglocke läutete, war alles andere Nebensache, und mochten wir auch beim interessantesten Spiel sein. Naus ging's zum Tempel, wo wir auch waren, und nüber zum Mariahilfplatz. Bevor die ersten freiwilligen Feuerwehrleute beim Spritzenhaus erschienen, waren wir schon da und haben uns erkundigt, wo's brennt. »Großfeuer in der Stearinkerzenfabrik Wassermann in der Fraunhoferstraße«, hieß es. Jetzt steht dort das neue Postgebäude. »A fein, saust's ummi!« Oft haben wir uns während der Fahrt hinten an die Spritzen oder Leiterwagen gehängt und waren uns dabei nicht der Gefahr bewusst, dass wir herunterfallen und vom nächstfolgenden Feuerwehrwagen überfahren werden könnten.

Wann und wo es auch brennen mochte, war uns gleich. Wir sausten mit. Aber weil es eben nicht gar zu oft brannte, war ich fast entschlossen, unser eigenes Anwesen anzuzünden. An einem Nachmittag stand ich mit meinem Freund Oskar Vogl auf der Altane des Nachbargrundstückes und hatte schon das Streichholz zum Anzünden in der Hand. Unser Lager, worin

---

[9] *Gluferin: Sicherheitsnadel, Stecknadel*

zweihundert Zentner Stroh untergebracht waren, grenzte an das Nachbaranwesen; es hatte eine Menge Astlöcher, durch welche das Stroh heraushing. So wäre es ein Leichtes gewesen, eine Brandstiftung zu riskieren. Durch die Warnung meines Freundes ließ ich mich von diesem Vorhaben abbringen, warum weiß ich heute nicht mehr. Vielleicht hat der Geist des Trompeters von Säckingen eingegriffen: es hat nicht sollen sein.

*

Mit Speck fängt man Mäuse, und mit einem Feuerwehrhelm fängt man einen Buben, dem die Mandeln herausgeschnitten werden sollten. Das klingt sehr sonderbar, und doch ist es so gewesen.

Als zehnjähriger Bub kam ich aus den Halskrankheiten nicht mehr heraus. Darum schlug unser Arzt, Doktor Schwaiger, eine Mandeloperation vor. Meine Eltern hatten nichts dagegen. Nur meinte mein Vater, es würde nicht so leicht sein, bei mir den Eingriff auszuführen. Der Arzt bat, mir nichts zu sagen, dann ginge es schon. Er käme einmal mit seinem Assistenten ganz unverhofft. Das hat er auch drei- oder viermal gemacht; aber ohne Erfolg, denn ich habe die Geschichte gespannt *[durchschaut]*, vielleicht aus Instinkt. Wo ich den Doktor Schwaiger sah, habe ich Reißaus genommen.

Aber eines Tages hat er mich doch vor sein Messer bekommen. Ich spielte mit meinen Kameraden im Hof. Da rief meine Mutter aus dem Fenster: »Fohlndin!« Ich schaute zur Küche hinauf, und was sah ich? Einen blitzblanken Feuerwehrhelm. Das war der Speck. Ich flog über die Stiegen nur so hinauf. Meine Freude war unbeschreiblich. Mit dem Helm auf dem Kopfe wollte ich gleich wieder zu meinen Kameraden. Aber – o weh, die Wohnungstür war zugesperrt. Noch immer ahnte ich nichts und lief ins Zimmer. Wer stand da? Doktor Schwaiger mit Assistent, Vater, Mutter und sogar unser Fuhrknecht, der Sepp. Er und mein Vater packten mich und hoben mich auf einen Sessel. Die Mutter weinte. Ein Doktor steckte mir die Mundspange in den Rachen, und die Exekution ging vor sich. Die Schmerzen habe ich vor lauter Wut gar nicht bemerkt. Nur als mir das Blut aus dem Halse floss, da weinte ich.

Aber die Mutter setzte mir nach der Operation den Feuerwehrhelm auf den Kopf, und der hat die Wut und das Blut gestillt.

*

Am Anfang der Frühlingstraße fanden in den Sommermonaten jeden Sonntag früh von acht bis zehn Uhr die Übungen der Feuerwehr statt. Mitten auf dem Übungsplatz stand ein vier Stock hoher Steigerturm. Am

Schluss jeder Übung befestigten die Feuerwehrmänner den Rettungsschlauch an dem Fenster der obersten Etage und die Auer Buben avancierten zu den in einem brennenden Hause in höchster Gefahr schwebenden Personen. So schnell, wie wir Lauser uns in den offenen Schlauch hineinwarfen, hätte es uns nie ein Erwachsener nachmachen können. Kaum waren wir herunten angekommen, rasten wir wie die wilde Jagd wieder hinauf; und es ging aufs Neue herunter, wieder hinauf, wieder herunter – tätärätä! Aus war's mit dem Herunterrutschen! Die Übung war zu Ende – bis es am nächsten Sonntag wieder dasselbe gab. Schön war's!

*

Als in München noch keine städtische Straßenreinigungsgesellschaft bestand, galt die Vorschrift, dass jeder Hausbesitzer im Sommer seinen Teil der Straße selbst spritzen und reinigen musste. Das ist manchem Hausbesitzer schwergefallen, denn die Anschaffung eines Sprengschlauches von zehn bis zwanzig Meter Länge war immer mit hohem Kostenaufwand verbunden. Und wenn sich auch mein Vater über die Ausgabe eines so teuren Gummischlauches grün und blau ärgerte, so freuten wir Buben uns umso mehr. Nun hatten wir ja zum Feuerwehrspielen statt bisher eines Strickes sogar einen richtigen Schlauch, noch dazu mit einer Haspel[10]. Eine Dampfspritze war auch vorhanden in Gestalt eines kleinen Handwagerls, auf dem ein alter Waschkessel stand, in dessen Mitte ein ausgedientes Ofenrohr den Schornstein einer Dampffeuerspritze vorstellte. Auch Leitern, Helme und Trompeten gab es. Es brauchte nur noch zu brennen.

Auch einen Turmwächter hatten wir. Das war ein Bub, der im zweiten Stock des Vorderhauses am Speicher zum Dachfenster herausschaute, in der Hand ein Stück Eisen an einer Schnur, auf das er mit einem Hammer schlug, um die Feuerglocke nachzuahmen. Sobald sie ertönte, rückten wir aus. In unserem eigenen Hof waren alle Vorstädte vertreten – Haidhausen, Sendling, Schwabing. Und wenn es hieß: »In Giesing brennt es!«, rasten wir schon wie närrisch fünf- oder sechsmal im Hof herum, und endlich kamen wir an das brennende Haus. Das wurde von einem Buben eine Minute vor Erscheinen der Feuerwehr dadurch kenntlich gemacht, dass er schnell ein paar Bogen Zeitungspapier auf dem Wellblechdach unseres Waschhauses angezündet hat. Zum Angriff wurde »Tätätä« geblasen, die Leitern angelegt, der Schlauch an die richtige Wasserleitung angeschlossen, und wenn der Kommandant »Aufdrahn! Wasser!« schrie, trat ich als begeisterter Spritzer in

[10] *Spule zum Auf- und Abwickeln von Schläuchen, Seilen etc.*

Tätigkeit. Und was ich alles angespritzt habe außer dem Großfeuer! Da müssen Sie heute noch die Auer fragen. In die offenen Fenster unserer Hausinwohner habe ich den Wasserstrahl sausen lassen. Und hätte mir mein Vater nicht mit aller Strenge das Feuerwehrspielen mit dem richtigen Schlauch untersagt, so hätte sich aus der Feuerwehrspielerei noch eine ganz böse Sache entwickeln können.

*

Ebenso wie wir Auer Buben von der Feuerwehr begeistert waren, waren wir es auch von der Sanitätskolonne. Einen besonderen Ansporn erhielten wir durch den Tändlerladen von Lang in der Lilienstraße. Dort gab es um zwanzig Pfennig weiß und blaue Sanitätsmützen zu kaufen, die von den Sanitätern abgelegt waren. Wir zimmerten uns selbst eine Tragbahre und richteten im Waschhaus eine Unfallstation ein. Die Mutter musste uns weiße Armbinden mit roten Kreuzen nähen. Nun brauchte man natürlich auch Verunglückte zum Tragen. Aber woher sollten wir sie nehmen und nicht stehlen? Ersatz war eine halbe Sache. Wir brauchten richtige Verletzte, welche bluteten. Aus diesem Dilemma half uns wieder ein ungeheuerlich roher Gedanke.

Auf die Wäschewiese vor unserem Hause streuten wir an bestimmten Spielplätzen zahllose Glasscherben. Die Kinder sollten sie sich beim Barfußgehen eintreten. In dem Gras waren die Scherben auch nicht gut zu sehen. Und tatsächlich verging kaum ein Tag, ohne dass sich ein Bub oder ein Mädel den Fuß daran verletzte. Der Blutende wurde von uns Sanitätern mit der Tragbahre geholt und mit Hoffmannstropfen und Mullbinden in der Sanitätsstation behandelt. Einmal haben wir uns sogar eine Totenbahre gemacht, wie sie die Sanitäter zum gleichen Transport benützten. Aber da meinte meine Mutter, das ginge doch zu weit, und wir machten dieses Möbel wieder kaputt. Dazu hätten wir ja schließlich auch Tote gebraucht. Verletzte haben wir uns selbst gemacht. Aber so weit waren wir doch noch nicht fortgeschritten, dass wir uns Tote zum Spielen angeschafft hätten.

*

In dem Kapitel vom Feuerwerk habe ich schon erzählt, wie gerne ich »gegogelt« habe, wie meine Mutter in ihrem heimatlichen Sächsisch das Spielen mit dem Feuer nannte. Diese Vorliebe habe ich auch später behalten. Das Gasthaus ›Zum Feuerhaus‹ war das Stammlokal der freiwilligen Feuerwehr. Und als dort eines Sommers im August noch die Faschingsgirlanden von der Zimmerdecke hingen, meinte der Wirt Ludwig

Greiner: »Vale, da hast morgen glei a Arbeit. De tuast morgn alle oba und tuast as verbrenna!«

»Warum obadoa, des Zeug kemma doch glei drobn verbrenna!« Damit nahm ich ein Streichholz, stieg auf den Tisch und zündete die dünnen Papiergirlanden an. Im Nu stand die ganze Zimmerdecke in Flammen. Die in der Wirtschaft anwesenden Feuerwehrleute hatten gleichfalls an dem Feuerzauber ihre helle Freude. Nach fünf Minuten war die Gefahr vorüber.

*

Einmal hatte mein Ofen keine Zugkraft mehr. Ich ließ schnell meinen Hafner kommen. Warum der Mann so heißt, kann ich mir heute noch nicht erklären. Denn wenn ich einen Hafen hätte, der undicht geworden ist, müsste ich ja einen Hafner und nicht einen Spengler kommen lassen, um ihn zu löten. Und darum müsste der Hafner eigentlich Ofner heißen. Aber ich will keine negative Kritik üben. Der Hafner kam, riss das ganze Eingeweide des Schürloches auseinander, zündete eine kleine Kerze an und leuchtete damit im Ofenloch herum. Wie ich das gesehen habe, sagte ich zu dem Hafner: »Sie, gaukeln S' net mit offenem Licht in dem Ofen herum. Gebn S' ja Obacht, dass Sie mir nichts anbrennen!«

Anrüchiges

BÖLLER HABEN GEKRACHT. Vom Kirchturm schmetterten Trompeten in die Nacht. Aus den eisernen Fackelständern, die dutzendweise auf dem Mariahilfplatz aufgestellt waren, loderten dunkelgelbe Flammen zum Himmel empor. Denn eines der größten Feste, das die Münchener Au jemals erlebte – wahrscheinlich handelte es sich um das soundsovieljährige Bestehen dieser denkwürdigen Vorstadt oder so etwas Ähnliches –, wurde gefeiert. An der Seitenwand der Auer Kirche stand eine vielköpfige Musikkapelle mit einer großen Trommel. Und neben diesem Monstrum wollte ich einen Platz haben, denn ich wollte es ganz genau sehen, nicht nur hören. Aber der ganze Platz war so voller Menschen und nochmals Menschen – ich glaube, ganz München war da. Wie hätte ich kleiner Knirps diese Massen in Bewegung setzen sollen?

Da kam mir eine Idee: Schnell eine Flasche Schwefel-Ammonium! Das ist das stinkigste Zeug der Welt. Es riecht nicht nach Hyazinthen. Dieses starke Mittel kannte ich gut von zu Hause, wo wir es im Geschäft flaschenweise zur Desinfektion der Möbelwagen gegen Ungeziefer brauchten. Also ich holte eiligst eine ganze Flasche davon und wickelte sie in ein paar Zeitungen ein, rannte wieder hinüber auf den Festplatz, zwängte mich durch die Menschenmassen bis zur großen Trommel und führte hier das in diesem Falle nicht nur ruchlose, sondern zugleich höchst geruchvolle Attentat durch. Hinter meinem Rücken goss ich den ganzen Inhalt der Flasche an die Wand. Die Wirkung war furchtbar. Mit Murmeln begann es.

Dann mischte sich in das Lachen der Menge schon erbostes Schimpfen: »Ja, was ist denn des?« Mehr bekam ich nicht mit. Mir dämmerte plötzlich, was ich angestellt hatte. Ich machte mich schleunigst aus dem Staube, besser gesagt aus dem Gestank, und schlich mich heim ins Bett. Anderen Tags war ich ein eifriger, aber eisern schweigender Zuhörer aller Erzählungen von der Katastrophe. Der ganze Mariahilfplatz soll in der Tat eine ganze Stunde gestunken haben wie die Pest. Aus dem von mir verwandten Quantum von einem Liter der Essenz hätte man ja auch mindestens dreihundert kleine Gasstinkbomben herstellen können, wie man sie früher in Scherzartikelgeschäften kaufen konnte. Ein Täter wurde nie ermittelt. Warum? Gesehen hat's keiner, nur gerochen.

*

Unser verlockender Schwefel-Ammonium-Vorrat hat mir öfters ähnliche gute Dienste geleistet. So haben wir im Fasching des Jahres 1899 zu Hause einen Möbelwagen dekoriert zum Faschingsumzug. Tische, Stühle und ein Bierfass kamen hinein. Wir selbst saßen als Bauern maskiert darinnen. Und das Ganze hieß ›Gasthaus zum stinkenden Alisi‹. Mit diesem Fahrzeug reihten wir uns in den großen Faschingszug ein. An sich war dies alles gar keine besondere Attraktion. Aber die Hauptsache kam erst. Wir wollten unserem Firmenschild alle Ehre machen, und darum hatten wir für eine Vorrichtung gesorgt, durch die während der ganzen Fahrt Schwefel-Ammonium auslief und eine furchtbare Wirkung in Münchens Straßen zeigte. Der Wagen stank tatsächlich drei Stunden gegen den Wind, wie die Bauern sagen.

Sogar die Presse protestierte gegen unseren Einfall. In einer Münchener Zeitung konnte man lesen: »Unter den gelungenen Karnevalsfahrzeugen befand sich auch am Schluss ein Wagen, eine Bauernwirtschaft darstellend, der auf irgendeine Art einen bestialischen Geruch verbreitete. Von einem guten Witz kann hier keine Rede sein. Es war schon mehr ein grober Unfug. Das Festkomitee sollte beim Zusammenstellen eines Maskenzuges besser vorher seine Nase hineinstecken, um derartige Auswüchse in einem Faschingstreiben zu verhindern.«

*

Mit einer Klistierspritze ist der heilsame Zweck der Erleichterung verbunden. Das setzt allerdings voraus, dass die Ladung in das Innere des Menschen gerichtet wird. Nach außen beziehungsweise auf fremde, lebende Personen angewendet, vermag das Instrument lediglich Unheil zu stiften. Anfangs verwendete ich als Munition reines Leitungswasser. Da sich aber der Strahl, der harmlose Straßenpassanten traf, immer nur von einem Fenster des Falk-&-Fey-Hauses aus ergoss, war es nicht schwer, den Täter zu ermitteln. Das Spiel wurde nur so lange fortgesetzt, bis die Mutter die Klistierspritze versteckte. Aber findig, wie ein echter Lausbub eben ist, kundschaftete ich sie bald wieder aus, denn inzwischen war ich auf einen neuen Gedanken gekommen.

Wiederum wählte ich einen Sonntag hell und klar zur Ausführung des Anschlages. Schon am Morgen saßen in der Kothmüllerwirtschaft allerhand Leute beim Frühschoppen. Sie hatten sogar schon etwas über den Durst getrunken und waren sehr laut, was mich als Hausbesitzerssohn und Nachbar sehr ärgerte. Aber Rache ist nicht unsüß. Soeben hatte ich meine geliebte Klistierspritze wieder aus ihrem Versteck befreit. Diesmal zog ich aber kein reines Wasser, sondern mindestens einen Viertelliter reines Schwefel-Ammonium ein. Dann legte ich eine Leiter an unser Rückgebäude, kroch heimlich auf das Dach der Kegelbahn, die den Wirtshausgarten abschloss, und spritzte meine übelriechende Ladung unter die Gäste. Einen hatte ich sogar mitten auf den Kopf getroffen.

Schnell war ich wieder verschwunden – gesehen hatte mich niemand. Mit ahnungsloser Unschuldsmiene wartete ich auf die Dinge, die da kommen sollten. Und sie kamen. Mindestens dreißig Personen: Fuhrleute, Maurer und Auer Lukis. Vollzählig zogen sämtliche Bespritzte zornentbrannt in unseren Hof ein und huben ein wahres Haberfeldtreiben gegen mich an: »Saubande, dreckate! Das war niemand anders als der rote Fey-Batzi! Er hat uns a Odelwasser nübergschütt! Holt's ihn runter von der Wohnung! Na derschlagn ma den Hundsbubn!«

Unglückseligerweise reinigte unser Knecht Josef Neuberger zufällig gerade den Stall und hatte eben den Deckel der Düngergrube offenstehen. Das bestärkte die wütende Menge in ihrem Verdacht, dass sie mit unverfälschtem Odelwasser überschüttet worden sei. Und sie fielen über den armen Knecht her, der von meinem Attentat nicht die geringste Ahnung hatte.

Um ein Haar wäre es zu einer wüsten Schlägerei gekommen. Ich stand mit einem großen geladenen Armeerevolver hinter unserer Wohnungstüre im Oberstock und hatte den festen Vorsatz, den ersten niederzuschießen, der hinein will. Hinter mir rang die arme Mutter ihre Hände; aber auch sie ahnte nicht, was geschehen war. Bald darauf zog die feindliche Horde ab, nicht ohne unserem Knecht versichert zu haben: »Dawischen wenn wir ihn halt tun, d' Löffel reiß ma eahm raus.« Am Nachmittag sollte ein großes Fest im Volksgarten Nymphenburg sein, auf das ich mich schon die ganze Woche gefreut hatte. Aber nun fehlte mir doch die Schneid. Vor lauter Angst um meine zwei ›Löffel‹ habe ich mich an diesem Sonntag nicht mehr aus dem Haus getraut.

*

Wenn mein Vater Verstopfung hatte, wurde Pfarrer Kneipps Wühlhubertee, Stärke III, geholt. Es ist das Bitterste vom Bittersten. Bittere Mandeln sind einfach Sacharin dagegen. Mein Erzeuger dachte sich, Übel muss eben Übel vertreiben. Mit Todesverachtung nahm er einen Schluck. Er brachte ihn auch hinunter. Aber eine Minute später spie er bereits wie ein Gerberhund alles auf den Fußboden, was er bei der letzten Mahlzeit zu sich genommen hatte. Das ungewohnte Geräusch lockte mich an. Ich musste doch sehen, was Vater zugestoßen war. Aber angesichts dieser Bescherung spie ich ebenfalls unverzüglich wie ein Reiher. Das wiederum rief meine Mutter auf den Plan. Sie eilte besorgt herbei, konnte aber ihrem Schicksal ebenso wenig entgehen wie wir beiden Männer. Zuletzt erschien die Magd auf der Bild- oder besser gesagt auf der Speifläche und entrichtete ohne Zögern, aber offenbar ebenso unfreiwillig wie ihre Vorgänger, den gleichen Tribut an Kneipps wahrhaft unfehlbares Mittel. Ein solches Speien im Quartett habe ich seitdem nicht wieder erlebt.

*

Mit meinen Patentpralinen eigener Erfindung hätte ich auch Wirkungen der gleichen Prägnanz und Vehemenz erzielen können, wenn ich es darauf angelegt hätte. Ich hatte mir nämlich überlegt, dass man durchaus nicht nur auf die übliche Likörfüllung, ja nicht einmal auf die in Spielwarengeschäften für Juxzwecke erhältlichen Guatln mit Sägspäne- oder Essigfüllung zurückgreifen brauche, sondern dass man es auch einmal mit Lebertran versuchen könnte. Also ließ ich mir bei einem bekannten Konditor welche machen. Die Wirkung war eine so katastrophale, dass sie alle Erwartungen übertraf. Im Märzenkeller Hotel Stadt Wien stellte ich einen Karton auf den

Tisch, und schon sagte die Kassiererin, die mich bediente: »Ah, kann ich mir da ein Stück nehmen?« – »Selbstverständlich«, beeilte ich mich zu versichern – und flugs hatte das Fräulein schon eins in den Mund gesteckt. Aber ebenso schnell spie sie das ganze Zeug wieder aus, wobei ihr nicht nur das *Corpus delicti*, sondern auch ihr ganzes Mittagsmahl aus dem Gesicht fiel. Mein originelles Mittel hat nicht ein einziges Mal versagt und hat sich dutzendweis bewährt. Es war wirklich zum Kotzen, in des Wortes wörtlichster Bedeutung.

Einmal hat es auch mich erwischt. Da habe ich einen Gestank erlebt, dass mir selber das ganze Kindsmus hochkam wie noch nie. Es muss eben doch eine ausgleichende Gerechtigkeit geben ... Man hätte an das schöne Lied denken können: »In der Sommernacht, in der Sommernacht, wo so süß die Lüfte wehn.« Immerhin war es heller Tag, als ich mit meinem Freunde, dem Pianisten Lorenz Fischer, einmal in der Nähe des Isartalbahnhofes im Wald spazierenging. Plötzlich stieg uns ein Lüftchen in die Nase, dass wir mit den Nüstern zu schnüffeln begannen wie nicht gescheit. Wir fragten uns, ob die Pest ausgebrochen sei, vorausgesetzt, dass sie stinkt, wie das Sprichwort sagt.

Im faustischen Drang nach Gewissheit gingen wir der Seuche entgegen. Nach kaum hundert Metern kamen wir an eine Waldlichtung. Und dort bot sich uns Entsetzliches. In der tropischen Sonnenhitze lagen hier mindestens zehn große Kisten voll von verdorbenem Limburger Käse auf dem Rasen. Wie Lava aus einem feuerspeienden Berg quoll die flüssige ›Letten‹ zwischen den Kistenbrettern hervor und überzog Gras und Kraut mit eklem Schleim. Millionen von Fliegen saßen und schwirrten auf der dampfenden Masse umher. Es war ein in seiner Schrecklichkeit großartiger und unvergesslicher Augenblick für Augen und Nasen. Seitdem fällt es mir schwer, Limburger Käse noch als Nahrungsmittel zu betrachten. Selbst in meinen schwersten Alpträumen verfolgt mich sein fürchterlicher Duft noch heutigentags.

Lumpereien

ES SPUKT! Es geht um! So hieß es 1896 einmal in der Au. In der Asamstraße waren in einer Wohnung Kohlenstückchen durchs Fenster geflogen, ohne dass jemand anwesend war. Ein Pfarrer wurde geholt und besprengte alles mit Weihwasser. Nach ein paar Tagen kam die Sache auf: Ein kleines Mädchen hatte aus einem Versteck Kohlenbrocken geworfen. Natürlich war das für uns Auer Buben eine Anregung.

Eines Tages hängte ich in unserer Küche alle möglichen Geschirre auf Herd und Tisch mit feinen, fast unsichtbaren Zwirnfäden aneinander, die ich quer durch den Raum spannte. Dann holte ich das Fräulein Florian, das neben uns wohnte und eine sehr fromme Person war. Als ich ihr sagte, dass es bei uns spukt, meinte sie, man müsse sofort den Pfarrer holen. Aber das tat ich nicht, sondern ging zu Frau Tesar, einer anderen Hausgenossin. Sie war beherzt und voller Schneid und meinte: »Wo spukt's? Des möcht i sehgn! Des is ja a Unsinn, und Geister gibt's überhaupt koane.« Festen Schrittes betrat sie die dämmrige Küche. Aber kaum berührte sie die vielen Fäden, fing das Geschirr an, lebendig zu werden. Mit einem Aufschrei stürzte sie aus der Gespensterkammer. Gleichwohl wurde die Wahrheit alsbald ruchbar. Immerhin hatte ich die Genugtuung, zu wissen, wie viele Erwachsene noch so dumm sind und an Geister glauben, worüber ich mich mit meinen fünfzehn Jahren schon weit erhaben glaubte.

*

Mit meinem Respekt vor den Erwachsenen war es überhaupt niemals weit her. Zu uns kam öfters ein Tapeziermeister aus der Lilienstraße, der unsere Möbelwagen auspolstern musste. Er war besonders stolz auf seinen Panamastrohhut. Behutsam legte er das Prachtstück während seiner Arbeit auf einen kleinen Handwagen im Hof und stieg in den Möbelwagen. Neben seiner Kopfbedeckung hatte er zufällig ein Paket kleiner Tapezierernägel und einen Hammer liegenlassen. Kaum hatte ich das heraus, als ich anfing, die Hutkrempe ringsherum auf den Wagen festzunageln. Einen Stift neben den anderen schlug ich akkurat und gründlich ein. Dann verzog ich mich in den dritten Stock des Vorderhauses, wo ich am Stiegenfenster meinen Beobachtungsposten bezog. Endlich kam der Meister aus dem Möbelwagen gekrochen, zwirbelte sich gravitätisch seinen Schnurrbart in die Höhe, zog die Joppe an und ergriff mit schwungvoll fester Hand seinen Panama, von dem er allerdings nur den Kopf in der Hand hatte, denn die Krempe war dank der vielen Nägel am Rand auf dem Wagerl haftengeblieben. Mein armer Vater musste einen neuen Hut kaufen; aber er hat dazu gelacht, wie immer, wenn ich etwas angestellt hatte. Meine Mutter freilich schimpfte mich aus; aber das hielt mich nicht ab, mich auf eine neue Lumperei zu besinnen.

*

Eines Tages fanden wir in einem Möbelwagen ein altes Rehgehörn; und da wir wussten, dass der Herr Altenschöpfer, ein pensionierter Eisenbahnoberkontrollor mit Vollbart, Kontrabassorgan und ständiger schlechter Laune, der in unserem Haus wohnte und daher von mir viel auszustehen hatte – besonders gern ratterten wir mit Höllengepolter unter seinem Fenster mit einem Handwagen vorbei, wenn er nach dem Essen sein Mittagsschläfchen hielt –, dass also dieser Griesgram solche ›Jagderinnerungen‹ sammelte, sannen wir auf einen Streich. Wir gruben in der Wagenremise in den ungepflasterten Boden ein knietiefes Loch, füllten es mit weichem, dünnem Straßendreck, deckten darüber eine alte Glasscherbe, bedeckten sie mit Sand, und die Grube war nicht mehr zu sehen. Nun hingen wir das Rehgehörn an die Holzwand vor die Falle. Ich rief Herrn Altenschöpfer, er möchte sich die Trophäe holen. Er stürzte herbei und streckte beide Hände nach ihr aus. Aber da brach das Glas, und er versank in dem Schmutz der Grube. Geschimpft hat er ja nicht schlecht. Aber uns Buben hat er doch nicht erwischt, denn wir versteckten uns in einer Höhle auf dem Heuboden, die nach allen Streichen unser sicherster Schlupfwinkel war.

*

Abends um sechs musste ich alle Tage meinem Vater im Maßkrug Bier holen beim nahen Wirt ›Zur goldenen Ente‹. Einmal war ich den ganzen Nachmittag an der Isar beim Fischen, und vom Auer Kirchturm schlug es schon sieben, als ich, nichts Gutes ahnend, nach Hause schlich. Auf einmal sah ich den Niedermeier Ludwig, einen Kameraden von mir, mit unserem vollen Maßkrug daherkommen. Sogleich frug ich ihn ängstlich: »Hast du meim Vater 's Bier gholt?« – »Ja«, meinte er, »geh nur grad net hoam, dei Vater is grimmi.«

Ich nahm meinem Freund den Maßkrug aus der Hand, tat einen kräftigen Schluck und versetzte: »Sagst zu meim Vata, i hab amal davon trunken, weil i so Durst ghabt hab.« Der Ludwig ging, wie ich ihm befohlen hatte, nicht ohne Staunen über meine Tollkühnheit, und richtete die Botschaft aus.

Eine halbe Stunde später begab ich mich ins elterliche Heim. Mein Vater sah sich selbst nicht mehr ähnlich und hatte die Gebärden eines feuerspeienden Drachen angenommen. »Ja, da bist du ja, Mistbua ausgschamta! Den ganzen Nachmittag gehst net hoam, 's Bier muass mir a anderer holen, und na lasst du mir an schöna Gruaß ausrichten, dass du vom Bier gsuffa hast!« Mehr habe ich nicht verstanden, weil ich mich bereits wieder vom Elternhaus entfernt hatte, bis mein Erzeuger ins Wirtshaus ging. Meine Mutter aber meinte: »Nee, ach Goddchen, nee, das war aber ooch e freches Schdiggchn von dir! Der Babba war richdch beese uff dich!«

*

Ein technisch höchst wirkungsvolles Spielzeug war das sogenannte Feuerholz. Seinen Namen hatte es davon, dass man einem Nichtsahnenden, dem man es in die Hand gab, weismachte, dass es heiß werde, wenn man längere Zeit mit der Fingerspitze darauf drückte. Natürlich stimmte das nicht, sondern statt der Hitze entsandte der Apparat eine feine Nadelspitze in den Finger desjenigen, der ihn lange und fest genug darauf hielt. Ob dieses herrliche Kinderspiel aus der Nürnberger Folterkammer stammt, weiß ich nicht genau, möchte es aber fast annehmen.

*

Einmal hatten wir in unserem Stall nach längerer Jagd eine große Ratte erlegt, so groß wie eine junge Katze. Wir wickelten sie in feines Seidenpapier und legten sie vor dem Hause auf den Fußweg, als sei es ein Paket, das irgend jemand verloren hatte. Dann versteckten wir uns hinter der Ecke und lauerten auf den glücklichen Finder. Ausgerechnet heute kam als Erste eine in der ganzen Au bekannte nervenleidende Frau daher; und der Schreck, dass gerade diese Unglückliche dies Paket finden würde, fuhr uns in die Glieder. Aber zum Zurückholen war es schon zu spät. Voller Freude lief das arme Wesen auf das Paket zu, machte es auf und ließ es mit einem furchtbaren Schrei gleich wieder fallen. Wir rissen aus wie die Windsbraut, und es war uns recht jämmerlich zumute über unsere Heldentat.

*

Einmal hing ich alle Möbelwägen, die in unserer Remise standen, mit Ketten zusammen. Als am nächsten Morgen der Fuhrknecht einspannte, zog er nicht nur das erste Fahrzeug mit, sondern auch die anderen vier Stück. Da aber bekanntlich kein Möbelwagen auf Schienen läuft wie die Eisenbahn, nahm jedes Vehikel seine eigene Richtung, und gleich krachte das Gebälk, dass es nur so eine Art hatte. Da merkte der Fuhrmann die Bescherung. Aber es war zu spät – und auf den Übeltäter brauchte er sich auch nicht lang besinnen, sondern wusste gleich: »Des hat wieder der Bua gmacht.«

*

In der Lilienstraße am Kreuzplatz war ein Bäckerladen. Sooft mich der Weg dort vorbeiführte, schrie ich immer zur Ladentüre hinein: »Bäckerpatzn, kannst ma 's Loch auskratzn!«

Damit meinte ich natürlich ein Nasenloch. Dieses Manöver wiederholte ich oft mehrmals am Tag, und die Bäckerin, der Meister und die Gesellen hatten eine Sauwut auf mich und schworen mir Rache, sofern sie mich einmal erwischen würden. Der Erfolg feuerte mich erst recht an. Einmal hatte ich mich wieder auf Zehenspitzen an der Häuserfront entlang zum Laden geschlichen und aus Leibeskräften meinen Spruch geschrien, worauf ich wie der Wind um die Hausecke sauste, aber zum Unglück dem Bäckermeister direkt mit dem Kopf in den Bauch. Der Schreck verschlug ihm den Atem – und bis er wieder zu sich kam, war ich schon verschwunden.

*

Unter unseren Nationalspeisen, als da sind Bärendreck, Süßholz, Oblatenabfall, Waffelbruch und Minzenkugeln, waren die sogenannten ›essbaren Gummischlangen‹ sehr beliebt. Sie hatten eine hellrosa Farbe. Daher waren sie weniger zum Vernaschen willkommen, als wegen des Ekels, den wir damit unwissenden Menschen einflößen konnten. Wir rissen die Schlangen in der Mitte auseinander, machten sie nass, steckten jedes der beiden Enden in ein Nasenloch und ließen sie lustig herunterbaumeln.

Ich kann versichern, dass es eine wirklichkeitsgetreuere Nachahmung der sogenannten Rotzglocken nicht gibt. Wenn wir an den Leuten vorbeikamen, schleckten wir mit der Zunge an den Gummischlangen und ergötzten uns an dem Abscheu der Zuschauer. Voller Stolz quittierten wir den Zuruf »Ihr Drecksäu!« und ließen uns den ›Rotz‹ desto besser schmecken.

*

Die seltenste bayerische Briefmarke ist die schwarze Einser. Sie kostete 1894 achtzehn Mark. Heute ist ihr Katalogpreis in die Hunderte gestiegen. Fast jeder von uns Schulbuben war Briefmarkensammler, und mit Bayern zuerst komplett zu sein, war Ehrensache. Freilich fehlte stets die schwarze Einser, denn ihr Preis war für uns unerschwinglich.

Am Isartor waren in einem Zeitungskiosk Briefmarken ausgestellt und darunter auch die berühmte seltene Marke, die wir alle so gern gehabt hätten. Auf dem Schulweg blieben wir jedesmal vor der Rarität hinter dem Fenster stehen, und nichts entging unserem Scharfblick. Unter jeder Marke stand mit Bleistift klein geschrieben der Preis, unter der Einser eine 18 und dahinter Punkt, Strich. Manchmal war statt des Zeitungshändlers eine ganz alte Frau, wahrscheinlich seine Mutter, anwesend. Das brachte mich auf einen Gedanken. Da der Preis unter den Marken so klein geschrieben, die Frau aber schon sehr alt war, würde sie wahrscheinlich schlechte Augen haben, und vielleicht könnte ich ihr darum die schwarze Einser abluchsen.

An einem Nachmittag ging ich nach der Schule allein zu ihrem Stand, nachdem ich mich überzeugt hatte, dass der Händler nicht da war. Wie ein gelernter Unschuldsengel sagte ich: »Bittschön, ich kriag de Briefmarken um achtzehn Pfennig«, und legte achtzehn Pfennige hin. Die Frau nahm den ganzen Bogen mit den vielen Marken vom Fenster, und schon hatte ich meinen Finger auf der Preisauszeichnung. Sie konnte nur die Achtzehn lesen, Strich und Punkt deckte ich zu. Aber ich hatte nicht bedacht, dass die alte Frau eine Riesenlupe nahm und sofort sagte: »Naa, Kloaner, de kost net achtzehn Pfennig, sondern achtzehn Mark.« Mein erster Betrugsversuch war schmählich gescheitert.

*

Im Katechismus steht geschrieben: Du sollst nicht stehlen! Wenn ich mich an dieses Gebot gehalten hätte, hätte ich mir eine riesige Ohrfeige erspart. Denn ich hatte gemeint, dass man es mit einem kleinen Stückchen Eis nicht so genau nehmen brauche. Der Eisfuhrmann war anderer Meinung, und er schrieb damals in der Weißenburger Straße vor dem Gasthaus ›Zur Stadt Orleans‹ eine so kräftige Handschrift, dass mir bis heute zur Erinnerung ein Gehördefekt geblieben ist.

*

Einmal bekam ich einen neuen Freund, der Lehrling in einem elektrotechnischen Geschäft war. Das kam mir gerade recht, denn nun konnte ich meine Lumpereien, von denen ich stets einen Vorrat im Kopf hatte, elektrisch betreiben. Glühlampen wurden gekauft, Akkumulatoren, Induktoren, Elektrisiermaschinen gebastelt und Pulverminen in der Isar elektrisch durch Fernzündung ausgelöst. Kurz, das elektrische Zeitalter war über uns hereingebrochen.

Eines Tages machten wir einen großen Induktor mit Stanniolpapier und hefteten an mehrere Messingtürschnallen feine Haardrähte, die wir in unsere Station, meine Werkstätte, wieder zurückleiteten. Mein wohlbewanderter Freund schüttete an der Tür Wasser auf wegen der Erdleitung; der Kontakt war eine grobe Feile, welche an dem Induktor befestigt war; den anderen Draht hatte ich in der Hand; als Stromquelle diente ein Acht-Volt-Akkumulator.

Nun lauerten wir auf den ersten, der die Türklinke in die Hand nahm. Die Mutter, die gerade vom Einkaufen kam, wurde aus Nächstenliebe verschont, obgleich sie drangewesen wäre, und ließ, da sie von unserer Gaunerei nichts wusste, die Türe offenstehen. Ich eilte gleich durch den langen Hof, um sie wieder zu schließen, hatte aber nicht daran gedacht, dass mein elektrischer Freund ein großer Bazi war. Ich bekam ein paar ordentliche elektrische Schläge dabei, dass ich meinte, ich müsse vor Schmerz zusammenbrechen.

Wütend ging ich in die Sendestation zurück und wollte meinem Freund eine gehörige ›stieren‹[11].

Aber dann fiel mir ein, dass ich mich ja mit der gleichen Waffe an ihm rächen konnte, und ich machte gute Miene zum bösen Spiel.

Wir brauchten nicht lange auf der Lauer liegen, denn schon kam der Briefträger. Er greift nach dem Türgriff – ein Schrei! Sämtliche Briefe fallen zur Erde. Der Arme hatte in einer Sekunde so viele elektrische Schläge erhalten, als auf der Feile Rillen waren. Er war wie vom Blitz getroffen, ahnte aber nicht, woher der Segen kam, denn unser Draht war so fein wie ein Haar und daher nicht zu sehen. Wir schlossen die Tür wieder, aber diesmal isoliert mit einem fünffach zusammengelegten Taschentuch, und spähten nach einem neuen Opfer aus. Der Tesar Fritzl, ein kleiner Bub mit acht Jahren, erhielt drei Feilenrippenschläge, die vollkommen genügten, um ihm einen heftigen Schrei zu entlocken.

Wir haben den armen Kerl auch noch ein andermal als Versuchskaninchen missbraucht. Unter irgendeinem Vorwand wussten wir ihm eine kleine Messingkette um den Fuß zu zaubern und ließen ihn dann seine Beine in das Springbrunnenbassin hineinhängen, um zu sehen, wie lange er's im eiskalten Wasser aushalten könne. Der Fritzl tat arglos, was ihm befohlen wurde. Aber kaum hatte er den ersten Fuß im Wasser, als er sich schon vor Schmerzen krümmte, denn wir hatten ja das Wasser elektrisch geladen. Schleunigst zogen wir ihn heraus und waren froh, dass er keinen Schaden genommen hatte. Dafür haben wir lebendige Frösche richtig elektrisiert. Und was wir sonst noch alles mit dem elektrischen Strom angestellt haben, weiß ich gar nicht mehr.

Lehrbubenstreiche

»HANDWERK HAT EINEN GOLDENEN BODEN«, hat mein Vater gemeint, als er mich nach der Schulzeit zu einem Schreinermeister in die Lehre gab. Er hieß Hallhuber und hatte seine Werkstatt in der Weißenburger Straße 28. Wenn wir da samstags abends sechs Uhr, denn so lange wurde gearbeitet, auf die wöchentliche Lohnzahlung warteten, machten wir drei Lehrbuben allerlei Gaudi, um den sechs Schreinergehilfen die Zeit zu vertreiben.

Ich hatte es dabei besonders wichtig; ich läutete gegenüber an den Haustürglocken, und wir freuten uns diebisch, wenn die Leute zum Fenster hinausschimpften.

---

[11] *stieren (bayr.; österr.): jemandem eine kräftige Ohrfeige verpassen*

Da ging am Bürgersteig gegenüber mit aufgedrehtem Schnurrbart, vor Würde platzend, ein Gendarm langsamen Schrittes vorbei, und noch dazu einer, der in ganz Haidhausen am meisten gefürchtet war. Ich warf mich in die Brust und sagte zu den Gesellen: »Dem pfeif ich jetzt eins!« Dann nahm ich meinen Finger ins Maul, blitzschnell ertönte ein schriller Pfiff, wie von einer jungen Lokomotive, und gleich darauf hatte ich die Hand wieder in den Hosentaschen, als wäre nichts geschehen. Dies Manöver wiederholte ich öfters. Aber als ich wieder einmal den Finger in den Mund steckte, drehte sich das Auge des Gesetzes mit ungeahnter Behändigkeit blitzschnell um, und nun wusste er, wer ihm gepfiffen hatte. Spornstreichs kam er über die Straße auf mich zu und schimpfte mich vor den Gesellen so zusammen, dass ich zitterte wie Espenlaub. Ein ganz gemeiner Saubengel sei ich, schrie er, und da hatte er auch vollkommen recht.

Ein andermal besichtigte unser Meister samstags nach Feierabend die zusammengeräumte Werkstatt, in welcher sich nur noch die beiden Lehrbuben Valentin Fey und Michael Maurer befanden. Am Wochenende hatten wir immer zum Samstagvormittag den frisch abgekochten Kölner Leim in den dafür bestimmten Blechhafen *[Blechtopf]* zu schütten, damit er abends gesulzt war und in Würfel geschnitten werden konnte. Das hatten wir in der Frühe vergessen und erst spät am Nachmittag nachgeholt. Trotzdem hatte dieser Leim schon nach zehn Minuten eine Haut bekommen, wie die Milch, wenn sie abgekocht ist, sodass man nicht sehen konnte, ob der Leim schon hart oder noch weich war.

Der Meister, der sich jeden Samstagabend in seinen Verein begab, hatte sich dafür schon in höchste Gala geworfen. Natürlich meinte er, dass der Kölner Leim schon fest geworden sei, und fuhr mit der Hand in den Leimhafen, um seine Härte zu prüfen. Da er aber keinen Widerstand fand, geriet er unfreiwillig tief in den Topf hinein, bis auf den Boden. Sein Ärmel und sein feiner Sonntagsanzug waren erbärmlich zugerichtet. »Michel! Valentin! Ihr Saububen! Warum habt ihr mir nicht gesagt, dass das Zeug noch weich ist? Gleich wischt ihr mir den Batz ab!« Wir mussten nun dem Meister mit Holzspachteln die zähe Schmiere abkratzen, durften aber dabei nicht lachen. Ich sage Ihnen, uns hätte es beinahe zerrissen!

*

Wenn unser Werkmeister Schwarzfischer bei der Brotzeit eine resche Semmel zuerst ›zerdätschte‹, indem er sie mit den Fingern zusammendrückte, und dann ins Maul schob und herunterbiss, lief mir immer das Wasser im Mund zusammen. Denn wenn man jemandem zusieht, dem es schmeckt, bekommt man Appetit. Und weil man die Untugenden des lieben Nächsten leichter nimmt als seine Tugenden, machte ich's bei der nächsten Brotzeit genauso. Aber mir erging es anders. Ich biss nicht bloß die Semmel mitten entzwei, sondern auch einen riesigen Küchenschwaben, der sich beim Bäcker in den Teig geflüchtet hatte ... Seit dieser Zeit seziere ich jede Semmel in Atome.

Aber die Vergeltung ließ nicht auf sich warten. Kaum war der Werkführer in den Holzschuppen nebenan gegangen, um etwas auszumessen, sannen wir Lehrlinge auf Rache. Der Alois Greger und ich nahmen einen Pappendeckel her, bogen ihn in der Mitte zu einer Rinne zusammen und füllten Werkstattstaub und Sägespäne hinein. Dann klemmten wir die Schmutzbombe so in die Werkstatttür, dass der nächste Eintretende die ganze Bescherung auf den Kopf bekommen musste.

Andächtig warteten sämtliche Gesellen und Lehrbuben auf diesen Moment der Genugtuung. Aber im letzten Augenblick trat statt des Werkmeisters der Prinzipal selbst ein – und die ganze Ladung fiel auf den Falschen. Der Richtige erblickte nur, was ihm gegolten hatte.

*

Da mein Vater durchaus kein Feind des Alkohols war, hatte er wieder einmal einen Riesenrausch persönlich mit nach Hause gebracht. Meine gute Mutter war bei solchen Anlässen immer sehr betrübt, und ich als Sohn kam dabei meistens ziemlich in Wut, denn unser Familienoberhaupt war im dritten Rauschstadium nicht gerade liebenswürdig.

Ich beschloss daher, den ihm so schädlichen Alkohol mit der Zeit eigenhändig auszurotten, und begann mit einer Flasche Zwetschgenwasser von Vaters Lieblingsmarke, die ich aus unserem häuslichen Keller entführte. Dort vertilgten mein Freund Josef Dönzl und ich in nicht ganz fünfzehn Minuten dieses schädliche Feuerwasser. Mit einer brennenden Petroleumlampe stieg ich noch über die Stiege in den ersten Stock, und meine letzten Worte waren: »Was da Vata ko, konn i aa!« Dann wurde ich bewusstlos ins Bett gelegt und soll nach Aussage meiner Mutter nur durch die Hilfe des Arztes am anderen Tage wieder zum Leben erwacht sein. Mein Freund hingegen ist mit diesem schweren Rausch noch aufs Rad gestiegen und auf die Schwanthalerhöhe nach Hause gefahren. Dann erging es ihm wie mir. Auch er ist einen Tag bewusstlos im Bett gelegen. Mein Racheakt aber war gelungen und das Sprichwort sagt: Der Apfel fällt nicht weit vom Baum.

*

Überhaupt habe ich mit dem Spiritus immer Glück gehabt. Wie viele Menschen sind zum Beispiel schon dadurch verunglückt, dass sie in unverzeihlichem Leichtsinn, wie es in der Zeitung heißt, Spiritus in den Ofen nachgeschüttet haben. Wenn ich an meine Lehrzeit denke, frage ich mich immer, wie das kommt; ob es früher an einer anderen Sorte Spiritus gelegen hat? Jedenfalls habe ich in meinen drei Schreinerlehrjahren mindestens zwanzigmal aus einer großen Korbflasche Spiritus in die Flammen geschüttet, und nie ist etwas passiert.

Wir hatten sogar einen Gesellen, der Feuer spucken konnte. Aber das habe ich nur einmal probiert, mit Petroleum. Es war schrecklich, aber beileibe nicht wegen der Feuersgefahr, sondern wegen dem üblen Geschmack. Stundenlang hat es mich hinterher gewürgt.

Einen Gehilfen hatten wir, der konnte eine Maß Bier auf einen Schluck austrinken. Auch das habe ich probiert und war darauf drei Tage krank. Während unserer Brotzeit wurde ›Bock geschlagen‹. Da sausten kräftige Gesellenfäuste auf mein zartes Rückenende hernieder, dass ich oft kaum gehen konnte.

Aber was a rechter Lehrbub is,
Der halt was aus.

*

Eine der schwierigsten Arbeiten des Schreinerhandwerkes ist das Furnieren. Wir nahmen große, heißgemachte Zinktafeln dazu, und mancher Arbeiter hat sich dabei schon richtige Brandwunden zugezogen. Mit einem Gesellen namens Schlegel, dem Schwaben, dem ich einmal die sämtlichen Hundescharen Haidhausens an die Fersen geheftet hatte, wie sich der Leser erinnern wird, war ich eines Tages dabei, eine solche heiße Zinkplatte vom Ofen abzuheben. Aber sie war dermaßen glühend, dass sie mich sogar durch die dicken Lederhandschuhe sengte, so dass ich sie gleich wieder fallen ließ. Das brachte meinen Arbeitskollegen so aus der Fassung, dass er auch ausließ und mir voller Wut einen Stoß auf die Brust gab, sodass ich in die Hobelspankiste fiel. Zornentbrannt kroch ich heraus, vergaß völlig, dass ich Lehrling und er Gehilfe war, ergriff ein Stemmeisen von der Hobelbank und holte aus, um es Herrn Schlegel in die Brust zu rennen. Da sprang im letzten Moment ein anderer Geselle herbei, fasste mich am Arm und hat damit vielleicht meinen ersten und einzigen Mord verhindert. Der wackere Schwabe aber forcht sich nit und packte mich gewaltig, hob mich in die Luft und warf mich wie einen Fetzen abermals in eine Kiste. Vielleicht hätte er mich mit seinen Fußtritten nun seinerseits zerdätscht, wenn nicht die anderen Gesellen dazwischengesprungen wären. Das goldene Handwerk hat auch seine Schattenseiten.

*

Denn das Unglück schreitet schnell. Noch schneller aber sauste der Bretterwagen hinunter, auf dem wir zwei Schreinerbuben saßen und den Tod vor Augen hatten. Zum Glück war während dieser Wahnsinnsfahrt kein Fuhrwerk und keine Straßenbahn zu sehen. Unser Fahrzeug hatte sich zufällig in den Straßenbahnschienen verfangen, und sein Tempo wurde dadurch noch sehr beschleunigt. Wie die wilde Jagd brausten wir vom Bürgerkeller den Berg hinunter bis zum Ende der ersten Isarbrücke, wo heute der neue Museumsbau auf der Kohleninsel steht. Wäre gerade eine Trambahn gekommen, hätte meine Lehrzeit und sonstige glanzvolle Laufbahn ein vorschnelles Ende genommen. Aber mein Schutzengel hat auch diesmal seine Schuldigkeit getan.

Alle Sonntage kamen wir junge Bürscherl im ›Café Reichshof‹ auf der Wörther Straße beim Billardspielen zusammen. Einmal kam ich absichtlich eine Stunde früher als die anderen, um sämtliche Queues mit Juckpulver zu präparieren. Nur mein eigenes verschonte ich. Dafür streute ich meinen Juckstaub auch auf den Rand des Billardtisches. Mit ernster Unschuldsmiene harrte ich dann der Dinge, die da kommen sollten. Meine Freunde erschienen; es wurde Kaffee getrunken, und dann konnte das Spiel beginnen. Es dauerte nicht lange. Einer nach dem andern legte seinen Stab hin, denn es konnte keiner mehr vor Jucken spielen. Der Attentäter wurde bald ermittelt, und künftig ging jedem Spiel eine hochnotpeinliche Untersuchung voraus; denn ein gejucktes Kind scheut das Pulver.

Herzens Lust

DAMALS UM DIE JAHRHUNDERTWENDE war das Gigerltum[12] große Mode.

> *Gigerl sein,*
> *Das ist fein,*
> *Gigerl kann nicht jeder sein!*

sang die ganze Welt und trug weite Hosen, spitze Schuhe, kurzes Sakko, Knopfstieferl, hohe Eckenkragen, dicken Stock, steifen Hut mit flacher Krempe, Zickzackfrisur – und wie die Alten sungen, so zwitscherten die

---

[12] *Gigerl: (bayr.; österr.): Modeverrückter, ›Geck‹, Angeber*

Jungen. Piekfein schlichen wir Auer alle Sonntage zur Tanzmusi beim Stadtwirt, zum Linksumadrahn und zum ›Frassäh‹[13]. Ich kann es mit Sicherheit behaupten, dass die damaligen Tänze mehr Leben in die Bude brachten als das heutige Tango-, Foxtrott- und Rumba-Gewerkel. Ein Glück, dass ich damals jung war und es heute nicht mehr zu sein brauche.

Mein erstes Schäferstündchen freilich habe ich verschlafen. Als ich sechzehn Jahre alt war, hatte ich ein Verhältnis mit einem Mädchen in genau dem gleichen Alter, und weil wir zusammen zweiunddreißig Lenze zählten, glaubte ich bereits längst majorenn[14] zu sein. Wir wählten zu unserem mitternächtigen Rendezvous einen Möbelwagen.

Und milde sang die Nachtigall
Ein Liedchen in die Nacht:
Die Liebe, ja die Liebe
Ist eine Himmelsmacht.

Aber ehe sie ausgesungen hatte, lagen wir schon in Morpheus' Armen, und als am frühen Morgen die Hähne krähten und unser Fuhrmann den Möbelwagen anspannte, fuhr er uns Siebenschläfer ahnungslos zum Hof hinaus. Nun war aber der polternde Möbelwagen beileibe keine Luxusequipage und rüttelte uns schnellstens wach. Allmählich dämmerte es mir, in welch peinliche Situation wir gekommen waren. In der Entenbachstraße bei der Isarbrücke, wo heute das Müllersche Volksbad steht, ließ ich meine Angebetete zum Möbelwagen hinaus, und bald kroch ich hinterher. Ob uns jemand gesehen hat, weiß ich nicht. Denn wir haben beide unsere Augen nicht vom Boden weggebracht, als wir jedes einzeln der heimatlichen Klause zuschlichen, so sehr schämten wir uns.

*

Einst liebte ich ein Mädchen, und auch das Gegenteil war der Fall: sie liebte mich wider. Aber nicht etwa, weil ich eine ausgesprochene Schönheit gewesen wäre, sondern weil ich so ein Gaudibursch war. Sie schwärmte für jede Viecherei. Sobald sie mich nur sah, lachte sie schon. Und was ich auch mit ihr anfangen mochte – sie lachte immer. Gelacht hat sie sogar, als ich ihr einmal ihren neuen Strohhut so unsanft auf einen Kleiderhaken stülpte, dass der ganze Kopf hinausflog und das Prachtstück zerfetzte. Kurzum, sie verstand Spaß, wenn es auch eine Sachbeschädigung war. Dennoch habe ich

---

[13] *Frassäh: aus dem Französischen abgeleitet: contredance française, lustiger bayr. Volksdrehtanz*

[14] *volljährig, erwachsen*

sie nicht geheiratet, und kurz darauf ging sie mit einem Kapellmeister in die Schweiz durch, sodass ich mir ein anderes Mädchen zum Lachen suchen musste.

*

Immerhin, gänzlich unempfindlich für weibliche Reize war ich durch diese Jugendsünde keineswegs geworden. Bei meinem Meister Hallhuber mussten wir Lehrlinge alle Tage Brennholz machen in seinem Keller. Neben unserem Hause war eine Drogerie mit großer Kundschaft. Und wenn wir zum Kellerfenster hinaus gen Himmel schauen wollten, wie das Wetter wird, stand oft gerade irgendein dummes Frauenzimmer auf dem eisernen Rost davor und versperrte uns die ganze Aussicht, sodass wir den Himmel völlig vergaßen.

*

Geheiratet habe ich dann trotzdem. Und wenn meine gute Frau nicht so oft über mich gelacht hätte, hätte sie weiß Gott nichts zu lachen mit mir gehabt! Als wir einmal in Starnberg dem ›Nordexpress‹ entstiegen waren, ging ich schnell noch einmal zu unserem Abteil zurück und schaute zum Fenster hinein. Mein Weib frug mich: »Was ist los?« – »Nichts ist los, ich habe nur vorsichtshalber in das Coupé hineingeschaut, ob ich auch wirklich ausgestiegen bin!«

*

Schon seit meiner Kindheit, als ich zehn Jahre alt war, hatte ich für dicke Frauen etwas übrig. Warum, weiß ich nicht. Wenn mich meine Onkel und Tanten im Scherz fragten: »No, Valentin, wen heiratest denn du einmal?«, gab ich prompt zur Antwort: »Eine ganz dicke Frau!« Diese Leidenschaft ist mir glücklicherweise geblieben, denn noch heute nach fünfzig Jahren habe ich den gleichen Geschmack. Für mich geht die Schönheit einer Frau erst mit zwei Zentnern an.

Es ist mir neulich passiert, dass ich einer Dame ziemlich frech auf offener Straße mit flacher Hand auf das Rückgebäude klopfte, wozu ich meinte: »Grüß Gott, Frau N.!«

Aber Irren ist menschlich. Es war nämlich leider gar nicht die Frau N., sondern eine mir gänzlich Unbekannte. Sie sah nur von rückwärts der Frau N. so ähnlich wie ein Ei dem andern.

Dafür habe ich mich ein andermal zum Fasching mit einem buchstäblich undurchdringlichen Keuschheitspanzer umgürtet. Es hatte geheißen: »Der Maskenball der Kammerspiele findet im Deutschen Theater statt – die originellste Maske erhält eine Prämie von hundert Mark!«

Dieses Geld spürte ich schon in meiner Brusttasche: denn das originellste Maskenkostüm hatte ich – einen Taucheranzug. Als Taucher ist doch sicher noch niemand auf den Maskenball gegangen. Und ich ging. Aber es wurde eine Enttäuschung.

Was für eine Arbeit es ist, einen Taucheranzug anzuziehen, das weiß nur ein Taucher. Eine volle Stunde arbeiteten zwei Personen an mir, bis der Taucheranzug, der aus einem Stück gearbeitet ist, endlich saß. Zum Halsloch muss der ganze Körper bis auf den Kopf hineingesteckt werden, und als dies geschehen war, setzte man mir den Helm auf, der mit einem Schraubenschlüssel an dem Metallring des Halsauslaufes befestigt wurde. Man hängte mir noch verschiedene schwere Luftapparate um, zog mir außerdem noch dreißig Pfund schwere Bleisohlenschuhe an, und ich stand fix und fertig als Tiefseetaucher in der Garderobe des Deutschen Theaters. Im dritten Stock!

Dass wir zum Anziehen eine Garderobe im dritten Stock wählten, war an sich schon eine Viecherei. Ich wette, Sie würden heute noch gerne fünf Mark pro Person bezahlen, wenn Sie nur diesem Lustspiel, betitelt ›Der Taucher im Stiegenhaus‹, zusehen könnten. So wie ich im Innern des Anzuges geflucht habe, so sehr haben meine Begleiter in der Außenwelt gelacht.

Glücklich kam ich ins Parterre, stieß an allen Ecken und Enden an und war – endlich – im Tanzsaal angekommen. Aber welch ein Malheur! Die Polonäse, deren Krönung die Maskenprämierung bildete, war schon längst vorbei; man tanzte bereits den dritten Walzer. Aber dass ich in meiner zwei Zentner schweren Rüstung im Walzertempo dahinschwebte, konnte kein Mensch von mir verlangen.

Tieftraurig und in Schweiß gebadet verließ ich mit meinen beiden Führern den Tanzsaal. Aber nun kommt erst das Denkwürdige an der ganzen Geschichte. Sonst hat ein Taucher immer in die Tiefe zu steigen. Ich aber musste hingegen in die Höhe, und zwar hatte ich wieder die unter dem Dach gelegene Garderobe zu erklimmen.

Kein Mensch, nicht einmal ich selber, hat daran gedacht, dass ich mich doch ebensogut im Erdgeschoss hätte anziehen können. Aber dieser gute Gedanke kam mir erst, als wir bereits glücklich im dritten Stock wieder angelangt waren. Und nun dauerte es abermals eine gute halbe Stunde, bis man mich unter Aufbietung der allerletzten Kraftreserven, unter Ächzen, Stöhnen und Schimpfen aus dem Gummischlauch herausgeschält hatte. Erschöpft, zerknittert und ermattet saß ich da, schnappte nach Luft, und in meinem Innern brach sich die Überzeugung Bahn, dass ein Taucher nur ins Wasser gehört, aber nicht in einen Ballsaal.

Musikalisches

TROTZ DER SCHÖNEN LEHRJAHRE in der Werkstatt meines Meisters Hallhuber stand es mir nicht in den Sternen geschrieben, dass die Schreinerei mein einziger Lebensinhalt bleiben sollte. Sie hat mir zwar allzeit großen Spaß gemacht und ist mir bis ins Alter eines meiner liebsten Steckenpferde geblieben. Aber schon als kleiner Bub hatte ich eine stille Liebe zur Musik.

Da war einmal im Kindergarten an der Ohlmüllerstraße ein Maifest geplant, und schon Wochen vorher begannen die Proben dafür. Neben den bekannten Schlagern:

Ringel ringel reihe,
D' Weißwurst san so teier ... usw.

sollten auch Instrumentalsoli zum Vortrag kommen. Unter den dreißig Kindern suchte man die zehn begabtesten aus und breitete die Instrumente, die sie spielen sollten, zur freien Wahl auf einem Tisch vor ihnen aus. Da gab es Geige, Trommel, Pfeife, Ratsche und Glockenspiel. Sogar ein paar schöne, kleine, glänzende Messingtschinellen waren dabei und hatten es mir besonders angetan. Ich stürzte mich gleich darauf und bettelte: »Fräulein, gelln S', die derf i spieln, gelln S'?« Und ich bekam sie auch. Dann wurde ein Kreis gemacht, der Solist stand mit seinem Instrument in der Mitte wie bei der Heilsarmee, und alle sangen:

Es steht in unserm Kreise ein kleiner Mann,
Der hat ein klein Trompetchen, seht ihn nur an.
Bitte blas uns doch ein Lied,
Und wir singen alle mit:
Tra la la la la la la la la la.

Dann musste jeder kleine Künstler sein Solo zum Besten geben, und der ganze Kreis klatschte dann in die Hand. Bei den Proben habe ich jedesmal brav gespielt. Aber wie dann das richtige Fest kam, das im *Englischen Garten* beim *Chinesischen Turm* stattfand, und alle ihre Sache vorzüglich machten – moana S', i hätt mögn? Net ums Verrecken hätt i mögn. Warum, weiß ich heut noch nicht.

Mit den Tschinellen war's also nichts. Die Musi hab i deshalb nicht etwa aufgegeben. Einmal hatte mein Vater mit einem großen Möbeltransport nach auswärts ein besonders gutes Geschäft gemacht. Darum wollte er mir und meinen Freunden auch eine Freude machen. So kaufte er uns im Spielwarengeschäft Obletter einen ganzen Haufen Instrumente: Bombardon[15], Trompete, Posaune, Waldhorn, Flöte, Klarinette, Tschinellen, alles aus Pappe, wunderbar goldbronziert, fast wie echte Instrumente. Wir hatten eine Mordsgaudi und zogen in der Au von einem Laden zum anderen, und überall wurde ein Ständchen geblasen. Aber leider dauerte die Herrlichkeit nicht lange, denn die zarten Kartonwerkzeuge hielten unseren rohen Umgangsformen nicht stand.

*

Darum trachtete ich nach einer echten Messingtrompete, und mit diesem Wunsch hätte ich meine Mutter bald irrsinnig gemacht. Auf der Auer Dult hatte ich an einem Verkaufsstand ein Signalhorn entdeckt. Es sollte drei Mark kosten. Ich war davon wie hypnotisiert und lief heim: »Muatta, Muatta, gib ma drei Mark, auf da Duid is a Trompetn, a echte, de muass i kriagn, tua drei Mark hera!« Aber die Gute war von diesem Wunsch gar nicht begeistert, denn drei Mark waren im Jahr 1890 recht viel Geld; auch dachte sie gleich an den Spektakel, den der Bua mit einer richtigen Trompete machen würde. Ich war schwer enttäuscht, aber weit davon entfernt, den Kampf aufzugeben. Spornstreichs lief ich wieder hinüber zur Dult, frug die Frau, ob ich die Trompete nicht probieren darf: »Denn die Mutter hat gsagt, wenn i oan Ton rausbring, dann kauft s' ma die Trompetn.« Da bekam ich das Ziel meiner Wünsche in die Hand, aber es blieb stumm, so sehr ich mich auch anstrengte. Es war eben doch keine Papiertrompete, in die man hineinsingen musste.

Schweren Herzens gab ich das herrliche Ding zurück und lief wieder heim: »Muatta, Muatta, jetzt hat mi die Frau die Trompetn probiern lassn; i hab glei a Lied drauf blasn; a fein geht's, gib mir halt drei Mark, bittschön, gib mir drei Mark; na brauchst mir auf Weihnachten nichts kaffa.« – »Nee«, sagte die Mutter, »nur geene Drombede, das däde en scheen Verdruss in dr gansn Nachbarschafd gähm mit dem Geblase.« – »Naa, Muatta, i blas ja ganz leis.« – »Nee, nischd isses, du grichsd geene, und wenn de dich uffn Gobb schdellsd!«

Wieder lief ich hinüber zur Dult: »Sie, Frau, datn Se s' um zwoa Mark aa hergebn?« – »Nein, drei Mark kost s', wir haben feste Preise.« Alles Betteln half nichts; sie ging nicht herunter. Ich wieder heim. Nein! Wieder auf die Dult. So ging es hin und her. Als gar nichts mehr half, probierte ich's mit dem Heulen. Schluchzend schrie ich: »I woaß scho, Muatta, mögn tuast mi nimmer, sonst dast ma scho die Trompetn kaffa, da Vatta dat ma s' sofort kaffa, wenn a da war, weil der mi vui liaber mag als wie du.«

[15] Basstuba, größtes Blechblasinstrument

Es half. Auch meine Mutter konnte ihr Kind nicht weinen sehen. Ich bekam meine Trompete. Aber nur einen Tag. Dann war sie verschwunden. Auf Nimmerwiedersehen! Wohin weiß ich bis heute noch nicht. Ich hatte nämlich diesen einen Tag nicht nur unsere Hausgenossen, sondern auch die gesamte Nachbarschaft, einschließlich aller Hunde und Katzen, durch mein Üben vollkommen zur Verzweiflung gebracht.

Aber meine Mandoline durfte ich behalten. Besonders gern setzte ich mich hoch oben in den Kastanienbaum unseres Gartens, und hier bin ich mit meinem Gezirpe den Leuten auch nicht auf die Nerven gefallen. Auch eine Zither bekam ich und Unterricht bei meinem Lehrer Ignaz Heppner. Nach der Stunde pflegte er sich immer die frisch gestopfte Pfeife anzuzünden. Ich hatte ihn sehr gerne, und auch das Zitherspielen machte mir viel Spaß. Aber dennoch konnte ich mir eines Tages nicht verkneifen, ihm ungefähr zehn abgebrochene Zündholzköpfchen in seinen Pfeifenkopf zu schmuggeln. Nichtsahnend entzündete er die Bombe, und – Pfum!!! flog der Tabak aus dem Pfeifenkopf. Mein Attentat war gelungen.

*

Viele Jahre später – die Zither war längst mein Lieblingsinstrument geworden – hat es noch einmal einen richtigen Knall gegeben, als ich beim Spielen war. Damals wohnte vier Jahre lang der Humorist Weiß Ferdl als Zimmerherr bei uns in der Kanalstraße 16. Ich besaß einen zierlichen kleinen Revolver, den Griff mit Perlmutter eingelegt, der mit sechs scharfen Patronen geladen war. Dieses Mordwerkzeug lag zufällig auf dem Tisch, als ich auf der Zither dem Kollegen ein Couplet vorspielte. Beim Zuhören nahm er in Gedanken die Pistole in die Hand und dachte, er hätte es mit einem Briefbeschwerer zu tun oder mit einer anderen Nippsache. Als er mich fragte, ob es ein echter Revolver sei, murmelte ich zwar ein »Freili« in den Bart, aber das hat er wahrscheinlich überhört – und schon krachte ein Schuss, der mir am Arm vorbeiging. Die Kugel drang tief in die Mauer ein.

1898 eröffnete ein gewisser Strebel, der jedoch im Volksmund nur unter seinem Lieblingsausdruck »Da feit si nix« bekannt war, in der Bayerstraße Münchens erstes Automatenrestaurant. Nach der Losung »Bediene dich selbst« konnte man für zehn Pfennige allerlei Leckerbissen haben. Aber nicht nur für leibliche, sondern auch für musikalische Genüsse war gesorgt. In einem Nebenzimmer gab es etwa zwanzig verschiedene Musikautomaten, Orchestrions, Spieldosen, elektrische Klaviere und dergleichen. Ihre Neuheit gab allen diesen Herrlichkeiten einen ganz besonderen Reiz. Wir Jünglinge konnten die Sonntage kaum erwarten und unser nächstes Rendezvous im

Automatenrestaurant. Mein Haupttrick war, jedesmal ein Zehnerl in das elektrische Klavier einzuwerfen, wenn ein Gast eine andere Musik spielen lassen wollte, sodass es immer zu greulichen Dissonanzen kam und der erwartete Kunstgenuss empfindlich gestört wurde.

Als ich einmal gar kein Geld mehr hatte und mein Reichtum kaum mehr von dem einer Kirchenmaus zu unterscheiden war, setzte ich mich aber in meiner besten Kluft mit Monokel abends ins Restaurant Feuerhaus am Oberanger. Der Wirt Ludwig Greiner war mein Freund und gab mir Kredit. Da kam ein Wiener Zitherspieler herein, der sich auf der Durchreise befand. ›Wiggerl‹ engagierte ihn gleich für den ganzen Abend und setzte ihn an meinen Tisch. »Da hocken S' Eahna her, da sitzt der Graf von Plem-Plem; da können S' Sekt grad gnua saufa, wenn S' eahm was vorspuin«. Der Künstler packte gleich sein Instrument aus, das mehr Dreck als Saiten aufwies, und begann mit seinen Wiener Liedern. Alles an ihm war mies, sein Gesang, sein Zitherspiel und offenbar auch seine Intelligenz. Nachdem ich mich als Graf Eulenburg vorgestellt hatte, ließ ich in einer alten Sektflasche gewöhnliche Brauselimonade kaltstellen und spielte zum größten Gaudium der anderen Gäste einen Grafen mit allen Schikanen. Meine musikalischen Wünsche erfüllte er lückenlos und dazu verleibte er sich sechs Glas Limonade-Sekt ein, wovon er tatsächlich besoffen wurde.

Vielleicht kam es aber auch nur von der suggestiven Kraft, mit der ich ihm einen Betrunkenen vormimte. Zum Schluss übergab ich ihm noch einen Scheck über hundert Mark auf die Ramersdorfer Vizinalbank. Hoffentlich hat er ihn eingelöst bekommen.

Später habe ich noch viele andere Instrumente gespielt: Geige, Fagott, Flöte, Klarinette, Waldhorn, die verschiedenen Trompeten, Posaune und Bombardon. 1920 machte ich damit und mit meinen Freunden hin und wieder Ausflüge ins Isartal, nach Deisenhofen, nach Pasing oder in die besonders beliebte Waldrestauration Alt-Stadelheim. Nach dem Konzert ging es mit Musik auf den Heimweg. Einmal hatten wir auf dem Giesinger Bahnhof unseren Marsch zu Ende gespielt und waren gerade im Begriff, unsere Instrumente einzupacken, als ein feiner Herr in Hut und Mantel auf uns zukam und folgende Ansprache hielt: »Ich danke Ihnen schön, meine Herren, für das wunderbare Ständchen. Es hat gewiss meiner Tochter gegolten, die morgen ihre Verlobung feiert.«

»Na, na«, gab ich zur Antwort, »wir kennen Ihre Tochter ja gar net, wir blasen ja nur zu unserem Privatvergnügen … – »Ach so«, meinte der Herr, »da hätte ich die Herrn Privatmusiker bald beleidigt. Ich wollte Ihnen soeben fünfzig Mark überreichen.« Er hielt sie tatsächlich in der geschlossenen Hand. »Entschuldigen Sie vielmals; guten Abend, meine Herren.« Damit drehte er sich um und kehrte in sein Haus zurück. Wie wir da dumm geschaut haben!

Theaterblut

SCHON IN MEINEN KINDESADERN ist es gerieselt, unterirdisch sozusagen. Aber immer von Zeit zu Zeit hat es sich Luft gemacht.

Sogar den ›Faust‹ von Goethe haben wir gespielt, und zwar in einem Möbelwagen, den wir in unserem Hof als Bühne eingerichtet hatten. Aus alten Kisten und losen Brettern wurden dann ein paar Bänke davor aufgestellt. Ich spielte die Hexe. Nach einem Marionettentheaterheftchen wurden die Rollen verteilt. Das Stück dauerte zwölf Minuten. Bengalische Zündhölzchen, die Schachtel zu fünf Pfennige, erzielten traumhafte Beleuchtungseffekte. Der Eintritt pro Person betrug auf dem Sperrsitz fünf, auf dem ersten Platz drei, der Galerie einen Pfennig und Kinder die Hälfte. Ich glaube nicht, dass die Vorstellung mehr wert war.

*

Das Zuschauen im Kasperltheater auf der Auer Dult war ja sehr schön, aber noch lieber haben wir selbst gespielt. Wir erbettelten uns von unserem Wirt alte Bierstöpsel, stibitzten der Mutter aus ihrem Fleckkorb ein paar Stoffreste und fabrizierten uns die Puppen selbst. Ebenso bastelten wir uns ein Theater zusammen, und dann gab es Gastspiele an allen Ecken und Enden der Au. Das Eintrittsgeld wurde unter den Spielern verteilt und dafür beim Kramer eine Schleckerei gekauft. Und wenn mich heute jemand fragt, ob das damals eine herrliche Zeit war, dann sage ich, ohne mich zu besinnen, aus tiefstem Herzensgrunde: »Ja.«

*

Im ›Hoftheater Falk & Fey‹ haben wir tatsächlich den ›Freischütz‹ nach einem Marionettenbuch gespielt. Ein stolzer Daueranschlag[16] verkündete es der Auer Mitwelt. In der Szene des Kugelgießens wäre ich beinahe erstickt. Ich sollte auf ein Stichwort einen sogenannten Feuerspeier von unten durch ein Loch im Bühnenboden stecken, um das höllische Feuer zu markieren, über dem der Hexenkessel hängt. Aber es hat nicht sollen sein. Ich zündete den

---

[16] *Aushang, Plakat*

Zündschwamm unter der Bühne an, aber ehe ich das Loch im Finstern finden konnte, fing das Zeug schon zu sprühen an und entwickelte einen solchen Rauch unter dem niedrigen Podium, dass ich mehr Pech und Schwefel einatmete, als ich es je wieder erleben werde, selbst wenn ich in die Hölle käme.

*

Als ich ungefähr vierzehn Jahre alt war, durfte ich einmal mit meinem Zitherlehrer das Kolosseum in München besuchen. Dort trat damals der Gesangshumorist Karl Maxstadt auf, ein besonderer Liebling des Münchner Publikums. Ich war so begeistert von ihm, dass ich beschloss, die Schreinerei an den Nagel zu hängen und in seine Fußstapfen zu treten. Bei Max Hieber kaufte ich mir gleich die Sammlung der Couplets von Karl Maxstadt und übte fleißig. Schon mit neunzehn Jahren trat ich in Vereinen auf, und später bildete ich mich sogar auf einer Varietéschule fort, die von Kapellmeister Otto Lehmann, L. Grimm und Hermann Strebel geleitet wurde, um ein richtiger Varietéhumorist, wie mein Vorbild Karl Maxstadt, zu werden. Nach einigen Monaten verschaffte man mir ein Engagement in Nürnberg am Varieté Zeughaus, und so stand ich im Oktober 1902 zum ersten Mal auf einer richtigen Bühne. Freilich erhielt ich statt der Stargage eines Maxstadt nur 1,80 Mark. Und mit dem Fürstenhotelzimmer, von dem ich geträumt hatte, war es auch nichts. Ich bekam dafür ein Dachkämmerchen, worin das Wasser von der Decke aufs Bett tropfte und sich sämtliche Ratten und Mäuse von Nürnberg ein Stelldichein zu geben pflegten.

*

Aber meine erste Tournee war ein böser Misserfolg. Arm fuhr ich eines Tages wieder nach München zurück. Den Apparat hatte ich bei einem Berliner Spediteur als Pfand stehenlassen müssen, weil ich meine Frachtspesen von Nürnberg nach Berlin nicht hatte bezahlen können.

In der Heimat fand ich eine mitleidige Seele in dem Münchener Weinwirt Eberl vom Esterhazykeller am Färbergraben, der früheren Hirschbräuhalle. Dieser freundliche Wirt hatte sich bereiterklärt, dem Berliner Spediteur die offene Frachtrechnung von zwanzig Mark zu bezahlen und auch den Transport nach München zu übernehmen, wenn ich mit meinem Apparat in seinem Lokal auftreten wolle. Ich war einverstanden. Das Orchestrion sollte als Frachtgut geschickt werden, sodass immerhin mit einer Transportdauer von zehn bis zwölf Tagen zu rechnen war.

Aber während dieser Zeit musste ich doch auch leben. Und so verdiente ich mir meinen Lebensunterhalt im gleichen Lokal durch Zitherspielen.

Dafür erhielt ich das Mittagessen und jeden Tag fünfzig Pfennige. Außerdem durfte ich bei den Gästen sammeln. Das war leichter gesagt als getan, denn es waren ganz selten Gäste da. Nur am Sonntagvormittag waren es etwa zehn. Ich war damals zu jeder Viecherei und zu allen Schandtaten aufgelegt. Aber mit einem Teller von Tisch zu Tisch zu schleichen, ging mir doch mächtig gegen den Strich.

Eine zweite mitleidige Seele, die Weinkassiererin Fanny, sammelte daher für mich, denn sonst wäre ich alle Tage nur mit einem Fuchzgerl heimgegangen. Und sie ließ mir so lange keine Ruhe – »Viel mehr datn S' kriagn, wann S' selber sammelten!« –, bis ich ihren Rat eines Sonntags befolgte, schweren Herzens ihren Teller nahm und auf den ersten besten Gast zusteuerte. Kaum hatte ich mühsam mein »Darf ich bitten, für die Musik« gestottert, als er mich schon anfuhr: »Waas, ja können denn Sie net noch frecher sein, in der Au draust ham S' des größte Haus, und zu mir armen Schlucker kommen S' mit an Teller zum Sammeln. Da schau her, Sie san net unrecht.« Ich Unglücksrabe hatte einen Auer Nachbarn erwischt, der mich noch als gutsituierten Bürgerssohn in der Firma meines Vaters gekannt hatte. Nach diesem Pech setzte ich mich seelisch zerschmettert wieder an meine Zither, und die Fanny sammelte weiter für mich Kupfer und Nickel.

Später konstruierte und baute ich mir selbst ein Orchestrion, welches fast zwanzig Musikinstrumente aller Art enthielt, die ich durch einen selbsterfundenen Mechanismus nahezu gleichzeitig spielen lassen konnte. Damit fuhr ich zur Stadt und war auch einmal in Halle im Konzerthaus Bratwurstglöckl engagiert.

*

An einem Sonntag lud mich morgens das Küchenpersonal zum Bratklopfen ein. Dabei standen wir zu fünft um einen riesigen, massiven Holzklotz und schlugen mit schweren, runden Holzhämmern im Takte nacheinander wie die Scheunendrescher auf die rohen Fleischklumpen, denn hier wurde alle Tage Brat[17] geklopft. Es diente zu tausend Paar Regensburger Würsten, denn Regensburger und Kartoffelsalat war in diesem Hause das Spezialgericht. Ein junger Metzger aus Nürnberg, der etwa zweiundzwanzig Jahre alt war, fabrizierte täglich die Würste. Die meiste Zeit aber war er besoffen,

---

[17] *Brat, Brät: kleingehacktes Fleisch mit Gewürzmischungen; Basis zur Wurstherstellung*

während wir andern tüchtig Brat klopften, strich er immer die herumspritzenden Fleischteile, die an der Wand hängenblieben, mit dem Finger wieder herunter und warf sie auf den Hackstock zurück ins Brat. Das Schlachthaus war ein altes Kellergewölbe, und an den Wänden hingen Dutzende langer, schleimiger Weinbergschnecken. Wie viele davon mochte der besoffene Wurstmacher im Laufe der Jahre schon in seinem Dusel in die Wurstmasse gemischt haben? Jedenfalls habe ich es seit diesem Erlebnis niemals mehr übers Herz gebracht, mir das Spezialgericht Regensburger mit Kartoffelsalat einzuverleiben.

*

Nach dem Tode meines Vaters hatte meine Mutter längst unser schönes Anwesen in der Au wegen seiner Hypothekenlast so billig hergeben müssen, dass uns beiden fast nichts mehr blieb. Sie übersiedelte nach Sachsen in ihre Heimat, ich aber stand als armer, magerer Teufel allein in München. Aber ich ließ den Mut nicht sinken, so lausig es mir auch gehen wollte.

Ich ging in ein Blumengeschäft, kaufte mir um eine geliehene Mark künstliche Palmenblätter, erbat mir in einem Seifenladen einen leeren Schmierseifenkübel, suchte einen alten Besenstiel aus dem Keller und fabrizierte eine künstliche Palme, wie sie in Kamerun nicht schöner wachsen. Unter meinen Bekannten fand ich gleich einen Käufer, der mir dafür fünf Mark bezahlte. Die vier Mark Reinverdienst waren der Grundstein zu einer Fabrik. Ich kaufte mir sofort für vier Mark Blätter, Kübel zu zehn Pfennige, vier Besenstiele, die ich nach einem Tag in vier fertige Palmen verwandelt hatte. In der Gastwirtschaft ›Zum Feuerhaus‹, wo ich sie stehen hatte, wurden sie mir gleich von Bekannten abgekauft, und so ging es lustig weiter. Material hätte ich ja genug gehabt, aber wo sollte ich die Käufer hernehmen, wenn mein Freundeskreis erschöpft war? Fremden Leuten eine Offerte zu machen, schien mir der Gipfel der Vermessenheit; und so bin ich kein Palmenfabrikant geworden, sondern war nach einer Woche schon wieder bankrott und ging auf die Suche nach einer anderen Existenz.

Erste Bühnenabenteuer

DER BEKANNTE VARIETÉHUMORIST Oskar Huber nahm mich bald darauf mit auf ein Sondergastspiel nach Westerham bei Holzkirchen. Es sollte im Nebenzimmer des Gasthofes ›Zur Post‹ stattfinden, wo ein Marmorindustrieller sein fünfundzwanzigjähriges Geschäftsjubiläum feierte. Außer den Angestellten seiner Fabrik hatte er auch die Bauern eingeladen, und sie waren seiner Aufforderung mit ihren Hackelstecken und Lederhosen gefolgt.

Der Beginn war auf acht Uhr festgesetzt, und die Festgäste harrten begierig der Dinge, die da kommen sollten. Eine Bühne war nirgends zu finden, aber wenigstens ein Podium für den Vortragskünstler, der übrigens am nächsten Abend im Leipziger Kristallpalast auftreten sollte, musste doch aufzutreiben sein. Geistesgegenwärtig rettete der Kommerzienrat die Situation, indem er eine *Maggiekiste* auf den Boden stellen ließ.

Oskar Huber fragte nach dem Klavierspieler zum Begleiten seiner Vorträge. »Jessas, an Klavierspieler braucht man ja aa«, stöhnte der Gastgeber, nahm uns beim Ärmel und schleifte uns zum Schullehrer. Dem stellte er uns umständlich vor und versuchte ihm begreiflich zu machen, dass er als Begleiter aushelfen solle. Es sei sehr eilig, und es sei gleich acht Uhr, und alles wartete schon auf den Münchener Künstler. Wir sollten nur gleich anfangen zu probieren. Daraufhin entfernte er sich wieder, denn er hatte als Festleiter noch alle Hände voll zu tun. Der arme Schulmeister war wie aus den Wolken gefallen und begriff erst nach langen Auseinandersetzungen, was Oskar Huber von ihm wollte. »Das ist ja ganz einfach«, meinte er und zeigte dem Schulmeister seine Coupletnoten. »Das kann jeder vom Blatt spielen«. – »Ja, des glaub i scho, dass des einfach ist, aber ich bin Wagnerianer, und etwas anderes als Wagnermusik spiel ich nicht.« Damit wies der Herr Lehrer auf die Büste seines Meisters über dem Klavier.

Als wir noch hin und her redeten, erschien plötzlich wieder der Kommerzienrat und erklärte schwitzend, wir könnten aufhören mit dem Probieren, denn es sei ja im Festsaal gar kein Klavier da. Wir schauten uns alle an und sagten gar nichts. Aber der Jubilar hatte noch keine Ruhe. »Dann müssen S' eben ohne Musikbegleitung singen«, bedeutete er Herrn Huber und trieb uns aus der guten Stube des ländlichen Wagnerianers hinaus, zurück zum Gasthaus in das Schlafzimmer der Wirtseheleute. Hier berieten wir weiter. Huber erklärte, ohne Musikbegleitung ginge es auf keinen Fall. Das brachte den Kommerzienrat völlig außer Rand und Band. Endlich mischte ich mich ein und sagte, ich könnte Herrn Huber schon begleiten, wenn ich eine Zither hätte. »Ja, a Zither is glei do, nehmen die Herren daweil Platz, i hol s' glei selber ... Damit verschwand der Geschäftige abermals.

Wir beide blieben allein in dem dörflichen Schlafgemach zurück und hörten das Gemurre der Geladenen aus dem Nebenzimmer. »Ofanga, auf geht's, lasst'n aussi, den Komiker!« Nach fünfzehn langen Minuten erschien der Jubilar mit einem schwarzen Kasten, den er aufs Bett warf. »So, jetzt ham ma's«, schnaufte er erleichtert. Dann öffnete er die zwei Messinghäkchen – aber der Kasten hatte in der Mitte noch ein Schloss, und das war abgesperrt. »Herrschaftzeiten!« Die Gäste pfiffen schon auf den Fingern, weil wir nicht anfingen. Wer hat einen kleinen Schlüssel? Alles suchte – der Wirt, die Frau Wirtin, die Köchin, der Herr Humorist, ich, der Herr Kommerzienrat. Sämtliche kleinen Schlüssel wurden probiert. Alles vergebens. Und unten pfiffen die Bauern. »Jetzt wird ma's z' dumm«, rief endlich der Fabrikant, holte sein Messer heraus aus dem Hosensack, packte den Zitherkasten und brach ihn auf.

Aber eine Zither war nicht darinnen. Es wurde noch viel geredet und verhandelt. Aber wir hatten vor Lachen nichts mehr davon gehört, bis ein zweites Mal zum Zithereigentümer geschickt wurde und das Instrument endlich zur Stelle war. Dann gab es eine schnelle Probe, und es ging auf die Kistenbretter. So eine Gaudi wie vor dem leeren Zitherkasten haben wir aber in der ganzen Vorstellung nicht mehr gehabt.

*

Als Mitglied des Zitherklubs ›Nix G'naus‹ trat ich als Salonhumorist anlässlich eines Stiftungsfestes im Theatersaal der ehemaligen Klosterbrauerei im Lehel auf. In einem überlangen, taubengrauen Gehrock sang ich die Couplets ›Der Königsmord in Serbien‹ und ›Giron und Luise‹. Ich hatte großen Erfolg.

Wie jeder Solist, musste ich später auch noch in einer Komödie mitwirken, die unter dem Titel ›Der Bauer vom Land‹ den Abend beschließen sollte. Es war eine recht unappetitliche Rolle, die nicht jeder Schauspieler übernehmen würde. Der Bauer war ich. Mit einem geschwollenen Backen komme ich zum Bader. Der setzt mich in seinen Sessel und sagt: »Ja mei, Huberbauer, du hast ja a mords Zahngschwür, des muass i dir aufdruckn, na is a Ruah mit'm Zähntweh.« Er nimmt seine zwei Pratzen und drückt mit aller Gewalt auf den geschwollenen Backen. »Aaaah!« rufe ich. »So«, sagt er, »jetzt is auf«, und damit rinnt mir eine glasige, gelbe, mit Blut gemischte Masse aus dem Munde, ein Anblick, von dem das halbe Publikum einen Brechreiz bekam.

Die Geschichte war aber gar nicht so tragisch, denn die ekelerregende Substanz bestand aus einem rohen Hühnerei, welches ich mit der Schale vor dem Auftritt in den Mund nehmen musste. Nur das Blut war richtig. Als mir der Bader das Ei im Munde zerdrückte, brachte er mir mit der Eierschale eine beträchtliche Schnittwunde bei, die heftig blutete. Der Erfolg des Auftrittes war so gewaltig, dass die Szene ein Jahr später nicht mehr wiederholt zu werden brauchte.

*

Dafür habe ich aber ein anderes Mal jemandem mit meinem Zitherkasten einen gewaltigen Schrecken eingejagt. Noch während der Tournee mit meinem Orchestrion in Bernburg an der Saale war es. Ich konnte mein Logis nicht bezahlen. Ein Kollege, ein schrecklich nervöser Mensch, war so liebenswürdig und bot mir ein Nachtlager in seinem Zimmer an, wo noch ein Bett freistand. Ich nahm die Einladung dankend an.

Ich durfte mich nicht rühren. Alles, was ich an anständigen Geräuschen von mir gab, wie Niesen, Husten, Schnackler, Schneuzen, löste bei ihm einen Nervenanfall aus. Er tobte und schimpfte über den geringsten Lärm in dem Zimmer zum Gotterbarmen. Aber außerdem war ich ja Asthmatiker und mein Atmen daher stets mit einem pfeifenden Geräusch verbunden, was ihn völlig auf die Palme brachte. Er hat allen Ernstes verlangt, ich solle nicht mehr atmen – also ersticken.

Um nun dieses asthmatische Pfeifen zu beseitigen, musste ich mit einem kleinen Inhalator inhalieren. Das ging aber wiederum nicht lautlos von statten und ließ ihn erst recht nicht schlafen. Voll bittern Grames erklärte er mir: »Wenn ich das geahnt hätte, hätte ich Sie nicht eingeladen; Sie verderben einem ja die ganze Nachtruhe!«

Ich war tief zerknirscht über solchen Edelmut und hielt mich eine halbe Stunde mäuschenstill, sodass mein empfindlicher Gastgeber tatsächlich eingeschlafen ist und ich mit.

Plötzlich erwachten wir von einem kanonenschlagähnlichen Krach. Wir fuhren vom Bette auf und machten Licht. Mein Zitherkasten war umgefallen. Ich hatte ihn vor dem Schlafengehen an die Bettstatt angelehnt. Geschlafen haben wir in dieser Nacht alle beide nicht mehr.

*

Im Jahre 1907 durfte ich nach einer Volkssängervorstellung beim Baderwirt an der Dachauer Straße ein Stegreif Solo machen. Da erzählte ich eine saudumme Geschichte von meinem Aquarium und hatte damit einen solchen Erfolg, dass dies die erste von meinen Repertoirenummem werden sollte, von denen ich nun schon über vierhundert selbst verfasst habe.

*

Auch mit dem Komiker Karl Flemisch trat ich oft gemeinsam auf. Als Dacapo brachten wir einmal das Duett, das allbekannt war, von Karl Moor. Einer kommt heraus, verbeugt sich und sagt: »Wir erlauben uns, einen Dialog vorzutragen aus den ›Räubern‹ von Schiller, Karl Moor und sein alter Vater.«

Der Vater kommt herein, setzt sich auf einen Stuhl, stützt die Hand auf den Tisch, hält sich den Kopf und mimt den Kranken. Dann tritt Karl Moor auf: »Mein Vater, du hier? Ist dir denn nicht wohl?« Der Vater erwidert: »Ja, mein Sohn, du hast ganz recht, mir ist nicht wohl.« Darauf der Sohn *ad spectatores:*[18] »Sehr geehrtes Publikum! Wegen Unwohlsein meines Vaters kann die Vorstellung leider nicht stattfinden.« Darauf gehen beide ab.

Schon vierzehn Tage hatten wir dieses lustige, wenn auch alte Stückchen fröhlich als Da Capo gespielt, als ich wieder einen Einfall hatte. Ich spielte nämlich den Vater. Als ich nun zu sagen hatte: »Ja, mein Sohn, du hast recht, mir ist nicht wohl«, versetzte ich im Gegenteil: »Nein, mein Sohn, du irrst dich, mir ist ausnahmsweise sehr wohl.« Karl Flemisch wechselte die Farbe, und alle Stammgäste, die das Programm schon kannten, schrien vor Lachen. Verzweifelt suchte mein Partner die Situation zu retten: »Vater, dir ist doch wirklich nicht wohl!« Aber ich hatte kein Mitleid, sondern versicherte erneut, dass mir ausnehmend wohl sei. Da gab er auf und verließ fluchend die Bühne.

Den Rest der Szene haben wir dann in der Garderobe allein gespielt.

Mein Filmpech

DIE MÜNCHNER haben es wahrscheinlich längst vergessen, dass ich in ihren Mauern der erste Filmunternehmer Bayerns war. Denn ein Filmatelier mit künstlichem Licht habe ich schon 1912 in München eingerichtet. Ich ließ mir aus Frankfurt die soeben neu erfundenen Jupiter-Filmscheinwerfer kommen, fünf Stück an der Zahl. Sie kosteten ein paar tausend Mark. Fünfhundert Mark musste ich anzahlen, den Rest in Wechseln, die jeden Monat fällig wurden. In einem Käselager des Kaufmanns Bembichler in der Pfisterstraße im Rückgebäude direkt am Platzl neben dem Hofbräuhaus entstand also Münchens erstes Filmatelier. All mein sauer erspartes Geld steckte ich hinein, um ein Filmgroßindustrieller zu werden.

Aber nach sechs Monaten war ich schon rettungslos verkracht. Das erste, was gekracht hat, und zwar gleich am ersten Tag, waren die fünf nagelneuen Jupiterlampen. Ich packte sie eigenhändig aus und stellte sie tadellos ausgerichtet in Reih und Glied nebeneinander. Wie ich mich ihres Anblicks freute, erblickte ich am Boden meines Ateliers ein langes, altes Brett, das

---

[18] *ad spectatores (lat.): Anrede an das Publikum durch einen Schauspieler von der Bühne aus, im Rahmen seines Auftritts*

meinen Schönheitssinn störte. Ich packte es an einem Ende und hob es auf. Aber schon war das Unglück geschehen. Der erste Scheinwerfer schwankte und fiel auf den zweiten, der zweite auf den dritten, der dritte auf den vierten und der vierte auf den fünften – bis sie sämtlich zerschmettert auf dem Steinfußboden lagen. Denn ich hatte die Lampen zufällig alle auf das gleiche Brett gestellt.

Mein erster Stummfilm hieß ›Valentins Hochzeit‹. Darin ging es schon ziemlich wild zu. Später habe ich mit Peter Ostermeier den Film ›Der Schreibtisch‹ gemacht. Darin bekam ich in der Maske eines Büroschreibers ein Stehpult geliefert. Aber es war mir zu hoch. Ich nahm eine Säge und machte die Füße kürzer. Leider hatte ich sie nicht alle in gleicher Höhe abgeschnitten, und das Pult wackelte. Ich muss also den zu langen Fuß wieder kürzer machen. Aber in der Eile erwische ich den falschen und schneide den ohnehin kürzeren noch kürzer. So schneide und schneide ich, bis aus dem Stehpult nur noch ein Sitzpult geworden ist. Als dieses aber nun wiederum wackelt, schneide ich die Beine noch kürzer, bis ich nicht mehr mit dem Stuhl darunter Platz habe, sondern mich auf den Boden setze und in den Boden ein Loch machen muss, um meine langen Beine hindurchzustecken. Und nun kann ich endlich anfangen zu schreiben.

*

Später habe ich sogar Münchens erstes Freilichtatelier auf einer grünen Wiese gegenüber dem Ostfriedhof aufgebaut. Dann haben wir im Ersten Weltkriege, wieder mit Peter Ostermeier, einen Streifen ›Erbsen mit Speck‹ gedreht, der mir in besonders fürchterlicher Erinnerung geblieben ist, denn seitdem kann ich auch dieses Gericht nicht mehr riechen. Ich hatte einen neuen Lehrer in einer Dorfschule zu spielen und wurde in dieser Eigenschaft von den Bauern reihum eingeladen. Sie hatten sich irgendwie in die Vorstellung verrannt, dass mein Leibgericht Erbsen mit Speck sein sollte. Das gab es nun jeden Tag eine ganze Woche lang für mich. Auch in der Zeit des Ersten Weltkrieges war es gar nicht so einfach, ein ordentliches Bauerngeräuchertes herbeizuschaffen. Aber schon am dritten Tage, als ich das Gericht wieder aufgewärmt vorgesetzt bekam, konnte ich kaum mehr einen Löffel davon hinunterwürgen. Diese Quälerei hat eine volle Woche gedauert. Aber wie gesagt, dieses Leibgericht kann mir seitdem gestohlen werden.

*

Einmal sollte ich bei einer Filmaufnahme aus einem Friseurladen hinausgeschmissen werden. Voller Dreck saß ich auf dem Straßenpflaster, und Hunderte von Neugierigen, die sich damals eine Filmaufnahme keinesfalls entgehen lassen wollten, standen um den Schauplatz herum. Da es eine Freilichtaufnahme war, mussten wir auf die liebe Sonne warten. Und die hatte sich eben schamhaft hinter eine Wolke verkrochen, als wir sie am notwendigsten brauchten. Wir mussten also ausharren, bis sie wiederkam, und einige Minuten später flog ich wieder erneut zum Friseurladen hinaus. Aber auch die spaßige Wolke schob sich wieder vor die Sonne, und mit der Aufnahme war es abermals Essig. Wir mussten diese wenigen Meter Aufnahme vier- oder fünfmal wiederholen. Ich war das vom Film ja schon gewöhnt. Aber viel mehr als die neckische Wolke ärgerten mich die Saububen, die jedesmal schrien: »Uh, jetzt hat er's wieder net kenna, jetzt muass er's noch mal machen!«, wenn der Regisseur bat: »Noch mal, Herr Valentin!«

Filme ansehen ist wirklich angenehmer als Filme fabrizieren. 1921 wurde ich einmal während einer Filmaufnahme vor vielen tausend Menschen auf dem Oktoberfest zwanzig Meter hoch in die Luft gezogen. Dabei hatte man mich übrigens völlig unfachgemäß in einen schmalen Riemen geschnallt und mit einem Flaschenzug hochgewunden. Obgleich ich nur fünfundfünfzig Kilo wog, schnitt mir der schmale Riemen derart in meine Eingeweide, dass ich hinunterschrie: »Ich halt's nicht mehr aus!«

Aber darauf nimmt man im Film keine Rücksicht. Es wurde weitergedreht, als sei nichts geschehen. Mir traten vor Schmerzen fast die Augen aus den Höhlen. Und nun musste sich noch meine Partnerin Liesl Karlstadt an meine Füße hängen und wurde gleichfalls einige Meter zusammen mit mir in die Höhe gehisst. Fast ohnmächtig wurde ich in ein Auto gehoben und konnte nur mehr die Worte stammeln: »Nie mehr filmen, mir gangst!«

Aber bekanntlich heilt die Zeit alle Wunden, und ich habe trotzdem noch manchen Filmstreifen gedreht. ›Der Sonderling‹ war mein letzter stummer Film. Und dann folgten noch eine ganze Menge Tonfilme: ›Orchesterprobe‹, ›Im Photoatelier‹, ›Theaterbesuch‹, ›Das verhängnisvolle Geigensolo‹ und viele andere. Sogar in zwei abendfüllenden Spielfilmen haben wir mitgewirkt, meine Partnerin Liesl Karlstadt und ich. ›Donner, Blitz und Sonnenschein‹ und ›Kirschen in Nachbars Garten‹ waren ihre Titel.

Leider sind meine letzten Tonfilme ›Musik zu zweien‹, ›Bittsteller‹, ›Die Erbschaft‹ und ›Der Antennendraht‹ noch nicht einmal uraufgeführt worden. Die Filmgewaltigen des Dritten Reiches haben aus ihnen eine Elendstendenz herausgeschmeckt, die ihnen nicht behagte. Nachdem so viele unserer Häuser in Schutt und Asche gesunken sind, dürfte freilich kein Grund mehr vorhanden sein, meine letzten Filme dem deutschen Publikum vorzuenthalten. Aber wer weiß, wohin die Zelluloidstreifen inzwischen geraten sind ...

Die Liesl

SCHON VOR DEM ERSTEN WELTKRIEG habe ich sie kennengelernt. Sie trat mit mir zusammen im ›Frankfurter Hof‹ auf. Etwas später bewahrte ich sie vor einer Tournee, die gerade für St. Petersburg zusammengestellt werden sollte. Wir haben dann eifrig geprobt und bekamen alsbald unser erstes gemeinsames Engagement im Hotel Wagner in der Sonnenstraße, wo wir mit dem bekannten Tiroler Terzett ›Alpenveilchen‹ herauskamen. Seitdem sind wir über dreißig Jahre lang immer gemeinsam aufgetreten. Wieviel Spaß haben wir da oft zusammen gehabt!

Einmal kaufte sich meine Partnerin am Viktualienmarkt ein Pfund Zwetschgen. Wir stiegen dann zusammen in die Straßenbahn, taten aber so, als ob wir uns nicht kennten. Auf einmal sprach sie mich an: »Da schauen S' her, Herr Nachbar, da habe ich mir auf dem Markt soeben Birnen kaufen wollen. Nun hat sich die Obstfrau geirrt und hat mir statt Birnen Äpfel geben.«

»O mei, Fräulein«, habe ich gesagt, »des sind doch keine Äpfel, des sind so eine Art Aprikosen.« – »Ach woher«, sagt sie, »Aprikosen habe ich ja gar nicht verlangt.« – »Wissen S'«, meinte ich darauf, »ich bin zwar a schlechter Obstkenner, vielleicht san's Ananas oder Bananen, aber dazu san sie mir wieder zu kurz.«

Sie darauf: »Ach was, Bananen sind's auf keinen Fall; jetzt weiß ich's, Stachelbeeren sind's.« – »Na«, entgegnete ich, »Stachelbeeren haben doch Stacheln, und das, was Sie da in der Tüte drinnen haben, ist ja ganz glatt.« – »Ja, die Stacheln sind halt durch das viele Umladen abgebrochen ...

Und so ging der absichtlich saudumm geführte Diskurs immer weiter. Auf einmal erhob sich eine ältere Frau, bestimmt eine Münchener Händlerin, welche einen großen Marktkorb vor sich auf dem Schoße hatte, von ihrem Platz und sprach: »Naa, jetzt muss i geh, jetzt halt i's nimmer aus, zwoa solche Rindviecher hab i meiner Lebtag noch nicht gsehn, de kenna net amal Zwetschgn.« Sie stieg aus, murmelte noch vor sich hin, ich rannte ihr sofort nach und rief ihr von der Plattform aus nach: »Sie, Frau, jetzt wissen wir's, was es ist – a Kartoffelsalat.« Sie wurde starr, sie hat mir einen Blick zugeworfen, der mir noch heute unvergesslich ist.

Ein andermal haben wir uns in der Linie 2 zwischen der Galerie und Theresienstraße wie folgt unterhalten:

Schaffner *(zu Valentin):* »Wo fahren S' denn hin?«

Valentin *(zur Liesl):* »Wo fahrn mir denn hin?«

Liesl: »No, nach Nymphenburg, du woaßtat doch!«

Valentin (*nach einer Pause*): »So, nach Nymphenburg. – (*Sinnend*) »Geht da koa Autostraßen naus?«

Liesl: »Geh, sei doch stad. So an Unsinn. Sei doch stad vor die Leit.«

Valentin *(leicht gekränkt):* »Warum soll jetzt da koa Autostraßn nausgehn. Gehn ja woanders hin aa Autostraßn«. *(Pause.)* »I hab no nie a Autostraßn gsehng.«

Liesl: »Na fahm ma halt amal naus, nach Tegernsee oder Holzkirchen, na kannst as aa seng.«

Valentin: »Nach Tegernsee? Bis nach Tegernsee? Aber i will ja gar net viel sehng von der Autostraßn. A kloans Stückl langat mir scho. Bloß an Meter ungefähr.«

*

Als Fräulein Karlstadt einmal sehr böse auf einen Direktor war und mich frug, was sie machen solle, habe ich ihr gesagt: »Den telefonierst jetzt an und schimpfst ihn recht zsamm; aber lass dich falsch verbinden, dann hört er's nicht!«

*

Als wir einmal im Wiener Varieté Olympia gastierten, dirigierte eines Tages auch Generalmusikdirektor Hans Knappertsbusch im ›Konzerthaus‹; und weil wir ihn aus München gut kannten und er wusste, dass wir auch in Wien waren, verehrte er uns zu seinem Konzert zwei Ehrenkarten. Es war ein Brahms-Abend!

Ich sagte zur Karlstadt: »Du, der überschätzt uns! Von der Musi wem mir net vui versteh – aber hingeh muss ma unbedingt, sonst is er beleidigt.« Der Abend kam, und wir beide saßen im Parkett, zehnte Reihe, Mitte. Hundertzwanzig Mann Musiker! – Es ging los. – Wir horchten.

Nach zehn Minuten Horchen sagte ich zur Karlstadt leise: »Du, i glaub, des is no gar net 's Konzert – de stimma no allaweil eahnane Instrumente.«

»I glaub aa«, sagte die Karlstadt. Nach einer Weile meinte sie: »Aba dass er zum Stimma dirigiert, des gibt's doch net!«

Als sich jedoch der Herr Generalmusikdirektor nach dem ersten Teil tief verbeugte, waren wir uns beide im Klaren, dass das schon zur Brahms- Musik gehört hatte. Minutenlang anhaltender Applaus setzte ein. Anstandshalber haben wir natürlich fest mitgeklatscht, aber nur, weil es die andern auch taten.

Dann kam die zweite, dritte und vierte Abteilung. Wir saßen wie auf Kohlen. Ich sagte zur Karlstadt: »Du, geh ma. Des kunnt ja no a Stund dauern!« – »Naa, gehn derf ma net, sonst is uns der Herr Generalmusik- direktor beleidigt«, sagte die Karlstadt.

Wir ahnten, dass uns zur Brahms-Musik die erforderlichen Vorkenntnisse fehlten, besonders mir.

Außer meiner Bildungslücke für klassische Musik leide ich auch noch an Asthma und habe deshalb immer einen kleinen Glasinhalator in der Tasche, den ich bei Atemnot so zirka alle Viertelstunden anwende, indem ich mir die Medizin mit einem Miniaturgummiballen in die Nase einpumpe. Dabei hält man mit der linken Hand den Apparat und mit der rechten drückt man den Gummi so zehn- bis zwanzigmal zusammen. Dadurch faucht die medizinische Flüssigkeit aus dem Glasröhrchen in die Nase. Leider ist dieser Vorgang aber niemals ganz ohne Geräusch zu bewerkstelligen. An unserem Brahms-Abend hatte der Gummi verhängnisvollerweise außerdem noch eine schadhafte Stelle, einen kleinen Riss. Beim Zusammendrücken quietschte es jedesmal, und das war mir sehr peinlich, da die neben, vor und hinter mir sitzenden Damen und Herren diese Töne offenbar auf eine andere Ursache zurückführten, denn nach jedem Geräusch des Apparates warfen mir die Umsitzenden entrüstete, wütende Blicke zu.

Der Liesl Karlstadt war das genau so peinlich, da in solchen Situationen die Theaterbesucher mitunter falschen Verdacht schöpfen. Es war furchtbar – besonders, wenn man in der Mitte sitzt und es ein Ding der Unmöglichkeit ist, den Saal vor Beendigung des Konzertes zu verlassen. Also blieben wir.

Abgesehen von allem anderen wirkt klassische Musik auf den kleinen Mann meistens einschläfernd, besonders minutenlanges Geigengewinsel. Die künstliche Wachhaltung unserer vier Augendeckel verursachte uns Tantalusqualen, und ich sagte wiederholt zur Karlstadt: »Stoß mi fei, im Fall i einschlafa tua!« – Worauf sie stets erwiderte: »Aber du mi aa!« Meine Ansicht ist: Man sollte jedesmal bei so einem klassischen Abend zur Erholung des kleinen Mannes einen schönen Strauß-Walzer, den Tölzer Schützenmarsch oder das Glühwürmchenidyll von Paul Lincke dazwischen spielen, dann wäre das Ganze leichter zu ertragen.

Da alles einmal ein Ende nimmt, so hörte auch dieser Brahms-Abend endlich auf. Nach Schluss des Konzertes wurde der Herr Generalmusikdirektor mindestens zwanzig Minuten lang herausgeklatscht. Wir klatschten auch mit. Anderntags bedankten wir uns brieflich für die zwei Ehrenkarten und für den schönen Abend.

Allerdings meinten wir alle beide unter uns, dass wir am Münchener Oktoberfest in der Bräurosl bei der fünfundvierzig Mann starken Blechmusi schönere Abende verlebt haben. Da hätten S' uns sehen sollen, wie wir applaudiert haben! Das ist uns von Herzen gekommen!

*

Einmal haben wir sogar ein junges Leben gerettet. Wir gingen am Viktualienmarkt in der Nähe der Heiligengeistkirche. Es war spät in der Nacht so gegen zwei Uhr. Plötzlich hörten wir ein eigenartiges, unheimliches Wimmern und dachten gleich, es käme von einem eingesperrten Kinde, vielleicht aus der Fleischhalle nebenan. Aber es kam von unten. Endlich hörten wir die Töne an einem großen Kanaldeckel am deutlichsten. Wir huben ihn mit aller Kraft auf, dann noch einen zweiten, leuchteten hinein und sahen nun in dem Schacht, unter dem der Pfisterbach vorbeifließt, eine Katze an der senkrechten Wand hängen. Sie hatte sich in ihrer Todesangst dort festgekrallt.

Meine Partnerin legte sich gleich auf das Straßenpflaster, ich hielt sie an den Füßen, sie ließ sich hinunter, bis sie das arme Tier von der Wand wegreißen und heimtragen konnte. Mit aller Liebe hat sie es gepflegt. Sie war halt ein guter Kerl!

*

Über all diesen Erinnerungen, lieber Leser, habe ich mich unversehens so verplaudert, dass ich aus meinen ›Jugendstreichen‹ eigentlich schon längst in meine Lebenserinnerungen hineingeraten bin. Wie Vieles wäre da noch zu berichten! Ob ich noch einmal dazu komme, es aufzuschreiben?

DIALOGE
Der neue Buchhalter

Liesl Karlstadt: Also, Herr Maier, Sie beginnen heute Ihre Tätigkeit in meinem Geschäft als Buchhalter.

Karl Valentin: Jawohl, Herr Meier.

L. K.: Es ist natürlich wieder ein Verhängnis, dass Sie auch Maier heißen, genau wie ich.

K. V.: Jawohl, Herr Meier, aber ich schreibe mich Maier mit *ai* und Sie, Herr Meier, mit *ei*.

L. K.: Nun ja, aber wie's der Kuckuck haben will, haben wir noch mehrere Meier in unserer Fabrik, und zwar mein Teilhaber, der heißt auch Meyer.

K. V.: Was Sie nicht sagen! Aha! Das ist natürlich tafal – fatal, das muss ja zu Verwechslungen führen.

L. K.: Nein, nein, Verwechslungen gibt es da nicht, denn der Teilhaber schreibt sich ja Meyer mit Ypsilon.

K. V.: Verzeihung! So, so, dann natürlich nicht.

L. K.: Dann haben wir noch einen weiteren Meier bei uns, und zwar den Hausmeister.

K. V.: So? Was Sie nicht sagen!

L. K.: Der heißt aber Gott sei Dank Meir.

K. V.: Meir! Aha!

L. K.: Also hinten ohne *e*.

K. V.: So? Nur vorne? Das ist natürlich kinderleicht, den und die anderen Meier auseinanderzukennen.

L. K.: Na, das will ich nicht sagen! Der Hausmeister Meir muss nur sehr prägnant ausgesprochen werden.

K. V.: Aha! Natürlich, Herr Meier, also Meirrr.

L. K.: Ja. Also, das wären nun mal die vier Meier in meinem Geschäft. Nun zu den Kunden und Geschäftsleuten!

K. V.: Selbstverständlich!

L. K.: Da schreiben sich nahezu ein halbes Dutzend ebenfalls wieder Meier in allen Variationen.

K. V.: Was Sie nicht sagen!

L. K.: Merken Sie sich nun, was ich Ihnen sage!

K. V.: Jawohl, Herr Meier.

L. K.: Also, passen Sie auf, Herr Maier!

K. V.: Jawohl.

L. K.: Unser Holzlieferant heißt Mayer. Den können Sie aber mit sich nie verwechseln –

K. V.: Selbstverständlich!

L. K.: – weil Sie sich ja mit *ai* schreiben –

K. V.: Aha!

L. K.: – er aber mit *ay*, verstehn Sie?

K. V.: Aha, also so wie der Hausmeister.

L. K.: Wieso der Hausmeister? Der Hausmeister schreibt sich doch Meir. Ohne hinten mit *e*.

K. V.: Richtig, richtig! Ohne hinten mit *e*. Ich war jetzt in Gedanken – ohne hinten mit *e*, Verzeihung.

L. K.: Hinten ohne *e*, verstehen Sie?

K. V.: Selbstverständlich, selbstverständlich!

L. K.: Zu aller Fatalität heißt nämlich mein Schwiegersohn auch noch Mejer –

K. V.: Was Sie nicht sagen!

L. K.: – aber Meier mit Jot.

K. V.: Aha, mit Jod.

L. K.: Und dann haben wir noch einen Kunden mit dem Namen Meierer.

K. V.: Soso?

L. K.: Um aber Verwechslungen zu vermeiden, ist es das Einfachste, Sie merken sich die Schreibweisen der vielen Meier.

K. V.: Selbstverständlich, selbstverständlich.

L. K.: Also, erstens meine Wenigkeit, M-e-i-e-r geschrieben.

K. V.: Geschrieben, ja.

L. K.: Ihre Wenigkeit, M-a-i-e-r geschrieben.

K. V.: Selbstverständlich.

L. K.: Mein Teilhaber, M-e-y-e-r geschrieben.

K. V.: Geschrieben.

L. K.: Der Hausmeister, Meir, M-e-i-r ohne *e* hinten am Schluss geschrieben.

K. V.: Jawohl.

L. K.: Der Holzhändler, M-a-y-e-r geschrieben; mein Schwiegersohn, M-e-j-e-r geschrieben.

K. V.: Geschrieben.

L. K.: Und ein Kunde, M-e-i-e-r-e-r geschrieben.

K. V.: Selbstverständlich.

L. K.: Sehen Sie, so wäre es sehr einfach und jede Verwechslung ausgeschlossen.

K. V.: Jawohl, jawohl.

L. K.: Dann noch ein wichtiger Punkt. Wenn der eine oder andere Meier ins Geschäft kommt, dann ist es ja leicht für Sie, im Laufe der Zeit die vielen Meier auseinanderzukennen.

K. V.: Selbstverständlich!

L. K.: Sagen wir, der Maier – mit *i* geschrieben, hat zum Beispiel ein gestreiftes Taschentuch, nicht wahr.

K. V.: Jawohl.

L. K.: Oder der – der Meyer mit Ypsilon – sagen wir – der, der trägt vielleicht einen schmutzigen Kragen.

K. V.: Aha! Wenn er aber einen frischen Kragen trägt, Verzeihung.

L. K.: Na ja, dann erkennen Sie ihn eben dann am frischen Kragen!

K. V.: Aha.

L. K.: Kritisch ist die Sache mit den vielen Meiern nur am Telefon, weil man diese Kerle nicht sieht.

K. V.: Selbstverständlich! Dann einen Fernsehapparat!

L. K.: Fernsehapparat!! Soweit sind wir noch nicht!

K. V.: Soso.

L. K.: Also, sagen Sie, Herr Maier, haben Sie gut aufgepasst, was ich Ihnen gesagt habe?

K. V.: Selbstverständlich.

L. K.: Also, wiederholen Sie die Schreibweisen der vielen Meier!

K. V.: Jawohl! Also der eine Meier hat vorne ein schmutziges Taschentuch und hinten ein Ypsilon.

L. K.: Ach Gott! Lieber Gott!

K. V.: Und der zweite Meier hat hinten das *a*, und vorne reibt er sich mit Jod ein.

L. K.: Ja, Sie Idiot! Sie sagen ja alles verkehrt! Sie sind ja unmöglich! Was würden Sie tun, wenn die vielen Meier jetzt plötzlich alle kämen?

K. V.: Zusperrn und keinen hereinlassen, Herr Meier!

Am Heuboden

Anni: Simmerl, Simmerl! Wo bist denn?

Simmerl: Do!

Anni: Wo?

Simmerl: Do!

Anni: I seh di ja net.

Simmerl: Deswegn bin i do da.

Anni: Ja, hörn tua i di scho, aber sehn tua i di net.

Simmerl: Ja, des ko i scho versteh, weilst halt im Finstern nix siehst.

Anni: Aba warum hört ma nacha im Finstern was?

Simmerl: Ja warum? Hörst du ebba jetzt grad was?

Anni: Freili! Di hör i!

Simmerl: Warum grad ausgrechnet mi?

Anni: Weil halt sunst wahrscheinli neamand da is.

Simmerl: Ja, woaßt du des gwiss?

Anni: Freili woaß i des gwiss, sunst tat i do außer dir no ebbs hörn.

Simmerl: Hörst du mi denn aa, wenn i nix red?

Anni: Sell woaß i net; red amal nix, ob i nacha was hör.

Simmerl: Ja, jetzt pass auf, jetzt red i nix. Hast des jetzt ghört,
wia i nix gredt hab?

Anni: Ja tadellos – und des hab i nacha ghört, wias d' gsagt hast: »Hast des
jetzt ghört, wia i nix gredt hab?«

Simmerl: So, des hast ghört? – Aber des andere net?

Anni: Was für a anders?

Simmerl: No ja, wia i nix gredt hab.

Anni: Na, zuaghört hab i scho, aber ghört hab i nix.

Simmerl: Des is gspaßig, gell, mit dera Hörerei.

Anni: Ja, des is wohl gspaßig. – Du, Simmerl! Probiem ma des gleiche mit'm
Sehn aa, statt mit'm Horchn; schaug amal net, ob i di na seh.

Simmerl: Ja, is scho recht. – Jetzt schaug i amal net. – Jetzt hab i net
gschaugt, hast mi gsehn?

Anni: Naa!

Simmerl: Hast mi wirklich net gsehn?

Anni: Naa!

Simmerl: Ja, wo hast'n nacha dann hingschaugt?

Anni: Nirgends.

Simmerl: Warum hast denn dann nirgends hingschaugt?

Anni: Ja, wo hätt i denn sonst hinschaun solln?

Simmerl: Ja mei, zu mir her hättst schaun solln!

Anni: Im Finstern seh i di do net.

Simmerl: Ja, warum net?

Anni: Wenn du des net woaßt, wia soll's denn dann i wissn? Wo i doch vui dümmer bin als du.

Simmerl: Naa, Anni, des kannst aa net sagn, mir zwoa san scho gleich dumm, sunst kunnt ma net so saudumm daherredn.

Anni: War des saudumm, was mir jetzt grad gredt ham?

Simmerl: Naa, ganz saudumm no net.

Anni: No net? – Was is denn nacha ganz saudumm?

Simmerl: Ganz saudumm wär zum Beispiel des, wenn i zu dir gsagt hätt: »Anni, halt dir amal d' Ohm zua, dann schaug i, ob i di riach.«

Anni: So, des is ganz saudumm?

Simmerl: Ja, des wär ganz saudumm.

Anni: O mei, bin i saudumm, dass i net amal gwusst hab, was ganz saudumm is!

In der Apotheke

Karl Valentin: Guten Tag, Herr Apotheker.

Liesl Karlstadt: Guten Tag, mein Herr, Sie wünschen?

K. V.: Ja, das ist schwer zu sagen.

L. K.: Aha, gewiss ein lateinisches Wort?

K. V.: Nein, nein, vergessen hab ich's.

L. K.: Na ja, da kommen wir schon drauf, haben Sie kein Rezept?

K. V.: Nein!

L. K.: Was fehlt Ihnen denn eigentlich?

K. V.: Nun ja, das Rezept fehlt mir.

L. K.: Nein, ich meine, sind Sie krank?

K. V.: Wie kommen Sie denn auf so eine Idee? Schau ich krank aus?

L. K.: Nein, ich meine, gehört die Medizin für Sie oder für eine andere Person?

K. V.: Nein, für mein Kind.

L. K.: Ach so, für Ihr Kind. Also, das Kind ist krank. Was fehlt denn dem Kind?

K. V.: Dem Kind fehlt die Mutter.

L. K.: Ach, das Kind hat keine Mutter?

K. V.: Schon, aber nicht die richtige Mutter.

L. K.: Ach so, das Kind hat eine Stiefmutter.

K. V.: Ja ja, leider, die Mutter ist nur stief statt richtig, und deshalb muss sich das Kind erkältet haben.

L. K.: Hustet das Kind?

K. V.: Nein, es schreit nur.

L. K.: Vielleicht hat es Schmerzen?

K. V.: Möglich, aber es ist schwer. Das Kind sagt nicht, wo es ihm weh tut. Die Stiefmutter und ich geben uns die größte Mühe. Heut hab ich zu dem Kind gsagt, wenn du schön sagst, wo es dir weh tut, kriegst du später mal ein schönes Motorrad.

L. K.: Und?

K. V.: Das Kind sagt es nicht, es ist so verstockt.

L. K.: Wie alt ist denn das Kind?

K. V.: Sechs Monate alt.

L. K.: Na, mit sechs Monaten kann doch ein Kind noch nicht sprechen.

K. V.: Das nicht, aber deuten könnte es doch, wo es die Schmerzen hat, wenn schon ein Kind so schreien kann, dann könnt's auch deuten, damit man weiß, wo der Krankheitsherd steckt.

L. K.: Hat's vielleicht die Finger immer im Mund stecken?

K. V.: Ja, stimmt!

L. K.: Dann kriegt es schon die ersten Zähne.

K. V.: Von wem?

L. K.: Na ja, von der Natur.

K. V.: Von der Natur, das kann schon sein, da braucht's aber doch net schrein, denn wenn man was kriegt, schreit man doch nicht, dann freut man sich doch. Nein, nein, das Kind ist krank, und meine Frau hat gsagt: Geh in d' Apothekn und hol einen – ?

L. K.: Kamillentee?

K. V.: Nein, zum Trinken ghört's nicht.

L. K.: Vielleicht hat's Würmer, das Kind.

K. V.: Nein, nein, die tät man ja sehn.

L. K.: Nein, ich mein innen.

K. V.: Ja so, innen, da haben wir noch nicht reingschaut.

L. K.: Ja, mein lieber Herr, das ist eine schwierige Sache für einen
Apotheker, wenn er nicht erfährt, was der Kunde will!

K. V.: D' Frau hat gsagt, wenn ich den Namen nicht mehr weiß, dann soll
ich an schönen Gruß vom Kind ausrichten, von der Frau vielmehr, und
das Kind kann nicht schlafen, weil's immer so unruhig ist.

L. K.: Unruhig? Da nehmen Sie eben ein Beruhigungsmittel. Am besten
vielleicht: Isopropilprophemilbarbitursauresphenildimethildimenthylaminophirazolon.

K. V.: Was sagn S'?

L. K.:
Isopropilprophemilbarbitursauresphenildimethildimenthylaminophirazolon.

K. V.: Wie heißt des?

L. K.:
Isopropilprophemilbarbitursauresphenildimethildimenthylaminophirazolon.

K. V.: Jaaaa! Des is 's! So einfach, und man kann sich's doch nicht merken!

Der Trompeter von Säckingen

Liesl Karlstadt: O mei, Herr Nachbar, Sie haben ja von historischen
Ereignissen nicht die geringste Ahnung.

Karl Valentin: Ja, glauben S' mir doch, der Trompeter von Säckingen war
ein ganz einfacher Mann, nur mit dem Unterschied, dass er immer eine
Trompete dabeighabt hat.

L. K.: Wieso immer eine Trompete?

K. V.: Na ja, wie ein anderer immer seinen Regenschirm dabeihat, so hat der
eine Trompete bei sich gehabt.

L. K.: Nein, nein, Sie verwechseln den Mann, Sie meinen wahrscheinlich
den Mann mit der Flöte, dem die Ratten und Mäuse nachgelaufen sind,
wenn er geflötet hat.

K. V.: Ja, lieber Herr, das war ja der Rübezahl, der immer die Rüben gezählt
hat. Der hat zu der Zeit, als der Trompeter von Säckingen geblasen hat,
gelebt hat, wollt ich sagen, noch gar nicht gelebt.

L. K.: Was? Der hat nicht gelebt? Wenn er nicht gelebt hätte, hätte er ja
niemals Trompete blasen können.

K. V.: Freilich hat er gelebt!

L. K.: Jetzt sagen Sie wieder, er hat gelebt.

K. V.: Ich hab gsagt, zu der Zeit hat er nicht gelebt, als der Trompeter von Säckingen gelebt hat.

L. K.: Wer?

K. V.: Der Trompeter von Säckingen.

L. K.: Sie haben doch im Moment behauptet, der Rübezahl hat nicht gelebt, zur Zeit als der Trompeter von Säckingen gelebt hat.

K. V.: Das kann schon sein! – Also einer von den zwein hat nicht gelebt, das weiß ich aus Erfahrung. Das hat mir nämlich mein ehemaliger Vater immer oft erzählt. Der Herr Trompeter von Säckingen, hat er gesagt, war beim Dreißigjährigen Krieg Trommler.

L. K.: Geh! So a Schmarrn! A Trompeter ist doch kein Trommler!

K. V.: Lassen Sie mich bitte ausreden; der Trompeter von Säckingen war ein gelernter Trommler, aber während einer früheren Schlacht, 1333, wurde ihm von einem bösen Hunnensoldaten die Trommel entzweigeschlagen, und das ärgerte ihn so, dass er das Trompetenblasen lernte.

L. K.: Der Trompeter von Säckingen war doch der, der einst mit seiner Trompete das schöne Lied geblasen hat.

K. V.: Stimmt! »Behüt dich Gott, es wär so schön gewesen, behüt dich Gott, es hat nicht sollen sein!«

L. K.: Das gibt's nicht, das ist technisch nicht möglich, dass einer mit der Trompete den Text blasen kann.

K. V.: Was für einen Text?

L. K.: Na ja, »Behüt dich Gott, es wär so schön gewesen.«

K. V.: Das behaupte ich auch gar nicht. Die Worte kann er freilich nicht blasen, die kann er nur singen.

L. K.: Ja, hat denn der zum Trompetenblasen nebenbei noch singen können?

K. V.: Nein! Er hat nur die Melodie geblasen.

L. K.: Wer hat dann aber die Worte gesungen: »Behüt dich Gott, es wär so schön gewesen?«

K. V.: Das hat sie gesungen.

L. K.: Wer sie? – Also die Frau Trompeter von Säckingen?

K. V.: Nein! Nicht seine Frau, seine Geliebte hat das gesungen.

L. K.: Ah, jetzt begreif ich's, er hat geblasen, und sie hat dazu gesungen.

K. V.: Ja, anders kann es nicht gewesen sein! – Sie hat beim Mondenschein auf ihn gewartet, und dann ist er gekommen und hat das Lied mit der Trompete geblasen, und sie hat mitgesungen.

L. K.: Ah – und da ist wahrscheinlich einer dazugekommen und hat den Text mitstenografiert?

K. V.: Nein, der hat eben nicht mitstenografieren können.

L. K.: Warum nicht?

K. V.: Der hat so laut blasen, dass man den Text nicht verstanden hat.

L. K.: Hm! So a Rindviech!

Das Hunderl

Frau: Ach, is des a netts Hunderl! Ham S' des schon lang?
Herr: Jaja, schon zehn Jahr.

Frau: Soso, insgesamt?

Herr: Selbstverständlich!

Frau: Warum darf er denn nicht frei laufen?

Herr: Er hat keinen Beißkorb.

Frau: Ja, beißt er denn?

Herr: Ja woher, nicht im Geringsten!

Frau: Dann braucht er doch keinen Beißkorb.

Herr: Doch, ohne Beißkorb darf er nicht Straßenbahn fahren.

Frau: Aber er fährt doch jetzt nicht Straßenbahn.

Herr: Jetzt nicht, es ist ja auch gar keine Straßenbahn da.

Frau: Aber da kommt alle Augenblick eine.

Herr: Das nützt mir nichts, ich darf doch nicht fahren,
    weil ich keinen Maulkorb hab.

Frau: Sie brauchen doch keinen. Nur das Hunderl muss einen haben.

Herr: Des weiß ich schon, der hat ja einen, nur dabei hab ich ihn nicht.

Frau: Ja, dann dürfen S' freilich nicht in die Straßenbahn hinein.

Herr: Natürlich darf ich nicht hinein, dann fahr ich halt
    mit der nächsten.

Frau: Ach so, ich hab geglaubt, Sie wollen schon mit dieser fahren.

Herr: Freilich wollt ich mit dieser fahren, aber bis ich heimlauf und hol
    den Beißkorb, ist doch die Straßenbahn weggefahren, die kann doch auf
    mich nicht zehn Minuten warten.

Frau: Ja, des kann auch der Schaffner nicht machen, denn wenn er nicht wegfährt, dann würden sich ja die nachkommenden Straßenbahnwagen stoppen, des geht nicht, des können S' auch nicht verlangen, dass wegen so einem kleinen Hunderl ...

Herr: Freilich kann ich das nicht verlangen, das weiß ich schon selber. Lassen S' mir jetzt mei Ruah mit dera saudummen Fragerei, kümmern Sie sich um Ihre Kinder und net um andere Leut ihre Viecher! Man hat ja so so viel Ärger und Verdruss mit den Hunden. Mitten in der Nacht muss man oft aus'm warmen Bett raus und muss die Tiere nunterlassen. In Hof dürfen s' nicht nunter, in Hausflur sollen s' nicht. Ja, wir Menschen haben's bequem, aber ich kann meinem Hund nicht zumuten, dass er aufs WC geht; 's ganze Jahr hat ma mit'n Hausherrn und dem Hausmeister Streitigkeiten wegen den Hunden – wie gestern Abend zum Beispiel: setzt sich mein Hund mitten aufs Trottoir und macht sein großes Geschäfterl, ein Herr sieht das, kommt auf mich zu, brüllt mich an: »So eine Sauerei, haben wir den Bürgersteig deshalb, dass diese Sauviecher ihn beschmutzen dürfen? Der Hund weiß es natürlich nicht, dass das der Bürgersteig ist, aber Sie blöder Kerl könnten das wissen! Ich glaube, die Straße ist breit genug für derlei Verrichtungen!«

Frau: Ja mei, aber auf d' Straßn soll so ein Hunderl auch wieder nicht, da schrein dann die Autofahrer und Radfahrer glei wieder: »Weg von der Straßn mit dem Sauhund!«

Herr: Na ja, ich hab mich belehren lassen, und an andern Tag, wie mein Hund sich wieder aufs Trottoir setzt und will sein großes Geschäferl machen, hab ich ihn sofort mit der Leine vom Bürgersteig heruntergezogen auf d' Straßn. Schreit mich ein Mann an: »Sie unverschämter Kerl, den Tierschutzverein sollt man holen, mitten unterm Geschäft zieht der rohe Mensch das arme Hunderl auf die Straße hinunter. Angezeigt gehören Sie, so ein Rohling!«

Frau: Ja mei! Was machen S' denn dann morgen, wenn das Hunderl wieder müssen muss?

Herr: Aufs Hausdach geh ich mit mei'm Hund hinauf, oder ich lass ihn einschläfern und dann ausstopfen.

Frau: Da ham S' recht. Dann braucht er sein Geschäferl nimmer ausüben, dann hat er für immer ausgeschäftelt.

Ohrfeigen

Karl Valentin: Ha, da sind Sie ja, Sie gemeiner Kerl! Seit Monaten suche ich diesen Schurken, der sich erlaubt, meiner Frau heimliche Liebesbriefe zu schreiben! Endlich habe ich Sie erwischt! – Hier haben Sie die Belohnung dafür – hier die zweite – Sie Schuft! – Hier noch eine und dann noch eine – Sie Hochstapler Sie! – Nun haben Sie für Ihre Gemeinheit Ihren Tee bekommen – Sie, Herr Otto Keilhauer!

Liesl Karlstadt: Wie kommen Sie dazu, mich hier zu beohrfeigen? Erstens kenne ich Ihre Frau gar nicht, und zweitens heiße ich nicht Otto Keilhauer, sondern Alois Freiberger.

K. V.: Waaas? Sie sind nicht der Herr Otto Keilhauer? Das ist doch nicht möglich! Sie sind wirklich nicht Otto Keilhauer? Das tut mir aber leid – so eine frappante Ähnlichkeit! Entschuldigen Sie vielmals!

L. K.: Halt, halt! Was heißt entschuldigen – so einfach ist die Sache nicht! Sie haben mich beleidigt und geohrfeigt!

K. V.: Gut! Ich nehme die Beleidigungen mit größtem Bedauern zurück.

L. K.: Und die Ohrfeigen?

K. V.: Ja, die Ohrfeigen kann ich mit bestem Willen nicht mehr zurücknehmen, das ist technisch nicht möglich.

L. K.: Das sehe ich schon ein, aber ich kann sie Ihnen wieder zurückgeben, das ist technisch möglich.

K. V.: Ja, das hat aber keinen Sinn; ich bin ja nicht der Otto Keilhauer, denn der hätt sie ja bekommen sollen.

L. K.: Jaja, aber ich bin auch nicht der Otto Keilhauer, und Sie haben mir die Ohrfeigen doch gegeben.

K. V.: Ja, verstehen Sie mich denn nicht, ich habe sie Ihnen nur deshalb gegeben, weil ich der Meinung war, Sie seien der Otto Keilhauer.

L. K.: Was heißt seien, wenn ich es nicht bin!

K. V.: Aber dafür kann doch ich nichts, wenn Sie dem so frappant ähnlich sehen!

L. K.: Ja, kann denn ich da was dafür?

K. V.: Nein, aber ich doch noch weniger.

L. K.: Schauen Sie sich das nächste Mal die Leute besser an, denen Sie Ohrfeigen geben wollen, dann kommt so was nicht mehr vor.

K. V.: Das hätte ich auch gemacht, aber Sie sind so schnell an mir vorbeigegangen, dass ich Sie nur flüchtig sehen konnte.

L. K.: Ja, Sie Idiot, ich kann doch wegen Ihnen nicht langsam gehen, damit Sie genau erkennen, ob ich dieser Keilhauer bin oder nicht.

K. V.: Dieses Geschwätz hat jetzt gar keinen Wert, ich hab mich bei Ihnen entschuldigt, und wegen der Ohrfeigen müssen wir uns jetzt halt einigen.

L. K.: Was heißt einigen – ich verklage Sie!

K. V.: Das tun Sie bitte nicht, dann haben wir bloß noch Laufereien. Sie sagen mir, was Sie für eine Ohrfeige verlangen, und ich bezahle.

L. K.: Gut, wieviel Ohrfeigen haben Sie mir gegeben?

K. V.: Soviel ich mich noch erinnere, sechs Stück.

L. K.: Was bezahlen Sie mir für das Stück?

K. V.: Ich denke eine Mark.

L. K.: Sie unverschämter Kerl, für solche Prachtohrfeigen nur eine Mark, das ist ja Preisdrückerei, merken Sie sich das!

K. V.: Mehr kann ich unmöglich bezahlen!

L. K.: Gut, dann verklage ich Sie.

K. V.: Na, dann sagen wir für eine Ohrfeige eine Mark fünfzig, sechsmal eine Mark fünfzig sind neun Mark; hier haben Sie neun Mark!

L. K.: Danke schön, danke schön! Das war eigentlich ein schnell verdientes Geld! Da wird sich der Herr Otto Keilhauer ärgern, wenn er erfährt, dass Sie ihn mit mir verwechselt haben!

Im Zoologischen Garten

Mit Tierimitationen: Löwengebrüll, Wolfsgeheul usw.

Billetteur: Bitte die Herrschaften Billetten vorzeigen!

Karl Valentin: Was heißt: Billetten vorzeigen! Haben Sie noch kein Billett gesehn vom Zoologischen Garten?

Billetteur: Schon viele, aber die Ihren noch nicht.

K. V.: Die sind doch alle gleich.

Liesl Karlstadt: Des is doch wegn der Kontrolle.

K. V.: I brauch koa Kontrolle, i bin koa Schwindler, oder glaubn Sie …

L. K.: Geh zua, werst wohl net streiten wegen dene zwei Billetten! – Ah, da schau nüber, da is schon ein Riesenelefant.

K. V.: Wo?

L. K.: Da drüben.

K. V.: Des is doch kein Elefant, des is doch ein Nilpferd.

L. K.: Jaja, ich weiß schon, ich hab mich nur versprochen.

K. V.: Da schau her, Kunigunde, der wunderbare Tintenfisch da oben!

L. K.: Wo oben?

K. V.: Da oben.

L. K.: Des is doch kein Tintenfisch, des is ja a Steinadler.

K. V.: Jaja, Steinadler wollt ich sagen, ich hab mich auch nur versprochen.

L. K.: Ah, da schau her, sibirische Wölfe, und wie die unheimlich heulen.

K. V.: Jaja, des sind auch unheimliche Raubtiere, die müssen auch
unheimlich heulen, das würde sich dumm anhören, wenn die Wölfe
zwitschern würden.

L. K.: Naja, genauso blöd wäre es, wenn a Schwalbe heulen würde. – Käfig
Nr. 5, Das Nashorn. Warum heißt das Nashorn?

K. V.: Weil's auf der Nase ein Horn hat.

L. K.: Ja, wia is denn des dann beim Elefant?

K. V.: Naja, der hat eine Ele am Fant.

L. K.: Nein, der hat einen Rüssel am Kopf, der müsste eigentlich
Rüsselkopf heißen!

K. V.: Sag's ihm!

L. K.: Wem, dem Elefant?

K. V.: Nein, dem zoologischen Besitzer. – Du, da schau her, die netten
kleinen Affen, da sagen die Leut immer, wir gleichen den Affen
– *Schreien* – des find i net, mir san doch viel größer!

L. K.: Da schau her, das ist eine Gemeinheit, da zahlt man eine Mark
Eintritt – *Zwitschern* – und da sieht man einen gewöhnlichen Spatz!

K. V.: Stimmt, das ist ein Spatz, vielleicht is der in'n zoologischen Garten
hereingeflogen. Wenn er nicht im Katalog steht, gehört er nicht herein.
– Schau, Nr. 22, Pelikane.

L. K.: Und was sind das für kleine weiße Dreckhäufchen, die auf dem
Beton liegen?

K. V.: Das ist der Abfall von de Pelikane, das Pelikanol, das wird in Tuben
gefüllt und kostet dann 30 Pfennige.

L. K.: Hier ist ein Orang-Utan, ein Menschenaffe.

K. V.: Der schaut aber wirklich blöd. Alte, stell dich net so nah an das
Gitter hin, sonst weiß der Aff net, bist du im Käfig oder er. *Gebrüll.*

L. K.: Horch, was is denn das für ein Gebrüll?

K. V.: Das sind wahrscheinlich die Brillenschlangen. – Käfig Nr. 24, Der Fuchs. Moanst, Alte, dass des der Fuchs is?

L. K.: Was für a Fuchs?

K. V.: No ja, der wo damals die Gans gstohln hat.

L. K.: Du fads Mannsbild, mit deine blöden Witz! – Ja, was is denn des, des is ja a Storch! Du, Alter, moanst, des is der Storch?

K. V.: Was denn für a Storch?

L. K.: No ja, der wo die kleinen Kinder bringt.

K. V.: Du fads Frauenzimmer du, mit deine blöden Witz! – *Raubtiergebrüll.*

L. K.: Du, jetzt müass ma ins Raubtierhaus – um vier Uhr is Fütterung sämtlicher Raubtiere! – Komm!

K. V.: Nein, das mag ich nicht sehn.

L. K.: Warum nicht?

K. V.: Ich kann's auch nicht leiden, wenn mir wer beim Essen zuschaut.

Der Hasenbraten

Mann: Elisabeth! – Ich hab doch Hunger, was is denn heute mit dem Hasenbraten?

Frau: Der ist noch nicht fertig, aber die Suppe steht schon am Tisch.

Mann *(schlürft): Na,* die Suppe ist heut wieder ungenießbar.

Frau: Wieso? Des is sogar heut eine ganz feine Suppn.

Mann: Das sagt ja auch niemand, dass die Suppn nicht fein ist, ich mein nur, sie ist ungenießbar, weil s' so heiß ist.

Frau: Eine Suppe muss heiß sein.

Mann: Gewiss! Aber nicht zu heiß!

Frau: Ddddd – alle Tag und alle Tag das gleiche Lied, entweder ist ihm d' Suppn zu heiß, oder sie ist ihm zu kalt; jetzt will ich dir amal was sagn: Wenn ich dir nicht gut genug koch, dann gehst ins Wirtshaus zum Essen.

Mann: Des is gar net notwendig, die Suppn is ja gut, nur zu heiß.

Frau: Dann wartest halt so lang, bis s' kalt is.

Mann: Eine kalte Suppn mag ich auch nicht.

Frau: Dann – jetzt hätt ich bald was gsagt.

Mann: Ich weiß schon – nach'm Essen.

Frau: Jeden Tag und jeden Tag muss bei uns gestritten werden, anders geht's nicht.

Mann: Naja, du willst es ja nicht anders haben.

Frau: So, bin ich vielleicht der schuldige Teil?

Mann: Na, wer denn, hab ich die Suppn kocht?

Frau: Eine kochende Suppe is immer heiß.

Mann: Ja, vielleicht kochst du s' zu heiß!

Frau: Zu lang? Nein, nein, morgn häng i an Thermometer in Suppentopf nei, damit der Herr Gemahl a richtig temperierte Suppn bekommt.

Mann: Eine gute Köchin braucht kein Thermometer zum Suppnkochen.

Frau: Jaja, nun kommt die spöttische Seite, so geht's ja jeden Tag, zuerst nörgelt er, und dann kommt der Spott auch noch dazu.

Mann: Was heißt nörgeln. Ich habe doch als Mann das Recht zu sagen, die Suppe ist mir zu heiß.

Frau: Jetzt fangt er wieder mit der heißen Suppn an; es ist wirklich zum Verzweifeln.

Mann: Du brauchst nicht zu verzweifeln, du sollst die Suppe so auf den Tisch stellen, wie sie sein soll, nicht zu kalt und nicht zu heiß.

Frau: Aber jetzt ist sie doch nicht mehr zu heiß!

Mann: Jetzt nicht mehr, aber wie du sie hereingetragen hast, war sie zu heiß.

Frau: Schau, schau, er hört nicht mehr auf, er bohrt immer wieder in dasselbe Loch hinein.

Mann: Wieso, was soll das heißen?

Frau: Weil du immer wieder mit der heißen Suppn daherkommst.

Mann: Du bist doch mit der heißn Suppn dahergekommen, nicht ich, du drehst ja den Stiel um.

Frau: Du bist und bleibst ein Streithammel. – Du, horch! – Was riecht denn da so komisch?

Mann: Ich hör auch was – da brandelt was.

Frau: Hast vielleicht wieder eine brennende Zigarette auf den Teppich geworfen?

Mann: Ich hab ja heute noch nicht geraucht, und wenn ich geraucht hätte, dann hätt ich die Zigarette nicht auf den Teppich, sondern in den Aschenbecher geworfen.

Frau: Ich hab's ja auch nicht behauptet, ich hab ja nur gemeint, und meinen werd ich noch dürfen. Um Gottes willen, der Rauch kommt ja aus dem Gang!

Mann: No, so geh halt naus und schau, was los ist.

Frau: Mein Gott! – Die ganze Küche ist voll Rauch. – *Macht die Ofentüre auf.* – Jessas, der Has ist verbrannt!

Mann: Jaja, bei uns muss ja immer was los sein!

Frau: So! – *Kommt aus der Küche auf den Mann zu und zeigt ihm den Braten.* – Da schau her, da schau her, da haben wir jetzt die Bescherung! Mit deiner ewigen Streiterei ist unser ganzes Essen verbrannt.

Mann: Mahlzeit! – Und drinnen waltet die tüchtige Hausfrau!

Frau: Wer ist denn schuld? Du! Mit deinem ewigen Streiten und Nörgeln!

Mann: Ich habe nicht gestritten und genörgelt, ich hab ja nur gesagt, dass die Suppe zu heiß ist!

Frau: Jetzt fangt er wieder an mit der heißen Suppn, ich lauf noch auf und davon!

Mann Auf brauchst gar nicht laufen, nur davon! – Genügt mir vollständig.

Frau: Mit lauter Streiten hab ich ganz drauf vergessen, und der arme, arme Has ist jetzt im glühenden Ofenrohr jämmerlich verbrannt. – Essen kannst 'n nimmer!

Mann: Das glaub ich! Aber dem Tierschutzverein werd ich 's melden!

Wo ist meine Brille?

Mann: Klara! Ich finde meine Brille nicht. Weißt du, wo meine Brille ist?

Frau: In der Küche hab ich sie gestern liegen sehen.

Mann: Was heißt gestern! Vor einer Stunde hab ich doch noch gelesen damit.

Frau: Das kann schon sein, aber gestern ist die Brille in der Küche gelegen.

Mann: So red doch keinen solchen unreinen Mist, was nützt mich denn das, wenn die Brille gestern in der Küche gelegen ist!

Frau: Ich sag dir's doch nur, weil du sie schon ein paarmal in der Küche hast liegen lassen.

Mann: Ein paarmal! Die habe ich schon öfters liegen lassen – wo sie jetzt liegt, das will ich wissen!

Frau: Ja, wo sie jetzt liegt, das weiß ich auch nicht, irgendwo wird s' schon liegen.

Mann: Irgendwo! Freilich liegt s' irgendwo – aber wo – wo ist denn irgendwo?

Frau: Irgendwo? Das weiß ich auch nicht – dann liegt s' halt woanders!

Mann: Woanders! – Woanders ist doch irgendwo.

Frau: Ach, red doch nicht so saudumm daher, woanders kann doch nicht zu gleicher Zeit woanders und irgendwo sein! – Alle Tage ist diese Sucherei nach der saudummen Brille. Das nächste Mal merkst dir halt, wo du sie hinlegst, dann weißt du, wo sie ist.

Mann: Aber Frau!!! So kann nur wer daherreden, der von einer Brille keine Ahnung hat. Wenn ich auch weiß, wo ich sie hingelegt hab, das nützt mich gar nichts, weil ich doch nicht sehe, wo sie liegt, weil ich doch ohne Brille nichts sehen kann.

Frau: Sehr einfach! Dann musst du eben noch eine Brille haben, damit du mit der einen Brille die andere suchen kannst.

Mann: Hm! Das wär ein teurer Spaß! Tausendmal im Jahr verleg ich meine Brille, wenn ich da jedesmal eine Brille dazu bräuchte – die billigste Brille kostet drei Mark – das wären um dreitausend Mark Brillen im Jahr.

Frau: Du Schaf! Da brauchst du doch nicht tausend Brillen!

Mann: Aber zwei Stück unbedingt, eine kurz- und eine weitsichtige. – Nein, nein, da fang ich lieber gar nicht an. Stell dir vor, ich habe die weitsichtige verlegt und habe nur die kurzsichtige auf, die weitsichtige liegt aber weit entfernt, sodass ich die weitsichtig entfernt liegende mit der kurzsichtigen Brille nicht sehen kann!

Frau: Dann lässt du einfach die kurzsichtige Brille auf und gehst so nah an den Platz hin, wo die weitsichtige liegt, damit du mit der kurzsichtigen die weitsichtige liegen siehst.

Mann: Ja, ich weiß doch den Platz nicht, wo die weitsichtige liegt.

Frau: Der Platz ist eben da, wo du die Brille hingelegt hast!

Mann: Um das handelt es sich ja! Den Platz weiß ich aber nicht mehr!

Frau: Das verstehe ich nicht. Vielleicht hast du s' im Etui drinnen.

Mann: Ja!!! Das könnte sein! Da wird sie drinnen sein! Gib mir das Etui her!

Frau: Wo ist denn das Etui?

Mann: Das Etui ist eben da, wo die Brille drinnen steckt.

Frau: Immer ist die Brille auch nicht im Etui.

Mann: Doch! – Die ist immer im Etui. Außerdem ich hab s' auf.

Frau: Was? – Das Etui?

Mann: Nein! – Die Brille.

Frau: Jaaaaa! Was seh ich denn da? – Schau dir doch einmal auf deine Stirne hinauf!

Mann: Da seh ich doch nicht hinauf.

Frau: Dann greifst du hinauf! Auf die Stirne hast du deine Brille hinaufgeschoben!

Mann: Ah – stimmt! Da ist ja meine Brille! Aber leider?!

Frau: Was leider?

Mann: Ohne Etui!

Der Radfahrer

Schutzmann: Halt!

Valentin blinzelt den Schutzmann an.

Schutzmann: Was blinzeln Sie denn so?

Valentin: Ihre Weisheit blendet mich, da muss ich meine Schneebrille aufsetzen.

Schutzmann: Sie haben ja hier eine Hupe, ein Radfahrer muss doch eine Glocke haben. Hupen dürfen nur die Autos haben, weil die nicht hupen sollen.

Valentin: – *drückt auf den Gummiball:* – Die meine hupt nicht.

Schutzmann: Wenn die Hupe nicht hupt, dann hat sie doch auch keinen Sinn.

Valentin: Doch – ich spreche dazu! Passen Sie auf, immer wenn ich ein Zeichen geben muss, dann sage ich »Obacht«!

Schutzmann: Und dann haben Sie keinen weißen Strich hinten am Rad!

Valentin: Doch! – *Zeigt seine Hose.* –

Schutzmann: Und Rückstrahler haben Sie auch keinen.

Valentin: Doch! – *Sucht in seinen Taschen nach.* – Hier!

Schutzmann: Was heißt in der Tasche – der gehört hinten hin.

Valentin: – *hält ihn auf die Hose:* Hier?

Schutzmann: Nein – hinten auf das Rad – wie ich sehe, ist das ja ein Transportrad – Sie haben ja da Ziegelsteine, wollen Sie denn bauen?

Valentin: Bauen – ich? Nein! Warum soll ich auch noch bauen? Wird ja so viel gebaut.

Schutzmann: Warum haben Sie dann die schweren Steine an Ihr Rad gebunden?

Valentin: Damit ich bei Gegenwind leichter fahre, gestern in der Früh zum Beispiel ist so ein starker Wind gegangen, da hab ich die Steine nicht dabei gehabt, ich wollt nach Sendling nauf fahren, daweil bin ich nach Schwabing nunter kommen.

Schutzmann: Wie heißen Sie denn?

Valentin: Wrdlbrmpfd.

Schutzmann: Wie?

Valentin: Wrdlbrmpfd.

Schutzmann: Wadlstrumpf?

Valentin: Wr – dl – brmpfd!

Schutzmann: Reden S' doch deutlich, brummen S' nicht
immer in Ihren Bart hinein.

Valentin: – *zieht den Bart herunter:* Wrdlbrmpfd.

Schutzmann: So ein saublöder Name! – Schaun S' jetzt,
dass Sie weiterkommen.

Valentin: – *fährt weg, kehrt aber noch einmal um und sagt zum Schutzmann:*
Sie, Herr Schutzmann –

Schutzmann: Was wollen Sie denn noch?

Valentin: An schönen Gruß soll ich Ihnen ausrichten
von meiner Schwester.

Schutzmann: Danke – ich kenne ja Ihre Schwester gar nicht.

Valentin: So eine kleine stumpferte – die kennen Sie nicht?
Nein, ich hab mich falsch ausgedrückt, ich mein, ob ich
meiner Schwester von Ihnen einen schönen Gruß ausrichten soll?

Schutzmann: Aber ich kenne doch Ihre Schwester gar nicht – wie heißt
denn Ihre Schwester?

Valentin: Die heißt auch Wrdlbrmpfd.

Wahre Freundschaft

Karl Valentin: Aber das ist eine Überraschung für mich! Ihr Herr Schwager, der Lorenz, mein bester Freund, ist gestern gestorben.

Liesl Karlstadt: Ja! Ja! – Das ist schnell gegangen! Der hätt ruhig noch so 10 bis 20 Jahre leben können.

K. V.: Ja ruhig! – Ich hab ihn ja gern mögn – er war ein lieber Mensch – einer meiner besten Freunde – wirklich!

L. K.: Ja, er hat bei Lebzeiten oft von Ihnen erzählt und von den Stückln, die ihr beide gemacht habt.

K. V.: O mei – ich hätt nicht glaubt, dass dieses Freundschaftsband so schnell und jäh zerrissen wird!

L. K.: Ja, das hätt niemand so schnell geglaubt.

K. V.: Ich kann's noch gar nicht recht fassen, dass der Lorenz – so ein wackerer Kamerad – schon von uns gegangen sein sollte!

L. K.: Er hätt halt nicht soviel trinken solln! 's Bier hat er halt gern mögn.

K. V.: Ja mei, wenn er's net so gern mögn hätt, hätt er sicher net so viel trunken. – Aber dass es so schnell geht, hätt nicht jedermann geglaubt!

L. K.: Ja, es ist fast allzu schnell gekommen!

K. V.: Aber ich darf sagen, ich hab viele Freunde, aber mein bester Freund war und bleibt der Lorenz. Wie oft hat er mir in der Not ausgholfen, wenn's grad net gstimmt hat! »Lorenz« – hab i gsagt, »i bin momentan in Verlegenheit«, – schon hat er mir 50 Mark in die Hand gedrückt.

L. K.: Das stimmt, er war zu gut, zu gut!

K. V.: Sehn Sie, Frau Oberberger, das sind Freunde, und solche Leut müssen fort.

L. K.: Ja – in der Hinsicht war er großzügig!

K. V.: Er war ein Mensch, der andern Menschen gezeigt hat, was ein Mensch ist. Er war immer nobel!

L. K.: Ja – nur nobel, das kann man nicht anders sagen! Ihnen gegenüber sogar sehr nobel – hat er mir oft gesagt.

K. V.: Einmal, wie es mir recht dreckig gangen ist – ich war damals ganz am Hund – und trotzdem er selbst nicht auf Rosen gebettet war, hat er mir mit 500 Mark gutgstanden. Das werd ich ihm in Ewigkeit nicht vergessen.

L. K.: Ja, so war er! Er hat eine edle spendende Seele ghabt! – Ja, die hat er ghabt!

K. V.: Ja, die hat er ghabt! – Und jetzt hat er das Zeitliche gesegnet, der gute Lorenz!

L. K.: Das Zeitliche hinter sich – ja, das kann man wohl sagen.

K. V.: Zu jedem Namens- und Geburtstag hat er mir gratuliert. Da schaun S' her, Frau Oberberger, das Zigarrenetui – *schnackelt* – hat er mir auch gschenkt! Das wird mir ein nie vergessendes Andenken bleiben!

L. K.: Ich hab noch eine Fotografie zu Hause, wo Sie und der Lorenz armumschlungen im Salvatorkeller sitzen.

K. V.: Ja, das warn Zeiten! Für mein Freund Lorenz wär ich jederzeit durchs Feuer gegangen – ja! – Ich schon!!!

L. K.: Davon bin ich überzeugt!

K. V.: Wann ist denn die Beerdigung?

L. K.: Am Sonntag um 3 Uhr!

K. V.: Am Sonntag um 3 Uhr – schad – da muss i nach Daglfing zum Rennen – da kann i leider net komma! Naja – verwandt warn wir ja eigentlich nicht zueinander!

Gespräch am Springbrunnen

A *steht am Sendlingertorplatz in München und betrachtet sich den Springbrunnen und meint zu einem neben ihm stehenden Herrn:* So ein Springbrunnen ist doch etwas Herrliches.

B: Wenn er springt, is er sehr schön.

A: Was heißt springt, wenn er net springen würde, wär's ja kein Springbrunnen.

B: Was wär's dann für ein Brunnen?

A: Dann wär es keiner.

B: Gar keiner?

A: Nein gar keiner nicht, es wäre halt dann ein Brunnen, der nicht springt.

B: Aber *da* is er schon?

A: Freilich is er da.

B: Aber sehn tut mer ihn nicht?

A: Wenn er nicht springt – nicht.

B: Hören tut mer ihn auch nicht?

A: Wenn er springt schon, dann rauscht das Wasser.

B: Rauschen tut er, und springen zu gleicher Zeit?

A: Der Springbrunnen rauscht nicht, nur das Wasser.

B: Ohne Springbrunnen?

A: Nein, mit Springbrunnen.

B: Kann man so einen Springbrunnen kaufen?

A: Nein.

B: Woher hat dann unsere Stadtverwaltung den Springbrunnen?

A: Der wurde gestiftet.

B: Springend?

A: Nein – da musste zuerst das Wasserbassin betoniert werden, dann wurden die Rohre gelegt und die Blumenanlagen, und dann wurde ein Geländer herum gemacht.

B: Und dann?

A: War er fertig.

B: Aber gesehen hat man ihn noch nicht.

A: Wen?

B: Den Springbrunnen selbst.

A: Nein, erst als er aufgedreht wurde, dann ist der Wasserstrahl in die Höhe gesprungen.

B: Vor Freude?

A: Na – das ist doch ein Naturgesetz, wenn man einen Wasserhahn aufdreht, springt das Wasser immer in die Höhe.

B: Immer nicht, in unserer Küche zu Hause, wenn man den Wasserhahn aufdreht, springt das Wasser hinunter.

A: Eine Küche und der Sendlingertorplatz ist auch zweierlei.

B: Aber nützlich ist ein Springbrunnen nicht.

A: Nutzen hat er keinen.

B: Warum baut man dann Springbrunnen?

A: Nur zur Zierde – zum Anschauen.

B: Für wen?

A: Für die Bewohner unserer Stadt.

B: Wie lange existiert der Springbrunnen schon?

A: Ich glaube seit 1860, also fast hundert Jahre lang.

B: Nun, dann müssen ihn doch alle Münchner schon gesehen haben.

A: Das ist Geschmackssache, was Schönes kann man sich zwei- und dreimal ansehen.

B: Zwei- bis dreimal schon, aber so alte Münchner oder gar die, die am Sendlingertorplatz wohnen, müssen sich doch schon an dem Springbrunnen sattgesehen haben.

A: Für die Münchner allein is er auch nicht gemacht worden, sondern hauptsächlich für die Fremden.

B: Nein, das stimmt nicht, die Fremden kommen nicht wegen dem Wasser, sondern wegen dem Bier zu uns nach München.

A: Das stimmt.

B: Mich hat noch nie ein Fremder gefragt: »Sagn Sie mal, wo kann man hier einen Springbrunnen sehen?« – Alle haben mich gefragt: »Wo ist hier das Hofbräu?«

A: Natürlich kommt kein Mensch wegen dem Wasser nach München, und keiner wird aus dem Springbrunnenbassin Wasser saufen wollen.

B: Warum haben s' dann einen eisernen Zaun drumrum gemacht?

A: Dass man nicht nass wird, wenn man zu nahe an den Springbrunnen hingehen würde.

B: Aber im Winter?

A: Im Winter? Da springt er ja nicht.

B: Wenn aber ein Fremder im Winter den Springbrunnen sehen will?

A: Das kann er nicht, da muss er schon warten, bis es wieder Sommer wird.

B: Muss er dann so lang in München bleiben?

A: Nein, der fahrt wieder und soll im Sommer wiederkommen.

B: Wenn er aber nicht mehr kommt?

A: Dann sieht er ihn nicht.

B: Da hat's der Münchener leichter, der sieht ihn immer.

A: Im Winter auch nicht.

B: Warum springt er nicht im Winter?

A: Da tät der Springbrunnen einfrieren.

B: Das ist nicht wahr, laufendes Wasser friert nie ein.

A: Da haben Sie recht, das hat mir auch einmal ein Installateur gesagt, das wissen vielleicht die Herren Stadträte gar nicht.

B: Das muss man den Stadträten sagen, die sind einem vielleicht dafür dankbar, dann könnte man sich doch die Arbeit mit dem Zudrehen ersparen.

A: Gewiss, hieraus sieht man, dass der Laie auch manchmal eine gute Idee haben kann.

B: Nur eines ist mir nicht klar: der Springbrunnen springt in die Höhe, dann fällt das Wasser wieder herunter und sammelt sich in dem Wasserbecken und läuft dann zum Ablaufrohr wieder hinaus.

A: Ganz klar, der Ablauf ist wichtiger als der Springbrunnen selbst, denn wenn da kein Ablauf wäre, und das Wasser hätte seit dem Jahre 1860 nicht ablaufen können, da wäre vielleicht heute ganz München – ganz Bayern – ganz Deutschland – vielleicht ganz Europa überschwemmt – was wäre das für eine gewaltige Katastrophe, wenn einer aus Mutwillen das Ablaufrohr verstopfen würde?

B: ... Ah! ... jetzt weiß ich, warum dass man um diesen Springbrunnen ein Geländer gemacht hat.

Ein Gewitter kommt

Sturmwind pfeift – Donner – Einschlag – Regen usw. – dazu Straßenlärm, Hupen, Flieger usw.

Simon: Ddddd! So ein Sauwind! Hab ich nicht gesagt, du sollst dir deinen Regenschirm mitnehmen? Da, es fängt schon zu regnen an, so is's recht, nun haben wir nur einen Schirm.

Babett: Was nutzt der Regenschirm bei diesem Wind?

Simon: Red nicht soviel, halt das Paket hier, nicht bei der Schnur, sonst reißt die Schnur.

Babett: Die reißt nicht. – *Schnur reißt, alles fällt herunter.*

Simon: So, ich sag's, und der Wind dazu, so heb doch die Sachen auf!

Babett: Gib mir den Schirm, jessas, mei Huat, um Gottes willen, hol mir mein Hut!

Simon: Ja, i kann net weg, sonst nimmt uns wer die Sachen da.

Babett: Da, nimm den Schirm, dann hol ich ihn mir selber.

Simon: Naa, bleib da, ich hol ihn schon.

Babett: Naa, naa, bei so einem Sauwetter wär ma doch lieber daheim bliebn.

Simon: Unsinn! Glaubst, wenn ma daheim bliebn wärn, wär das Wetter net kommen?

Babett: Freilich wär's auch kommen, aber wir wärn net nass worn.

Simon: Mir wärn ja net nass worn, wenn du gleich den Schirm aufgspannt hättst.

Babett: Aufgspannt hättst? Hast doch gsehn, dass 'n uns der Wind umdreht hat. Da, schon wieder, halt an Schirm –

Simon: Ja, was is denn des? Des is ja schon bald ein Taifun.

Babett: Horch! Es donnert schon, ein Gewitter kommt.

Simon: Wer kommt?

Babett: Wer kommt – ein Gewitter, sag ich, kommt!

Simon: Wann?

Babett: Jetzt!

Simon: Ich mein, um wieviel Uhr?

Babett: Geh, red doch net so saudumm daher, es donnert doch schon.

Simon: Lass doch donnern, d' Hauptsach is, dass es nicht blitzt. Der Donner ist nicht gefährlich, aber der Blitz – gegen den Donner kann man sich schützen, aber gegen den Blitz nicht.

Babett: Gerade das Gegenteil. Gegen den Blitz kann man sich schützen durch den Blitzableiter, aber gegen den Donner nicht.

Simon: Das ist auch nicht notwendig, denn der Donner kann dir doch nichts tun. – *Heftiger Donnerschlag.*

Babett: Um Gottes willen, jetzt hat's eingeschlagen!

Simon: Ich glaub auch, das war ein direkter Schlager!

Babett: Nein, so ein Sauwetter, und vor vier Wochen war so ein schönes Wetter. Komm, wir steigen schnell in die Straßenbahn ein, da kommt soeben die 13er Linie, mit der müssen wir fahren, schnell!

Simon: Mit der 13er Linie auf keinen Fall, fahre ich nicht, kommt nicht in Frage, das weißt du schon lang. Die 13 ist eine Unglückszahl.

Babett: Geh, hör auf mit deim saudummen Aberglauben, dann fahrn wir nicht mit der 13er und warten lieber bei dem Gewitter auf offener Straße, und dann erschlagt uns der Blitz, und dann is's besser. Schnell, da kommt die 28ger, mit der können wir auch fahren. – *Lärm – besetzt – Glockensignal – ab.* Wirst sehen, Simon, die nächste Straßenbahn ist auch wieder besetzt, schau nur her, ich bin durch und durch nass vom Regen.

Simon: Naja, das ist ja ganz logisch, dass man vom Regen nass wird, trocken kann man vom Regen nicht sein.

Babett: Doch, wenn man daheim bleibt, wird man nicht nass, wie es vernünftige Leute machen.

Simon: Ja, vernünftige Leute schon, aber du gehörst ja nicht zu den Vernünftigen.

Babett: Wieso?

Simon: Weil du noch immer deinen saudummen Regenschirm auf hast, obwohl es gar nicht mehr donnert. –

Einige Straßenpassanten lachen und sagen so verschwommen:

Da hat er recht, der Mann!

Vor Gericht

Liesl Karlstadt: Also, Sie geben zu, dass Sie den Kläger ein Rindvieh geheißen haben?

Karl Valentin: Ja, ich habe aber gemeint, dass er deshalb nicht beleidigt ist.

L. K.: Wieso meinten Sie das?

K. V.: Na ja, weil er so saudumm dahergeredet hat.

L. K.: Eigentlich finde ich, dass Sie saudumm daherreden, denn ein Rindvieh ist doch ein Tier, und ein Tier kann doch nicht reden. Oder haben Sie schon ein Tier reden gehört?

K. V.: Jawohl, einen Papagei!

L. K.: Ja, ein Papagei ist doch kein Rindvieh!

K. V.: In dem Moment, wo ein Papagei dumm daherredet, ist eben der Papagei auch ein Rindvieh!

L. K.: Haben Sie denn schon einen Papagei gehört, der dumm daherredet?

K. V.: Und ob!

L. K.: Erklären Sie mir das.

K. V.: Das kann ich beweisen. Meine Hausfrau hat einen Papagei in einem Käfig, und wenn man an den Käfig klopft, dann sagt das Rindvieh: »Herein!«

L. K.: Finden Sie das dumm?

K. V.: Und ob!

L. K.: Wieso?

K. V.: Wie kann denn ich in den kleinen Käfig hineingehen?

L. K.: Wir kommen da ganz von der eigentlichen Sache ab. – Warum haben Sie den Kläger ein Rindvieh geheißen?

K. V.: Weil er meine Frau beleidigt hat.

L. K.: Inwiefern?

K. V.: Er hat zu meiner Frau gesagt, sie sei eine blöde Gans, und meine Frau ist keine Gans, dafür habe ich Beweise.

L. K.: Da brauchen Sie doch keine Beweise dafür, denn genauso wie der Kläger kein Rindvieh ist, kann Ihre Frau keine Gans sein, wenigstens keine blöde Gans.

K. V.: Aber Herr Richter, mit dieser Bemerkung »wenigstens keine blöde Gans« geben Sie ja selbst zu, dass eine Frau eine Gans sein kann, und eine Gans ist aber doch blöd.

L. K.: Wieso ist eine Gans blöd?

K. V.: Weil eine Gans nicht einmal sprechen kann.

L. K.: Naja, ein Tier kann eben nicht sprechen.

K. V.: Doch, der Papagei!

L. K.: Jetzt kommen Sie wieder mit dem saudummen Papagei als Vergleich!

K. V.: Da muss ich Ihnen widersprechen, denn ein Papagei ist nicht saudumm, weil Sie, Herr Richter, nicht den Beweis erbringen können, dass jede Sau dumm ist, denn es gibt im Zirkus dressierte Säue, also kluge Säue.

L. K.: Aber wir haben doch von der blöden Gans gesprochen, nicht von einer dressierten Sau.

K. V.: Gut, bleiben wir wieder bei meiner Frau.

L. K.: Nun müssen wir aber zur Ursache der Beleidigung kommen. Aus welchem Grund hat denn der Kläger Ihre Gans eine blöde Frau geheißen, Verzeihung: umgekehrt wollte ich sagen, Ihre Frau eine blöde Gans geheißen?

K. V.: Ja, die Sache ist zu schweitweifend.

L. K.: Sie meinen: zu weitschweifend.

K. V.: Zu weitschweifend, jaja! Wir haben nämlich einen Heimgarten, und die Frau Wimmer hat auch einen Heimgarten, direkt neben unserem Heimgarten, und da ist immer ein Konkurrenzneid, wer die schönsten Blumen hat.

L. K.: Ja, weiter –

K. V.: Und da tun wir immer Samen tauschen –

L. K.: Was tun Sie?

K. V.: Samen tauschen! Sie gibt mir zum Beispiel einen Chrysanthemen-
samen und ich gebe ihr dafür einen Rhabarbersamen, und da
hat sie mir heuer für meine Fensterblumen statt Hyazinthen-
Sonnenblumensamen gegeben, und wir haben so viele Sonnenblumen
bekommen, dass wir nicht mehr zum Fenster naussehen können, da hat
ihr Mann zu meiner Frau gesagt, sie ist eine blöde Gans, und ich hab zu
ihm gesagt: »Sie sind ein Rindvieh«, und er hat dann zu mir gesagt –
Pause

L. K.: Was hat er gesagt?

K. V.: Schweigt.

L. K.: Na, so reden Sie doch, was hat er noch gesagt?

K. V.: Naja, Herr Richter, was wird so ein ordinärer Mensch denn noch
gesagt haben, des können S' Ihnen doch denken!

L. K.: Na, was hat er gesagt?

K. V.: Ich bitte um Ausschluss der Öffentlichkeit!

Ballgespräch

Er: Ein herrlicher Walzer, nicht wahr, mein Fräulein?

Sie: Aber tüchtig heiß isch es do.

Er: Ja, eine ermattende Hitze ist hier.

Sie: Aber lieber z'heiß als z'chalt.

Er: Vorigen Sonntag war ich auch hier, da war's lange nicht so heiß.

Sie: Was *Sie* net säget.

Er: Es war nicht ganz so heiß, aber immerhin.

Sie: Jo, jo, das ischt oft verschiede.

Er: Und vom Tanzen wird einem immer noch heißer.

Sie: Ich hasse d' Hitz.

Er: Ja, ja, man erspart sich ein Dampfbad dabei.

Sie: Ich bi froh, dass ich chein wüllene Rock hüt agleit ha,
da hätt ich jo noch mehr gschwitzet.

Er: Das glaube ich, man kann sich beim Tanzen nicht leicht
genug anziehen.

Sie: Mini Mamma schwitzt o sehr liecht, seit sie!

Er: Tanzt Ihre Frau Mama auch noch gern?

Sie: Nei!

Er: Warum nicht?

Sie: Ach Gott, sie is scho ziemli alt und schwitzt ä so liecht, seit sie.

Er: Ihre Frau Mama auch? Da haben Sie die Hitze wahrscheinlich von Ihrer Mutter geerbt?

Sie: Hä, Sie, Sie sind jetzt o nen Witzbold!

Er: So, so, Ihre Mama schwitzt auch sehr oft –

Sie: Nei, nei, nu wenn sie tanzt.

Er: Ach so, nur beim Tanzen schwitzt sie?

Sie: Jo, jo, bim Tanz –

Er: Tanzt sie noch öfters?

Sie: Nei, überhaupt numme.

Er: So, sie tanzt nicht mehr.

Sie: Chein Schritt meh.

Er: Na, dann schwitzt sie doch auch nicht mehr –

Sie: Nei, t' Mamma hat mitm Tanze endgültig Schluss gmacht, aber dr Papa schwingt no gern 's Tanzbei.

Er: Was Sie nicht sagen; schwitzt Ihr Herr Papa auch so leicht?

Sie: Natürlich, bim Papa isch es jo liecht verständli.

Er: Wieso?

Sie: Hä, er isch jo en geborene Schwyzer!

Die Heirats-Annonce

Schalterraum Geräusche, Zeitungsblättern

Rundfunk-Ansager: Verehrte Hörerinnen und Hörer! – Wir bringen Ihnen nun einen Hörbericht von einem Schalterraum des ›Allgemeinen Stadtboten‹. – Wir schalten um!

Karl Valentin: Verzeihen Sie, Fräulein, bin ich hier am richtigen Schalter? In Ihrer Zeitung stand eine Heirats-Annonce: »Einsame Witwe sucht zum 2. Mal ihr Glück in der Ehe, usw.« Ich habe diese Annonce gelesen – ungefähr – vor vier bis fünf Wochen in Ihrem Blatte, und die Zeitung ging mir verloren. O bitte, sind Sie doch so gut und suchen Sie mir die Zeitung mit dieser Annonce!

Liesl Karlstadt: Ja, du lieber Gott, wenn Sie nicht den genauen Datum wissen, lässt sich das schwer machen.

K. V.: Die Annonce war ungefähr 5 cm lang und 3 cm breit. »Einsame Witwe sucht zum 2. Mal ihr Glück usw.«

L. K.: Vor vier bis fünf Wochen, sagen Sie? – Ja, Sie können doch nicht verlangen, dass ich alle diese Zeitungen, die seit fünf Wochen erschienen sind, durchblättere!

K. V.: Sind Sie doch so lieb! Vielleicht ist es schon in den ersten Nummern enthalten!

L. K.: No – das wäre ein großer Zufall!

K. V.: »Einsame Witwe sucht zum 2. Mal ihr Glück in der Ehe usw.« Die Annonce ist ungefähr 5 cm lang und 3 cm breit.

L. K.: Das ist doch unmöglich, unter so vielen Zeitungen die Anzeige herauszufinden!

K. V.: Aber es ist dringstanden!

L. K.: Jaja, da steht mehr drin!

K. V.: Ja, das andere interessiert mich nicht, mich interessiert nur die eine Annonce. Die Annonce ist, wie gesagt, zirka 5 cm lang und 3 cm breit, und der Text ist: »Einsame Witwe sucht zum 2. Mal ihr Glück in der Ehe usw.«

L. K.: Ja, so schaun Sie doch her, das ist jetzt schon die 10. Zeitung; ich habe doch schließlich andere Arbeit auch noch zu machen!

K. V.: Fräulein! Sind Sie doch so nett! Sie helfen mir vielleicht zu meinem Glück! Es hängt alles von dieser Annonce ab, von dieser kleinen Annonce, 5 cm lang und 3 cm breit, »Einsame Witwe sucht zum 2. Mal ihr Glück in der Ehe usw.«

L. K.: Ja, das weiß ich jetzt bereits, wie die Annonce lautet, aber Sie sehen ja selbst – ich finde diese Annonce nicht.

K. V.: Vor 4 bis 5 Wochen habe ich dieselbe selber gelesen: »Einsame Witwe sucht ... –

L. K.: Ja, so hören S' doch jetzt endlich einmal auf mit der einsamen Witwe!

K. V.: *Aufhören,* Fräulein! – *Anfangen* will ich mit der einsamen Witwe, nicht aufhören! Deshalb ersuche ich Sie ja, so lange zu suchen, bis wir sie haben! Die Annonce ist ungefähr ...

L. K.: ... 5 cm lang und 3 cm breit! Solche Annoncen in dieser Größe sind nach den Hunderten in unserer Zeitung.

K. V.: Jaja, das glaube ich schon, aber es handelt sich ja bei dieser Annonce nicht nur um die Größe allein, sondern um den Text – »Einsame Witwe sucht zum 2. Mal ihr Glück in der Ehe usw …

L. K.: Ja, Ehe! – Ehe wir die Annonce finden, suchen S' Ihnen a andere Witwe! Da gibt's genug in München!

K. V.: *Nein – ich* will nur eine »einsame Witwe, die zum 2. Mal ihr Glück in der Ehe sucht«!

L. K.: Jetzt mag ich nicht mehr! Da schaun S' her! Jetzt hab ich alle Heirats-Annoncen der letzten 5 Wochen durchgeschaut, da ist keine drin. Haben Sie die Annonce auch bestimmt in unserem Blatt gelesen?

K. V.: Ja – ganz bestimmt!

L. K.: Vielleicht haben Sie s' im ›Landboten‹ gelesen? Wir sind die Redaktion vom ›Stadtboten‹.

K. V.: Ja! – Im ›Landboten‹!

L. K.: Ja, Sie saudummer Hanswu …

Rundfunk-Ansager: Wir schalten um!

Sisselberger vor Gericht

Richter: Wir kommen nun zu dem Fall Sisselberger – Niedermeier. Die Anklage lautet auf Einbruch und Diebstahl. Anton Sisselberger ist angeklagt, die Ladenkasse seines Arbeitgebers in der Mittagszeit, als alle Angestellten abwesend waren, erbrochen zu haben. Der Angeklagte ist vorbestraft. Als Zeugen sind vorgeladen: Frau Amalie Hintendick, Frau Anastasia Werbedom und Hausmeister Emeran Glatz. Aber ich glaube, wir können auf die Zeugenvernehmung verzichten.

Gerichtsdiener: Die Zeugen können gehen. – *Zeugen ab.*

Richter: Führen Sie den Angeklagten herein.

Gerichtsdiener *schreit laut in den Flur:* – Der Angeklagte Sisselberger soll eintreten!

Richter: Sie sind angeklagt, Ihrem Prinzipal aus der Ladenkasse Geld entwendet zu haben.

Angeklagter: Jawohl –

Richter: Ihr Prinzipal ist aber doch ein ganz kleiner Kaufmann, und nach den Akten zu schließen, hat er wirklich selbst nichts Übriges –

Angeklagter: Das stimmt, aber ich habe noch weniger.

Richter: Pfui, schämen Sie sich, das ist doch kein Standpunkt, dass Sie ihm dann, weil er etwas mehr hat als Sie, etwas nehmen –

Angeklagter: Aber logisch, Herr Richter.

Richter: Wie meinen Sie das?

Angeklagter: *Naja,* umgekehrt wär's doch nicht möglich, dass der, der wo was hat, dem andern, der nichts hat, etwas stiehlt.

Richter: Ja, das hätte doch auch der gar nicht im Sinn, der etwas hat –

Angeklagter: Das stimmt nicht, Herr Richter, wie viele haben schon viel gehabt und haben doch einem anderen etwas gestohlen –

Richter: Dann muss aber der andere doch etwas gehabt haben!

Angeklagter: Klar – verwerflich ist nur das, Herr Richter, wenn zwei, die gleich viel haben, einander den gleichen Betrag stehlen. Sind die dann strafbar, Herr Richter?

Richter: Wenn jeder dem anderen den gestohlenen Betrag wieder zurückgibt, dann nicht. – Aber jetzt zur Sache! – Wir haben uns hier am Gericht nicht um logische oder unlogische Dinge zu kümmern, sondern einzig und allein um Ihren Fall.

Angeklagter: Sie meinen, um unseren Fall? Wir sind ja zu dritt!

Richter: Wieso zu dritt?

Angeklagter: Ich – mein Prinzipal – und –

Richter: Und? Wer noch?

Angeklagter: – die erbrochene Ladenkasse.

Richter: Also, Herr Sisselberger, Sie geben zu, dass Sie Ihrem Chef, Herrn Niedermeier, 1,50 Mark aus der Ladenkasse entwendet haben. – Warum haben Sie ihm diesen kleinen Betrag gestohlen?

Angeklagter: Weil das Sprichwort heißt: »Mit Kleinem fängt man an, mit Großem hört man auf.«

Richter: Nanu! Sie werden doch nicht am Ende Ihrer Verbrecherlaufbahn Möbelwagen stehlen wollen; aber ich möchte nun unbedingt wissen, warum Sie sich mit dieser kleinen Diebesbeute begnügten, denn das Gericht hat ja genügend Erfahrung und weiß aus der Praxis, dass jeder Verbrecher von dem Grundsatz ausgeht: »Wenn schon, denn schon!«

Angeklagter: – *zögernd:* Ich konnte nicht mehr nehmen –

Richter: Ob Sie nun mehr oder weniger genommen haben – Sie haben die Kasse erbrochen, und Einbruch bleibt Einbruch. Und wenn Sie nicht verscheucht worden wären, hätten Sie wahrscheinlich mehr genommen als 1,50 Mark.

Angeklagter: Nein, das hätte ich nicht gekonnt.

Richter: So, das hätten Sie nicht gekonnt, aber dass Sie wegen 1,50 Mark Ihre ganze Ehre aufs Spiel gesetzt haben, das haben Sie gekonnt.

Angeklagter: Herr Richter, ich wollte ja mehr aus der Kasse nehmen, aber es war nicht mehr drin.

Der Badeofen

Nach einer wahren Begebenheit von A. v. Braun
Für den Kurzfilm bearbeitet von K. Valentin
Es läutet an der Wohnungstür.

Frau Amann *öffnet:* Sie wünschen?

Installateur: Sie habn gestern zu meinem Meister nübertelefoniert, zum Installateur Wegleitner, an Ihrem Badeofen tropft der Wechsel. Mein Meister hat aber gsagt, dass der Hausbesitzer gsagt hat, Sie kriagn an ganz neuen Badeofen, weil der alte gar nix mehr taugt.

Frau Amann: Herrlich! Endlich geht mein langersehnter Wunsch in Erfüllung! Es gibt doch noch Engel unter den Hausherrn!

Installateur: Wo ist denn das Badezimmer? *Einige Schritte.*

Frau Amann: – *Man hört Öffnen der Türe.* – Hier ist das Badezimmer!

Installateur: Ja, Frau, i tät mi halt bedeutend leichter, wenn S' a bisserl ausräumen täten, 's is so eng da herin!

Frau Amann: Stellen wir halt das Tischerl heraus. – *Gepolter.* So, und die zwei Eimer können wir auch heraustun – so! – *Installateur arbeitet, man hört Geräusche, Klopfen usw.*

Frau Amann: Dauert das lange?

Installateur: Naa, naa. I muass nur den oberen Hahn zudrehn, das Wasserrohr und 's Ofenrohr rausreißn, des ham ma glei! – Bringen S' mir derweil a paar alte Zeitungen, dass i das Kaminrohr zustopfen kann.

Frau Amann: Hier, nehmen S' die alten Lumpen zum Zustopfen!

– Gescbepper: der Installateur hat das Ofenrohr herausgerissen, es ist ihm aus der Hand gerutscht und mit lautem Getöse auf den Boden gefallen.

Frau Amann: Um Gottes willen!!!

Installateur: Des is ma auskemma!

Frau Amann: Da schaun S' nur her, alles voller Ruß! Mein ganzes Reisekostüm auf und auf voll Ruß! – Mein Dienstmädchen hat heute Ausgang, und in einer halben Stunde muss ich auf der Bahn sein!

Installateur: *Ja* mei, des is halt mal a rußige Arbeit! – Ham Sie an Telefon? Dann telefonier i mein Meister, was mit dem alten Ofen gschicht, ob er aufn Speicher nauf kummt oder ob er zu uns in d' Werkstatt kummt.

Frau Amann: *zornig:* Da im Wohnzimmer is das Telefon! – *Schritte bis ins Wohnzimmer von Frau Amann.*

Installateur: Nummer 23221. – *Man hört die Wählerscheibe.* – Der Hans is da. Sie, Moaster, den Ofen hab i abmontiert, was gschicht jetzt mit dem alten Ofen? – der neue – Herrgott, Kruzitürken!!! – Ja, is scho recht. – *Hängt ein.* – Ja, gibt's denn des aa, die ganze Arbeit umsonst!!!

Frau Amann: Was ist denn los?

Installateur: I hab mi in der Hausnummer girrt; net 40, sondern 41 soll der neue Ofen gsetzt werden!

Frau Amann: Ja, und mein alter Ofen?

Installateur: Ja, die nächste Woch ham ma koa Zeit, aber die übernächste Woch montiern wir Ihnen den alten Ofen wieder hin. Also, san S' mir net bös, Frau! Schaun S', dass den Zug no derwischen! Adieu!!!!

Semmelnknödeln

Liesl Karlstadt: Ja sag einmal, warum bist du denn heute Mittag nicht zum Essen gekommen? Zwei Stunden hab ich auf dich gewartet.

Karl Valentin: Ja, ich hab da draußen gleich gegessen, wo ich zu tun ghabt hab, in der kleinen Wirtschaft, und da isst man sehr gut, fast tadellos.

L. K.: No, so gut, wie ich koche, wird's bestimmt nicht sein.

K. V.: Doch, doch.

L. K.: Aber jetzt ist es neun Uhr abends, wo warst du denn in der langen Zwischenzeit?

K. V.: Nirgends, da hab ich auf das Mittagessen gewartet.

L. K.: Ja, ist dir denn das nicht zu langweilig geworden?

K. V.: Nein – in der Zwischenzeit hab ich mit der Kassierin gesprochen.

L. K.: Was, neun Stunden warst du mit der Kassierin beisammen? Über was habt ihr denn da gesprochen?

K. V.: Ja über des, dass die Semmelnknödeln so lange nicht kommen.

L. K.: So lang wartet doch kein vernünftiger Mensch auf das Mittagessen.

K. V.: Da war ich ja nicht vernünftig, ich war ja hungrig.

L. K.: Papperlapapp – wenn man das Essen um zwölf Uhr bestellt, und in einer halben Stunde ist es noch nicht da, dann geht man einfach.

K. V.: Freilich, dann frisst s' ein anderer für mich.

L. K.: Und ausgerechnet Semmelknödel hat er sich bestellt, wo doch ich heute auch Semmelknödel gemacht habe.

K. V.: Was, dieselben?

L. K.: Ah, dieselben! Unsinn – andere hab ich halt gemacht, aber Semmelknödel sind Semmelknödel.

K. V.: ...deln.

L. K.: Was dein?

K. V.: Semmelnknö*deln* heißt's.

L. K.: Ich hab ja gsagt Semmelknödel.

K. V.: Nein, Semmelnknö*deln.*

L. K.: Nein, man sagt schon von jeher Semmelknödel.

K. V.: Ja, zu einem – aber zu mehreren Semmelknödel sagt man Semmelnknö*deln.*

L. K.: Aber wie tät man denn zu einem Dutzend Semmelknödel sagen?

K. V.: Auch Semmelnknö*deln* – Semmel ist die Einzahl, das musst Ihnen merken, und Semmeln ist die Mehrzahl, das sind also mehrere einzelne zusammen. Die Semmelnknödeln werden aus Semmeln gemacht, also aus mehreren Semmeln, du kannst nie aus einer Semmel Semmelnknödeln machen.

L. K.: Machen kann man's schon.

K. V.: Jaja, machen schon, aber wenn du aus einer Semmel zehn Semmelnknödeln machen tätst, dann würden die Semmelnknödeln so klein wie Mottenkugeln. Dann würde das Wort Semmelnknödeln schon stimmen. Weil s' bloß aus einer Semmel sind. Aber solang die Semmelnknödeln aus mehreren Semmeln gemacht werden, sagt man unerbittlich: Semmelnknö*deln.*

L. K.: Da sagst es aber auch nicht richtig, jetzt hast grad gsagt Semmelknödeln.

K. V.: Nein, ich hab gsagt Semmelnknödeln.

L. K.: Richtig muss es eigentlich Semmelnknödeln heißen, die Semmel muss man betonen, weil die Knödel aus Semmeln gemacht sind – überhaupt das Wichtigste ist der Knödel – Semmelk n ö d e l n müsste es ursprünglich heißen.

K. V.: Nein, das Wichtigste ist das *n* zwischen Semmel und Knödeln.

L. K.: Ja wie heißt es dann bei den Kartoffelknödeln?

K. V.: Dasselbe *n*, Kartoffel *n* knödeln.

L. K.: Und bei den Schinkenknödeln ah – hahaha –

K. V.: Da ist's genauso – da ist das *n* schon zwischendrin, es gibt keine Knödeln ohne *n*.

L. K.: Doch, die Leberknödeln.

K. V.: Ja, stimmt – Lebernknödeln kann man nicht sagen!

Lora

Karl Valentin: zu seiner Frau: Da schau mal her, was ich dir heute mitgebracht habe.

Frau: Ei! Ein Papagei! Oh, ist der schön – und ganz in Feldgrau – oder ist er schon altersgrau?

K. V.: Nein, nein, der ist noch nicht alt, aber sehr gelehrig und kann sehr viel sprechen, singen, pfeifen, er schreit eins, zwei, drei, hurra. Sag mal schön wie du heißt, komm, sag's schön.

Lora: *Schweigt.*

Frau: Na, sag's schön, wie du heißt!

Lora: *Schweigt.*

K. V.: Komisch – ich habe den Papagei meinem Freund Obermeier abgekauft, und da hat das Luder in einem fort geschwätzt.

Frau: Das ist schon möglich, er fühlt sich wahrscheinlich hier noch fremd.

K. V.: Kann sein – na, Lora, du brauchst dich bei uns nicht fremd fühlen, sag mal schön: wie heißt du?

Lora: *Schweigt.*

K. V.: Hoffentlich bleibt er bei uns nicht fremd, denn nur zum Anschaun wäre der Preis zu hoch.

Frau: Was hast du denn dafür bezahlt?

K. V.: Hundert Mark.

Frau: Hundert Mark? Das ist allerdings für einen nichtsprechenden Papagei zuviel.

K. V.: Nichtsprechend ist er ja nicht, er spricht ja – nur bei uns spricht er jetzt nicht, bei Obermeiers spricht er ja.

Frau: Ja, bei Obermeiers – wir können doch nicht jedesmal den Papagei zu Obermeiers bringen, wenn wir ihn sprechen hören wollen, da wäre es ja vernünftiger, du würdest den saudummen Vogel wieder zurückgeben.

K. V.: Er ist nicht saudumm, er kann sprechen, wenn er will – Lora, na so sag schön, wie du heißt.

Lora: *Schweigt.*

Frau: Vielleicht ist er heiser?

K. V.: Unsinn! Vor einer Stunde, als ich ihn gekauft habe, war er ja auch nicht heiser.

Frau: Oder vielleicht ist ihm der Käfig zu klein?

K. V.: In demselben Käfig hat er doch bei Obermeiers auch gesprochen.

Frau: Es ist nur schade um das schöne Geld – hundert Mark – um hundert Mark hättest du ein schönes Grammola bekommen, das hätte unter Garantie gesprochen und gesungen und hätte sich sicher bei uns nicht fremd gefühlt.

K. V.: Lora – pass auf, da schau her, da hab ich ein Zuckerl – willst du ein Zuckerl? Er redet nicht und deutet nicht, ich könnte ihn zum Fenster hinausschmeißen, diesen – diesen Mistpapagei, diesen mistigen, willst du nun endlich dein Maul aufmachen – ich meine, um diesen Preis braucht man nicht arrogant auch noch sein.

Frau: Aber ärgere dich nicht, mit Grobheit kannst du bei so einem Tier gar nichts erreichen.

K. V.: Ja, du hast recht, jetzt probier ich es noch einmal, wenn du mir aber wieder keine Antwort gibst, dann fliegst du hinaus – also sag schön, wie heißt du?

Lora: *Schweigt.*

K. V.: Weißt du was, mein lieber Papagei, jetzt kannst du mich ...

Lora: Du mich auch!

Frau: Sieh da, er spricht!

K. V.: Jetzt ist es zu spät – nun möcht er sich wieder einschmeicheln ...

Teppichklopfen

Liesl Karlstadt: Ja, du Drecksau, du dreckate, ja, woaßt denn du net, dass man im Stiagnhaus net Teppichklopfa derf – magst scho aufhöm, gell, hör doch amal auf, sonst hetz i dir an Hausherrn aufs Gnack, dass di auskennst, willst jetzt net glei aufhörn, ha?

Karl Valentin: Ja, sie schaug o, geht's di vielleicht was o, wenn i Teppich klopf? Werd dir scho passn, gell, weiblicher Hausmoasteraff – sie hoaßt mi a Drecksau ...

L. K.: Ja, des bist aa, und jetzt hörst amal mit dem Klopfa auf und gehst schleunigst mit deine staubigen Perser in Hof hinter, da kannst dann klopfa, solang der Himmel blau is, aber im Stiagnhaus hörst ma auf mit dem Getös.

K. V.: So, des kannst ma du gar net vabietn, gell?

L. K.: Sag liaba dein Hundsbuam, er soll mir d' Milli bringa, gell, gestern hat er s' erst um achte in der Fruah daherbracht, und um siebne muass mei Mo scho in d' Arbat fort.

K. V.: Geht ja mi nix o, was der Bua ...

L. K.: Und wenn er s' morgn wieder um achte daherbringt, na reiß i eahm seine Senflöffeln raus aus sein rothaareten Kommisloawekopf, gell, und wirf'n samt de Millikübeln üba d' Stiagn nunter, dass d' as woaßt.

K. V.: So, des konnst ja probiern und konnst amal mein Buam proveweis über d' Stiagn abewerfen, dann dakrei i dir aba d' Fassad, dass d' moanst, der Blitz hat di gstroaft, du alter Brotbrocka, und von morgn ab kannst da dei Milli selber holn.

L. K.: Ja, des tua i scho, denn vor deim unappetitlichen Saubuam da graust's ma ja scho lang, und wennst du net selber so a Drecksau warst, na tatst eahm vorm Milli Austragn zerst schneizen, gell, sonst dafallt er sich no amoi über sei eigne Rotzglockn.

K. V.: So – ich bin Gott sei Dank eine reinliche Person, und über meine Kinder und über mei reelles Gschäft sagst ma nix, du zsamma-gschneckelter Hausmoastertrampel.

L. K.: Dir gib i dann glei an Hausmoastertrampel, gell – über dei reells Gschäft da sollst du aa no renommiern.

K. V.: Du konnst mi ...

L. K.: Du bist ja wega deiner Gipswasserhandlung länger in Stadelheim drauß wia in deiner Milliburg, gell, und jetz will i dir no was sagn, wennst in deiner Wohnung koa Wasserleitung hättst, na warst ja aa scho lang dahungert, denn dei dappiger Mo ko dich mit'n Zahnstocherschnitzeln net dahalten.

K. V.: Ja – aber mein Mo tuast du ausm Spiel lassen, gell, du rinnaugate Hausmoasterdreckdrossel – gell, zum Poussiern war er dir scho recht gwesn, wiast man damals auf der Redout ausspanna hättst wolln, aber er hat dir was ghuast ...

L. K.: Geh, hör auf, hör auf!

K. V.: Du gräuslichs Wei ...

L. K.: Und dei gichtbrüchiger Milliwaglhengst, ja – der hat mich aa scho amal am Peter-und-Pauli-Tag ins Kaffeehaus gführt – bis jetzt hast as ja gar net gwusst, aba i habn ja gar net mögn, i hab mi ja glei dunngmacht und hab'n sitzen lassen, weil i mit an solchen Schiachn, wia dei Mo is, allerhand Aufsehgn erregn tat.

K. V.: Ja, mei Mo is auf di no net scharf gwesen, des machst mir net weis. Auf dei 15-Zentimeter-Mei gibt dir mei Mo koan Kuss, und wenn er dir wirklich scho oan gebn hat, dann woaß i aa jetzt, wo er sein letzten Rufaschmarrn *[Hautausschlag, Herpes]* her hat.

L. K.: Aber du konnst aa koan Mo nimmer reizen mit dein blatterngstepptn Rosenteint und deiner rosaroten Warzen am Kinn, du zahnluckate Salonrufa, dass d' as woaßt. Da geh her, wennst da traust, na hau i dir a solchas ...

K. V.: Wer is a Salonrufa? – *Beide schreien und raufen.*

L. K.: De ganzn Haar reißt s' ma raus, ahhh ....

Stimme: Und wenn sie nicht gestorben sind, dann raufen sie heute noch.

Üble Angewohnheiten

Liesl Karlstadt: Ja, wer kommt denn da daher, der Herr Gruber!

Karl Valentin: Ja, grüß Gott, Frau Eisele! Darf ich Ihnen meinen Freund vorstellen?

Freund: Gell!

L. K.: Sehr angenehm, Eisele; ja und wie geht's Ihnen immer, Herr Gruber?

K. V.: Ja mei – an Mordsschnupfen hab ich ghabt vor acht Tagen, gell, da bin ich in den Zug gekommen, gell, war erhitzt, gell, und schon hab ich an Schnupfen ghabt, gell. Dann hab ich mir eine Schnupfensalbe gekauft, gell, und gnützt hat s' nichts, gell, da kann ich mich so ärgern, gell, an Telefon ham s' erfunden, gell, an Telegrafen, gell, an Radio, gell, einen Fernsehapparat, gell, aber für an einfachen Schnupfen ham s' heut noch nichts erfunden, gell, die gescheiten Menschen, gell!

L. K.: Ja, Sie, Herr Gruber, ich merke ja da, dass Sie eine furchtbare Angewohnheit haben, Sie sagen ja bei jedem dritten Wort: gell! Ist Ihnen das noch nicht aufgefallen?

K. V.: Stimmt, das haben mir schon mehr Leute gsagt, gell.

L. K.: Da, jetzt ham Sie's schon wieder gsagt! Das müssen Sie sich abgewöhnen, denn das wird immer ärger. Das haben jetzt so viel Leute – dieses Gell-Sagen. Das wird schon bald eine Krankheit, eine Eptimedie.

K. V.: Deptimechi! Das ist ja schrecklich, gell!

L. K.: Da habn Sie's schon wieder gsagt! – Schaun Sie, im Jahre 1845 wütete in München die Cholera. Seit dieser Zeit sind wir Gott sei Dank von Pesten verschont geblieben. Es gibt gefährliche und ungefährliche Pesten und Seuchen. Seit einigen Jahren wütet nun in München und Umgebung, beinahe in ganz Bayern, die Gellpest. Der davon Befallene weist körperlich und seelisch nicht die geringsten krankhaften Symptome auf, hab ich glesen in der Zeitung, der Blutdruck ist normal, alle Körperteile sind intakt bis auf die Zunge. Man könnte diese Pest statt Gellpest auch Zungenpest betiteln, hab ich glesen in der Zeitung. Ob es eine krampfhafte Vibration des Sprachmuskelgewebes ist, ist noch nicht festgestellt. In der Klinik Abteilung Sprachstörungen können die von der Gellpest Befallenen schon seit Jahren wegen Platzmangel nicht mehr aufgenommen werden.

K. V.: Ja, um Gottes willen, glauben Sie, dass ich die Gellpest schon habe?

L. K.: Ja, noch nicht so stark. Sie sagen nach jedem Satz gell, aber da gibt's ja Menschen, die können schon bald überhaupt nichts mehr sagen wie *gell*.

K. V.: No, mei Freund, der Wimmer, der hat dann schon die Gellpest.

L. K.: Ja, heißen denn Sie Wimmer? Sie haben sich doch vorgestellt als Gell!

K. V.: Ja, weil er nichts mehr anderes sagen kann als gell! – Red amal, Wimmer!

Freund: Gell gell gell gell gell gell gell gell gell gell gell gell.

L. K.: Das ist ja schrecklich! Der Herr kann ja wirklich nichts anderes mehr sagen als gell! – Gell?

K. V.: Jetzt sagn Sie auch schon gell! – Gell!

Interessante Unterhaltung

B: So, heut hättn S' Zeit? Also, gehn S' mit.

V: Wohin?

B: Irgendwohin.

V: Ja, da war i scho amal!

B: So?

V: Ja!

B: So, da warn Sie schon amal?

V: Ja, öfters scho!

B: Ja, dann hat's keinen Sinn, i hab gmeint, Sie warn überhaupt noch nicht dort.

V: Naa! Naa! Überhaupt scho glei gar net.

B: Da müssn S' scho entschuldigen, des hab i net gwusst.

V: Selbstverständlich, das haben S' ja nicht wissen können.

B: No, des will i grad net sagn – da Peter war ja aa no net drüben.

V: Der Peter aa no net?

B: Naa.

V: Vom Peter hätt i des net vermutet. – So, der war aa no net dort?

B: Ja – i kann's net mit Sicherheit sagn – vielleicht war er vorher scho amal dort.

V: Des kann aa sein.

B: Der Peter is eben so a Mensch, wenn der sagt, er geht da und da hin, na geht er auch hin!

B: San S' dann hinganga?

V: Ja – bin aber net lang dort bliebn.

B: Des is lang gnua.

V: Des sag i aa – was hab i denn davon? – Is schad um d' Zeit.

B: Das stimmt! – Zeit ist Geld!

V: Naa – des stimmt net. – Zeit hab i gnua, aber kein Geld! – Wenn i so viel Geld hätt wie Zeit, dann hätt i mehr Geld wie Zeit.

B: Dann hättn Sie keine Zeit mehr, dass Sie mit mir wohin gehen.

V: Dann nicht, aber heut hätt ich noch Zeit.

Wieder von vorne anfangen.

Transportschwierigkeiten

Bichelbauer *zu seinem Knecht Michl:* Spann schnell ein und fahr mit'n Leiterwagn zum Berger Pauli nach Olching nüber und hol die altn Kistn, die er mir no net zruckgebn hat!

Michl: Kistn soll i hoin – ja, da woaß ja i no gar nix davo.

Bauer: Des glaub i scho, dass du da no nix davo woaßt – drum sag i dir's ja.

Michl: Woaß des da Berger Pauli, dass i de Kistn holn soi?

Bauer: Woher soll er denn des wissen, deswegen schick i di ja nüber, dass du eahm sagn sollst, dass du de Kistn holn willst.

Michl: Wenn aber der Berger Pauli net dahoam is?

Bauer: Wenn da Berger Pauli net dahoam is, kannst du's eahm natürli net sagn, aber sei Frau werd scho da sei.

Michl: Soll ich's dann da Frau Berger sagn?

Bauer: Freili!

Michl: D' Frau werd halt net wissn, wo de Kistn san.

Bauer: Des woaß i natürli aa net, ob's de woaß.

Michl: Was soll i dann doa, wenn's de net woaß?

Bauer: Des woaß i aa net – dann muasst halt wartn, bis da Berger Pauli kimmt.

Michl: Wenn aber der Berger Pauli net kimmt, soll ich dann sei Frau fragn, wia lang i wartn soll?

Bauer: Fragn kannst ja.

Michl: I moan, es is besser, i fahr morgn nüber, da is der Pauli vielleicht sicherer dahoam als heit.

Bauer: Red doch net so saudumm daher, morgn kann er vielleicht noch weniger dahoam sei als heit.

Michl: Jetzt kenn i mi nimmer aus, soll i heit fahrn oder morgn?

Bauer: Einspanna tuast jetzt und fahrst nüber und wenns d' de Kisten net kriagst, dann fahrst mit'n leern Wagn wieder hoam.

Michl: Naa! Des tua i net, denn wenn i scho eispann und nüberfahr, dann nimm i aa d' Kistn auf alle Fäll mit. Spazierenfahm tua i net.

Bauer: Spaziemfahm brauchst ja aa net, denn wenn der Berger Pauli oder sei Frau dahoam san, dann kriagst ja d' Kistn, denn de Kistn san ja mei Eigentum.

Michl: Woaßt was, Bauer, i spann net ei, i geh zuerst persönli nüber zum Berger Pauli und frag'n, ob er dahoam is. Sagt er ja, dann geh i hoam, spann ei, fahr nüber und hol d' Kistn.

Bauer: Des is ganz verkehrt, wenns d' scho nüber gehst, dann kannst do glei nüberfahrn! Denn wenn da Pauli dahoam is, kriagst ja d' Kistn, na stehst da und hast koan Wagn dabei, und tragn kannst de großn Kistn net.

Michl: Jaja, da hast du scho recht, Bauer, aber wia gsagt – da Pauli kannt ja aa net dahoam sei – was nacha?

Bauer: Ganz einfach – wann er wirkli net dahoam is, nacha steckst eahm an Zettl an d' Tür hin, dann woaß der Pauli, dass du da warst.

Michl: Des mit dem Zettl versteh i net recht, weil, wenn doch der Berger Pauli net dahoam is, ko er doch den Zettl net lesn!

Bauer: Ja, Rindviech saudumms, freili kann er den Zettl net lesn, wenn er net dahoam is, aba wenn er kimmt, kann er'n doch lese!

Michl: Ja, wenn er kimmt, brauch i doch koan Zettl, da kann i's eahm doch glei selba sagn wegn de Kistn.

Bauer: Ja, bleda Hund, du kannst doch net so lang wartn, bis er kimmt!

Michl: Ja mei, des kummt drauf o, wo er hinganga is, der ko lang ausbleim, ko aber as sofort wieder da sei.

Bauer: Pass auf, Michl – de Gschicht is ganz einfach, mir schreibn jetzt an Zettl. Gib den Fetzen Papier her, der da auf'm Boden liegt, so, da schreim ma jetzt drauf »War da zwegn den Kistn hollen« – so, und jetz spannst ei und fahrst zum Berger Pauli nüber, is er dahoam, dann is 's recht, is er net dahoam, is d' Frau dahoam, is d' Frau aa net dahoam, steckst den Zettl an d' Tür.

Michl: Des is aa net 's Richtige – weil wenn s' alle zwoa dahoam san, dann habn mir den Zettl umasunst gschriem.

Bauer: Sakrament, an des hab i net denkt.

Michl: Woaßt was, Bauer – schenk eahm doch de paar altn Kistn,
mir habn ja so sovui so Glump.

Bauer: Guat, i schenk s' eahm.

Michl: Und an Zettl?

Bauer: Den zreißt.

Die Handtasche

Verkäuferin: Sie wünschen, mein Herr?

Karl Valentin: Meine Frau hat Geburtstag, und da möchte ich ihr gern
eine schöne Handtasche kaufen.

Verkäuferin: Einen Moment! – Das wären sehr schöne Taschen!

K. V.: Etwas Schöneres! – Haben Sie keine schönere?

Verkäuferin: Doch, ich hab eine schöne, wollen Sie sie sehen?

K. V.: Aber mein Fräulein, welcher Herr würde ein solches Angebot
ablehnen!

Verkäuferin: Bitte, hier! Sehen Sie, die schließt sehr schön.

K. V.: So eine hat meine Frau auch. Die von meiner Frau schließt natürlich
nicht mehr so gut. Durch den vielen Gebrauch nützt
sich so etwas ja ab.

Verkäuferin: Ich hab auch eine mit Pelzbesatz.

K. V.: Meine Frau auch.

Verkäuferin: Wollen Sie bitte einmal daran riechen – echtes Juchtenleder.

K. V.: Die von meiner Frau riecht ja auch – aber auf Gerüche leg ich
wenig Wert. Die Hauptsache ist was zum Strapazieren!

Verkäuferin: Hätten Sie lieber etwas in Schwarz?

K. V.: Danke – meine Frau hat ja eine schwarze.

Verkäuferin: Dann tut's mir leid – hat der Herr sonst noch einen Wunsch?

K. V.: Ja – haben Sie Regenschirme? Aber nicht zu teuer, denn ich lasse
ihn ja doch wieder irgendwo stehen.

Verkäuferin: Aber mein Herr, Sie sind doch nicht der alte zerstreute
Professor, der überall seinen Schirm stehen lässt.

K. V.: Die Jungen lassen ihn öfters stehen als die Alten.

Verkäuferin: Das hier wäre ein schöner Regenschirm, den können Sie
niemals mehr stehen lassen, weil Sie denselben an dem gebogenen Griff
aufhängen können.

K. V.: Das ist immer dasselbe, ob ich ihn stehen oder hängen lasse.

Verkäuferin: Ich kann ihn weder hängen noch stehen lassen, weil ich nie einen Regenschirm trage. Will der Herr also den Schirm mit dem gebogenen Griff?

K. V.: Nein – gefällt mir nicht! Und dann regnet es ja heute gar nicht. Was haben Sie denn für eine Auswahl in Herrenhüten?

Verkäuferin: Möchten Sie sich bitte mit mir zur Abteilung fünf bemühen? Soll es so eine Form sein, wie Sie schon haben?

K. V.: Nein – nicht so ein schlapper – ich möchte einmal einen steifen.

Verkäuferin: Steife sind aber gegenwärtig nicht so beliebt wie schlappe.

K. V.: Ich möchte aber lieber einen steifen.

Verkäuferin: Hier bitte – darf ich probieren?

K. V.: Bitte!

Verkäuferin: Sie haben recht – der steht Ihnen sehr gut – besser wie ein weicher!

K. V.: Meiner Frau gefällt auch ein Steifer besser.

Verkäuferin: Und ist eine gute Qualität. Allerdings nach längerer Benutzung verliert er ja die Steifheit und wird von selber weich – fünfzehn Mark – die Kasse ist nebenan. Auf Wiedersehen, mein Herr!

Im Schirmladen

Inhaberin: Grüß Gott, Herr! – Sie wünschen?

Karl Valentin: Ich hätte da einen Regenschirm zu reparieren!

Inhaberin: An Regenschirm? Naja! – Da fehlt ja net viel – der kommt in die Werkstatt hinter, da wird er schon fachmännisch behandelt.

K. V.: Ja, und wann wird der Schirm fertig?

Inhaberin: Ja, das kommt halt darauf an, wann Sie den Regenschirm brauchen!

K. V.: Ja, das kommt darauf an, wann es regnet.

Inhaberin: Ja, das weiß ich natürlich nicht, wann es regnet.

K. V.: Ja, von mir können S' des noch weniger verlangen!

Inhaberin: Bräuchten S' den Regenschirm diese Woche noch?

K. V.: Wenn's diese Woche noch regnet, dann schon.

Inhaberin: Mein Gott! – Diese Woche kann's noch regnen – kann aber auch sein, dass es nicht regnet.

K. V.: Sollt's also diese Woche nicht regnen, regnet es sicher die nächste Woche, regnet es die nächste Woche auch nicht, ist es nicht sicher, ob es die übernächste Woche bestimmt regnet, dann hole ich den Schirm einen Tag früher.

Inhaberin: Also an einem Mittwoch.

K. V.: Ob es grad ein Mittwoch ist, kann ich nicht sagen.

Inhaberin: Na ja – das sehen wir dann schon.

K. V.: Holen tu ich den Schirm auf jeden Fall, die Hauptsache ist, dass er repariert ist.

Inhaberin: Ja, repariert wird er sofort.

K. V.: Ja, wenn er sofort repariert wird, dann könnt ich ihn ja heut noch abholen.

Inhaberin: Freilich könnten Sie ihn heut noch holen, aber heute regnet es ja nicht.

K. V.: Dann hat es auch keine Eile mit der Reparatur, nur dann müsst ich ihn halt haben, wenn es zum Regnen kommt.

Inhaberin: Wenn er fertig ist, können Sie den Schirm holen.

K. V.: Das ist gar nicht nötig, denn wenn er repariert ist, liegt er bei mir daheim im Kleiderkasten drin, das heißt beim schönen Wetter – aber wenn es schlechtes Wetter wird, ist es natürlich zu spät, wenn man einen kaputten Schirm zum Reparieren bringt.

Inhaberin: Ganz richtig. – Die Hauptsache ist, dass er fertig ist, ob er jetzt bei mir oder bei Ihnen steht. Aber wissen Sie, da kommen oft Kundschaften, wochenlang haben s' einen kaputten Regenschirm daheim. Plötzlich kommt a schlechtes Wetter, dann kommen s' mit dem alten Regenschirm daher, dann soll der Regenschirm sofort gemacht werden – und ist er dann fertig – und hört 's Regnen auf, dann kommen s' nimmer – über hundert alte Regenschirme haben wir schon auf dem Speicher, die alle nicht mehr abgeholt worden sind – hoffentlich kommt Ihrer nicht auch dazu!

K. V.: Nein, da bin ich gewissenhaft. – Also passen S' auf, Frau – ob's jetzt regnet – oder ob's nicht regnet – bis wann könnten Sie den Schirm reparieren?

Inhaberin: Na, sagen wir – bis in – vierzehn Tagen.

K. V.: Bis in vierzehn Tagen, gut, einverstanden. – Sollt's aber in der Zwischenzeit regnen –

Inhaberin: Unsinn – es regnet doch nicht.

K. V.: Nein, ich mein ja nur, ich setz den Fall, es tät regnen.

Inhaberin: Gä!!! – Dass ich net lach! – Tät regnen! – Schauen S' doch den schönen blauen Himmel an!

K. V.: Ja, Frau! Aber es könnt doch ein Gewitter kommen!

Inhaberin: Ah – papperlapapp – Gewitter wird kommen, jetzt im Juli – da lacht Sie ja jede Kuh aus.

K. V.: Frau!!! – Verstehn S' mich doch endlich. Ich weiß schon, dass es schön ist und dass es vielleicht schön bleibt – mir ist ja doch auch das schöne Wetter lieber als so ein verdammtes, hundsgemeines Sauwetter.

Inhaberin: Ja, was erlauben Ihnen denn Sie? – Da haben S' Ihren alten Regenschirm – und schaun S', dass S' sofort aus meinem Laden hinauskommen, sonst schmeiß ich Ihnen naus! – A so a Gmeinheit, das schlechte Wetter tät der verfluchen – erlauben Sie mir, von was täten denn wir Regenschirmmacher leben? Wenn's allaweil schön Wetter wär? Merken Sie Ihnen: Leben und leben lassen!

Schwieriger Kuhhandel

Viehhändler zum Bauern: Was kost de Kuah?

Bauer: Die is net billig.

Viehhändler: Was S' kost, möcht i wissen.

Bauer: Müasst i zerst d' Bäurin fragn.

Viehhändler: Ja ghört de Kuah dir oder der Bäurin?

Bauer: Die ghört uns mitanand.

Viehhändler: Ob s' dir alloa ghört oder der Bäurin, oder euch alle zwoa mitanand, des is mir gleich, i möcht nur wissen, was s' kost.

Bauer: Die Gscheckerte hint waar billiger.

Viehhändler: Was de kost, möcht i wissen.

Die Kuh muht.

Viehhändler: Di hab i net gfragt, da Bauer soll mir's sagn.

Bauer: Wennst heut a Kuah kaffst, derfst as Geld net oschaugn.

Viehhändler: I will ja 's Geld net oschaugn, i will's ja ausgebn, nur muasst ma's sagn, wieviel i ausgebn muass für de Kuah?

Bauer: Für de Gscheckerte dahinten?

Viehhändler: Naa, für de da!

Bauer: I an deiner Stell tat de Gscheckerte kaffa, weil de is zwar net so schwar und kost net sovui als wia de da.

Viehhändler: Ja Bauer, i woaß ja no gar net, was de da kost, vui weniger de ander dahinten.

Bauer: Ja möchst denn alle zwoa kaffa?

Viehhändler: Naa – bloß oane, und zwar de da.

Bauer: Warum na grad de teure?

Viehhändler: De teure? Ja Bauer, dann muasst ma do zerst an Preis sagn von de zwoa Küah, sonst woaß i doch net, ob de oa teuer is oder de andere.

Bauer: Freili is de oa teurer als de andere, sonst warn s' ja alle zwoa gleich im Preis.

Viehhändler: Ja da Preis is ja mir aa gleich, i tua ja net handeln, i kaff dir ja die Kuah um jeden Preis o.

Bauer: Um jeden Preis? Ja, jede Kuah hat ja bloß oan Preis.

Viehhändler: Freilich ko oa Kuah net zwoa Preis hamm – so gscheit bin i selber, es gnügt mir ja aa, wenns d' ma bloß oan Preis sagst.

Bauer: Den Preis von da Gscheckerten?

Viehhändler: Naa – von dera da!!

Bauer: I hab dir's doch gsagt, von dera woaß i koan Preis, da muass i warten, bis d' Bäurin kimmt.

Viehhändler: Wann kimmt denn d' Bäurin?

Bauer: Des hat s' ma net gsagt – des müassat da Miche, da Knecht, der müassat's wissn.

Viehhändler: Ja, na frag halt an Miche, wann d' Bäurin kimmt.

Bauer: Ja mei, da Miche is net da, der arbeit im Wald drauß.

Viehhändler: So – ja und wann kimmt denn da Miche hoam?

Bauer: Des woaß i aa net – des müassat aa d' Bäurin wissen.

Viehhändler: So, des woaß aa bloß d' Bäurin? – Und was die Kuah kost, des tat aa bloß sie wissen. Die woaß eigentlich vui – schad, dass nia da is – ja – na kemma oiso koa Gschäft macha.

Bauer: Schad!

Viehhändler: Also na pfüat di Gott, Bauer.

Bauer: Pfüat di Gott aa!

Die Fremden

Liesl Karlstadt: Wir haben in der letzten Unterrichtsstunde über die Kleidung des Menschen gesprochen, und zwar über das Hemd. Wer von euch kann mir nun einen Reim auf Hemd sagen?

Karl Valentin: Auf Hemd reimt sich fremd!

L. K.: Gut – und wie heißt die Mehrzahl von fremd?

K. V.: Die Fremden.

L. K.: Jawohl, die Fremden. – Und aus was bestehen die Fremden?

K. V.: Aus »frem« und aus »den«.

L. K.: Gut – und was ist ein Fremder?

K. V.: Fleisch, Gemüse, Obst, Mehlspeisen und so weiter.

L. K.: Nein, nein, nicht was er isst, will ich wissen, sondern wie er ist.

K. V.: Ja, ein Fremder ist nicht immer ein Fremder.

L. K.: Wieso?

K. V.: Fremd ist der Fremde nur in der Fremde.

L. K.: Das ist nicht unrichtig. – Und warum fühlt sich ein Fremder nur in der Fremde fremd?

K. V.: Weil jeder Fremde, der sich fremd fühlt, ein Fremder ist, und zwar so lange, bis er sich nicht mehr fremd fühlt, dann ist er kein Fremder mehr.

L. K.: Sehr richtig! – Wenn aber ein Fremder schon lange in der Fremde ist, bleibt er dann immer ein Fremder?

K. V.: Nein. Das ist nur so lange ein Fremder, bis er alles kennt und gesehen hat, denn dann ist ihm nichts mehr fremd.

L. K.: Es kann aber auch einem Einheimischen etwas fremd sein!

K. V.: Gewiss, manchem Münchner zum Beispiel ist das Hofbräuhaus nicht fremd, während ihm in der gleichen Stadt das Deutsche Museum, die Glyptothek, die Pinakothek und so weiter fremd sind.

L. K.: Damit wollen Sie also sagen, dass der Einheimische in mancher Hinsicht in seiner eigenen Vaterstadt zugleich noch ein Fremder sein kann. – Was sind aber Fremde unter Fremden?

K. V.: Fremde unter Fremden sind: wenn Fremde über eine Brücke fahren, und unter der Brücke fährt ein Eisenbahnzug mit Fremden durch, so sind die durchfahrenden Fremden Fremde unter Fremden, was Sie, Herr Lehrer, vielleicht so schnell gar nicht begreifen werden.

L. K.: Oho! – Und was sind Einheimische?

K. V.: Dem Einheimischen sind eigentlich die fremdesten Fremden nicht fremd. Der Einheimische kennt zwar den Fremden nicht, kennt aber am ersten Blick, dass es sich um einen Fremden handelt.

L. K.: Wenn aber ein Fremder von einem Fremden eine Auskunft will?

K. V.: Sehr einfach: Frägt ein Fremder in einer fremden Stadt einen Fremden um irgend etwas, was ihm fremd ist, so sagt der Fremde zu dem Fremden, das ist mir leider fremd, ich bin hier nämlich selbst fremd.

L. K.: Das Gegenteil von fremd wäre also – unfremd?

K. V.: Wenn ein Fremder einen Bekannten hat, so kann ihm dieser Bekannte zuerst fremd gewesen sein, aber durch das gegenseitige Bekanntwerden sind sich die beiden nicht mehr fremd. Wenn aber die zwei mitsammen in eine fremde Stadt reisen, so sind diese beiden Bekannten jetzt in der fremden Stadt wieder Fremde geworden. Die beiden sind also – das ist zwar paradox – fremde Bekannte zueinander geworden.

Jagdsport

Liesl Karlstadt: Soso, Sie sind auch ein Jäger? Wann gehn Sie immer auf die Jagd?

Karl Valentin: Ja nicht immer! Hie und da oft sehr selten.

L. K.: Aha, also ein sogenannter Sonntagsjäger! Haben Sie schon viel geschossen?

K. V.: Geschossen schon viel – aber wenig getroffen!

L. K.: Wie kommt das?

K. V.: Ja, da bin ich überfragt. – Ich hab ein sehr gutes Gewehr, Munition, an großen Rucksack, ausgerüstet bin ich gut.

L. K.: Jaja, die Ausrüstung ist Nebensache, die Hauptsache wäre der gute Jäger.

K. V.: Was heißt der gute Jäger! Wenn ein guter Jäger keine Ausrüstung hat, dann kann er nichts machen.

L. K.: Sie verstehn mich falsch; ich meine, der beste Jäger mit der besten Ausrüstung trifft nichts, wenn kein Wild da ist; deshalb ist eigentlich die

Hauptsache an der ganzen Jägerei das Wild, also die Rehe, Hasen, Rebhühner, Gemsen und dergleichen und so weiter.

K. V.: Ja, das ist klar. Wenn's kein Wild geben würde, dann gab's auch jedenfalls keine Jäger.

L. K.: Ja, es gibt aber Wild, und Jäger gibt's auch!

K. V.: Ja freilich gibt's Jäger, ich bin ja einer, des hab ich ja doch schon gsagt!

L. K.: Freilich haben Sie mir des gsagt, das glaub ich ja auch. Ich hab nur wissen wollen, ob Sie schon was geschossen haben!

K. V.: Ja freilich! Karpfen, Hechte, Forellen.

L. K.: Was? – Fische haben Sie geschossen?

K. V.: Na! Ich bin doch Fischer auch.

L. K.: Soso, Sie sind auch Fischer?

K. V.: Ja! Ich bin Fischer! Ich hab amal einen Bekannten ghabt, der heißt Fischer, und den hab ich amal gfragt, warum er eigentlich Fischer heißt, das hat der gar nicht gewusst.

L. K.: Das find ich nicht so eigenartig, wenn der das nicht gewusst hat, warum er Fischer heißt; da find ich das viel lustiger, dass Sie ein Fischer sind.

K. V.: Was heißt da lustiger? Die Fischerei ist doch nicht lustig, eher langweilig.

L. K.: Ja, das stimmt; deshalb ist sie ja so lustig, nicht für den Fischer, aber für die andern!

K. V.: Für was für andere?

L. K.: Na ja, für die Zuschauer! Wenn so ein Fischer zum Beispiel fünf Stund lang nach einem Fisch fischt, und er zieht dann einen alten Hosenträger raus oder eine alte Matratzenfeder, das ist doch lustig!

K. V.: Für uns Fischer nicht! – Und übrigens kommt so etwas ganz selten vor. Und wenn man so altes Zeug rausangelt, so ist da nicht der Fischer schuld, sondern diese andern, die so altes Glump ins Fischwasser hineinwerfen, statt in die Kehrichttonne – die Drecksäue!

L. K.: Ja, wo haben Sie denn Ihr Fischwasser?

K. V.: In der Würm.

L. K.: In der Würm? Und mit was fischen Sie da?

K. V.: Mit Würm.

L. K.: In der Würm fischen Sie mit Würm?

K. V.: Nein! Mit Würm fisch ich in der Würm.

L. K.: Das ist doch das gleiche?

K. V.: Haha, Sie sind gelungen! Ich kann doch nicht die Würm an die Angel hinstecken und in die Würm meine Angel hineinhängen!

L. K.: Ja, also das versteh ich nicht!

K. V.: Ja, das kann ich verstehn, dass Sie das nicht verstehn! Habn Sie die Würm noch nicht gsehen?

L. K.: Was für Würm?

K. V.: Na, die Würm!

L. K.: Ja, wieviel Würm meinen Sie denn?

K. V.: Ja, nur eine!

L. K.: Was? Eine Würm? Das ist doch kein Deutsch! Es heißt doch: die Würmer!

K. V.: Ja, Sie können doch nicht sagen: durch Gräfelfing fließt die Würmer! Die Würm ist doch ein Bach, ein kleiner Fluss!

L. K.: Ja, das wusst ich nicht, dass in Gräfelfing die Würm durchfließt, denn ich wohn ja in Planegg.

K. V.: Da fließt ja die Würm auch durch!

L. K.: Dieselbe Würm?

K. V.: Das weiß ich nicht, ob das dieselbe ist – kann sein!

Hausverkauf

Karl Valentin: Guten Tag, Sie wünschen?

Liesl Karlstadt: Ich komme wegen dem Haus.

K. V.: Sie meinen wegen dem Häuschen?

L. K.: In der Zeitung steht Haus.

K. V.: Nein, es ist ein kleines Haus, ein Häuschen.

L. K.: Ah, ein Häuslein, ein Häuselchen, ein Häuseleinchen. Steht das Häuschen im Freien?

K. V.: Da steht es doch!

L. K.: Ich komme auf das Zeitungsinserat; Sie haben doch das Haus zu verkaufen; ist das hier das Haus?

K. V.: Jawohl! Ich verkaufe es ungern, aber ich bin froh, wenn ich es los bin.

L. K.: Wie viele Stockwerke hat das Haus?

K. V.: Keines, nur Parterre.

L. K.: Ist es bewohnt?

K. V.: Momentan nicht, weil ich heraußen stehe.

L. K.: Wie viele Zimmer?

K. V.: Nur eins – dafür keine Treppe, kein Stiegenhaus.

L. K.: Ist das hier eine ruhige Gegend?

K. V.: Jawohl. Im Winter hören Sie nicht einmal das Auffallen der Schneeflocken; aber dafür gibt es im Sommer viele Ameisen, aber die gehen ganz leise.

L. K.: Wie steht es mit den Abortverhältnissen?

K. V.: Abort ist keiner im Haus.

L. K.: Ja, aber wenn man ...

K. V.: Der Wald ist fünf Minuten von hier entfernt.

L. K.: Ja, aber bei Nacht?

K. V.: Auch nur fünf Minuten.

L. K.: Wann sind Sie in dieses Haus eingezogen?

K. V.: Einen Tag später.

L. K.: So früh schon! – Und wie ist es mit der Beleuchtung? Gas oder elektrisch?

K. V.: Im Haus und im Freien – überall elektrisch!

L. K.: Ich sehe aber nirgends eine elektrische Leitung.

K. V.: Nur elektrische Taschenlampe, brennt überall.

L. K.: Wie alt ist das Haus schon?

K. V.: Weiß nicht, hab's noch nicht gefragt.

L. K.: Sind Hypotheken drauf?

K. V.: Nein, nur ein Kamin.

L. K.: Was bedeuten diese vier Zimmerwände?

K. V.: Das sind Stützen.

L. K.: Für was?

K. V.: Fürs Hausdach.

L. K.: Ist Ungeziefer im Haus?

K. V.: Nein, ich bin noch Junggeselle.

L. K.: Soso!

K. V.: Jawohl!

L. K.: Legen Sie ...

K. V.: Ich nicht!

L. K.: Einen Moment

K. V.: Bitte!

L. K.: Legen Sie ...

K. V.: Nein – aber meine Hühner.

L. K.: Legen Sie Wert darauf, dass das Haus bald verkauft wird?

K. V.: Nein, sofort – in sofortiger Bälde!

L. K.: Kaufen Sie sich dann wieder ein neues Haus?

K. V.: Niemals mehr! Ich suche ein altes, tausend Meter tiefes Bergwerk zu mieten.

L. K.: Und das wollen Sie dann bewohnen?

K. V.: Selbstverständlich!

L. K.: Das ist ja unheimlich!

K. V.: Schon – aber sicher!

L. K.: Vor wem?

K. V.: Vor Meteorsteinen.

L. K.: Aber Meteorsteine sind doch ganz selten.

K. V.: Schon, aber bei mir geht die Sicherheit über die Seltenheit.

Der Vogelhändler

Liesl Karlstadt: Grüß Gott! – Ah, Sie sind der Ausgeher von der Vogelhandlung?

Karl Valentin: Sind Sie zu Haus?

L. K.: Ich wart schon so lange auf Sie; ich hab schon glaubt, Sie kommen nicht mehr.

K. V.: Da ist der Kanarienvogel samt Käfig, und da ist die Rechnung.

L. K.: Das ist recht – wo ist denn der Hansi? – Der Käfig ist ja leer, wo ist denn der Vogel?

K. V.: Der muss schon drin sein!

L. K.: Was heißt, muss drin sein? Es ist aber keiner drin.

K. V.: Das ist ja ausgeschlossen. Ich bring Eahna doch net an leeren Käfig!

L. K.: Ja, bitte, schaun S' doch selber nein!

K. V.: Da brauch ich gar net neinschaun, mir ham doch schließlich a reelles Geschäft, was glauben Sie, was die Kunden sagen täten, wenn wir überall an leeren Käfig hinbringen würden, und noch dazu ohne Vogel! Unsere Kundschaften werden richtig bedient, da fehlt sich nix.

L. K.: Was heißt, da fehlt sich nix? Natürlich fehlt was – der Vogel fehlt.

K. V.: Da müsste er mir beim Transport auskommen sein, dass das Türl offen war.

L. K.: Reden S' doch nicht, das Türl kann nicht offen gewesen sein, das ist ja zu.

K. V.: Des is zu?

L. K.: Natürlich!

K. V.: Dann muss er drin sein!

L. K.: Er ist aber nicht drin.

K. V.: Frau, das ist unmöglich. Bei einer geschlossenen Tür kann kein Vogel raus.

L. K.: Aber in dem Fall muss er doch rausgekommen sein, sonst wär er ja drin!

K. V.: Drin muss er sein, da gibt's gar koan Zweifel! – Schaun S' amal auf d' Rechnung nauf, ob er auf der Rechnung steht!

L. K.: Ja, da steht er freilich: Ein Käfig mit Vogel dreizehn Mark.

K. V.: No also, da sehn Sie's! Glauben Sie, mein Prinzipal würde Ihnen eine Rechnung schreiben ›Käfig mit Vogel dreizehn Mark‹, und würde Ihnen statt an Käfig mit Vogel nur einen Käfig allein liefern? Der Käfig allein nützt Ihnen nichts, und der Vogel allein nützt Ihnen auch nichts! Das gehört zusammen wie a Suppn ohne Salz.

L. K.: Was macht man jetzt da?

K. V.: Ja, ich muss die Rechnung einkassieren. Dreizehn Mark macht alles zusammen.

L. K.: Was heißt da, alles zusammen?

K. V.: Ja, der Käfig und der Vogel.

L. K.: Vogel war doch keiner drin, ich bezahle doch nicht, was ich nicht vollständig bekommen habe.

K. V.: Ja, dann nehme ich die ganze Ware wieder mit.

L. K.: Die ganze Ware ist gut; Sie können ja nur den Käfig mitnehmen, Vogel war ja keiner drin.

K. V.: Frau, der Vogel muss drin gewesen sein!

L. K.: Na, wo wär er denn dann hingekommen?

K. V.: Das ist mir gleich. Auf der Rechnung steht: Käfig mit Vogel dreizehn Mark.

L. K.: Da müssen Sie mir aber zuerst einen Käfig mit Vogel bringen!

K. V.: In diesem Fall nun nicht, Frau! Da bräuchte ich doch nur mehr den Vogel bringen!

L. K.: Wieso nur den Vogel? Ich brauch doch einen Käfig auch dazu!

K. V.: No ja, an Käfig ham S' doch schon! Sie werden doch nicht behaupten, dass der Käfig auch ausgekommen ist.

L. K.: Reden Sie doch nicht. Der Käfig ist freilich da. Sie brauchen mir nur mehr den Vogel dazu liefern!

K. V.: Einen Vogel allein liefern wir ja nicht, nur immer zusammen: Käfig mit Vogel.

L. K.: Ja, mir haben Sie den Käfig allein geliefert, ohne Vogel.

K. V.: Aber auf der Rechnung steht: Käfig mit Vogel – bitte: Käfig mit Vogel!

L. K.: Ich bin doch nicht verpflichtet, dass ich Ihr saudummes Geschwätz anhör! *Sie schlägt die Tür zu.*

K. V.: Jetzt hat s' mir d' Tür vor der Nasn zuaghaut! Ich kann's der Frau auch wirklich nicht verdenken, denn es ist wirklich kein Vogel drin. – Aber auf der Rechnung steht tatsächlich: Käfig mit Vogel!

Schwierige Auskunft

Liesl Karlstadt: Sie, bitte, wie komme ich denn hier am schnellsten zum Bahnhof?

Karl Valentin: Da sind Sie noch weit weg. Da müssten Sie entweder gehen oder fahren. Wenn Sie fahren, sind Sie vielleicht in fünfzehn Minuten dort, aber zu Fuß brauchen S' bedeutend länger.

L. K.: Und wie geht man denn da, wenn man zu Fuß geht?

K. V.: Da gibt es drei Wege. Entweder Sie gehen geradeaus und dann über den großen Platz, oder Sie gehen durch den Stadtpark und bei dem Hotel vorbei, oder Sie gehen am kürzesten durch die Passage durch und zwischen dem Kaufhaus und der Markthalle durch. Dann kommen Sie direkt hin.

L. K.: Ja, ich hab aber höchste Zeit, denn um 15.20 Uhr geht schon mein Zug, und jetzt ist es schon 15.10 Uhr.

K. V.: Ja, dann ist es gscheiter, Sie gehn den Kasernenweg entlang, bei der Autotankstelle vorbei und da können S' dann noch mal fragen.

L. K.: So, da soll ich dann noch mal fragen, ja, geht denn keine Straßenbahn hin?

K. V.: Ja, mit der Straßenbahn ist es überfüllt, wissen S', da kriegt man so wenig Platz, und zerst muss man so lange warten, und schließlich kommt s' dann und ist besetzt.

L. K.: Also, dann ist das auch nichts. Und ich habe schon höchste Zeit, o mei, o mei, wenn ich Sie nur besser verstehn tät!

K. V.: Ja, ich kann schon lauter reden!

L. K.: Nein, nicht lauter!

K. V.: Leiser?

L. K.: Nein, deutlicher sollen Sie reden!

K. V.: Ja, deutlicher kann ich nicht reden!

L. K.: Haben Sie einen Sprachfehler?

K. V.: Nein, nein!

L. K.: Reden Sie immer so undeutlich?

K. V.: Nein, nur wenn ich auf der Straße was gfragt werd.

L. K.: Ja, Sie brauchen ja nur Ihren Mund weiter aufmachen beim Sprechen!

K. V.: Des trau i mir net.

L. K.: Warum nicht?

K. V.: Weil i zum Zahnarzt muss.

L. K.: Beim Zahnarzt müssen S' an Mund auch weiter aufmachen!

K. V.: Ja, da macht's ja nichts mehr. – Mir ist nämlich heut mei Goldplombe locker wordn, und da hab i Angst, dass ma s' rausfällt, wenn ich an Mund auf mach. Und da muss ich jetzt so Obacht gebn und kann den Mund net aufmachen.

L. K.: Und ausgerechnet Sie muss ich fragen um Auskunft!

K. V.: Ah, das macht mir nichts!

L. K.: Ja, Ihnen macht's freilich nichts, aber mir macht's was!

K. V.: Wieso?

L. K.: Ja, weil ich an Zug versäumt hab!

Streit mit schönen Worten

Sie: Mei Ruh lass mir!

Er: Du mir auch!

Sie: Ich weiß schon, wieviel es gschlagen hat!

Er: Ich auch!

Sie: A andrer Mann geht auf d' Nacht in sein Wirtshaus und kommt in der Früh heim; aber das ist ja dir alles fremd, du fühlst dich ja nur am häuslichen Herd glücklich!

Er: Du hockst ja auch lieber daheim bei mir!

Sie: Ja, wenn du es nur einsiehst!

Er: Du hast mir noch jede Stunde meines Lebens verschönt!

Sie: Du mir genauso; und wenn ich noch so betrübt war, so warst es du, der mir jeden Wunsch von den Augen absah!

Er: Ja, weißt du noch, wie wir damals in jener Sommernacht allein auf einer Bank saßen? Du wolltest noch bleiben, und ich wollte noch bleiben, und dann kam der Schutzmann, der uns dann fragte, was wir denn da wollen.

Sie: Ja, und dann warst du es, der gesagt hat: Ach, lassen Sie uns doch allein!

Er: Ja, das weiß ich noch, aber Gott sei Dank war der Schutzmann dann vernünftiger und ist gegangen.

Sie: Drum sag ich es tausendmal: hätte ich nur einen andern kennengelernt als dich, was hätt ich denn an einem andern gehabt: nichts als Verdruss und Ärger!

Er: Ach, wenn man dich so ansieht. Du bist ja so eine – ach, ich kann mich gar nicht ausdrücken – so ein liebes Ding, dass ich dir gleich stundenlang in die Augen schauen könnte!

Sie: Du kannst natürlich nichts als einem Sachen ins Gesicht schleudern, die leider wahr sind! Aber meine liebe Frau Schwiegermutter ist ja dieselbe wie ihr Herr Sohn; die kann ja auch sonst nichts, als mir recht schön ins Gesicht tun und hinter meinem Rücken lobt sie mich, wo sie mich nur loben kann! Aber da bin ich ihr gut genug, dass ich ihr meine ganze Wäsche waschen lasse, alle Näharbeiten lass ich ihr zukommen, ohne einen Pfennig zu verlangen; da ist man dann die Schwiegertochter hinten und vorne! Zum Weihnachtsfest alle Jahre hab ich von ihr die schönsten Präsente angenommen ohne ein Wort zu sagn; aber das ist scheint 's alles vergessen!

Er: Aber meiner lieben Schwiegermutter fehlt auch nichts! Wie oft hab ich einen kleinen Seitensprung gemacht, bei dem sie mich ertappte – nichts hat sie dir davon gesagt! Verheimlicht hat sie dir alles!

Sie: Das sind ja unplumpe Vertraulichkeiten! Das sagst du ja nur zu mir, dass ich dich noch lieber haben sollte, als ich dich sowieso schon habe. Mit derlei Sachen kannst du mich nicht aus der Ruhe bringen, und wenn du mir's nicht zu bunt machst, dann pack ich meine sieben Zwetschgen zusammen und bleib erst recht bei dir!

Er: Du darfst dich nicht beklagen, denn so gemeint war es ja nicht. *Haut mit der Faust auf den Tisch.* Ich verbitte mir nun endlich deine Zudringlichkeiten! Ich hab dir heute schon mindestens hundert Küsse gegeben, und mehr braucht eine Frau nicht an einem Tag!

Sie: Das ist eine unverschämte Lüge von dir! Du bist ein ganz gewalttätiger Mensch; das hat sich an meinem Namenstag gezeigt, als du mir den teuren Pelzmantel gekauft hast, und ich wollte nur einen gewöhnlichen Lodenmantel.

Er: So, jetzt machst du mir noch Vorwürfe, aber ich werde es mir merken! Zu deinem Geburtstag bekommst du von mir für deine impertinente Bescheidenheit 500 Mark, dann kannst du dir kaufen, was du willst; dann brauch ich mich wenigstens nicht mehr freuen über deine Dankbarkeit!

Sie: Jaja, jetzt kommt natürlich wieder der Vorwurf, das bin ich ja an dir schon gewöhnt! Ich verbitte mir ab heute von dir jede Unzudringlichkeit, sonst werde ich dir den Himmel kalt machen. Es heißt zwar die Hölle heiß machen, aber bei dir ist das alles fruchtlos!

Er: Eleonore, sei doch nicht unvernünftig! Wollen wir uns doch wieder vertragen! Wozu immer diese aufregenden Schmeicheleien? Sagen wir uns doch lieber in aller Ruhe die Gemeinheiten direkt ins Gesicht!

Sie: Ja, du saudummer Kerl! Da hast recht! Da bin ich sofort damit einverstanden.

Er: Na also, du Rindviech, du depperts!

Siehst, es geht auch so!

Beim Arzt

Liesl Karlstadt: Darf ich bitten, der nächste.

Karl Valentin: Grüß Gott, Herr Arzt.

L. K.: Grüß Gott, Herr Meier. Na, wo fehlt's?

K. V.: O mei, Herr Doktor, mit meim Magn stimmt's nimmer recht. Jedesmal, wenn ich gessen hab, dann hab ich den Magn so voll.

L. K.: Ja, das ist doch keine Krankheit, das ist doch ganz logisch, wenn Sie in den Magen was hineintun, muss er ja voll werden. – Wie ist es denn, wenn Sie nichts essen?

K. V.: Ganz das Gegenteil, dann fühl ich so eine Leere im Magn.

L. K.: Na sehen Sie, dann ist doch Ihr Magen in Ordnung.

K. V.: Ja, aber wie kommt denn das dann, dass ich beim Stiegensteigen so schnaufen muss?

L. K.: Ja, mein Lieber, da muss ein anderer auch schnaufen, aber das hängt doch nicht mit dem Magen zusammen, sondern mit der Lunge.

K. V.: Ja, auf der Lunge bin ich gsund, da fehlt mir nix, trotzdem ich mir vor zwei Jahren an Fuß brochen hab.

L. K.: So, an Fuß haben Sie sich gebrochen, wie ist denn das passiert?

K. V.: Zuviel Alkohol hatt ich dawischt.

L. K.: Am Alkohol können Sie sich doch nicht den Fuß brechen.

K. V.: Freili, bsuffa war i, und da bin i auf einer ausländischen Bananenschale ausgrutscht und hab mir meinen eigenen Fuß gebrochen.

L. K.: Ja, da war aber dann nicht der Alkohol schuld, sondern die Bananenschale.

K. V.: Selbstverständlich war die Bananenschale schuld, weil ich die net gsehn hab, und drum glaub ich, Herr Doktor, dass mit meinen Augen nimmer 's Richtige is, weil, wenn ich zum Beispiel daheim Zeitung lies, dann krieg ich so Kreuzweh, dass ich 's Lesen aufhörn muss.

L. K.: Aber lieber Herr Meier, schlechte Augen können niemals Kreuzschmerzen erzeugen.

K. V.: Des kann schon sein, aber d'Augen und 's Kreuz müssen doch eine heimliche Verbindung haben, weil man oft die alten Leut jammern hört, wenn s' sagen: »Es ist schon ein rechtes Kreuz, wenn man nicht mehr gut sieht.«

L. K.: Ja, Herr Meier, Sie sollen halt weniger Zeitung lesen und dafür mehr Obst essen, denn Obst ist gesund.

K. V.: Nicht für jeden, Herr Doktor. A Bekannter von mir wäre beinahe an einer Zwetschgen erstickt.

L. K.: Wie alt sind Sie denn schon, Herr Meier?

K. V.: Herr Doktor, ich bin schon bald zehn Jahre älter als meine Frau. Ja.

L. K.: Soso – und wie alt ist denn Ihre Frau?

K. V.: Ja, meine Frau, die ist jetzt – das könnt ich Ihnen momentan gar nicht sagen.

L. K.: Nun ja, ist auch Nebensache. – Ist der Darm in Ordnung?

K.V.: Von der Frau?

L. K.: Nein, nein, der Ihrige.

K. V.: Ach so, der meinige – ja, ja – selbstverständlich – im Vertrauen zu Ihnen gesagt ... *Valentin flüstert dem Arzt etwas ins Ohr.*

L. K.: Soso, hahahahaha – dann lieber nicht, dann verschreib ich Ihnen statt Rizinusöl lieber Opiumtropfen. – Was haben Sie eigentlich für einen Beruf, Herr Meier?

K. V.: Ich bin Leiternfabrikant.

L. K.: Aha, Sie machen die langen Leitern für die Feuerwehr?

K. V.: Nein, nein, ich mach die ganz winzig kleinen für die Laubfrösch.

L. K.: Was Sie nicht sagen, sehr interessant. Na ja, Leiter ist Leiter, aber dass wir wieder auf unser Thema zurückkommen, Herr Meier, außer einer kleinen Diarrhöe wüsst ich nicht, was Ihnen fehlt. Sie sind vollständig gesund.

K. V.: Was? Gsund bin i? Mir war's ja gnua, für was bin i dann bei der Krankenkasse?!

Zitherstunde

Maxl: Grüß Gott, Herr Zitherlehrer.

Lehrer: Grüß Gott, Maxl; komm nur herein.

Maxl: An schönen Gruß von der Mutter, und Sie möchten vielmals entschuldigen, dass ich heute so spät komme.

Lehrer: Hat dich deine Mutter so lange benötigt?

Maxl: Naa, naa, d' Mutter hat mich pünktlich fortgschickt – aber i hab mit meine Kameraden ›Räuber und Schandi‹ gspielt.

Lehrer: Ja, was hat denn das mit deiner Mutter zu tun?

Maxl: Des woaß i aa net.

Lehrer: Na ja. Hast du fleißig gelernt?

Maxl: Nein, Herr Lehrer!

Lehrer: Warum nicht?

Maxl: Ja, ich hab der Mutter Kohlen raufholen müssen vom Keller.

Lehrer: Das ist ja recht und schön, wenn du deiner Mutter hilfst, aber heut ist doch Donnerstag, und am Montag warst du das letzte Mal bei mir in der Zitherstunde, du hast doch nicht drei Tage lang Kohlen raufholen müssen vom Keller.

Maxl: Ich hab ja Kartoffeln auch raufholen müssen.

Lehrer: Ja, ja, aber das dauert doch nicht drei Tage lang.

Maxl: Aber a Milli hab i auch holen müssen und a Salatöl.

Lehrer: Das ist ja alles ganz recht – aber du hättest doch alle Tage wenigstens eine Stunde üben können.

Maxl: Naa, des is net ganga, weil's so kalt gwen is in unserm Zimmer.

Lehrer: Dann heizt man eben ein, ich muss auch heizen – da hätte halt deine Mutter einheizen sollen.

Maxl: Mir ham ja keine Kohlen.

Lehrer: Wieso? Grad vorher hast du gesagt, du hast deiner Mutter Kohlen raufholen müssen vom Keller, und jetzt im Moment sagst du wieder, ihr habt keine Kohlen.

Maxl: Ja, im Keller ham ma keine mehr, weil ich s' alle rauftragen hab.

Lehrer: Nun ja, dann hast du die Kohlen heraufgetragen, und dann hat sie eingeheizt.

Maxl: Naa, naa!

Lehrer: Was naa, naa?

Maxl: Eingeheizt war ja schon.

Lehrer: Wie? Es war schon eingeheizt?

Maxl: Ja, eingheizt hat d' Mutter scho ghabt mit Holz allein, aber bis i d' Kohlen rauftragen hab vom Keller, is 's Holz wieder verbrennt gwen, weil mir im vierten Stock wohnen.

Lehrer: Ich glaub halt, dass deine Mutter nicht richtig einheizen kann. Dann soll eben dein großer Bruder Feuer machen.

Maxl: Moana Sie an Schorsche? Der Schorsche konn se ja net bucka, der hat ja an wehen Fuaß, weil er vom Baum abigfalln is.

Lehrer: Ach ja, der ist vom Baum gefallen. – Bei der Arbeit?

Maxl: Na, beim Obststehln.

Lehrer: Dann soll halt deine Großmutter einheizen.

Maxl: Ah, d' Großmutter, de is ja scho z' alt, de sieht ja net amal an Ofa, viel weniger 's Ofaloch.

Lehrer: Ja, irgendwer wird doch bei euch zu Haus noch einheizen können!

Maxl: Mei Tante, die hat –

Lehrer: Nun ja, die Tante, soll doch die einheizen!

Maxl: Mei Tante, die hat gut einheizen können, aber die is ja schon gstorbn vor vier Jahr.

Lehrer: Ist denn das möglich, dass in einer Familie niemand einheizen kann? Es muss doch bei euch zu Hause ein Mensch sein –

Maxl: Ja, höchstens mei Schwester, d' Lina – aber de hoazt nia ein, weil d' Muatter erst neulich zu ihr gsagt hat, sie soll eihoazn, na hat mei Schwester gsagt: »Des kannst dir denken, dass i mit de frischlackierten Fingernägel eihoazn tu und rußige Pratzn kriag.«

Lehrer: Na also, wenn deine Schwester zu nobel ist zum Einheizen, dann muss sich doch um Himmels willen irgendjemand finden, der bei euch einheizen kann.

Maxl: Ja, höchstens der Vater.

Lehrer: Ach was, der Vater heizen – Heizen ist doch kein Geschäft für den Vater!

Maxl: Ja, ja – mei Vater is doch Heizer.

Vergesslich

Karl Valentin: Ah, eine gute Bekannte, die Frau ... no, jetzt weiß ich Ihren Namen nicht mehr.

Liesl Karlstadt: Das sieht Ihnen wieder ähnlich. Wir haben aber doch so lange in einem Haus gewohnt, in der Dingsstraße ...

K. V.: Ja stimmt, freilich, freilich, die Frau Schweighofer sind Sie!

L. K.: Nein, nein, im Gegenteil, ein ganz kurzer Name ...

K. V.: Jetzt hab ich 's: die Frau Lang!

L. K.: Nein, nein, ein kurzer Name ist es doch! – Ich könnt's Ihnen schon sagen.

K. V.: Frau Mayerhofer!

L. K.: Ja, ganz richtig! Und Sie sind Herr Hofmayer!

K. V.: Ja, stimmt! Wissen Sie noch, wie wir die beiden Namen immer am Anfang verwechselt haben? – Ja, ja, Frau Mayerhofer, es ist gut, dass ich Sie eben treffe, ich wollte Ihnen etwas Wichtiges sagen, und jetzt weiß ich momentan nicht, was ... was war denn das?

L. K.: Das geht mir auch oft so!

K. V.: Was war das nur? – Hm, hin, hin, es ist zum Kotzen!

L. K.: War es was Geschäftliches?

K. V.: Nein, nein, es war ... weil ich mir auch noch dachte, das muss ich Ihnen sagen, wenn ich Sie treffe.

L. K.: Ja, lieber Gott, man wird eben älter und damit auch vergesslicher.

K. V.: Das stimmt! – Was wollt ich nur sagen?! – Fällt mir nicht mehr ein.

L. K.: Mir geht's auch so. Ich war gestern in no, no, no – wo war das gleich?! In ...

K. V.: Daheim?

L. K.: Nein, nein, in Daheim war ich nicht, in no ..., sagn S' mir's doch!

K. V.: Ich hab keine Ahnung, wo Sie waren.

L. K.: Ja, das glaub ich schon, dass Sie das nicht wissen, ich weiß es ja selber nicht! In ... nun ja, es ist ja Nebensache – und da habe ich geschäftlich zu tun gehabt, da sollte ich ... da sollte ich ...

K. V.: Genauso geht's mir auch immer, da lauf ich oft daheim ins andere Zimmer hinüber, und wenn ich drüben bin, weiß ich nimmer, was ich wollte.

L. K.: Ich bin einmal zu einem Arzt gegangen wegen meiner Vergesslichkeit, und wie ich beim Arzt war, und der fragte mich, was mir fehlt – meinen Sie, mir wär's eingefallen! – Da hab ich ganz vergessen, dass ich wegen meiner Vergesslichkeit zu ihm gegangen bin.

K. V.: Man soll sich alles aufschreiben, dann vergisst man's nicht.

L. K.: Das hab ich auch schon probiert – das kann ich nicht!

K. V.: Warum nicht?

L. K.: Weil ich immer vergess, dass ich einen Bleistift mitnehm und ein Papier.

K. V.: Einmal hab ich etwas nicht vergessen. Da hab ich mir was Wichtiges merken wollen, dann hab ich mir gesagt: Ach, des hat gar keinen Wert, wenn ich mir das merken will, denn das vergess ich ja doch! – Und was meinen Sie? – Ich hab mir's gmerkt!

L. K.: Ja, und was war das?

K. V.: Jetzt weiß ich's nimmer!

Mozart

Zum Mozartjahr 1941
Schülerin läutet an der Wohnungstüre des Musikprofessors.

Frau Professor öffnet: Ah! Fräulein Lieselotte – wie geht es, haben Sie fleißig geübt seit der letzten Unterrichtsstunde?

Lieselotte: Gewiss, Frau Professor!

Frau Professor: Nun, das lässt sich hören! Da wird sich am meisten der Herr Professor freuen, wenn Sie recht gute Fortschritte machen – der arme Mann ist seit gestern wieder so nervös – zum Zerspringen!

Lieselotte: Um Gottes willen – noch nervöser als in der letzten Stunde, da geh ich gleich wieder – und komm ein anderes Mal!

Frau Professor: Um Himmels willen, bleiben Sie da. Das würde ihn ja noch mehr erregen, wenn er Sie zum Unterricht erwartet und Sie kämen nicht! Denn an seiner ganzen Nervosität sind ja nur die Schüler und Schülerinnen schuld, weil niemand zu Hause übt – sie sagen alle ja – und wenn sie ihm dann in der Musikstunde die Aufgaben vorspielen, können sie nichts. Und das macht den Herrn Professor noch ganz konfus! *Es klingelt.* Das ist er! Machen Sie Ihre Sache gut, Fräulein Lieselotte!

Professor: Lieselotte – verzeihen Sie meine kleine Verspätung – aber wir können sofort beginnen – haben Sie zu Hause fleißig geübt?

Lieselotte *sehr zögernd und leise:* Ja, die Übungen waren sehr schwer,
  Herr Professor!

Professor: Die leichten Übungen auch?

Lieselotte: Auch sogar – aber die schwereren waren noch schwerer.

Professor: Nun spielen Sie gleich die Übung von hier an ... *Lieselotte spielt*
so leise und zögernd, dass man kaum etwas hört, 6 Takte.

Professor: Ich sehe zwar an Ihren Händen, dass Sie spielen, aber hören tue
  ich nichts! Darf ich um etwas mehr forte bitten! Auf deutsch – mehr
  Lauterkeit.

Lieselotte: Ich trau mir nicht lauter spielen.

Professor: Warum nicht, mein liebes Kind?

Lieselotte: Weil Sie sonst eventuell auch die Fehler hören würden,
  Herr Professor.

Professor: Das Wort eventuell hasse ich genauso wie einen bereits
  bestehenden Fehler – aber ich erkenne schon an Ihrer ängstlichen
  Tasterei, dass Sie nicht geübt haben – das Lügen fällt Ihnen leichter als
  das Üben – gut, dann übergehen wir diese Übung – und Sie lernen mir
  dieselbe bis zur nächsten Unterrichtsstunde.

Lieselotte: Jawohl, Herr Professor.

Professor: Was sagen Sie? Jawohl? Sie lügen ja schon wieder für den
  nächsten Unterricht – wir gehen nun weiter, und zwar nehmen wir hier
  diese sehr leichte, aber wundervolle Übung von Mozart durch – ich
  spiele Ihnen die Übung vor. *Spielt irgendeine ganz seriöse lyrische Mozartsache,*
  vielleicht 12 Takte. Wiederholen Sie, bitte, was ich Ihnen vorgespielt habe
  – aber ganz zart, das sagt schon der Name Mo*zart*!

Lieselotte *schlägt aber statt pianissimo die ersten Töne der Mozart*übung kräftig
  an, obwohl der Herr Professor soeben an ›zart‹ erinnert hat.

Professor, *gerät darüber in Wut:* So, Fräulein, spielen Sie die Übung nur
  kräftig und laut. *Lieselotte nimmt das ernst und spielt noch lauter.* Noch lauter,
  Fräulein – können Sie denn nicht noch lauter spielen? Nehmen Sie doch
  die Fäuste dazu. Kommen Sie her, ich helfe mit – so, die Ellenbogen
  sollen auch beschäftigt sein – so ist es recht – fortissimo – fortissimo –
  furioso. *Höllenlärm.* Mit dem Klavierhocker kann man auch noch spielen,
  das verstärkt die Musik.

Frau Professor, *kommt erschrocken ins Zimmer und schreit:* Um Gottes willen,
  was ist denn das für ein Riesenskandal, was bedeutet denn dieser

Höllenlärm? Da fliegen ja die Klaviertasten im Zimmer herum. Was hat denn das alles zu bedeuten?

Professor: Meine teure Gattin! Meine Schülerin kann dir darüber Auskunft erteilen!

Frau Professor, *vorwurfsvoll:* Ja, Fräulein Lieselotte, was ist denn hier vorgefallen? Mein Mann ist ja ganz außer Band und Rand!

Lieselotte, *ganz verstört und halb weinerlich:* Dem Herrn Professor kann man absolut nichts mehr recht machen. Die erste Übung habe ich ihm zu leise gespielt – da hat er mich geschimpft.

Frau Professor: *Ja,* dann hätten Sie halt lauter gespielt, wenn er es schon haben wollte!

Lieselotte: Das habe ich ja auch gemacht, er wollte es aber immer noch lauter haben, und dann hat er die ganzen Tasten mit dem Klavierhocker zerschlagen.

Frau Professor: Ja, du bist ja ein Narr – du weißt ja nicht mehr, was du willst – dir kann es ja niemand mehr recht machen. Auf diese Art verlierst du ja deine ganzen Schüler und Schülerinnen. Da schau hin – das Fräulein Lieselotte zieht sich an und geht! *Türschlag.*

Professor: Stell dir vor, diese junge Gans spielt Mozart mit hartem Anschlag, statt mit dem leisesten Pianissimo schlägt sie forte.

Frau Professor: Aber du als Lehrer hast doch schließlich das Recht, ihr zu sagen: Spielen Sie zart.

Professor: Das habe ich ihr gesagt – ich habe es ihr sogar vorgespielt.

Frau Professor: Mit den Schülern muss man eben Geduld haben, und man muss sie immer wieder und wieder auf ihre Fehler aufmerksam machen.

Professor: Nein! – Die Geduld habe ich nicht mehr! Im Gegenteil, ich habe gesagt: Spielen Sie noch lauter – und noch lauter – hauen Sie mit den Fäusten in das Klavier, dass die Fetzen fliegen – dann habe ich sogar mit dem Klavierhocker noch mitgespielt, aber die Tasten haben dem gewaltigen fortissimo-furioso nicht mehr standgehalten – tastiaturo – instrumenti – marodi – defekte – repareturo –

Frau Professor: So – und du bist schuld. Hättest du deine Schülerin mit Ruhe und Geduld behandelt – so ...

Professor: Mit meinen Nerven ist mir das nicht möglich.

Frau Professor: Aber den teuern Flügel zu demolieren, das war dir möglich!

Professor: Jawohl!!! – Das bin ich Mozart schuldig!

Geschäftsleute

Es läutet an der Wohnungstür

Frau: Jessas naa! – Wer werd denn des wieder sei?

Mann: Grüaß Gott, Frau!

Frau: Ah? Des is ja der Herr …

Mann: Da Zimmermann bin i.

Frau: Zimmermann? – Nach'm Nama nach kenn i Eahna eigentlich weniger.

Mann: Nach'm Nama nach hoaß i net Zimmermann – i bin a Zimmermann.

Frau: Ah! Sie san a Zimmermann?

Mann: Ja – Sie ham doch nach mir gschickt – was is denn los?

Frau: Jessas … zammgramt hab i heut no gar net – ausschaun tut's bei mir … des is schrecklich – genga S' nur rein zu mir.

Mann: Frau! I hab net vui Zeit. – Sie ham vor acht Tag Eahnan Buam zu mir gschickt, i soll kemma. Wo fehlt's denn? I hab sovui Arbat, a jede Minutn muass i ma wegstehln – alle Augenblick kemma d' Leut mit so Kloanigkeiten daher, und bei jedem pressiert's. – Kürzlich war i aa bei oan, hab's eahm glei gmacht, weil er a so gwinslt hot – er muass's heit no habn – seit sechs Wochn liegt des Glump heut no bei mir in der Werkstatt – heut hat er's no net gholt.

Frau: Ja, ja, solchene Leut gibt's – i bin grad 's Gegenteil. – Meine Hausschuah hab i gestern zum Schuasta tragn. In a paar Tag, hat er gsagt, san s' fertig. – I bin aba gleich am andern Tag scho nüba – mei, hat mi der zammgstaucht! – Moana S', i konn hexen – hat er gsagt. Bald hätt er mi aus seiner Werkstatt aussigschmissn.

Mann: Des hätt i aa do.

Frau: Was sagn S'?

Mann: I hätt Eahna aa nausgschmissn aus meiner Werkstatt.

Frau: Aus Eahna Werkstatt? – Ja, in Eahnara Werkstatt war i ja noch gar nia drin – des war ja beim Schuasta.

Mann: Frau, erzähln S' ma jetzt nix, sondern sagn S' ma, was bei Eahna z'macha is – i hab net vui Zeit.

Frau: Freili hab i zu Eahna nübagschickt, Sie solln zu mir rüber kemma – aber des war ja scho vor acht Tag. Moana S', mir fallat's jetzt ei, was i von Eahna wolln hab?

Mann: Ja Kreuzhimmisakra, was buidn S' denn Eahna eigentlich ein. I lass d' Arbat dahoam steh, lauf bis zu Eahna rüba, versäum an Haufa Zeit, und jetzt, wenn i da bin, wissn S' net, was S' von mir wolln. Des is ma doch aa no net passiert. – Was schickn S' denn oan nüba, dass i kemma soll?

Frau: Ja, i bin Eahna ja dankbar, dass Sie herkemma san.

Mann: Für was wolln S' ma denn dankbar sei, wenn i no gar nix gmacht hab?

Frau: So? Des is ja recht nett von Eahna – mir macha S' jetzt an Krach. Wärn S' glei kemma vor acht Tag, wia i nübagschickt hab, na hätt ich's gwusst. Nach so langer Zeit schleichas S' jetzt auf oamal schö stad daher wia a Gütazug. Moana Sie vielleicht, i hab an nix anders z'denka als wia des Glump, des Sie mir repariern solln? Kann i vielleicht was dafür, dass mir durch'n Krieg so dappi worn san? Sie kemma grad recht! Wenn S' koa Geduld ham, so lang, bis 's ma eingfalln is, dann gebn S' Eahna Gschäft auf! I muass mi aa stundenlang vorn Milliladn hinstelln und wartn, bis i a Milli kriag.

Mann: I hab koa Milligschäft – i bin a Zimmermann, merken S' Eahna des. Und wenn S' jetzt net glei sagn, was S' wolln von mir, dann geh i wieder.

Frau: Ja mei, mir fallt's halt jetzt momentan net ein, und wenn S' ma an Kopf runterreißn.

Mann: Naa, den brauch i net! So an saudumma Kopf hab i selba.

Frau: Gell – a Fenster kenna Sie net einglasn?

Mann: Naa! I bin koa Glasa – i bin a Zimmamo!

Frau: Naa, in meine Zimma is alles in Ordnung.

Mann: Bis auf d' Ordnung, wia i grad siehg.

Frau: Was sagn S'?

Mann: Bis auf den Saustall, wenn S' des bessa verstehn.

Frau: Jessas, jetzt fallt's ma grad ein, weil S' vom Saustall redn, jetzt woaß i, warum dass i Eahna holn hab lassn, wegn unsern Hasnstall im Gartn drauß – da is da Bodn dafeit, und da ghöratn a paar neue Bretta hingnagelt.

Mann: Und wega dem altn Hasnstall sprenga Sie mich zu Eahna her?

Frau: Ja, i kann doch mein Hasnstall mit de Hasn net zu Eahna in d'Werkstatt nübafahn, noch dazua, wo ma no junge Hasn dazuakriagt ham.

Mann: Ja, Sie blöds Frauenzimmer – konn i vielleicht an den Hasnstall an neuen Bodn neimacha, wenn d' Hasn no drin san?

Frau: Sie braucha mi gar koa blöds Frauenzimma hoaßn – die paar Brettln ko mei Mo aa hinnageln, da braucht ma schließlich koan Fachmann dazua. – Es kommt scho wieda a Zeit, wo d' Gschäftsleut auf uns angwiesn san.

Mann: Ja, ja, des müass ma leida jetzt oft hörn, und des stimmt aa – de Zeit kummt sicha wieda, wo mir auf d' Kundn angwiesn san – aber net auf solche Kundschaftn, wia Sie oane san. – Und jetzt kenna Sie mi – des hoaßt »mir mein Hobl ausblasn«, schöne Frau. Pfüat Eahna Gott.

Sie weiß nicht, was sie will

An einem Schalter des Arbeitsamtes

Beamter *zu einem Dienstmädchen:* Nun haben Sie mir Ihr Anliegen schon dreimal erklärt, und ich bin noch nicht im Bilde, was Sie eigentlich wollen. Sie haben, wenn ich Sie recht verstehe, drei Arbeitsplätze als Zugeherin und wollen nun dafür eine Stelle annehmen in einem Altersheim.

Dienstmädchen: Nein, ich bin gegenwärtig schon in Stellung, aber die Stellung im Altersheim, in die ich erst kommen möchte, da bin ich noch nicht, weil die Frau Lorenz, bei der ich schon nicht ganz fünf Jahre bin, die sagt auch, wenn Sie beim Arbeitsamt noch nicht waren, dann können S' immer noch die Stellung, wenn die Frau Assessor, wo ich auch einen Zugehplatz habe, damit einverstanden ist, annehmen.

Beamter: Sie wollen also statt drei Arbeitsplätzen eine Stellung haben in einem Altersheim.

Dienstmädchen: Nein, das muss nicht sein, weil ich mich nicht so schnell entschließen kann, denn die Frau, wo ich wohne, hat gesagt, überlegen S' Ihnen das reiflich. So ein Schritt ist sehr riskant, der ihr Mann ist auch beim Magistrat und kennt die Fälle, und der meint, wenn Sie sich verbessern können, warum nicht?

Beamter: Und? Was hat da der Magistrat damit zu tun, dafür ist doch das Arbeitsamt da. Aber Sie stehen doch in Arbeit, und einen Stellungswechsel müssen Sie bei mir anmelden, aber ich versteh noch nicht recht. Wollen Sie am 1. dieses Monats in drei Arbeitsplätzen kündigen?

Dienstmädchen: Nein, das muss nicht sein, weil ich vorderhand noch bleib. Ein Platz wäre mir halt bedeutend lieber als drei Arbeitsplätze.

Beamter: Ja, zum Donnerwetter, wenn's nicht sein muss, was wollen Sie dann hier am Arbeitsamt?

Dienstmädchen: Die Frau Pfeiffer hat aber zu mir gesagt, da müssen Sie Ihnen ans Arbeitsamt wenden.

Beamter: Ja, was wollen Sie denn eigentlich wissen?

Dienstmädchen: Die Frau Pfeiffer hat gesagt, am Arbeitsamt kriegt man jederzeit Auskunft.

Beamter: Ich kann Ihnen doch nur eine Auskunft erteilen, wenn ich weiß, um was es sich handelt. Sie wissen aber, scheint es, selber nicht, was Sie eigentlich wollen.

Dienstmädchen: Jawohl!

Beamter: Was, jawohl?

Dienstmädchen: Ich weiß nur nicht, ob ich kündigen soll.

Beamter: Na, wenn Sie die Stellung im Altersheim annehmen, dann müssen Sie die anderen Plätze kündigen, ohne Kündigung können Sie nicht einfach davonlaufen.

Dienstmädchen: Ich kündige ungern. Schließlich ist das im Altersheim nicht das Richtige für mich, und wenn ich aber gekündigt habe, dann muss ich die Stellung annehmen, ob ich will oder nicht.

Beamter: Aber Sie sagten doch vorhin, Sie wollen lieber einen Platz als drei Arbeitsstellen.

Dienstmädchen: Wenn's ein guter Platz ist, dann schon. Außerdem bleibe ich lieber, wo ich bin, weil das sehr nette Leute sind, und wenn ich da kündigen tu, dann verklagen die mich, und so was lass ich mir nicht bieten.

Beamter: Na, wenn das nette Leute sind, die Sie nicht weglassen wollen, dann sind doch die Leute mit Ihnen zufrieden.

Dienstmädchen: Das schon. Ich will mich nur mit den Leuten nicht verfeinden.

Beamter: Na, dann bleiben Sie doch, wo Sie sind.

Dienstmädchen: Die Frau Pfeiffer hat aber gemeint, ich soll mir das reiflich überlegen, denn Arbeit gibt's überall, weil wenn mein Bräutigam, der mich vielleicht heiratet, der hat zur Frau Finkenzeller gsagt, wenn wir verheiratet sind, dann brauch ich überhaupt nimmer in Stellung gehn.

Beamter: Na also! – Dann heiraten Sie doch!

Dienstmädchen: Heiratn? Nein. Da denk ich noch gar nicht dran, schließlich passen wir gar nicht zsamm, dann muss ich doch wieder in Stellung gehn. – Da bleib ich schon lieber allein.

Beamter: Na, dann bleibn S' allein, und wenn Sie heiraten wolln, dann müssen S' aufs Standesamt gehn und nicht ins Arbeitsamt.

Dienstmädchen: Mein Bräutigam will aber absolut heiraten!

Beamter: Na gut! Dann heiraten Sie ihn halt absolut.

Dienstmädchen: Heiraten tu ich auf jeden Fall, weil ich mir sag, lieber ein eigenes Heim, als bei fremden Leuten schuften.

Beamter: Mein liebes Fräulein, nun aber zur Sache! Wir kommen da von einem Quatsch in den andern; was wollen S' denn eigentlich?

Dienstmädchen: Im Altersheim hab ich mich schon vorgstellt, und da hat die Frau Oberin gsagt, dass es sehr viel Arbeit gibt, aber mir is keine Arbeit zuviel, und ich kann, wenn ich gekündigt habe, schon am 1. anfangen; aber das fällt mir ja gar nicht ein. Ich bin doch nicht aufs Hirn gefalln.

Beamter: Nun sagen Sie wieder, Sie wollen nicht ins Altersheim?

Dienstmädchen: Schon – aber binden lasse ich mich nicht.

Beamter: Das wird ja immer schwieriger mit Ihnen!

Dienstmädchen: Die Frau Pfeiffer hat auch gesagt, das Altersheim ist städtisch. Wer drin is, der is drin, der kommt so schnell nimmer raus.

Beamter: Sind S' doch froh, wenn S' wo drin sind; mir ist es ja egal, ob S' drin sind oder heraußen; jetzt sagn S' mir amal endlich, was Sie wolln.

Dienstmädchen: Ich will die Bescheinigung vom Arbeitsamt.

Beamter: Ja, was wollen Sie denn für eine Bescheinigung? Eine Bestätigung meinen Sie vielleicht.

Dienstmädchen: Ob ich die Stelle annehmen muss, wenn ich kündigen tu.

Beamter: Sie brauchen doch erst zu kündigen, wenn Sie sich entschlossen haben, dass Sie einen Stellungswechsel vorhaben begreifen S' denn das nicht?

Dienstmädchen: Bis wann soll ich das vornehmen?

Beamter: Bis wann? – Das weiß doch ich nicht – das müssen doch Sie wissen.

Dienstmädchen: So schnell will ich mich noch nicht entschließen, weil ich nicht weiß, ob's meinem Bräutigam recht ist, weil, wenn der sagt, ich soll die Stellung unbedingt annehmen im Altersheim, dann kann ich immer noch tun, was ich will.

Beamter: Jetzt wird's allmählich Zeit, dass Sie zu einem Entschluss kommen, denn ich hab ja schließlich auch noch was anderes zu tun.

Dienstmädchen: Muss ich denn der Frau Pfeiffer sagn, dass ich am Arbeitsamt war?

Beamter *schreit sie an:* Ja! Sagn Sie's ihr!!!

Dienstmädchen: Ich überleg mir's halt jetzt noch mal, was ich tun soll, und dann komm ich wieder zu Ihnen.

Beamter: Um Gottes willen!!! – Dann überlegen Sie's Ihnen lieber nicht.

Pessimistischer Optimismus

Lang: Soso, Sie sind Pessimist?

Karl Valentin: Und Sie? – Optimist!

Lang: Ja.

K. V.: Sie sehn also alles rosig.

Lang: Jawohl – alles!

K. V.: Die Rosen auch?

Lang: Na – die werden Sie doch auch rosig sehen!

K.V.: Die schon – aber das ist auch das einzige, was ich rosig sehe!

Lang: Wie sehen Sie denn die Welt?

K. V.: Nur unrosig! – Wenn es auch in einem alten Lied heißt: Ja, die Welt ist schön ...

Lang: Warum? – Finden Sie die Welt nicht schön?

K. V.: Nein! – Was soll denn da schön sein? – Das Unschöne geht doch schon mit der Geburt an. – Oder ist vielleicht die Geburt etwas Schönes? Fragen Sie mal darüber eine Hebamme oder einen Geburtshelfer.

Lang: Na gut – schön ist das nicht, aber – es ist halt mal so.

K. V.: Ja, das Es ist halt mal so – ist ja schon nicht schön! Schön wäre nach meiner Ansicht, wenn es nicht so wäre.

Lang: Na – wenn es nicht so wäre, dann wären Sie ja nicht auf der Welt.

K. V.: Ja, das wäre doch schön!

Lang: Wenn aber alle so denken würden wie Sie, dann wäre doch niemand auf der Welt.

K. V.: Ich sage Ihnen doch – dann wäre es doch schön.

Lang: Für wen?

K. V.: Für die Menschen, welche nicht auf der Welt sein müssten!

Lang: Menschen, die noch nicht auf der Welt waren, können doch nicht unterscheiden, ob es auf der Welt schön ist oder nicht.

K.V.: Das ist doch das Schöne, dass diese Menschen noch nicht auf der Welt waren.

Lang: Wie meinen Sie das?

K. V.: Ein Beispiel: Haben Sie schon etwas gehört vom Dreißigjährigen Krieg?

Lang: Gewiss!

K. V.: Was haben die Menschen, die zu dieser Zeit gelebt haben, alles mitgemacht! Können Sie sich das vorstellen?

Lang: Ja, diese Menschen haben Furchtbares erlebt! Alle Schrecken des Krieges – dazu noch Hungersnot und Pestilenzen.

K. V.: Na also – hätten Sie zu dieser Zeit auf der Welt sein wollen?

Lang: Nein! Gewiss nicht!

K. V.: Sehen Sie – war das nicht schön, dass Sie zu dieser Zeit nicht gelebt haben?

Lang: Stimmt!

K. V.: Also, daraus ersehen Sie doch, dass es für einen Menschen schön sein kann, selbst wenn er noch nicht gelebt hat – und genauso schön ist es für den Menschen, wenn er nach seinem Erdendasein nicht mehr lebt.

Lang: Ja – aber das Leben selbst haben Sie ja ganz übersprungen in Ihrer philosophischen Schilderung.

K. V.: Einen Moment! Es gibt allerlei Leben – es gibt zum Beispiel ein kurzes Leben – ein Kind wird geboren, und nach einer Stunde schon stirbt es. War das ein schönes Leben?

Lang: Nein! Aber es gibt doch auch ein langes Leben – es gibt doch Menschen, die über hundert Jahre lang leben. Und noch wünschen, länger zu leben.

K. V.: Gewiss, solche Fälle gibt es, aber was hat so ein alter Mensch noch von seinem Leben, insofern man dieses noch Leben nennen kann; völlig verkalkt, schon fast versteinert liegt er da – eine halbe Mumie könnte man sagen – zu nichts mehr fähig als zum Sterben.

Lang: Zu nichts mehr fähig, sagen Sie? Lesen Sie die Bibel – Abraham wurde siebenhundert Jahre alt und hatte fünfhundert Kinder.

K. V.: Na, na, na, na – Sie übertreiben – vierhundert Kinder soll er nur gehabt haben.

Buchbinder Wanninger

Der Buchbindermeister Wanninger geht in seiner Werkstätte ans Telefon und wählt eine Nummer.

Portier: Hier Baufirma Meisel & Compagnie.

Buchbindermeister: Ja, hier ist der Buchbinder Wanninger. Ich möcht nur der Firma Meisel mitteilen, dass ich jetzt die Bücher, wo S' bstellt ham, fertig habe, und ob ich die Bücher hinschicken soll, und ob ich die Rechnung auch mitschicken darf.

Portier: Einen Moment, bitte.

Buchbindermeister: Jawohl.

Sekretariat: Hier Meisel & Compagnie, Sekretariat.

Buchbindermeister: Ja, hier ist der Buchbinder Wanninger. Ich möcht Ihnen nur mitteilen, dass ich die, die Bücher da wo, dass ich die fertig hab, und ob ich die, die Ding da, die Bücher, hinschicken soll, und ob ich die Rechnung auch dann mit, gleich hinschicken soll – bitte.

Sekretariat: Einen Moment, bitte.

Buchbindermeister: Ja, ist schon recht.

Direktion: Direktion der Firma Meisel & Co.

Buchbindermeister: Ah, hier ist der, der Buchbinder Wa–Wanninger. Ich möcht Ihnen nur und der Firma Meisel des mitteilen, dass ich die Ding, die Bücher jetzt fertig hab, und ob ich dann die Bücher hinschicken soll zu Ihnen, und ob ich die Rechnung dann auch gleich mit hinschicken soll – bitte.

Direktion: Ich verbinde Sie mit der Verwaltung, einen Moment, bitte, gell.

Buchbindermeister: Ja, ist schon recht.

Verwaltung: Hier Baufirma Meisel & Co., Verwaltung.

Buchbindermeister: Ha? Jawohl, hier ist der Buchbinder Wanninger. Ich möcht Ihnen nur mitteilen, dass ich die Bücher jetzt fertig gemacht hab und dass ich s' jetzt hinschick oder dass ich s' hinschicken soll, oder ob ich die Rechnung auch dann gleich mit hingeben soll.

Verwaltung: Rufen Sie doch bitte Nebenstelle dreiunddreißig an. Sie können gleich weiterwählen.

Buchbindermeister: So, da muass i glei – jawohl, ist schon recht, danke, bitte. *Geräusch der Wählscheibe.* Bin i neigieri.

Nebenstelle 33: Hier Baufirma Meisel & Compagnie.

Buchbindermeister: Ja, der Ding ist hier, hier ist der – wer dort?

Nebenstelle 33: Hier Baufirma Meisel & Compagnie.

Buchbindermeister: Ja, ich hab's dene andern jetzt scho a paarmal gsagt, ich möcht Ihnen nur des jetzt mitteilen, Fräulein, dass ich die Ding, die Bücher jetzt fertig habe, und ob ich die Bücher zu Ihnen hinbringen soll oder hintrage, und die Rechnung soll ich dann vielleicht eventuell auch gleich mitschicken, wenn Sie's erlauben.

Nebenstelle 33: Ja, einen Moment mal, ich verbinde Sie mit Herrn Ingenieur Plaschek.

Buchbindermeister: Wie?

Plaschek: Hier Ingenieur Plaschek.

Buchbindermeister: Ja, hier ist die Bau ..., hier ist der – wer ist dort? Hier ist der Buchbinder Wanninger. Ich möcht Ihnen nur und der Firma mitteilen, dass ich jetzt die Bücher da fertig gmacht hab, die zwölf Stück, und ob die Bücher dann alle zu Ihnen hinkommen sollen, dass ich's hintrag, und ob ich d' Rechnung auch, auch hinoffe ... offerieren sollte, bitte, zu Ihnen.

Plaschek: Ja, da weiß ich nichts davon.

Buchbindermeister: So!

Plaschek: Fragen Sie doch mal bei Herrn Architekt Klotz an. Einen Moment mal, bittschön.

Buchbindermeister: Wia hoaßt der? Was hat denn der für a Nummera? He! – Herrgottsakrament!

Klotz: Architekt Klotz.

Buchbindermeister: Wanninger, Wanninger, ich hab, ich hab a, ich möcht dem Herrn Ingenieur nur das jetzt mitteilen, dass ich die Bücher schon fertig gemacht hab und die – und ob ich die Bücher jetzt nachher hinschicken soll zu Ihnen, weil ich die Rechnung auch gleich mit dabei hab, und die werd ich dann auch gleich – dass ich s' dazugeb vielleicht.

Klotz: Ja, da fragen Sie am besten Herrn Direktor selbst, der ist aber jetzt nicht in der Fabrik.

Buchbindermeister: Wo is er nacha?

Klotz: Ich verbinde Sie gleich mit der Wohnung.

Buchbindermeister: Naa, naa, passen S' auf, hallo!

Direktor: Ja, hier ist Direktor Hartmann.

Buchbindermeister: Ja, der Ding is hier, der Buchbinder Wanninger. Ich möcht nur anfragen, ob ich jetzt Ihnen des mitteilen soll wegen de Bücher, weil ich – die hab ich jetzt fertig gmacht in der Werkstatt, und jetzt hamma s' fertig, und ob ich s' Ihnen nachher mit der Rechnung auch hin-, mitschicken soll, wenn ich – ich hätt jetzt Zeit.

Direktor: Ja, ich kümmere mich nicht um diese Sachen. Vielleicht weiß die Abteilung drei Bescheid; ich schalte zurück in die Firma.

Buchbindermeister: Wer ist, wo soll i hingehn? – Herrgottsakrament.

Abteilung III: Baufirma Meisel, Abteilung drei.

Buchbindermeister: Ja, der Ding ist hier, der Buchbinder Wanninger, ich hab's jetzt dene andern scho so oft gsagt, ich möcht nur an Herrn Direktor fragn, dass ich die Bücher – fragen, dass ich die Bücher jetzt fertig hab, und ob ich s' nausschicka soll zu Ihna, und d' Rechnung hätt ich auch gschribn, ob ich die auch gleich mit de Bücher, zamt de Bücher mit zum Herrn – Ihnen hinschicken soll, dann.

Abteilung III: Einen Moment, bitte, ich verbinde mit der Buchhaltung.

Buchhaltung: Firma Meisel & Compagnie, Buchhaltung.

Buchbindermeister: Hallo, wie? ja, der – ich möchte nur der Firma mitteilen, dass ich die Bücher jetzt fertig hab, net, und ich dadat s', dat s' jetzt Ihnen hin-hin-hinoweschicken, hinaufschicken in eichere Fabrik, und da möcht ich nur fragen, ob ich auch die Rechnung hin ... hinbeigeben, beilegen soll, auch.

Buchhaltung: So, so sind die Bücher nun endlich fertig, hören Sie, dann können Sie mir ja dieselben morgen vormittag gleich – ach, rufen Sie doch morgen wieder an, wir haben jetzt Büroschluss.

Buchbindermeister: Wos? Jawohl, ja so, danke – entschuldigen S' vielmals! *Er hängt ein.* Saubande, dreckade!

Geräusche

Valentin sitzt in einem Restaurant und schlürft Suppe

Herr Zissbideldip: Na, na, na, das ist ja allerhand; wenn Sie schon nicht geräuschloser essen können, dann fressen Sie in Zukunft daheim, nicht im Restaurant.

Karl Valentin: Das würde ich schon machen, aber meine Frau kann das Schmatzen und Schlürfen und die sonstigen Geräusche der Mahlzeit nicht hören.

Herr Zissbideldip: So, Ihre Frau kann das nicht hören; aber die fremden Leute im Restaurant, die neben Ihnen sitzen, die müssen sich das anhören!

K. V.: Müssen nicht – die brauchen sich ja nicht um mich herum setzen.

Herr Zissbideldip: Wenn aber sonst kein Platz mehr da ist?

K. V.: Dann schon! – Sie sind eben ein empfindlicher Mensch! Sie müssen doch auch auf der Straße gehen; da hören Sie den Straßenlärm, die Autos knattern, oben in der Luft surren die Flieger …

Herr Zissbideldip: Sie werden doch nicht das Geräusch eines Flugmotors mit Ihrem Schmatzen vergleichen wollen!

K. V.: Selbstverständlich nicht! Das ist doch tausendmal lauter! – Nun, da sehn Sie ja, wie kapriziös Sie sind! Die Flieger und der Straßenlärm regen Sie nicht auf, aber meine kleine Mundbewegung beim Essen macht Sie nervös!

Herr Zissbideldip: Ein Flugmotor surrt; das ist ein mechanisches Geräusch, weil es von einer Maschine erzeugt wird.

K. V.: Das ist richtig. Aber Sie können von mir nicht verlangen, dass ich beim Essen surren soll; das ist mir nicht möglich – nicht einmal, wenn ich ein Surrhaxl verspeisen würde! – Sie sind halt ein geräuschempfindlicher Mensch! Da – haben Sie's soeben gehört! Der Herr da drüben hat geschneuzt! Warum beschweren Sie sich nicht über das Nasengeräusch?

Herr Zissbideldip: Ja, ich kann doch dem Herrn das Schneuzen nicht verbieten!

K. V.: So, das können Sie nicht! Aber mir wollen Sie das Essen verbieten!

Herr Zissbideldip: Das Essen nicht! – Über Ihr Schmatzen hab ich mich aufgeregt, und das mit Recht!

K. V.: *niest.*

Herr Zissbideldip: Zum Wohl! Gesundheit! Hell Gott!

K. V.: Was wollen Sie mit der dummen Bemerkung?

Herr Zissbideldip: Nun ja, wenn jemand niest, so sagt man zu demjenigen, der genossen hat, Gesundheit!

K. V.: Das finde ich aber sehr komisch! Zu einem Nasengeräusch, das eigentlich nicht sehr hygienisch ist, sagen Sie: Gesundheit! Und über das Schmatzen beim Essen regen Sie sich auf.

Herr Zissbideldip *bekommt einen Schluckauf:* Hupp! Verzeihung!

K. V.: Was soll ich denn verzeihen?

Herr Zissbideldip: Hupp! Sie sollen mir verzeihen, weil ich einen Schnackler getan habe.

K. V.: Schnackeln Sie ruhig weiter; ich bin ja nicht so kindisch wie Sie, dass ich mich über Ihren Schnackler aufrege. *Lässt einen sogenannten Magenkopper.*

Herr Zissbideldip: Na hören Sie, alles was recht ist! Benehmen Sie sich doch am Biertisch anständig!

K. V.: Ich habe mich ja über Ihren Schnackler auch nicht aufgeregt. Was kann ich denn dafür, wenn ich eine Magenblähung habe, das ist doch nur überflüssige Luft!

Herr Zissbideldip: Lassen Sie Ihre Luft ausströmen, wo Sie wollen, aber nicht in meiner Gegenwart; merken Sie sich das für die Zukunft!

Im Hutladen

Verkäuferin: Guten Tag. Sie wünschen?

Karl Valentin: Einen Hut.

Verkäuferin: Was soll das für ein Hut sein?

K. V.: Einer zum Aufsetzen.

Verkäuferin: Ja, anziehen können Sie niemals einen Hut, den muss man immer aufsetzen.

K. V.: Nein, immer nicht – in der Kirche zum Beispiel kann ich den Hut nicht aufsetzen.

Verkäuferin: In der Kirche nicht – aber Sie gehen doch nicht immer in die Kirche.

K. V.: Nein, nur da und hie.

Verkäuferin: Sie meinen nur hie und da!

K. V.: Ja, ich will einen Hut zum Auf- und Absetzen.

Verkäuferin: Jeden Hut können Sie auf- und absetzen!
Wollen Sie einen weichen oder einen steifen Hut?

K. V.: Nein – einen grauen.

Verkäuferin: Ich meine, was für eine Fasson?

K. V.: Eine farblose Fasson.

Verkäuferin: Sie meinen, eine schicke Fasson – wir haben
allerlei schicke Fassonen in allen Farben.

K. V.: In allen Farben? – Dann hellgelb!

Verkäuferin: Aber hellgelbe Hüte gibt es nur im Karneval
– einen hellgelben Herrenhut können Sie doch nicht tragen.

K. V.: Ich will ihn ja nicht tragen, sondern aufsetzen.

Verkäuferin: Mit einem hellgelben Hut werden Sie ja ausgelacht.

K. V.: Aber Strohhüte sind doch hellgelb.

Verkäuferin: Ach, Sie wollen einen Strohhut?

K. V.: Nein, ein Strohhut ist mir zu feuergefährlich!

Verkäuferin: Asbesthüte gibt es leider noch nicht!
– Schöne weiche Filzhüte hätten wir.

K. V.: Die weichen Filzhüte haben den Nachteil, dass man sie nicht hört,
wenn sie einem vom Kopf auf den Boden fallen.

Verkäuferin: Na, dann müssen Sie sich eben einen Stahlhelm kaufen,
den hört man fallen.

K. V.: Als Zivilist darf ich keinen Stahlhelm tragen.

Verkäuferin: Nun müssen Sie sich aber bald entschließen,
was Sie für einen Hut wollen.

K. V.: Einen neuen Hut!

Verkäuferin: Ja, wir haben nur neue.

K. V.: Ich will ja einen neuen.

Verkäuferin: Ja, aber was für einen?

K. V.: Einen Herrenhut!

Verkäuferin: Damenhüte führen wir nicht!

K. V.: Ich will auch keinen Damenhut!

Verkäuferin: Sie sind sehr schwer zu bedienen, ich zeige Ihnen
einmal mehrere Hüte!

K. V.: Was heißt mehrere, ich will doch nur einen. Ich habe ja
auch nur einen Kopf.

Verkäuferin: Nein, zur Auswahl zeige ich Ihnen mehrere.

K. V.: Ich will keine Auswahl haben, sondern einen Hut, der mir passt!

Verkäuferin: Natürlich muss ein Hut passen, wenn Sie mir Ihre Kopfweite sagen, dann werde ich schon einen passenden finden.

K. V.: Meine Kopfweite ist bei Weitem nicht so weit, wie Sie denken! Ich habe Kopfweite 55 – will aber Hutnummer 60 haben.

Verkäuferin: Dann ist Ihnen ja der Hut zu groß.

K. V.: Aber er sitzt gut! Habe ich aber einen um fünf Nummern kleineren, der fällt mir runter.

Verkäuferin: Das hat auch keinen Sinn, wenn man Kopfweite 55 hat, dann muss auch die Hutnummer 55 sein! Das war schon von jeher so.

K. V.: Von jeher! – Das ist ja eben das Traurige, dass die Geschäftsleute an den alten Sitten und Gebräuchen hängen und nicht mit der Zeit gehen.

Verkäuferin: Was hat denn die Hutweite mit der neuen Zeit zu tun?

K. V.: Erlauben Sie mir: die Köpfe der Menschen bleiben doch nicht dieselben, die ändern sich doch fortwährend!

Verkäuferin: Innen – aber außen doch nicht! Wir kommen da zu weit.

K. V.: Ja, Sie wollten doch die Weite wissen!

Verkäuferin: Aber nicht von der neuen Zeit, sondern von Ihrem Kopf.

K. V.: Ich habe Ihnen nur erklären wollen, dass die Menschen in der sognannten guten alten Zeit andere Köpfe hatten als heute.

Verkäuferin: Das ist Quatsch – natürlich hatte jeder Mensch, solange die Menschheit besteht, seinen eigenen Kopf, aber wir reden doch nicht von der Eigenart, sondern von der Größe Ihres Kopfes. – Also, lassen Sie sich von mir belehren, nehmen Sie diesen Hut hier, Größe 55, der Hut kostet fünfzehn Mark, ist schön und gut und ist auch modern.

K. V.: Natürlich lasse ich mich von Ihnen belehren, denn Sie sind Fachmann. Also, der Hut ist modem, sagen Sie.

Verkäuferin: Ja, was heißt heute modern! Es gibt Herren, sogenannte Sonderlinge, die laufen Sommer und Winter ohne Hut im Freien herum und behaupten, das sei das Modernste!

K. V.: So, keinen Hut tragen ist das Modernste? Dann kaufe ich mir auch keinen. Auf Wiedersehen!

Vogelausstellung

Fräulein *an der Kasse:* Wünscht der Herr eine Eintrittskarte?

Karl Valentin: Jawohl – bitte, wann wird die Ausstellung geschlossen?

Fräulein: Ende dieses Monats.

K. V.: Soviel Zeit habe ich nicht. Ich meine, wann sie heute geschlossen wird.

Fräulein: Ach so, Verzeihung, abends sechs Uhr.

K. V.: Ich habe nur eine Stunde Zeit. Glauben Sie, dass ich in dieser kurzen Zeit alle Vögel sehen kann?

Fräulein: Bei flüchtiger Besichtigung, *ja.*

K. V.: Sind Raubvögel auch zu sehen?

Fräulein: Nein. Raubvögel sind im Zoologischen Garten zu sehen.

K. V.: Also Hühner, Gänse, Enten?

Fräulein: Nein, das ist doch Geflügel, die werden doch nur in Geflügelausstellungen gezeigt. Bei uns hier gibt es hauptsächlich Kanarienvögel, also hauptsächlich Singvögel.

K. V.: Aha! Also eine Singvögelausstellung.

Fräulein: Ganz richtig.

K. V.: Die Vögel singen also während der Ausstellung.

Fräulein: Natürlich.

K. V.: Immer?

Fräulein: Sie meinen, ununterbrochen?

K. V.: Ja, ich meine, wenn ich schon fünfzig Pfennige in einer Singvögelausstellung bezahle, dann möchte ich auch die Singvögel hören, nicht nur sehen.

Fräulein: Na, garantieren kann ich Ihnen natürlich nicht, ob die Vögel singen, wenn Sie die Ausstellung besuchen.

K. V.: Ich verlange auch keine Garantie. Ich meine nur, wenn ich zum Beispiel in eine Hundeausstellung gehe, da will ich auch die Hunde bellen hören, nicht nur ansehen.

Fräulein: Na, zwischen Bellen und Singen ist aber doch ein gewaltiger Unterschied, denn ob ein Hund bellt oder nicht, ist doch schließlich ganz egal.

K. V.: Sie, Fräulein, da haben Sie aber sonderbare Ansichten.

Fräulein: Na, erlauben Sie mir, es wird sich doch niemand
einen Hund kaufen wegen dem Gebell, denn das Gebell
von einem Hund hat doch gar keinen Sinn.

K. V.: Doch. Wenn Sie zum Beispiel einen wachsamen Hofhund
hätten, der in Ihrem Anwesen einen Einbrecher gefasst hat,
wie würden Sie sich darüber ärgern, wenn der nicht bellen würde.

Fräulein: Das können Sie auch nicht verlangen, dass ein Hofhund
bellt, wenn er einen Einbrecher gefasst hat.

K. V.: Haben Sie eine Ahnung von einem Hofhund.

Fräulein: Na, das ist doch ganz klar. Ein Hofhund kann und muss bellen,
wenn er einen Einbrecher bemerkt, das heißt, er soll den Einbrecher
melden, aber wenn er einen Einbrecher schon gefasst hat, da hat er doch
das Maul voll, da kann er doch nicht mehr bellen.

K. V.: Ganz klar, dass er da nicht bellen kann, wenn er's Maul voll hat. Da
muss er halt den Einbrecher wieder loslassen.

Fräulein: Dann läuft der davon.

K. V.: Aber der Hofhund kann wieder bellen, und ein Hofhund muss
bellen, von einem Hühnerhund wird kein Mensch verlangen ...

Fräulein: Nun sollen Sie mir nur mehr erzählen, dass die Hühnerhunde
gackern sollen. Ich habe jetzt die Nase voll von Ihrer blöden Fragerei.
Hier ist der Eingang zur Singvögelausstellung.

Die Maus

Sie: Weißt du schon das Neueste? In unserem Schlafzimmer ist seit einem
Tag eine Maus.

Er: Ja, wer lässt denn eine Maus in ein Schlafzimmer hinein?

Sie: Blödes Geschwätz, niemand hat sie hineinlassen, die wird halt von
selbst hineingekrochen sein.

Er: Gekrochen??

Sie: Na ja, hineingeflogen wird sie nicht sein.

Er: Wenn es sich um eine Fledermaus handelt, muss sie fliegen, eigentlich
flattert eine fliegende Fledermaus – handelt sich's aber in unserem Falle
um eine gewöhnliche Maus ohne Fleder, dann ist die Maus in unser Schlafzimmer hineingelaufen; also Maus oder Fledermaus, das muss zuerst
festgestellt werden, wegen der Fangart, also was war das für eine Maus?

Sie: Das weiß doch ich nicht, ich habe doch die Maus nicht gesehen.

Er: Ja, wie kannst du dann behaupten, eine Maus ist in unserm Schlafzimmer?

Sie: Ja, weil ich sie gehört habe.

Er: Gehört? Ja, das ist doch nicht schlimm, wenn du eine Maus nur hörst, denn das Hören einer Maus tut doch nicht weh – weh tut es, wenn dich eine Maus beißt.

Sie: Das könnte doch sein, dass die Maus zu mir ins Bett kriecht.

Er: Ha! Ja wer wird denn zu dir noch ins Bett kriechen?

Sie: Sei nicht so unverschämt! Ich meine, wenn die Maus zu mir ins Bett hineinkriecht und beißt mich ...

Er: Dann hast du die Maus nicht gehört, sondern gespürt, und wenn sie beißt, dann schreist du mir sofort. Dann komm ich mit dem Holzhackl und schlage die Maus tot. Sollte ich aber von meinem Stammlokal noch nicht zu Hause sein, dann lass die Maus ruhig an deinem edlen Körper weiternagen, und danke deinem Schicksal, dass es kein Königstiger war.

Nein

V: Kennen Sie meinen Schwager?

B: Nein.

V: Den kennen Sie nicht?

B: Nein.

V: So. Ich hab geglaubt, Sie kennen ihn.

B: Nein.

V: Überhaupt nicht?

B: Nein.

V: Gesehen haben Sie ihn auch nicht?

B: Nein.

V: Aber Sie wissen doch, dass ich einen Schwager habe?

B: Nein.

V: Ja, was is des!

B: Nein.

V: Was, nein – möchten Sie meinen Schwager kennenlernen?

B: Nein.

V: Meine Schwägerin auch nicht?

B: Nein.

V: Haben Sie auch einen Schwager?

B: Nein.

V: Schwägerin auch nicht?

B: Nein.

V: Geschwister auch nicht?

B: Nein.

V: Zwillinge?

B: Nein, nein.

V: Haben Sie Kinder?

B: Nein.

V: Wie viele?

B: Nein.

V: Sie haben ja gar nichts.

B: Nein.

V: Kein Haus auch nicht?

B: Nein.

V: Haben Sie kein Geld auch nicht?

B: Nein.

V: Wenn S' kein Geld nicht haben, dann haben Sie ja eins!

B: Nein.

V: Sagen Sie zu allem nein?

B: Nein.

V: *Ja* sagen Sie überhaupt nicht?

B: Nein.

V: Aber dass der Krieg aus ist, freut Sie schon?

B: Nein.

V: Was? Dann sind Sie ja ein Kriegsgewinnler!

B: Nein.

V: Des san S' a net?

B: Nein.

V: Ja, irgendwas müssen S' doch sein!

B: Nein.

V: Ein Neinsager sind Sie doch auf jeden Fall!

B: Nein.

V: Ein Mensch, der zu allem *Ja* sagt, sind Sie aber auch nicht?

B: Nein.

V: Ja, dann sind Sie ja ein Depp!

B: Nein.

V: Aa net?

B: Nein.

V: Jetzt wird mir Ihre Neinsagerei zu dumm. – Einmal müssen Sie *Ja* sagen. Nun stell ich an Sie noch zwei Fragen: Sind Sie PG[19]?

B: Nein.

V: Haben Sie alle Ihre Fragebögen gewissenhaft ausgefüllt?

B: Selbstverständlich!

V: Moana Sie, der hätt *Ja* gesagt?! »Auf Wiedersenn«, hat er gsagt und is ganga.

Bei Schaja

Verkäuferin: Sie wünschen?

Karl Valentin: Eine Leica.

Verkäuferin: Zurzeit haben wir leider keine da.

K. V.: Wann bekommen Sie wieder welche?

Verkäuferin: Schauen Sie in vierzehn Tagen wieder her.

K. V.: Herschauen? Ich seh so schlecht. Außerdem wohne ich in Planegg, fünfzehn Kilometer von München entfernt, und so weit sehe ich nicht.

Verkäuferin: Ich meine, kommen Sie in vierzehn Tagen wieder her.

K. V.: Kommen, ja. Und da haben Sie Leicas bekommen?

Verkäuferin: Vielleicht.

K. V.: Vielleicht? Ich kann ja auch nicht vielleicht kommen, ich komme bestimmt.

Verkäuferin: Bestimmt? Ich kann natürlich nicht garantieren, ob in vierzehn Tagen bestimmt Leicas eingetroffen sind.

K. V.: Dann ist es auch nicht nötig, dass ich in vierzehn Tagen kommen soll.

Verkäuferin: Sie können ja auch später kommen.

---

[19] *PG: Parteigenosse*

K. V.: Um wieviel Uhr?

Verkäuferin: Ich meine – acht Tage später kommen.

K. V.: Also in drei Wochen?

Verkäuferin: Ja! Sie können ja auch früher kommen.

K. V.: Wer? Ich?

Verkäuferin: Nein, die Leicas.

K. V.: Und ich erst in drei Wochen?

Verkäuferin: Nein. Wenn die Leicas früher eintreffen, dann können Sie früher eine haben, wenn wir welche haben.

K. V.: Wenn ich aber auch früher komme, und Sie haben noch keine, soll ich dann etwas später kommen?

Verkäuferin: Selbstverständlich.

K. V.: Wann?

Verkäuferin: Das ist unbestimmt.

K. V.: Und wann wäre es dann bestimmt?

Verkäuferin: Sobald welche da sind.

K. V.: Momentan haben Sie also keine da?

Verkäuferin: Nein.

K. V.: Am liebsten wäre es mir, ich hätte jetzt gleich eine haben können, dann bräucht ich überhaupt nicht mehr zu kommen.

Verkäuferin: Das wär mir auch das liebste, wenn Sie nicht mehr kommen würden.

K. V.: Ich soll nicht mehr kommen?

Verkäuferin: Freilich können Sie kommen, aber doch erst, wenn wir wieder Leicas haben.

K. V.: Und wann haben Sie welche?

Verkäuferin: Ich sagte Ihnen ja schon, schauen Sie in vierzehn Tagen wieder her!

K. V.: Herschauen? Ich seh so schlecht. Außerdem wohne ich in Planegg, fünfzehn Kilometer von München entfernt, und so weit sehe ich nicht.

Und so weiter und so fort.

Verstehst nix von der Politik

A: Wennst nix von der Politik verstehst, nacha redst net so saudumm daher – des hoaßt net Komponist, sondern Kommonist.

B: Kommonist?

A: A Komponist is ja a soichana, der zum Beispiel an »Tölzer Schützenmarsch« komponiert hat.

B: Naa! Des is net wahr, an Tölzer Schützenmarsch hat – des woaß i zufälligerweis – a Gastwirt von Tölz komponiert.

A: Is ja verkehrt – du moanst ja musiziert.

B: Naa! – Oana, der wo a Musi macht, is koa Komponist – des is a Musikant.

A: Naa – der wo die Musi spielt, is a Musikant.

B: Du spinnst ja – dann waar ja mei Radio dahoam aa a Musikant, der spielt aa oft a Musi.

A: Du redst no grad so dumm daher wie damals im Weltkrieg neunzehnhundertvierzehn – da hast aa daherpolitisiert und hast allaweil vom Bierverband anstatt von Vierverband[20] dahergredt.

B: Aber du hast aa nix verstanden, weilst damals gmoant hast, die Entente[21], des waar das hintere Ende von einer Ente.

A: Geh, du alter Spruchmacher. – Wie saudumm hast di damals gstellt beim Wählen, wos d' zu mir gsagt hast, i wähl einen Konditor statt einen Kandidaten, und wie du zu mir gsagt hast – für an Kaminkehrer is jetzt a harte Zeit, weil, wenn der an Radio hört, is er a Schwarzhörer.

B: Des hab i doch nur aus Gaudi gsagt.

A: A Gaudi – hast vielleicht da aa a Gaudi gmacht, wia du gsagt hast, dei Schwager is Strumpfbandführer worn, statt Sturmbannführer?

B: Da hab i mi ja nur versprochen.

A: Dass du für dei Alter no so saudumm bist, da hab i heut noch den Beweis. Kannst dich noch erinnern, wia am Anfang vom Kriag die

---

[20] *Vierverband, auch Mittelmächte: Eine der beiden kriegführenden Parteien im Ersten Weltkrieg, bestehend aus dem Deutsches Reich und Österreich-Ungarn. Später schlossen sich das Osmanische Reich und Bulgarien dem Bündnis an.*

[21] *Gegenüberstehende Kriegspartei, bestehend aus dem Vereinigten Königreich, Frankreich und Russland.*

Verdunklungsvorschriften in der Zeitung gstanden san, da hab ich dir gsagt, dass im Englischen Garten Plakate angschlagn sind mit der Aufschrift: Das Herumschwirren von Glühwürmchen ist bei eintretender Dunkelheit polizeilich verboten. – Dann bist am andern Tag mit deim Radl nuntergfahrn, weils d' as net glaubt hast.

B: Ja, weil i anstatt Glühwürmchen Glühlämpchen verstanden hab.

A: Geh, geh, geh, geh, geh, geh, geh! – Glühlämpchen hast du verstandn, als wia wann im Englischen Garten Glühlämpchen umanandaschwirrn tatn.

B: Mhm. – Du brauchst koa Angst ham, dass dir oana d' Weltmeisterschaft im Blödsein streitig macht! Kannst dich no erinnern, wia damals auf der Insel Kreta die Fallschirmspringer gelandet san – da hast du zu mir gsagt, ob's auf dera Insel allaweil regnen tut, weil die Fallschirmspringer alle an Schirm dabeighabt ham.

A: Du hast ja aa damals an Blödsinn dahergredt, wias d' gsagt hast, da Hitler hat a Glück ghabt, dass er net Adolf Kräuter ghoaßn hat, sonst hättn ma schrein ... müassn »Heil Kräuter«!

B: Aber dei ganze politische Anschauung is ja nur a Kas gwesen, denn wenn's nach deiner Ansicht ganga wär, hättn mir den Kriag verlorn.

A: Mir ham ihn ja verlorn.

B: Des woaß i scho! Ja, moanst du, dass du alloa bloß an Kas dahergredt hast?

Funkreportage

Ansager: Wir befinden uns mit unserem Mikrofon soeben in einem Hof eines Anwesens in Berg am Laim bei München. – Eine kleine Lokomobile mit angekuppelter Saugpumpe und drei Wägen mit großen Eisenfässern stehen vor dem Haus. Ein dicker, zwanzig Meter langer Gummischlauch schlängelt sich von der Pumpe bis in den Hof und mündet mit dem anderen Ende des Schlauches in einer Versitzgrube. – Sind Sie der Besitzer dieser Pumpanlage?

Arbeiter: Naa, i bin bloß angstellt.

Ansager: Aha, Sie sind ein Angestellter der Grubenentleerungsanstalt. Unsere Hörer interessiert es nämlich, wie so eine Grubenentleerung vor sich geht.

Arbeiter: Ja mei, erklären ko i des eigentli net, wenn halt a Grubn voll is, dann telefoniert der Hausbesitzer in unsa Büro, dass die Grubn gramt werden muass, weil s' voll is.

Ansager: Ich verstehe, dann haben Sie von Ihrem Chef den Auftrag, mit der Dampfmaschine und einigen Fässern die betreffende Grube zu entleeren.

Arbeiter: Ja, ja, entleeren, mir sagn halt »rama«.

Ansager: Rama – also räumen sozusagen, also auspumpen, und wie geht das technisch vor sich?

Arbeiter: Ja mei, a schöne Arbeit is des net.

Ansager: Nein, das kann man nicht behaupten, aber es muss eben
auch sein.

Arbeiter: Freili muass des sei, was meinen S', wenn die Grubn nie gramt weradn, de tatn ja alle überlaufn. A so a Grubn is alle drei Monat voll, bsonders in an vierstöckign Haus, wo viele Partein wohna.

Ansager: Ja, aber soviel ich weiß, ist ja in den meisten Häusern Schwemm-kanalisation, da gibt es keine Grubenentleerung, weil die Fäkalien durch die Schwemmanlage in die Isar fortgespült werden.

Arbeiter: In da Stadt drin scho, aber außahalb von München gibt's no viele Häuser, wo gramt werden muass. – Des mach i ja jetzt aa scho breits fünfundzwanzig Jahr.

Ansager: Dann können Sie also bald Ihr fünfundzwanzigjähriges Ramma-Jubiläum feiern.

Arbeiter: Stimmt.

Ansager: Wie sind Sie zu diesem Beruf gekommen? Es heißt, zu jedem Beruf muss man eine Liebe haben.

Arbeiter: Naa, Liebe kann ma da eigentli net sagn. Jeder kann's net machn, wegen dem Gruch.

Ansager: Ja, das ist mir erklärlich, ein Angestellter in einer Parfümfabrik, in welcher Parfüm hergestellt wird, wie zum Beispiel Rosen-, Veilchen-, Hyazinthenparfüm und so weiter, hat entschieden einen schöneren Beruf erwählt, wenigstens für seine Nase.

Arbeiter: Naa, des will i gar net sagn – i zum Beispiel riach des gar nimma, i bin für den Gruch scho bald imnum.

Ansager: Haben Sie auch in Ihrem Beruf mit Missständen zu rechnen?

Arbeiter: Ja, manchmal kommt's vor, dass sich da Schlauch verstopft.

Ansager: Wie ist das möglich?

Arbeiter: Mei, wenn a Packpapierpfropfen neikommt in an Schlauch, des reißt's net durch und bleibt steckn.

Ansager: Packpapier – wie kommt den Packpapier in den Schlauch?

Arbeiter: Mei, die Leut nehmen heut alles her, Vorschrift ist eigentlich weiches Zeitungspapier.

Ansager: Dieser Missstand ist natürlich auch auf den gegenwärtigen Papiermangel zurückzuführen – und was die Hörer auch interessiert, wo werden denn die Fässer ausgeleert?

Arbeiter: Die Fässer werden auf irgendeiner Wiesen ausgleert, an dem Platz wachst das Gras a Jahr drauf an halben Meter hoch.

Ansager: Das stimmt, es ist dies der beste Dünger, den sich der Landwirt wünschen kann.

Arbeiter: Die Kuh, wo das gute Gras fressen, gebn aber aa die beste Milli.

Ansager: Und gerade die Milch ist heute so knapp, weil es eben an Dünger fehlt.

Arbeiter: Ja, vor dem Krieg haben wir Dünger gnua ghabt.

Ansager: Wie kommt das, dass wir jetzt weniger Dünger haben?

Arbeiter: Ja mei, das hängt halt auch mit der Nahrungsmittelknappheit zsamm.

Ansager: Mit der Nahrungsmittelknappheit? Wie meinen Sie das?

Arbeiter: Des is doch sehr einfach – vor dem Krieg habn wir so a Versitzgrubn im Jahr dreimal granit, jetzt höchstens einmal im Jahr.

Ansager: Glauben Sie, dass die Zeit wiederkommt, dass Sie die Grube einmal wieder dreimal im Jahr räumen müssen?

Arbeiter: Wenn uns as Ausland des wirklich schickn tät, was wir wollen, dann könntn mir die Grubn im Jahr mindestens zehnmal rama.

Ansager: Sie hörten ein Gespräch über Grubenentleerung, angeschlossen Radio Pasing auf gleicher Wellenlänge. Nun noch die Zeit – mit dem Gongschlag ist es genau fünfundzwanzig Uhr. *Gong.* Fünfundzwanzig Uhr mitteleuropäischer Hungerszeit – Verzeihung – ich korrigiere – Sommerszeit.

Vater und Sohn über den Krieg

Sohn, *zehn Jahre alt:* Du, Vata, gell, der Krieg is was Gefährliches?

Vater: Freili, des is das Gefährlichste, was es gibt!

Sohn: Warum wird dann immer wieder Krieg gfiihrt, wenn er so gefährlich is?

Vater: Ja mei! Es heißt halt, solange es Menschen gibt, gibt es Kriege.

Sohn: Gell, Vata, wenn a König oder a Kaiser an König oder an Kaiser von einem anderen Land beleidigt, kummt a Krieg?

Vater: Naa, naa – so einfach is des net. Da müssen schon die Kriegsminister und der Kriegsrat gefragt werdn.

Sohn: Wenn dann der Herr Kriegsrat den Krieg will, dann kommt a Krieg?

Vater: Nein – dann wird erst vorher noch der Reichstag einberufen, und die Parteien entscheiden dann über Krieg oder Frieden!

Sohn: Sind das solche Parteien, wie die bei uns im Haus wohnen?

Vater: Hah! Dummer Bua – das sind politische Parteien, die vom Volk gewählt wurden!

Sohn: Wird dann das Volk auch gefragt, ob wir an Krieg wolln oder nicht?

Vater: Nein! 's Volk wird nicht gfragt, denn das Volk sind ja die Parteien, weil das Sechzig-Millionen-Volk im Reichstagsgebäude keinen Platz hätte – deshalb hat das Volk seine Vertreter!

Sohn: An Hämmerle Maxe sei Vata is aa a Vertreter!

Vater: Naa, Bua – des is ja nur a Vertreter von einer Zigarettenfabrik.

Sohn: Kriagst von dem koane Zigaretten?

Vater: Naa! In Kriegszeiten braucht man keinen Vertreter, weil die Waren knapp sind!

Sohn: Du, Vata, werdn die Soldaten auch gfragt, ob s' an Krieg wolln?

Vater: Naa! Die Soldaten werden nicht gfragt, die müssen in den Krieg ziehn, sobald er erklärt ist – mit Ausnahme der Freiwilligen.

Sohn: Müssen die Freiwilligen auch schießen im Krieg?

Vater: Nein – ein Freiwilliger muss nicht, der schießt halt, weil im Krieg geschossen werden muss.

Sohn: Dann müssen s' ja doch!

Vater: Aber nur freiwillig muss er!

Sohn: Gell, Vata, die Gewehre, die Kanonen, die Fliegerbomben und alle die Kriegswerkzeuge, die lasst alle der Kaiser machen?

Vater: Natürlich.

Sohn: Die sind teuer, gell, Vata?

Vater: Die sind freilich teuer, die kosten viele, viele Milliarden.

Sohn: Der Kaiser kann s' aber leicht zahln, weil er reich is.

Vater: Der is freili reich, der Kaiser is der reichste Mann im ganzen Land.

Sohn: Von was is denn der Kaiser so reich worn, Vata?

Vater: Durch sein Volk – durch die vielen Steuern.

Sohn: Aber dem Kaiser sei Volk is net reich.

Vater: Nein, das nicht, aber das macht die Masse. Wenn zum Beispiel von den sechzig Millionen Menschen nur jeder eine Mark Steuer im Jahr zahlt, sind es schon sechzig Millionen Mark.

Sohn: Ghörn die sechzig Millionen dann dem Kaiser?

Vater: Nein, die ghörn dem Staat, und vom Staat kriagt der Kaiser dann auch etwas, aber vielleicht nur fünf Millionen, so viel, dass er halt mit seiner Familie gut auskommt.

Sohn: A paar Millionen? Gell, Vata, soviel verdienst du als Arbeiter nicht?

Vater: Naa – i verdien im Jahr net ganz zweitausend Mark.

Sohn: Aber als Rüstungsarbeiter hast scho mehra verdient?

Vater: Ja, das war aber nur während dem Krieg!

Sohn: Gell, Vata – wegen dem Verdienst wär der Krieg scho recht?

Vater: Eigentlich schon – aber –

Sohn: Was: aber?

Vater: Lieber weniger verdienen und im Frieden leben wär halt doch schöner.

Sohn: Ja, Vata, wennst du und deine Arbeitskameraden nie in einer Rüstungsfabrik arbeiten tatn, dann gäb es doch keine Waffen – dann wär doch immer Frieden, weil man ohne Waffen keinen Krieg führen kann.

Vater: Ja, ja, da hast du schon recht – aber das müssen alle Arbeiter auf der ganzen Welt beherzigen.

Sohn: Warum tuan s' das nicht?

Vater: Mei, Bua – du bist noch so jung– das verstehst noch nicht, wenn ich dir das auch erklär – die Arbeiter werden von den Kapitalisten überlistet.

Sohn: Was ist des – überlistet?

Vater: Überlistet? Es wird künstlich eine Arbeitslosigkeit erzeugt – wenn die Arbeitslosigkeit nach einigen Jahren den Höhepunkt erreicht hat, steht schon im Hintergrund der Krieg.

Sohn: Was is nacha?

Vater: Dann werden wieder Arbeiter gesucht.

Sohn: Dann werden die Arbeiter wieder froh sein, wenn s' a Arbeit kriegen.

Vater: Viele Millionen Arbeiter arbeiten dann wieder in Fabriken und machen die Teile für fünf Millionen Nähmaschinen.

Sohn: Nähmaschinen? Du, Vata, zu was braucht man denn im Krieg Nähmaschinen?

Vater: Des wird den Arbeitern nur vorgetäuscht – in Wirklichkeit werden es lauter Maschinengewehre.

Sohn: Glauben des die Arbeiter? Wie is des dann bei den Riesen-Kanonenrohren?

Vater: Da wird den Arbeitern vorgetäuscht, das werden lauter Fernrohre für die Sternwarte.

Sohn: Geh, Vata, so einen plumpen Schwindel kann man doch keinem Arbeiter vormachen.

Vater: Freilich ist das nicht fassbar – aber die Kanonenrohre sind da, also haben s' die Arbeiter doch gemacht!

Sohn: Hast du auch den Schwindel geglaubt?

Vater: Haha – ich hab sofort gemerkt, dass das Waffen werden für den Krieg.

Sohn: Warum hast du dann nicht gestreikt?

Vater: Ich allein kann doch nicht streiken – wenn schon, dann müssen alle Arbeiter der ganzen Welt sofort in den Streik treten und keine Waffen mehr machen, dann wäre gleich Schluss mit den unseligen Kriegen.

Sohn: Warum tun das dann die Arbeiter nicht?

Vater: Mei, Bua, redst du dumm daher. Wenn i damals nach der großen Arbeitslosigkeit net in der Rüstungsfabrik gearbeitet hätt, wären wir, ich, die Mutter und du, verhungert und die anderen Arbeiter auch.

Sohn: Ja, du hast ja doch gearbeitet, und trotzdem müssen wir heute auch bald verhungern.

Vater: Naa, naa – so schlimm wird's nicht werden.

Sohn: Wenn aber wieder a Krieg kommt, tätst du dann auch wieder für die Rüstung arbeiten?

Vater: Ja mei, wenn s' uns wieder überlisten, dann geht's uns wieder so wie beim letzten Krieg.

Sohn: Aber Vata, wenn das so ist, wie du mir das alles erklärst, gibt es ja niemals einen ewigen Frieden auf der Welt.

Vater: Niemals – deshalb heißt es ja doch: Solange es Menschen gibt, gibt es Kriege.

Sohn: Menschen? Nein, Vata – in dem Fall müsste es heißen: Solange es Arbeiter gibt, gibt es Kriege.

Vater: Nein, es muss heißen, solange es solche Schwindler gibt, die die Arbeiter immer wieder anschwindeln, solange gibt es Kriege.

Sohn: Dann ist ja der Schwindel schuld an den Kriegen.

Vater: Ja, so ist es – und diesen Schwindel heißt man internationalen Kapitalismus.

Sohn: Kann man den denn ausrotten?

Vater: Nein! Höchstens mit Atombomben, die die ganze Welt vernichten!

Sohn: Gell, Vata – aber der wunde Punkt is halt der: Wer macht zum Schluss die Atombomben?

Vater: Natürlich auch wieder die Arbeiter.

Sohn: Wenn sich aber die ganzen Arbeiter auf der Welt einig wären, gäb's dann auch noch an Krieg?

Vater: Nein – dann nicht mehr – das wäre der ewige Friede.

Sohn: Aber gell, Vata – die werden nie einig.

Vater: Nie!

Der Zirkuskauf

Fritz Fischer und Karl Valentin betreten zusammen die Manege.

Fischer: Wie Sie wissen, besitze ich die Vollmacht von Herrn Karl Krone über den Verkauf dieses Zirkusses, nicht wahr! Anhand dieses Kaufvertrages kann ich Ihnen die Details des Zirkusses leichter erklären.

Er liest aus dem Kaufvertrag vor.

• Der Circus Krone ist mit allem Komfort der Neuzeit und der Technik eingerichtet.

• Stallungen für einhundertzwanzig Pferde und für wilde Tiere befinden sich an der Rückseite des Zirkusses.

- Eine Restauration mit Erfrischungsraum und die Garderoben der Künstler sind im Vorraum neben den beiden Haupteingängen.

Fritz Fischer steigt über den Zirkusrand und bittet Valentin, auch hinüberzusteigen. Valentin scheint aber der Rand zu hoch, er zieht den Meterstab aus der Tasche und misst die Höhe des Zirkusrandes ab, dann auch seine Beine und steigt hinüber.

Zwanzig Scheinwerfer, eine Lautsprecheranlage, Artistengeräte in der Zirkuskuppel, ist alles in dem Verkaufspreis des Zirkusses inbegriffen.

Karl Valentin, *verliert immer seine Gummigalosche:* Aber in dem Verkaufsvertrag ist mir Vieles nicht klar.

Fischer: Wieso?

K. V.: Da heißt's zum Beispiel: Der Zirkus hat eine Höhe von fünfundzwanzig Metern.

Fischer: Na ja, das stimmt doch!

K. V.: Ach, das sind doch höchstens ... soundsoviel Meter!

Zieht den Meterstab aus der Tasche und will die Höhe abmessen. Spielt mit dem Meterstab und dem Bleistift.

Na ja, kann sein. Dann fehlt auch im Kaufvertrag, mit was der Zirkus gepflastert ist.

Fischer: In einem Zirkus gibt's kein Pflaster, da gibt's nur Sägespäne!

Er hebt eine Handvoll Sägespäne auf und gibt sie Valentin. Dieser misst die Sägespäne mit dem Meterstab ab und gibt sie wieder an Fischer zurück.

Fischer wirft sie weg.

Fischer *schreit, wie üblich auf den Proben, das Zirkuspersonal an:* Ruhe dahinten! Währenddem ich dem Herrn den Kaufvertrag erkläre, haben Sie ruhig zu sein. Merken Sie sich das! Sonst schmeiß ich Sie hinaus!

Während Fischer schreit, misst Valentin mit dem Meterstab die Breite seines Mundes.

K. V.: Außerdem fehlt im Kaufvertrag, wieviel Personen dass der Zirkus fasst.

Fischer: Da steht's doch! Der Zirkus fasst fast viertausend Personen.

K. V.: Und wieviel Toiletten sind da?

Fischer: Zehn Stück. Fünf Herren- und fünf Damentoiletten.

K. V.: Zehn Stück Toiletten? Für viertausend Personen? Das ist aber wenig! Wenn die viertausend Personen alle auf einmal hinaus müssten –

das wäre gar nicht auszudenken! Übrigens steht im Kaufvertrag auch nicht drin, wie lang der Zirkus ...

Fischer: Das braucht's auch gar nicht! Ein Zirkus ist niemals lang, ein Zirkus ist immer rund.

K. V.: Nein, wie lang dass der Zirkus ...

Fischer: Ich sag Ihnen doch gerade, ein Zirkus kann nicht lang sein. Ein Zirkus ist immer rund.

K. V.: Sie verstehen mich nicht! Ich mein, wie lang der Zirkus schon auf diesem Platz steht?

Fischer: Ach so! Ich glaube, seit neunzehnhundertneunzehn.

K. V.: Dann steht auch nichts drin, dass der Zirkus versichert ist.

Fischer: Freilich, da steht's doch! Der Zirkus ist gegen Diebstahl versichert. Aber ich hab jetzt keine Zeit mehr, wir müssen mit dem Programm weitermachen. Über den Preis sind wir uns ja einig! Der Zirkus kostet mit allem Drum und Dran eine Million.

K. V.: Besetzt?

Fischer: Was meinen Sie da?

K. V.: Mit Publikum, meine ich.

Fischer: Was heißt, mit Publikum? Ich kann Ihnen doch das Publikum nicht mitverkaufen!

K. V.: Ja, ohne Publikum kauf ich doch keinen Zirkus. Was tät ich denn mit einem Zirkus ohne Publikum? Ich will ja Geld verdienen!

Fischer: Sie sind ja verrückt! Einen vollen Zirkus kauft doch niemand!

K. V.: Also, ein leerer Zirkus kommt gar nicht in Frage.

Beide gehen kopfschüttelnd und schimpfend ab.

– ENDE –

CPSIA information can be obtained
at www.ICGtesting.com
Printed in the USA
FSHW011957120420
69109FS